HERMES

在古希腊神话中，赫耳墨斯是宙斯和迈亚的儿子，奥林波斯神们的信使，道路与边界之神，睡眠与梦想之神，亡灵的引导者，演说者、商人、小偷、旅者和牧人的保护神……

西方传统 经典与解释
Classici et Commentarii   **HERMES**

莎士比亚绎读
Readings of Shakespeare

刘小枫 甘阳 ◎主编

莎士比亚的历史剧
Shakespeare's History Plays

［英］蒂利亚德 E. M. W. Tillyard ｜ 著
牟芳芳 ｜ 译

华夏出版社

"莎士比亚绎读"出版说明

据译界前辈戈宝权查考，1856年，英籍传教士慕威廉翻译出版《大英国志》（上海墨海书院印行），国人首次得知西域有个名叫"舌克斯毕"的伊丽莎白皇朝文人——"莎士比亚"这个译名则最早见于梁启超的《饮冰室诗话》。中国甲午战败之后不久，英籍传教士艾约瑟编译的《西学略述》（1896年，上海著易堂书局版）详细介绍了莎士比亚——其时中国已经面临巨大的改制压力。清末新政时期，林纾与魏易合译的莎士比亚故事集《英国诗人吟边燕语》出版（1904，收入"说部丛书"第一集）；革命党人推翻帝制行民主共和之后不久，初版的《辞源》（1915）已列入"莎士比"词条；随后不久，林纾出版了以文言小说体翻译的莎剧四卷（1916）……"五四"新文化运动之后，翻译莎剧成为我国新派文人的最爱，1930年，经胡适之倡议，中华教育文化基金董事会编辑委员会成立了"莎剧全集翻译会"……据统计，自三十年代以来，莎士比亚在汉译西方文学经典中一直位居榜首，有的剧作译本达上百种之多——第二共和前期（1949－1960）出版的莎剧译本已达44种，印数44万余册。

不过，我国学界对莎士比亚的认识基本上还停留在"绝世名优，长于诗词"的层次，距离林纾所谓莎氏"立义遣辞往往托象于神怪"的看法相去并不太远。莎士比亚不仅是最伟大的英语诗人，也是西方思想大传统中伟大的政治哲人之一。在西方文教传统谱系中，不断有学人将莎士比亚与柏拉图并举：莎士比亚戏剧以历史舞台为背景，深涉人世政治问题的底蕴，尤其是王者问题，一再激发后人掂量人性和人世的幽微，为后世探究何谓优良政制、审慎思考政制变革奠定了思想基础——不仅如此，与柏拉图的戏剧作品一样，作为政治哲人的莎士比亚没有学说,他的政治哲学思考无不隐含在笔下的戏剧人物和戏剧谋篇之中。百年来,我们一直在经历前所未有的从帝制到民主共和的政制转变,却鲜有人看到,莎剧为我们提供了一笔巨大的政治哲学财富。晚近三十年,我们的莎剧全译本有了令人欣喜的臻进,但我们对莎剧的政治哲学理解仍然没有起步。

西方学界对莎剧的政治哲学解读很多,绝非无书可译。"莎士比亚绎读"系列或采译西人专著和相关文集,或委托青年才俊编译专题文萃,以期增进汉语学界对莎剧的政治哲学品质的认识。

古典文明研究工作坊
西方经典编译部甲组
2010 年 7 月

目 录

前 言 ·· (1)

第一部分　背景

第一章　宇宙论背景 ·· (2)
　　1. 引言 ·· (2)
　　2. 历史的语境 ·· (7)
　　3. 伊丽莎白时期的世界秩序 ·· (10)
　　4. 莎士比亚如何获悉这种观念 ·· (18)

第二章　历史背景 ·· (22)
　　1. 马基雅维利 ·· (22)
　　2. 中世纪准则 ·· (25)
　　3. 傅华萨与李维 ·· (27)
　　4. 中世纪的期待 ·· (29)
　　5. 都铎王朝的神话 ·· (31)
　　6. 波利多尔·弗吉尔 ·· (35)
　　7. 莫尔爵士 ·· (41)
　　8. 霍尔 ·· (43)
　　9. 霍林斯赫德 ·· (54)
　　10. 历史的用处 ··· (58)
　　11. 伊丽莎白时期有关近期英国历史的观念 ······························· (63)
　　12. 反叛的原则 ··· (69)

第三章 戏剧之外的文学背景 ·············· (76)
    1.《为官之鉴》··························· (76)
    2. 斯宾塞、锡德尼、沃纳 ················ (100)
第四章 戏剧的背景 ························ (102)
    1. 道德剧 ······························· (102)
    2.《高布达克》························· (104)
    3. 英国编年史剧 ······················· (110)
第五章 回顾 ······························· (145)

第二部分 莎士比亚

第一章 早期的莎士比亚 ···················· (148)
第二章 最初的历史剧四部曲 ················ (168)
    1. 前言 ································ (168)
    2.《亨利六世》上篇 ···················· (183)
    3.《亨利六世》中篇 ···················· (197)
    4.《亨利六世》下篇 ···················· (212)
    5.《理查三世》························· (223)
第三章 约翰王 ···························· (241)
第四章 第二个历史剧四部曲 ················ (262)
    1. 引言 ································ (262)
    2.《理查二世》························· (274)
    3.《亨利四世》························· (294)
    4.《亨利五世》························· (338)
第五章 《麦克白》 ························· (349)
结　论 ····································· (353)

前　言

　　[vii]这本书的主要意图列在了最后几页上,从前面的目录也可以看到本书的范围及各部分的比例。在这里我想对让本书受益良多的诸位作家致谢。

　　莎士比亚的历史剧是政治作品,有几种方法来看待莎士比亚如何处理政治。对于我所指出的我现在认为正确的这种方法(此法也适用于伊丽莎白时期文学的研究),我最应当感谢格林劳(Edwin Greenlaw)的《斯宾塞的历史寓言研究》(*Studies in Spenser's Historical Allegory*, The Johns Hopkins, 1932)和他在《基特里奇纪念文集》(*Kittredge Anniversary Papers*, Ginn and Company, 1913)里的文章《锡德尼的〈阿卡狄亚〉作为伊丽莎白时期寓言的范例》(Sidney's "Arcadia" as an Example of Elizabethan Allegory)。格林劳看到伊丽莎白时期的伟大作家们对待政治有多么严肃,以及他们在自己的作品中加入了多么丰富的一般性政治知识,不过他却没有在这些作品中发掘对最近的政治事件的复杂讽喻。我将重点探讨莎士比亚有关政治和都铎王朝的观点,而不对诸如莎士比亚与埃塞克斯伯爵①的关系等发表看法,这一点我与格林劳是一致的。

　　在处理莎士比亚最早的历史剧(《亨利六世》的三个部分)与莎士比亚早期创作时期的问题上,我要感谢斯马特(J. S. Smart)与亚

---

　　① [译注]即 2nd Earl of Essex, Robert Devereux,他于 1601 年发动叛乱,失败后被处死。

历山大教授(P. Alexander)。亚历山大教授有关《亨利六世》与《理查三世》的著作证实了我长久思考的一个观点：莎士比亚完成了《亨利六世》的全部三个部分。这使我大胆忽略那些认为莎士比亚只是这些历史剧的部分作者和修订者以及以此为基础的诸多论述，因为我认为这是一种错误的和不必要的理论。我还发现，在思考莎士比亚早期创作的总体方式上，我与上述两位作者也非常一致。

威尔逊教授(Dover Wilson)至今已出版了《约翰王》和《理查二世》两部历史剧的版本。他为这两部剧写的前言博学而生动，无论是否同意他的观点(不同意之处并不少)，我都受益匪浅。同样让我受益的还有他的《福斯塔夫的命运》(Fortunes of Falstaff, Cambridge UP, 1979)。

在伊丽莎白时期历史观方面，坎贝尔女士(Lily Campbell)的著作对我很有助益。

[viii]对这些历史剧本身的批评方面，我深深得益于罗西特先生(A. P. Rossiter)透彻分析《理查三世》的文章以及我与他本人交谈和通信的过程。遗憾的是我没有来得及参考他后来编辑出版的《伍德斯托克》(Woodstock)。我期待他的研究扩展到所有编年史剧。范多伦教授(Mark Van Doren)的著作《莎士比亚》(Shakespeare, Doubleday, 1939)对这些戏剧的研究中有我所见过的一些最好的批评；默里先生(Middleton Murry)的《莎士比亚》(Shakespeare, Oxford UP, 1925)里也有一些段落非常精彩，不过对于整本书我则怀有复杂的感情。我还从韦尔斯福德女士(Enid Welsford)和埃利斯－弗莫尔女士(U. M. Ellis－Fermor)未发表的论文中获得助益甚或一些想法。

我没有把《亨利八世》放进来，因为我不认为它是莎士比亚写的。这部戏剧的情况与《亨利六世》十分不同。年轻时期的作品与前辈或同辈作家有相似之处，是可以想见的，且并不能由此推断存在其他合著者；成熟时期的作品如果出现这样的情况，则让人惊讶，需要一番解释。而且,《亨利六世》与其他作家的相似处可能出现在其中任何地方,而《亨利八世》则在多幕之间存在风格上的明显差异。无论如何,《亨利八世》在时间上也与主要的历史剧序列距离很远,因此将它忽略对此书的论断无甚影响。

蒂利亚德
于剑桥耶稣学院

第一部分　背景

第一章 宇宙论背景

1. 引言

[3]莎士比亚的历史剧被认为与霍林斯赫德(Raphael Holinshed)的编年史以及编年史剧相关,的确如此。比起注重思考的霍尔(Edward Hall),霍林斯赫德写的历史更为简洁,包含更多事件内容。霍尔只记叙了从理查二世到亨利八世的英格兰历史,而霍林斯赫德则追溯到英国最早的传说,还涵盖了苏格兰的历史。在霍林斯赫德作品里莎士比亚找到了一部有用的历史大全。

莎士比亚的历史剧属于英国编年史剧。这一类型剧,就像霍林斯赫德所表现的那样,注重实际而缺少思考。它们很少在法学院①上演,但深受平民大众的喜爱。这类戏剧充分利用英国战胜西班牙舰队之后十年的爱国意识,向好奇的民众讲授英国历史的部分事实和传说。其形式上的直白,与奇迹剧如出一辙。

认为莎士比亚凭借其天才把霍林斯赫德提供的材料和编年史剧这一类型剧改造为他的独特作品,这种观点比较容易得出,在某一范围内也是正确的。但是如果在此止步不前,便是一个大的失误。因为莎士比亚所改造的远远超出霍林斯赫德的作品和编年史

---

① [译注]即 Inns of Court,尤指伦敦四大法学院,这一时期的戏剧有时在法学院的大庭院里演出,更多的是在客栈的庭院,后来逐渐建成以庭院为基础结构的公共剧场和私人剧场。参见王佐良、何其莘,《英国文艺复兴时期文学史》,北京:外语教学与研究出版社,1996 年,页 153 – 155。

剧。如果说莎士比亚在霍林斯赫德那里获得了许多史料,那么他还对霍尔以及他那个时代的政治哲学作了深思;如果说莎士比亚用和其他编年史剧一样的形式传达了许多历史信息,那么他对《高布达克》(Gorboduc)①的形式结构也并不陌生。与其说莎士比亚的历史剧像其他人写的历史剧,不如说它们更接近于他自己写的喜剧和悲剧;与其说它们尝试和放弃一种有限的模式,不如说它们展示了莎士比亚对当时文化整体结构的一种解读。

在本章里我将对上述文化结构中与历史剧最为相关的部分做详细阐述。

[4]这是一种复杂的结构,而且只有社会中较有学识的人才熟悉这种结构。不过,只有承认莎士比亚是有学识的,这一点才能够成立。而仍然有偏见认为他不是有学识的人,只有克服这样的偏见,本书中前两章的内容才符合逻辑。为此我们可以指出,一个人能够通过不止一种途径获得学识,而这些途径中至少有一种适用于莎士比亚,然后我们就可以给出他具有学识的具体实例。

有关获得学识的不同途径,可以思考一下莎士比亚可能是如何接触到戏剧的三一律这一学院理论的。他的《暴风雨》就遵守了这一定律。他也许是从亚里士多德及其意大利评论者那里学来的,也许是在锡德尼(Sir Philip Sidney)那里读到的,又或许是听别人谈论过它。假使第一种情况的可能性很小,那么他就很难避免从后两种途径知悉三一律。我们有理由推测他的确是博学的,但不是以学院习得的途径,而是像约翰逊(Samuel Johnson)所猜想的德莱顿(John Dryden)的途径:

> 我更相信德莱顿的学识是从偶然的获悉和丰富的谈话中逐渐积累起来的,因为他有着敏锐的理解,明智的择取,愉悦的记忆,对知识的真诚渴求和强大的消化能力,还因为他有种不

---

① [译注]又名 Ferrex and Porrex,由诺顿(Thomas Norton)和萨克维尔(Thomas Sackville)于1561年合作完成,是一部注重道德教化的历史剧。

忽略任何事物的警惕性,和不丢弃任何有用事物的反思习惯……我不认为他蔑视书籍,或是有意识地忽略它们,他只是被天才的激情引向更为活泼和迅捷的导师;同时他的学问也比较驳杂,倚赖机缘,而不注重连贯和系统。①

要证明这一点,可以《威尼斯商人》第五幕中罗兰佐(Lorenzo)讲音乐为例:

> 瞧,天宇中嵌满了多少灿烂的金钹;你所看见的每一颗微小的天体,在转动的时候都会发出天使般的歌声,永远应和着嫩眼的天婴的妙唱。在永生的灵魂里也有这一种音乐,可是当它套上这一具泥土制成的、俗恶易朽的皮囊以后,我们便再也听不见了。②

这曾被称为"一个没受过教育的人对柏拉图崇高梦想的印象";[5]那个梦想就是"在天宇中每一个星球上都有一个女妖,她随着星球转动唱着一种音调;八种音调构成一曲和声"。③ 据说莎士比亚误解了柏拉图的原意,把歌声归因于所有的天体而不是那些恰好构成和声的单个天体。不过最近一位希腊哲学的专家④认为莎士比亚实际上有令人吃惊的丰富学识和准确性。他的确是把《理想国》中的一段话截取出来,用天使替代了女妖,并且大大扩展了天

---

① [译注]Samuel Johnson,《诗人列传》(*The Lives of the English Poets: and a Criticism on Their Works*, R. Dodsley, 1781),页 327。

② [译注]《威尼斯商人》第五幕第一场。中译见莎士比亚,《莎士比亚全集》[二],朱生豪等译,北京:人民文学出版社,1995 年,页 89。由于原著对所引莎士比亚戏剧的版本没有明确交待,因此注释中只列出译文出处,且本书中莎士比亚戏剧的译文全部引自上述译本,如有改动会另行注明。

③ 见 C. H. Herford 在其编辑的《埃弗斯利莎士比亚文集》(*The Eversley Shakespeare*)中对该段话的注释。

④ 指 John Burnet,《英语文学里的希腊风格》(*Greek Strain in English Literature*, English Association Pamphlet, No. 45, 1920)。

上音乐的范围,不过罗兰佐所持有的一般原则表现出对柏拉图的《蒂迈欧篇》(*Timaeus*)其中一部分的准确理解。

莎士比亚在他的悲剧中两次提到自然的种子或"孕育"。① 麦克白对女巫说,"即使大自然所孕育的一切灵奇完全归于毁灭";李尔对暴风雨喊道,"打碎造物的模型,不要让一颗忘恩负义的人类的种子遗留在世上"(《莎士比亚全集》[五],页246、486)。这两处小地方似乎隐含着一整套"初始原则"或"种源理性"(rationes seminales):上帝将一定的初始原则置于自然之中,它们一直在那里,等待被实施。这一原则对于《麦克白》里的那段话最适用,因为奥古斯丁和阿奎那对此还有进一步的发展,他们认为天使与恶魔的力量在上帝的允许下,有能力加速这些自然进程,并产生奇迹般的结果。

实际上,对于这样一位从不急于展示其学识的剧作家(不同于约翰逊),我们可能更容易低估这种顺便提及之语对于作家的意义。没有人怀疑莎士比亚了解正统基督教神学的纲要。[6]但是他的作品中却极少精确地提到基督教神学。不过那些简短的指涉却因此而更加重要。下面这段对话是《一报还一报》中安哲鲁(Angelo)和伊莎贝拉(Isabella)在争论克劳狄奥(Claudio)的罪责:

> 安哲鲁:你的兄弟已经受到法律的裁判,你多说话也没有用处。
>
> 依莎贝拉:唉! 唉! 一切众生都是犯过罪的,可是上帝不忍惩罚他们,却替他们设法赎罪。(《莎士比亚全集》[一],页313)

此处的指涉是最轻微的,但它却揭示了保罗神学的整套观点并把它们视作当然,认为基督解除了人类由于亚当的背叛而遭受的旧法的奴役。现在我们可以确定,生活在那个时代并具有那样的智慧的莎

---

① 此处信息源自 W. C. Curry,《莎士比亚的哲学形式》(*Shakespeare's Philosophical Patterns*, Louisiana State UP, 1937),第二章,页10。

士比亚一定熟悉正统基督教神学的纲要。而他的戏剧中却极少提及这一神学。从这两个事实是不是可以推断在其他同样稀少的提示背后也有着同样丰厚的知识积淀?当勃鲁特斯(Brutus)讲到人的状态,就像一个小王国遭遇叛乱一样,他所暗示的不仅仅是将人的身体与国家做简单平常的类比,而是将天堂的秩序、宏观世界、国家与身体或微观世界联系起来的所有传统观念的集合。

如果我们把莎士比亚与蒙田做一比较,就会更加确信上述论断。蒙田是一位涉猎很广且极为健谈的散文家,只要他愿意便可以自由展示其知识背景和信息来源。他通过经常的引用充分利用了这一自由。他最著名的散文从塞邦德(Raymond de Sebonde)的《自然神学》(*Natural Theology*)写起,并部分地否定了该书。在说明他对于人的状态及人与兽类的关系的观点之前,他讲到父亲让他把塞邦德的书从拉丁语译过来时他非常高兴地答应了。假设蒙田仅仅是一位戏剧家,也许他就会很少或根本不会提及自己读过塞邦德。他对塞邦德作品的思考会以某种形式注入到他的剧作中。他留给我们的可能就是类似哈姆雷特关于人之本质的宣称或是李尔和泰门指涉人兽关系的片言只语。[7]且以哈姆雷特的宣称为例:

> 人类是一件多么了不起的杰作!多么高贵的理性!多么伟大的力量!多么优美的仪表!多么文雅的举动!在行为上多么像一个天使!在智慧上多么像一个天神!宇宙的精华!万物的灵长!(《莎士比亚全集》[五],页 327)

这是莎士比亚用他自己的方式表达那种来自固有传统并广为接受的对人的赞誉之词,认为人类在堕落之前是这样,在理想的状态下也是这样。塞邦德的写作主要因袭他人的观点,他在《自然神学》的第 95 至 99 章里就写过这样的赞美词。莎士比亚如何获得这一材料并不重要;可能的来源有很多,包括神职人员。重要的是,这样的赞誉就隐含在那里,在哈姆雷特的话语背后。此处暗示着与蒙田一样的博学多识。

因此,莎士比亚与同时代那些受教育程度更高的人(比如锡德尼和斯宾塞)一样学识深厚,尽管他的学识也许相对不那么系统、详尽和主要来自阅读。这种学识对他的历史剧有怎样的影响呢?

2. 历史的语境

我们从莎士比亚历史剧中得到的画面是无序。不成功的国外战争和国内的内战是大的主题;国外战争的胜利和国内的和平是例外,对无序的恐惧从未消失。亨利五世在阿金库尔战役前夜祈祷神灵暂时不要追究先王的罪孽,《约翰王》里庶子用只要(if)结束了他的爱国收场白:只要英格兰对它自己尽忠(《莎士比亚全集》[三],页 420 - 421;[二],页 705)。他说的尽忠(resting true)不是指表现英格兰的特性,而是指避免来自内部的背叛和斗争。不过要是把无序当作对莎士比亚历史剧的绝对描述,那就等于把《仙后》当作对变化无常的研究一样不够正确。这部长诗自始至终都体现了斯宾塞对世俗事物不稳定性的敏锐感受。但作为一位不是剧作家的哲学诗人,斯宾塞有空间也有义务把他整体的信条表达清楚。因此,在残存的第七卷两个章节里,他把"无常"(Mutability)变成了一位女神,[8]并让自然将她的宣称判定为具有绝对统治性的。下面是自然对其证据的宣告:

> 我将你所言细细考虑过
> 发现一切事物确是厌恶稳固,
> 常在变化;然而,待正确衡量之后,
> 它们并非从初始状态改变
> 而是通过变化扩大了自身的存在,
> 并且,一段时间过后又变作自身,
> 如此这般经由命运成就其自身完美。
> 也即,不是变化在规定或支配它们,
> 而是它们驾驭着变化且维持着自己的状况。

即使是在俗世的变化背后,也有秩序的存在,而且这一秩序让斯宾塞想到天堂的秩序以及

> 当一切变化都不再有的时候,
> 一切事物都稳固下来,稳稳地伫立在
> 永恒的梁柱之上,
> 那就是无常的反面。

莎士比亚表达的也是同样的意思。在世俗的无序背后有某种秩序或"等级",而这一秩序有其天堂的对应物。这一主张与莎士比亚的个人信仰毫无关系:这只是说明莎士比亚使用了那个时代的流行观念。他除非不作任何思考,就如《斯塔克利》(*Stukeley*)或《爱德华一世》(*Edward I*)的作者那样,①才有可能避免在描绘无序的图景时不涉及这一观念;如果对当时的流行观念表示反对,其实是更多地强调了那种观念。马洛(Christopher Marlowe)笔下的帖木儿(Tamburlaine)便是证明,正因为帖木儿没有被命运的车轮碾碎,才更加清楚地显示出他与《为官之鉴》(*Mirror for Magistrates*)②里哀悼自己衰亡命运的传统受害者们有多么相似。③

如果说上述与斯宾塞的类比提示我们,莎士比亚的历史剧所涉及的大量特定事件背后有一套一般性的(而且是宗教性质的)教条,那么编年史也有同样的提示。很多编年史是以宗教为框架和背

---

① [译注]前一部戏剧可能指 George Peele 的《阿卡扎之战》(*The Battle of Alcazar*,1588),或指无名氏的《汤玛斯·斯塔克利统帅之生与死的著名历史》(*Famous History of the Life and Death of Captain Thomas Stukeley*,1596)。后一部待考证。

② [译注]这是一部铎时期的诗歌合集,通过讲述不同历史人物的生平和悲剧命运为身处要职的人提供借鉴和警示。

③ 这一发现应归功于 Willard Farnham,《伊丽莎白时期悲剧里的中世纪传统》(*The Medieval Heritage of Elizabethan Tragedy*,U of California P,1936),页369。

景的,这在中世纪很普遍。比如格拉夫顿(Richard Grafton)的《整体编年史》(*Chronicle At Large*,1569),尽管它声称只是英国史,却从世界的创始以及中世纪想象中的天堂写起。中世纪的编年史家在写创世时习惯性地注入了正统神学的普遍观念:三位一体与天使的本质,撒旦的堕落,自由意志的问题,等等。[9]比如,十四世纪上半叶希格登(Ranulf Higden)将他的《复合编年史》(*Polychronicon*)第二部里大量的篇幅先放在神学上,然后才记录世界上发生的事。实际上历史很自然地从神学中生发出来,且从未与之脱离。莎士比亚去世后这种联系依然兴盛。最能完美证实这一点的作品是雷利(Walter Raleigh)的《世界的历史》(*History of the World*)。其卷首插画是"历史",一个女性的形象,她把"死亡"和"遗忘"踩在脚下,两侧有"真理"和"经验"的护卫,支撑着世界;在这一切之上是"上帝"的眼睛。① 第一卷写的是创世,与中世纪任何一部世界史一样,里面皆是奥古斯丁式的神学观念。此外,雷利的前言不仅有对于历史的专题论述,而且记叙了爱德华二世到亨利七世的历史。他的记叙不单单是一种总结,而是以一种确定的模式看待这段历史;这种模式与莎士比亚的颇为相近。假设这些纯粹历史的模式的确相似,更为可能的是它们背后有着相似的哲学或神学原则,雷利的前言和第一卷就帮助我们认识这些老生常谈,因为它们不仅是雷利也是莎士比亚创作历史剧的基础。

和雷利对英国史的描绘十分接近但远不如前者有名的另一部作品,是赫里福德的戴维斯(John Davies of Hereford,1565—1618)写的《微观世界》(*Microcosmos*,1603)。他主要的诗作包括《惊异:瞥见上帝的荣耀与灵魂的形状》(*Mirum in Modum*)、《总体》(*Summa Totalis*)和《微观世界》(用斯宾塞诗节写成,不过结尾的亚历山大十

---

① 上帝之眼的画面,对于维多利亚时期的人来说,首先意味着无情地记录个体的点滴罪行,但对于伊丽莎白时期的人来说,它首先是让世界充满活力并防止其滑向混沌之力量的器官。

二音节诗行换成了十音节),它们对于莎士比亚的时代就如同杰宁斯(Soame Jenyns)的作品对于十八世纪中期一样;它们是那个时代严肃思想中老生常谈的缩影,因为是二等头脑的产物便更加如此。在这里戴维斯更符合我的目的:因为他是比莎士比亚稍许年轻的同代人,因为他的社会地位和莎士比亚几乎一样,因为一首讽刺短诗的可信证据和两处空白处笔记的可能证据说明他认识莎士比亚本人。他父母是中产阶级,他在本地小学受的教育,但没有上大学,[10]后来做了受贵族资助的写作老师,最后成为亨利王子的写作老师。他向宫廷圈内及其周围的大多数重要且聪明的英国人献过短诗,他的严肃诗歌集中体现了这个阶层的人所必备的知识。他描写上帝和创世、宇宙和星辰的影响、人的灵魂和肉体、人的心灵与激情。从他重复而散漫的诗节里——就我所知道的来源里尽可能完整地找到它们——可以提取当时关于秩序或层级的观念,而这种观念一直存在于莎士比亚历史剧对无序的描画中。戴维斯将其莎士比亚式的英国历史观注入《微观世界》,强烈印证了这一信念。

3. 伊丽莎白时期的世界秩序

大多数莎士比亚的读者都知道他的秩序观或层级观就在《特洛伊罗斯与克瑞西达》里俄底修斯的演说里;不是所有人都会认可它一定是对莎士比亚历史剧背景的说明;也很少有人意识到它体现或暗示了多么深厚的思想内涵。(在此我可以请读者们把这段演说置于眼前吗?)

它的主旨首先是政治的,但明显又远远超出了实践政治(practical politics)的范围。首先,我们了解到天上的秩序在地上得到复制,国王相当于太阳;其次天上的无序会导致地上的无序,包括地上组织的物理实体和人类组建的国家。当莎士比亚把层级称作达到一切雄图的阶梯时,他很可能想到了另一个对应物:社会状况中人的上升级别与创造物的阶梯或存在之链,后者包括从最卑微的无生命物质一直到最高级的大天使的一切存在体。"只要把层级(degree)①的琴弦拆去,听吧!多少刺耳的噪音就会发出来"(《莎士比亚全集》[四],页267),这里的音乐隐喻不仅仅是个隐喻,它隐含了传统的柏拉图学说(用德莱顿的说法就是):"和谐,天堂的和谐/是这一宇宙体系的起源",而在世界的尾声,"音乐将使天空不再和谐"(《圣西西莉亚节颂》["A Song for St. Cecilia's Day"])。[11] 最后,伊丽莎白时期的观众听到"这一种混乱的状态,[只有]在层级被扼杀[以后才会发生]"(《莎士比亚全集》[四],页267),②受过教育的那部分人对混乱的理解,至少会比一般人更为精确。他们会把它理解成类似于创造宇宙之前原始元素的斗争状态,而且一旦上帝那维护秩序的意志放松其持续施加的压力,它还会再次堕入这样的状态。

　　上述引证虽是些片段,却表明莎士比亚心中有一整套观念(doctrine)。我已经围绕这个问题写了另外一本书,因此在此只做一简短说明。

　　伊丽莎白时期有关世界秩序的观念总体上是中世纪的,虽然摈除了很多中世纪的细节。宇宙是个整体,每个事物在其中都有自己的位置,这是上帝的完美作品。任何不完美的地方都不是上帝的作为,而是人造成的;因为随着人的堕落宇宙也经历了相应的堕落。尽管有这些堕落,上帝完美的标志仍在那里,而到达救赎的两条路之一就是研究创造物。不过,尽管整体的概念是基本的,但对于伊丽莎白时期的人们,世界的真实秩序以三种不同却相关的方式在他们面前展现出来:一根链条,一系列对应的层面,随音乐而起的舞蹈。

---

　　① [译注]朱生豪在此处把degree译为"纪律",本译者为统一上下文的论述,改为"层级",下同。

　　② [译注]《莎士比亚全集》[四],页267。此处蒂利雅德的引文有误,莎士比亚的原文是when degree is suffocate,而他的引文是where degree is suffocate。

作为一根链条,创造物是一系列物体,从最底层的无生命物体到最接近上帝之位的大天使。这一上升是渐次的,不能略过中间任何一个层次;在有生命与无生命、植物性与感性、感性与理性、理性与天使之间的重大分界线上,有一些必要的过渡。对于存在之链最杰出的表述之一是十五世纪法理学家福蒂斯丘爵士(Sir John Fortescue)做出的:

> 在此秩序中,火热之物与冰冷之物,干燥之物与潮湿之物,沉重之物与轻盈之物,庞然大物与微小之物,高耸之物与低矮之物,均和谐共处。在此秩序中,天上的王国里天使之上有天使,位阶之上有位阶;土地上、天空中、海洋里人之上有人,兽之上有兽,鸟之上有鸟,鱼之上有鱼;由此使得一切爬行于地上之虫、翔于高空之鸟、潜于深海之鱼无一不系于最为和谐的秩序之链中。[12]上帝创造了和事物一样种类繁多的创造物,每种造物都与别的造物有所不同,并因此不同而低于或高于其他所有造物。因此,从最高级的天使到最低级的天使,中间每个天使都有高于他或低于他的天使;从人到最卑微的虫子之间的每种造物也都有在某一方面高于他或低于他的物种。因此,没有一物是不被这秩序之纽带所联结。因为上帝如此规定了所有创造物,所以认为他把人类排除在此规定之外的想法便是不虔诚的,而且是上帝让人类成为地上最高级的创造物。①

最后一句话完美地表明伊丽莎白时期的人们对于整体和对应物的诉求有多么强烈。权宜之计最不可能成为证明英格兰法律正当性的理由。福蒂斯丘论证它们的依据是,它们是宇宙这一巨大拼图中必要的一块。对莎士比亚来说,要证实他所关注的政治秩序也是同样的道理。

---

① 《福蒂斯丘爵士作品集》(*Works of Sir John Fortescue*,Lord Clermont 编,在伦敦非公开出版,1869),页 322。

因为希格登在《复合编年史》第二卷开篇不久就用一段话说明了造物之链中一个大的类别是如何与另一个类别相联系的。希格登的确选对了他的证据。可以肯定的是他会给出最完美的老生常谈,不仅在当时,直到都铎王朝的很长一段时间他都是人们非常喜欢的作者。他的第二卷开头对"层级"的简短小结与我所知一点不差:

> 在事物的普遍秩序中,较低级别的顶端与较高级别的末端相接触。比方说,牡蛎在动物这个级别中可以说处于最低层,仅仅比植物高一点,因为它们紧贴地面,缺少行动,还只有触觉这一种知觉。大地的上表面与水的下表面相连;而水的最高处则与天空的最低处相接,并经由这一上升的阶梯到达宇宙最外部的空间。同样,身体这一级别中最高贵的是人的身体,当其体液达到均匀的平衡状态,便触及其上一级别的边缘,那就是人的灵魂,而后者居于精神级别中的最底层。因此人的灵魂被称作肉体与灵魂的界限或交汇处;正是在这里,最低等的精神力量开始上升至最高等的精神力量。[13]甚至在有些时候,当它涤清世俗情感之后,会达到精神性生命的状态。

正是在存在之链中的这一关键位置,而不是托勒密天文学中地球的中心地位,使人成为有趣的创造对象。地球受到月球变化的影响,这在更高级的空间里是没有的,它还因其中心位置成了事物残渣的贮藏地,可见地球所处并非理想境地。但是,在柏拉图之前,直到蒲柏之后,人在造物中的惊人地位——就像所有轨道汇合交叉的克拉彭枢纽一样——就锻炼了人的想象力,并培育了真正的人文主义传统;而这一传统在英国历史上最为强盛的时期便是伊丽莎白时代。下面是对人介于天使和野兽之间的位置、人的高等能力和堕落的倾向的典型说明,作者是莎士比亚同时代人海沃德爵士(Sir John Hayward):

> 你是一个人,被赋予理性和理解,上帝在其中刻下了自己

的真实形象。在其他的生命中有上帝的些许形象,有他神圣本质的些许足迹;但是在人这里,他刻印了自己的形象。有些事物与上帝的相似在于其存在,有些在于其生存,有些在于他们的优秀特质和行为。但这不是上帝的形象。他的形象只在于我们的理解。明白你有如此高贵的本质,且在你的理解中显示了上帝的形象,因此对自己的管控应当符合一个有理解力的生命。不要像那些野蛮的兽类,缺少理解力:桀骜不驯或是笨重迟钝……毫无疑问,天底下的所有生命,其存在都由上帝赐予,没有哪个退化,没有哪个抛弃了本质的尊严和存在,只有人如此。只有人,抛弃了他原有的本质,像海神普罗狄斯一样变成各种形态。这是由他的自由意志引起的。就像每一种兽类都会特别倾向于众多感官中的一种,人也会因为他对某一感官的特别倾向而变成那种兽类。[《大卫的眼泪》(*David's Tears*,1623),页165、168]

不过,如果人在感官上与兽类相连,在理解力上与上帝和天使相连,那么他在社会性上最是他自己。下面这段文字是大约1598年从意大利文译过来的,毫无疑问会被每一位伊丽莎白时期的人所接受:

> 人,正如他的形态不同于其他生物,他的目的也与它们不同。[14]其他生物的目的只有生存,繁衍与自己相似的后代。人,生于自然和富足的王国,不仅要生存和繁衍,而且要生活得快乐美好。自然为其他生物提供其生存所需之物,自然让人生存,但理性和财富使他活得好。生物依照自然的法则生存,人依靠理性、审慎和艺术生活。活着的生物可以孤单过活,而孤身一人的人,因为无法自足,而且如果没有家庭与公共交往,他在本性上就是一个罪恶的生物,所以只能悲惨、郁闷地度过一生。因此,正如哲学家所说,不能生活在文明社会中的人不是神就是野兽,只有上帝是自足的,只有野兽才最适合孤独地生

存。(Hannibal Romei,《宫廷学院》[*Courtier's Academy*, I. K. 译,1598],页 247)

正因为脑中有这样一套观念,莎士比亚才让俄底修斯提到"社会上的秩序"、"学校中的班次"、"城市中的和平"、"各地间的贸易"遵循层级而各居其位(《莎士比亚全集》[四],页 267)。这些组织和活动才符合人在所有存在中的地位。

中世纪的人虽然觉得存在之链的观念有用,但并没有对它做出详细的阐述。要了解中世纪和伊丽莎白时期的全部独创性,我们必须回到不同等级的创造物之间的种种对应关系。这些等级包括上帝与天使、宏观世界或物理宇宙、国家或政体、微观世界或人。动物和植物则包含在一个比这些小得多的层级中。基于这些对应关系所获得的智性和情感的满足,是难以描述的,也是难以高估的。对我们来说很愚蠢或者微不足道的东西,对于伊丽莎白时期的人,可能就是一个严肃或令人高兴的证据,它能证明他生活在一个有秩序的宇宙中,没有任何浪费,每一个细节都是自然的计划。

莎士比亚在俄底修斯关于层级的演说中触及一种基本的对应关系:"[所以]灿烂的太阳才能高拱出天,炯察寰宇,纠正星辰的过失,揭恶扬善,发挥它[像国王一样]①的无上威权。"[15]不过,le roi soleil("太阳王",指法国国王路易十四)只是一个更大的领导者序列中的一个部分,这个序列包括:居于天使或所有创造物中的上帝,居于星辰中的太阳,自然力量中的火,一国之君王,头部之于身体,公正之于美德,狮子之于兽类,雄鹰之于鸟类,海豚之于鱼类。要在某一个段落中找到这整个序列很难(而且还可能有我没有涉及的部分),不过皮查姆(Henry Peacham)在《完美的绅士》(*The Complete Gentleman*, 1634)开头给出十分全面的列举,也是为了说明宇宙的秩序和层级原则。除了前面提到的那些,他还加上了橡

---

① [译注]此处为译者根据英文原文添加。

树、玫瑰、帝王苹果和王后苹果、黄金与钻石。

有关对应物的一般观念,我所知最出色的段落来自塞邦德《自然神学》的删节本,这个段落在很大程度上反映了伊丽莎白时期的观念。它恰切地表达了人类秩序始终居于其中的宇宙秩序。塞邦德这段话的主题是天使的数量和次序:

> 我们必须相信那里有不可估量、令人惊异之数目的天使,因为国王的荣耀在他数目庞大的仆从上显现,他的耻辱则在于仆从的贫乏。因此我认为有成千上万的天使在服侍这位神圣的权威,有几十亿天使向他膜拜。此外,假如物质自然中有无数种石头、香草、树木、鱼、四足兽以及在此之上无限多的人,那么与之同理,也有相当多种类的天使。但要记住不能把他们的繁多当作混乱;相反,这些灵物精巧地保持着一种美好的秩序,这是一种无法言表的美好。这一点我们可以从非精神性事物的奇妙组织中理解到,我的意思是这些事物中有的高级,有的低级,有的居于中间。比如,自然力量和无生命物质被认为是最低级,植物类居于第二位,有知觉的居于第三,人作为统治者居于第四。在人类范围内又有从伟大到卑微的不同级别:比如工人、商人、议员、骑士、男爵、伯爵、公爵、国王和作为君主的帝王。[16]教会中也是如此:从助理牧师、执事、执事长、教长到修道院副院长、院长、主教、主教长、大主教和他们的首领——教皇。如果在低级的世俗的事物中保持着这样一种秩序,理性的力量就要求在那些最为高贵的神灵中也应当有一种独特的、艺术的、受到无限祝福的序列。而且毫无疑问的是,他们被分成三个等级或三级天使,在每个等级中又有高中低三个级别。但是这井然有序的众多天使只引向一位首领。正如我们在自然力量中看到火居于首位,鱼类中海豚居首,鹰在鸟类中居首,狮子在兽类中居首,帝王在人类中居首。(删节本原文为拉丁语,1550 年由 Jean Martin 译为法语,英文引文译自法语版第 4 卷第 42 章)

在所有两个层级之间的对应关系中,宇宙层级和人类层级的对应是最普遍的。人类自身不仅构成了创造物的一个层级,而且他还是微观宇宙,是整个大世界的微小集合。他在物质上由四种自然元素构成,他的内部不仅有理性的灵魂,而且有植物一样的植物性和动物一样的感知性。他的身体构成复制了地球的结构。他的生命热量与地下的火对应,他的血脉与河流对应,他的叹息与风对应,他的激情迸发与暴风雨和地震对应。在李尔王"在他渺小的一身之内,正在进行着一场比暴风雨的冲突更剧烈的斗争"背后有一整套复杂的观念体系(《莎士比亚全集》[五],页484)。

暴风雨在另一种对应关系里也经常出现,即宏观世界和国家。天上的暴风雨和动荡在国家的骚乱和灾难中重现。预示着恺撒死亡的征兆不只是征兆,是上天促成了那些在恺撒死后动摇了罗马帝国的骚乱。天上星体的不规则重现了国家秩序的丧失。用俄底修斯的话说,就是

> 可是众星如果出了常轨,陷入了混乱的状态,那么多少灾祸、变异、叛乱、海啸、地震、风暴、惊骇、恐怖,将要震撼、摧裂、破坏、毁灭那些曾经稳固的国家之间的和谐与平静。(《莎士比亚全集》[四],页266-267,译文有改动)

[17]最后要举例说明的是微观宇宙和国家之间的对应。勃鲁特斯在怀疑的痛苦中把自己的小世界比作一座暴动的城市,即是一种表达形式。但其最持久的形式是将国家中的不同等级与人身体的不同部分做细致的类比。

比起前面两种情形,莎士比亚将宇宙描绘成和谐的或是随乐起舞的情形出现的次数很少,不过他对后面这种情形是了解的,比如俄底修斯说道:"只要把等级的琴弦拆去,听吧!多少刺耳的噪音就会发出来。"(《莎士比亚全集》[四],页267)这一观念更易为持新柏拉图主义或是神秘主义观点的人接受。弥尔顿珍视这一观念,它也是伊丽莎白时期戴维斯爵士的《管弦乐队》(*Orchestra*)的主题。

这首诗可以说是佩内洛普(Penelope)和安提诺斯(Antinous)之间关于舞蹈的一种学术争论,后者是以萨卡岛(Ithaca)上求婚者里最有教养的。佩内洛普不肯跳舞,但安提诺斯劝她说宇宙及其包含的一切都是一种舞蹈形式,她不肯跳舞是在违反宇宙秩序。最后他给了她一个魔法玻璃杯,那里面能看见伊丽莎白女王这一地上的月亮在控制侍臣们的跳舞节奏。舞蹈形式贯穿在整个自然秩序中,最后在政体中重现以后,达到了完整的状态。《管弦乐队》是伊丽莎白时期诗歌中最美好最典型的作品之一。它也非常符合此处的论断。它几乎涵盖了我所涉及的每个常见情形,而且还把宇宙展示为现实世界的背景。伊丽莎白时期的政治秩序,都铎王朝带来的黄金时代,正是它所构成的宇宙秩序中不可分割的一部分。如果这是戴维斯的信念,那么与之正相反,当莎士比亚在处理英国历史的具体事实时,在所有混乱无序的可怕现象背后,他是不是很可能从未忘记过秩序的原则,而这一原则在这个世界的王国中有时也会实现,无论这种实现有多么不完美?

4. 莎士比亚如何获悉这种观念

如果有关秩序的整体观念确实是前述俄底修斯演说背后的基础,那么莎士比亚是如何获悉这种观念的?可以百分之百确定的依据非常少,因为我们所面对的大量材料都来自那个时代的集体意识,这些材料在当时被视作常识,因此大多以简短的涉及为主,而很少有系统的说明。伊丽莎白时期文学的读者们一直无视其中存在之链的观念,直到洛夫乔伊(Arthur O. Lovejoy)以此为主题写了一本书(《伟大的存在之链》,*The Great Chain of Being*, Cambridge, Mass. ,1936);如今,我们注意到这一点,便发现这一观念无处不在。假如莎士比亚了解这一观念,那么几乎可以肯定其来源不是单一的。他可能从上百个来源中获悉。那时一般性宇宙观念的根源是《创世记》和柏拉图;不过从这一根源导出的材料经过一而再、再而三的处理,经过无数重复和细微修改,最终成为一种不具个人色彩的民间智慧,因此关于其来源的追问变得荒谬。美国最近出版了一本关于创世文学的书(F. E. Robins,《创世文学》,*The Hexaemeral literature*, Chicago, 1912),这种文学搜集了那些有关创世六天的叙述。英国好像还没有这本书,因此我没有读过它;不过据说它暗示大多数所谓弥尔顿的素材来源,比如卡巴拉(Kabbala)或奥古斯丁,其实都值得怀疑,因为所有那些信息已经出现在《创世记》的早期评述中,这些评述应早已形成一种口头传统,在书面记录之外的布道和谈话中留存下来。这一理论看来非常可信;追究莎士比亚有关层级观念的准确来源是徒劳无益的,理由也是如此。不过有一处来源的细节可以让我们比较确定。在我读过的所有有关"层级"的材料中,最接近俄底修斯那段演说的表达来自爱德华六世时期 1547 年出版的《布道集》(*Book of Homilies*)中。这里对它的引用之所以有价值,不仅是因为它与莎士比亚作品的相似之处,而且因为它的优美,因为它对莎士比亚这位诗人仅作暗示的观念做了更为丰富的阐发。与我在本书里的通常做法不同,我不对下面的原文做任何拼写和断句的改动;因为 1547 年的《布道集》是一部优秀的印刷品,是精心制作出来的,因此应当被原封不动地转录。下面的段落是"关于服从的布道,或有关美好秩序与服从统治者和官员的劝诫"的开头部分:[19]

全能的上帝创造了天上、地上、水中的万物,并让它们各归其位,一切都在最为精致和完美的秩序中。在天上他规定了大天使和天使的明确次序与地位。在地上他指派了国王、君主以及他们之下的其他官员,这些人都遵循良好的必要的次序。水被保持在一定的平面,在适当的时间和季节会下雨。太阳、月亮、星辰、彩虹、雷电、云彩和空中的一切鸟类,皆遵守其秩序。大地、树木、种子、植物、香草、谷物、草场与各种兽类也都依序而动。一年的所有部分,冬夏、月份、日夜,按其次序前行。海洋、河流、水域里的各种鱼,和所有的泉水,是的,它们都遵循自己恰当的秩序。人,也是如此,他的一切,包括内在和外在的部分,比如灵魂、心灵、头脑、记忆、理解、理性、言谈,和他身体的所有部分,都处于一种有益的、必要的、愉快的秩序中。人们的每一个级别,他们在自己的行业、职业、职责中都被委任相应的责任与秩序。有些人居于高级别,有些居于低级别,有人做国王和君主,有人做下属和臣民,有牧师和平信徒,有主人和仆人,有父亲和孩子,有丈夫和妻子,有富人和穷人,他们需要彼此,正因为这样,万物中才有此值得赞颂的上帝的美好秩序,没有这一秩序,便没有哪一座房屋、哪一座城市、哪一个国家能够持久存在下去。因为没有正当秩序的地方,主宰其中的就是各种滥用、不受约束的肉欲、暴行、罪恶和巴比伦式的混乱不堪。如果没有国王、君主、统治者、地方官、法官和上帝秩序的这些代表,那么没有人能在大陆上行走却不被劫掠,没有人能睡在自己的房子里和床上却不被杀害,没有人能平静地拥有自己的妻子、孩子和财产,一切都会变得粗俗,由此带来的必然都是危害和毁灭,而且是对灵魂、身体、财产和这个国家的危害和毁灭。

上述段落和俄底修斯的演说的相近之处足以说明这里至少有可能存在着一种无意识的记忆行为。也有可能是莎士比亚最早在这篇布道词中对层级观念有了印象。哈特(Alfred Hart)曾经指出英国北部大叛乱发生时莎士比亚正好六岁。他的父亲作为高级市政官应该对当地民兵组织负有一定职责;莎士比亚本人也应该见过军队穿越斯特拉特福德去往北方。前述布道词讲的是公民的服从,目的是反对内战。叛乱时期它一定会有特殊的针对性,并得到特别的关注,因此,假定莎士比亚作为一个孩子比伊丽莎白时期其他孩子更为早熟,那么他应该不会错过这一布道词。四年后,有一篇围绕同一主题但篇幅更长且特指那次叛乱的布道词被收入到前述《布道集》中。莎士比亚十岁时,他应当在一年当中的星期日或宗教节日中听到过一些关于秩序和公民服从的布道词。(《莎士比亚与布道集》,*Shakespeare and the Homilies*, Melboirne, 1934, 页 22 – 23)哈特在有关莎士比亚生平的极少有依据的可能性中有新的贡献。莎士比亚早期所经历的叛乱及其引发的憎恶情绪,可能有助于我们解释他谈及秩序时的严肃,以及他对内战这一主题表现出的兴趣。

第二章　历史背景

1. 马基雅维利[①]

我在上一章的开头说过,莎士比亚认为在历史的无序背后世上有某种与天堂相对应的秩序或层级。而且,他的这种设定是采用了那个时代的流行观念,他只有不做任何思考才可能不做出这种设定,就像《斯塔克利》或《爱德华一世》的作者那样。但是,严格来说这也不确切,因为还有另一种可能。莎士比亚也可能因为遵循马基雅维利的学说而无视他那个时代的一些基本观念。我注意到,马洛让帖木儿悬于命运之轮上的炫耀展示,正是对君王的衰败这一传统主题的致敬。他坦白了自己的问题,却又不知如何作答。马基雅维利则不一样。他完全不相信自然法和既定秩序,并选择忽略它们。结果就是他的基本学说处于十六世纪主流兴趣以外:"加尔文和胡克可能几乎不知道马基雅维利的存在。"

伊丽莎白时期那些爱思考的人在"独立的智慧"与"受影响的意志"之间、理想国家的伟大和谐与世俗整体的惯性混乱之间可怕的缝隙中挣扎烦恼。马基雅维利彻底摈弃了"独立的智慧",从

[①] 有关马基雅维利,我要感谢 J. W. Allen,《十六世纪政治思想史》(*A history of Political Thought in the Sixteenth Century*, London, 1928),页 447–494。有关加尔文和胡克的引文来自这本书的第 491 页。在这一小节里我要说明的是伊丽莎白时期的人如何看待马基雅维利的历史学说,而不是马基雅维利主义对伊丽莎白时期戏剧的影响,我并不是要把后者降到最低限度。

而省去那些挣扎烦恼,也因此使那些最让人不安的问题都变得无关紧要了。在《论李维》(*Discourses on Livy*)第一卷第三章他明确提出人对恶的倾向。没有所谓堕落的问题,因为罪恶的种子从一开始就准备好生根发芽。从来没有所谓从某某中堕落的那种原始状态。无序是人的自然状态,文明纯粹只是权宜之计。这种思维方式对伊丽莎白时期的人们而言是可怕的(从那时到现在对于大多数人来说也是这样),因为他们更愿意把秩序当作规范,而无序,尽管令人不快的是它经常出现,仍旧是例外。

[22]上述有关马基雅维利与伊丽莎白时期的非相关性的论断并不意味着我试图证明莎士比亚时代受教育的人们不知道或没有留意过他,我也不是要证明那些受过不完全教育的人没有用一种非常奇怪的方式扭曲他的形象。我的意思是,那个时代一方面充分利用了他的作品中某些细节,另一方面又无视或拒绝面对这个人在本质上倡导的东西。甚至可以说,反马基雅维利主义所构建的整座欺骗性大厦,基于对他本意的误解以及从他们自身语境出发对他的基本原理的扭曲,是以一种无意识的方式惩罚他,因为他的有本质意义的异端学说让人们痛恨到无法公开面对和攻击。直到霍布斯的时代同样的异端学说才受到正面攻击。处于伊丽莎白时期的马基雅维利在某些方面就如同处于维多利亚后期的王尔德。普通人在他们俩身上嗅出了一些本质上的错误:马基雅维利缺少理想主义,或者更恰当的说法是他无视理想主义的心理问题;王尔德的问题是他的势利和深奥。普通人展开了他的复仇,把马基雅维利为1513年的意大利制定的具体政治措施变成永恒的原则,把王尔德的同性恋倾向变成他整个一生的主旋律。虽然这个普通人的表达可能很愚蠢,但潜意识中认定他们二人都试图对人类精神做出错误的限制这一点是正确的。有趣的是这两位作者分别写了一部了不起的、有思想的、非道德的喜剧。

伊丽莎白时期的人们带着怎样一种傲慢的轻率一边使用马基雅维利观点的细节一边无视他的基本理念,这可以从两位明显受益于他的大作家那里看出来:斯宾塞和雷利。① 斯宾塞年轻的时候应该就知道马基雅维利。他大学时的朋友哈维(Gabriel Harvey)说大学里很多人都读过马基雅维利的作品。当斯宾塞在爱尔兰作为格雷伯爵的秘书从事政治工作时,他把马基雅维利的思想当作指导;因为他的《爱尔兰现状之我见》(*View of the Present State of Ireland*)是基于马基雅维利对一项非常艰巨任务的建议,也就是统治者如何统治一个语言和宗教与自己不同的国家。然而对马基雅维利的利用并没有阻止斯宾塞对柏拉图式理想主义的虔诚,而这种理想主义在马基雅维利看来几乎毫无意义。雷利的情况则有所不同。他年轻时曾被卷进针对马洛等人的无神论指控中。贝恩斯(Baines)是涉及这些指控的一个职业密探,[23]他报告说雷利讲过"宗教最早的起源仅仅是让人们感到畏惧",这可以轻易地追溯到马基雅维利那里。雷利的《国家的原理》(*Maxims of State*)中有很大的部分直接来自马氏。不过雷利看上去并不曾失去宗教信仰,尽管他明显很享受折磨那些遵循传统的正统宗教。贝恩斯记录的那句话正如雷利的一篇小散文《怀疑论者》(Sceptic)一样,在其中雷利问到人类有怎样的权利认为自己的观点比动物的更高明,他这是照搬了蒙田的观点。在上述两种情况里,雷利都是提出一个挑战,而不是陈述一个观点。在《国家的原理》中雷利将孤立的马基雅维利精神和对马基雅维利原则的否认以一种非常有引导性的方式结合了起来。其中一页里他建议统治者借钱先借一笔小数目并随后归还,这样以后他就可以借一笔大数目而不用还。但在下一页里他又把坚持对上帝的真实崇拜作为政治家的首要普遍原则,并给出了与马基雅维利观点相左的原因。因为对上帝的崇拜是一切政府的目的,而不像马基雅维利所说是为了维护秩序。而当他真正谈到没有掺假的马基

---

① 有关马基雅维利与斯宾塞,可参见 E. A. Greenlaw,《现代语文学》,(*Modern Philology*, VII),页 187 等。有关雷利的"无神论"可参见 F. S. Boas,《马洛和他的圈子》(*Marlowe and His Circle*, Oxford, 1929),第 4 章,以及 M. C. Bradbrook,《黑夜学派》(*The School of Night*, Cambridge, 1936),第 1 章。

雅维利主义对策略性暴君的观点时,他则评论说"[这]更适于被了解而不是实践"。①

假如斯宾塞和其他锡德尼圈子里的人以及雷利和其他"黑夜学派"(School of Night)的人读过马基雅维利的原著,那么几乎可以肯定南安普敦圈子包括莎士比亚在内的人也了解马基雅维利。同样让人可以肯定的是莎士比亚对马基雅维利的利用与雷利差不多。如果说雷利对马基雅维利的利用确实是为了提出挑战,那么莎士比亚也可能如此,只是做得更加彻底。可能的情况是,他在《特洛伊罗斯与克瑞西达》中对传统秩序观的挑战形成了一种暂时的观点。但此后不再有这样的观点。在对混乱最为激烈的展示中莎士比亚从未要说明那是一种常规:不论混乱持续多久、有多么激烈,它都是非自然的状态;最终秩序和自然法则将会再次显现其力量。对于培根来说则是另一回事,不过这并不是本书所关注的。

结论就是,如要尝试从总体上描述莎士比亚同时代受过一般教育的人们如何看待历史,我们没有必要特别留意马基雅维利。那时,马基雅维利的时代尚未到来。

2. 中世纪准则

[24]不过,如果关注马基雅维利的真实学说是对未来的预见,那么我们一定不能犯忽略过去的错误。尽管伴随着都铎王朝的开端产生了一种新的历史概念,这一概念还得到了该王朝的持续滋养,但它也常常与旧观念混合在一起。

都铎王朝的创见是通过一种特定的结构看待英国历史的一部分,这一结构对他们来说极为合宜。而且这种创见不是他们使用了一种结构,而是他们在旧结构之上添加了新的结构。中世纪并不缺

---

① 雷利的《怀疑论者》的相关段落见 Oldys 与 Birch 编辑的雷利作品集(Oxford,1829),Vol. VIII,页 551。参见《国家的原理》页 8 – 21。

少结构,但它是唯一的:神学结构;天使暴动的戏剧、人被创造然后堕落、道成肉身、人的救赎和最后的审判。在这一体系之外、历史的必不可少的部分被认真看待的时候,都要以某种方式融入这一体系。比如,希腊罗马诸神有着非凡的资历,并一再地、有效地干预着人类历史,因此不能被简单地当作虚构物而不予考虑。所以,他们被当作撒旦旧幕僚的新伪装而纳入了神学体系。不过,尽管中世纪传统在它严肃的时候会将历史事件归于一种神学体系,它实际包含着大量相当无关的事件,而且其中并不要求因果顺序。阿奎那说过游戏(play)对人的精神来说是必要的;"诚实的快乐"是被鼓励的。因此历史中发生的事情可以仅仅为了满足人的自然好奇心和开心地听到一个好故事这个目的而被合法记录下来。历史的正当性可以建立在其他严肃的但不全是神学的基础上。它可以保存有意义的功绩,成为道德典范的宝库。

希格登是活跃在十四世纪前半期的切斯特修士,以他为例可以说明中世纪后期英国历史的编年史家的许多特点。他的《复合编年史》涉及从创世到爱德华三世的历史,并且越接近他自己的时代越限于英格兰自身的历史。希格登所提出的主张比较适度。他把历史视作纯粹的纪念。他否认任何独创性,称自己只是其他人文字的编纂者;他也没有试图将历史条理化。[25]他的第一部作品主要关注地理,其中描述的世界地图遵循人们熟悉的传统边界线,取自于马基雅维利的书和赫里福大教堂的中世纪地图。他以英格兰结尾,而且并没有表现出爱国情感,这种情感对于伊丽莎白时期的人可能和对于现代人一样奇怪。他对英格兰的民族缺陷做了冷静的思考,并以一种几乎残酷的直率把它们记录下来。希格登在第二部作品里从物理世界转而关注人的小世界。他开篇详细地说明了宏观世界和微观世界的对应(我在第一章里引用了其中一部分)。提到创世时他表达了神学观点,细致地记录了人堕落前后的状况。而当他讲到世俗世界的纷繁复杂时,他的记录变得支离破碎,以轶事为主。他对诺亚方舟很感兴趣,详细地描绘了它和它的内部构造,包括卫生间。写到英国时,他复述了英国的木马传说,这一传说因曼茅斯的杰弗里(Geoffrey of Monmouth)而广为流传。维吉尔在他笔下是一个中世纪风格的魔术师。希格登并不是完全不加辨别地记录。他去掉了很多关于亚瑟王的传说,对艾尔弗雷德国王大加赞誉。不过他避开了按照宏大的神学戏剧来叙述历史事件的难题。但是,这绝不是说神学戏剧不在其中。这种戏剧一直都在,切实地存在于背景中,如果需要可随时找到它在其中适用的地方。不论中间在历史之外加入了多少其他东西,《复合编年史》的优秀品质一直到莎士比亚的时代还有意义。

中世纪编年史就说到这里。下一个问题是中世纪出现的创新迹象,以及都铎王朝早期带来的实际变化。

3. 傅华萨与李维

如果可以把傅华萨(Jean Froissart)看作英国编年史家之一,那么十四世纪便多了一些历史记录。英国作家们受傅华萨法文原著的影响很小,但经过亨利八世时期伯纳斯男爵(Baron Berners)的翻译,他便成为有关爱德华三世和理查二世时期历史的公认权威之一。傅华萨写史的风格是中世纪的。[26]他的目的是记录骑士精神的事迹让人们怀念,使它们成为典范,带给人们快乐和愉悦。他也很虔诚,在前言中说:

> 不过,一开始,我要请求从无中创造了一切事物的整个世界的救世主,请赐予我优美的文笔和理解的能力,这样我才能够继续坚持这项智慧的工作,才能使无论谁读到或听到这段历史,可以从过去获得愉悦和榜样。

傅华萨对历史的贡献就如乔叟对诗歌的贡献,是一种不眠不休的发自内心的求知欲。他不仅经历过那些他所描述的事情,从而把干瘪的故事讲得异常生动,还非常关注行动背后的精神动机。他并不会总给出一些确定的结论,而是很有技巧地囊括所有相关的人物,这样一来就有可能让一种行为充分展示它对所涉及人物心灵的各种影响。比如,在接近开头的地方他记叙了爱德华二世的妻子伊莎贝尔带着儿子(即后来的爱德华三世)离开英格兰,投奔她的父亲、当时的法国国王。国王一开始支持她的女儿,但后来因为受到那些被爱德华二世的人收买的大臣们的影响,他把女儿当作了敌人,伊莎贝尔便逃到海因奥特的约翰那里求助。有关这一切对于当时十五岁的王子有什么影响,傅华萨什么也没有说,不过他讲故事的方式让我们感到王子的在场,并且给了我们余地去猜测这些经历可能对王子产生怎样的影响。我们问自己,爱德华三世的法国战争在多大程度上是个人的复仇?换句话说,傅华萨是个戏剧家,不仅对行动而且对行动的缘由感兴趣。在他后期的作品里人物的讲话更长,且会公开谈论他们的动机。比如他说假使理查二世把波林勃洛克(Bolingbroke)从流放中召回,并在他父亲——生于高特的约翰——死后允许他继承其爵位和土地,那么他应该会是忠诚于理查二世的。不过如果说傅华萨是个天才的戏剧家,他对中世纪素材的处理则一点也没有预料到伴随都铎王朝开始的一种更偏于哲学和道德的历史观。比如,他记录了爱德华三世如何同意将他的叔叔肯特伯爵处死,但他并没有暗示这一罪行将报复到下一代身上。他非常贴近自己的描述,完全沉浸在其中,以至于除了最大限度地发掘眼前所发生的一切,没有任何欲望做此外的努力。[27]而做到这一点,已经是一个人很大的成就了。这种戏剧张力如何在编年史中得到继续,将在后面提到。

亨利六世在位时,一个名叫提托·李维(Titus Livius de Frulovisiis,或 Tito Livio da Forli)的意大利人到英国寻求格罗斯特公爵亨弗雷(Humphrey)的庇护,正是由于公爵的建议他才写了堪称亨利五世的官方传记。1513年一位无名氏把这部传记从拉丁语译成英语,并添加了一些其他来源的内容和个人评论。这一译本最近被金斯福德(C. L. Kingsford)以《亨利五世的一生:首部英文版》(The

First English Life of Henry V）为题编辑出版。提托·李维叙述事件的方法基本是中世纪编年史家的方法。他的创新之处在于将一个国家像镶框那样，从通常记录的纷杂事件中隔离出来。金斯福德认为把亨利五世看作英雄国王的传统观点可以追溯到李维那里。这有点不可靠。李维确实称赞亨利的虔诚和勇气，但英雄国王的整体传统形象是后世的发明。不过，李维还是给希格登的历史原则增添了一些内容。

4. 中世纪的期待

可以这样说，文学在人们生活中地位的变化与教会地位的变化是相反的。当教会的控制很强大时，文学的道德价值比不上它的娱乐价值。但是当教会的控制有所松懈，一部分失去的敬畏就转移到文学那里；一直存在的倡导文学教化功能的观念在这时候便具有压倒性的力量。在长篇中世纪叙事中，道德教化主要采取例证的方式。叙述者先是把一个故事讲完，接着，如果他愿意，便会用一条普遍的道德原则说明一个具体行为。以巴伯（Barbour）的《布鲁斯》（*Bruce*）为例。当布鲁斯处于困境时，他在爱伦的女主人预言他会有好的结果。布鲁斯虽然没有全信但还是受到了鼓舞；在此期间，布鲁斯就针对使用预言的正确和错误方法做了一次简短的说教。同样地，人们对中世纪修辞家的期待是他们储备有丰富的范例、轶事或寓言，随时可以说明或指出一条道德准则。乔叟的《修士的故事》（Monk's Tale）是一系列这种范例，把它们掺和到一起只是为了说明那些道德，而没有任何其他意义。[28]但在中世纪后期，说教故事被赋予了新的地位，从举例说明升华为道德教化的独立文体。道德故事的主人公与其说是一个人在作为，不如说他是作为一个重要的范例、一个严肃教化的形象通过其所作所为体现了一定的美德或罪恶。这种教化的严肃性在薄伽丘的《名人例证》（*De Casibus Virorm Illustrium*）那里得到最为清晰的体现。这两种道德教化的对象也有所不同。中世纪早期对教化对象无所限定;当教会的控制走向衰弱,伴随着民族主义的兴起,君王统治者的真实品格对一个国家的利益比过去更为重要,这时教化的对象也发生了变化。于是,美德和罪行的重要教化例证越来越指向对成长中君主的教育或是对实际君王施政的影响。这种重要范例的观念直到伊丽莎白女王在位很长一段时期内都维持着强大的力量。在英格兰,这一观念的散播主要受益于利德盖特(Lydgate)所翻译的《名人例证》。①

这种文学上的普遍倾向直到十六世纪才在严格意义上的历史写作里出现,不过它在至少一位编年史家那里得到了体现;这位编年史家对此倾向的涉及非常有典型性,并预告了未来的发展,因此值得在此一提。

哈丁(Hardyng)是为亨利四世和亨利五世处理事务的人。他参加过阿金库尔战役,但后来成为支持约克王朝的人。他写了一部诗体编年史,记录了从不列颠的特洛伊战争到爱德华四世刚刚登基的历史。他在总体上只是提供信息,延续中世纪的风格,不过当他提到不列颠在卡德瓦拉德(Cadwallader)时代的分裂时,他表现出新的教化主义的影响。他向爱德华四世的父亲约克公爵提出,他认可他要求王位的权利,但又说起内部分裂的危害,其中有着明确的对现实的影射。亨利一世因为法国内部分裂而变得强大,迦太基与罗马都是因为自身的同样问题而衰亡:

> 因此,阁下,请现在思考这一教训
> 并授予马契伯爵大人,您的继承人,
> 趁他还年轻之时;对这一教训的思忖
> 可能对他来说有些早,当天气晴好,
> [29]人民想要求助于他
> 几乎不费功夫便可让他们不再苦恼

---

① 本段中所描述的过程在悲剧中的表现,参见 Lily B. Campbell,《莎士比亚的悲剧英雄》(*Shakespeare's Tragic Heroes*, Cambridge, 1930),页22 等。

那么但愿他能慰藉他的人民。

趁他还年轻,赋予他智慧,
这只有付出努力才可能得到;
要努力便不可能轻而易举做到。
因为帝王君主都是努力的回馈。
要做您的继位者,就不要让他怠惰,
因为荣誉和轻而易举不可能同在:
所以要在小树年轻时让他经受磨练。

看薄伽丘笔下多少君王因为骄傲
失去一切尊严,一败涂地。(第 98 章)

这里的主张就是:历史不是对事件的记录,也不仅是对一个人功绩的致敬,而是严肃教训的宝库,最大的用处就是为现今的君主提供实际指导,薄伽丘在这里被引为主要权威。

5. 都铎王朝的神话[①]

亨利七世继位后,历史写作变得更为复杂,原因不仅在于历史的方法有其自身的发展规律,而且都铎王室为了自己的目的,鼓励臣民用一种特殊的方式看待那些成就该王室继位的事件。这一特殊方式对于伊丽莎白时期的文学来说至关重要,我会先说明这一点,再指出莫尔(Thomas More)和波利多尔·弗吉尔(Polydore Vergil)对历史写作的一般性贡献。

亨利七世对他的王位的称号不是太满意,于是推行了两个历史观念,它们成为重要的国家主题。第一个观念是通过它与约克家族

---

① 参见 E. A. Greenlaw,《斯宾塞的历史寓言研究》(*Studies in Spenser's Historical Allegory*, Baltimore, 1932),第 1、2 章。

女继承人的联姻将约克和兰开斯特两大王室家族联合起来,这一段重要历史有着由上天注定的幸福结局。第二个观念是除了作为兰开斯特家族后人及与约克家族的联姻之外,他的威尔士血统也使他有资格继承英国王位。他不仅宣称祖先是亨利五世遗孀的丈夫欧文·都铎,即最后一位不列颠国王卡德瓦拉德(Cadwallader)的直系后裔,而且怂恿人们传扬那个古老的威尔士迷信——亚瑟王没有死并且还会回来,并暗示人们他和他的继承者就是转世的亚瑟。[30]第一个观念很显然对于理解莎士比亚的历史剧十分重要,我在这本书里会频繁涉及,在此我便不再赘言。相较而言,莎士比亚对第二个观念的关注没有那么直接,不过在他的潜意识里一定会有这个观念。因此我后面对此的说明会更少。因为这个原因,再加上读者们可能会极度轻视这种幻想在他们头脑中的重要性,所以我在这里要做一点阐释。假设亨利七世宣称自己是亚瑟王再生仅仅是他自己暂时的或许是有些孤注一掷的权宜之策,以便巩固王位,那么这个观念就不值得过多关注。但是它却表现出让人极为震惊的持续性和对人们想象的强大控制力。亨利给他的长子起名为亚瑟,试图让这个故事延续下去;不过,这位王子的夭折并没有阻止都铎王室的其他人对这一故事的利用。在古老的传说里亚瑟王的回归将召回黄金时代;而伊丽莎白时期常常被称为黄金时代,这不只是些不相关的称颂,而是暗示预言中的黄金时代确实到来了。斯图亚特王室也没有颠覆这一神话。① 相反,他们还增加了一项新的宣称;因为詹姆士与亚瑟王有关的背景更为丰富,他不仅是都铎的后裔,而且他的另一位祖先弗利恩斯(Fleance)是班克(Banquo)的儿子,班克娶了卢埃林(Griffith Llewelin)的女儿,而卢埃林是亚瑟的后裔和威尔士最后的国王。要说明亚瑟王转世的观念如何激发了人们的想象,只需读一下斯宾塞的一段诗便足够。有些历史性的篇章对斯宾

---

① 参见 Roberta F. Brinkley,《十七世纪的亚瑟传说》(*Arthurian Legend in the Seventeenth Century*, Baltimore, 1932)。

塞和他的同时代人比对我们来说含义要丰富得多,《王后》第三卷第三章就是一例。它讲的是梅林(Merlin)对布里托马特(Britomart)预言说由于她与阿提歌(Artegal)的结合将产生的英国国王,这就是斯宾塞笔下自亚瑟王以来的英国历史。这个版本的历史完全是从不列颠①的视角出发,而不是萨克逊的。萨克逊人在这里是非法的入侵者,上帝允许他们一时得逞是为了惩罚不列颠人所犯下的罪:

> 萨克逊人将不会平静地
> 享受这王座,因为这是他们从凯尔特人手中
> 恶意掠去,又残酷统治的。

[31]接下来梅林又简略提到丹麦与挪威人的入侵,在漏掉整个金雀花王朝的历史之后,预言都铎王朝将使不列颠民族重掌王座、世袭王位:

> 不过,当这一阶段完全实现,
> 将有一粒火种,它长久以来
> 便埋藏在他的骨灰之中,
> 被重新点燃在这丰腴的
> 莫纳岛上,此前只是以流放的姿态藏于此处;
> 它将喷发熊熊燃烧的明亮之火
> 一直烧到那具有皇室威严和
> 至尊家族风尚的王室。
> 由此不列颠血统将再次继承这一王冠。
>
> 从此以后永恒的联合
> 将在此前不同的国家间形成,

---

① [译注]Britons 在此处指古不列颠人,或凯尔特人。

> 神圣的和平将亲切地劝说
> 那些好战之人学习她美好的知识
> 而不再征用平民士兵。
> 那时会有一位童贞王后执掌御座,
> 她的白色御杖将挥至荷兰海岸上方
> 同时痛击那伟大的卡斯提尔
> 让他震颤不已,并很快懂得失败。

换句话说,都铎王朝是不列颠保皇主义种籽的发芽与壮大,这些种籽已经在遥远的莫纳或英吉利海沉睡了很多个世纪,同时该王朝也是解决凯尔特人与萨克逊人长期斗争的途径。都铎王朝最大的成就是伊丽莎白女王,她将使骄傲的卡斯蒂利亚(Castile)王国感到卑微。要注意的是这里并没有直接暗示都铎王室是亚瑟的转世。其中的原因很充分,因为这正是整部诗歌的主要主题之一。假如斯宾塞完成了这部诗歌,那么亚瑟王子对格洛丽亚娜(Gloriana)的成功追求,应该会成为全诗的主导性主题,不过这一追求的含义之一就是亚瑟转世为伊丽莎白女王。斯宾塞的确为伊丽莎白女王做出了最夸张的宣称。无视都铎王室把约克和兰开斯特两大王室家族联合起来只是英国历史大篇章中的一个小节,斯宾塞把伊丽莎白女王的黄金时代描绘成一个广阔进程在神的属意下获得圆满的结局,而这一进程始于那个遥远而辉煌的过去,也即特洛伊人登上不列颠岛征服了它强大的民族。[32]正是在这种描绘里可以看到我在第一章里所说的历史与世界秩序之间的密切关系。伊丽莎白女王的时代是黄金时代,对应的是天上一年的开端,此时所有天体都将回到它们在苍穹中所属的位置。斯宾塞的想象还将证明,戴维斯描述的伊丽莎白女王及其宫廷的舞蹈复制了宇宙的舞蹈一说,不只是一个幻想。

有关都铎王朝推行的两个特殊的历史观念,就暂且说到这里。下面我要说的是亨利四世和亨利八世统治下历史写作实践的正常发展。

6. 波利多尔·弗吉尔[①]

1501年一位意大利学者俄比诺的波利多尔来到英国,作为二级征收者为教皇亚历山大六世收取教皇献金。波利多尔是伊拉斯谟的朋友,因为写了一部有关艺术和文化发明者的作品而闻名于世。他有一封给亨利七世的推荐信,有一些有影响力的朋友,在英国不同的神职机构里愉快地度过了他大部分的人生。在他来到英国大约六年后,亨利七世请他写一部完整的英国史。1517年他报告说这部历史即将完成;但是直到1534年这部历史才被印刷出来,又到了1555年他才以1538年的事件结尾将其最终完成。波利多尔写的历史十分受欢迎,其中在理查三世去世之前的部分先被译成了英语。这些译文的大部分至今仍是手写稿,但记叙从辉煌开端到诺曼征服时期英国历史的前八卷、记叙从亨利六世到理查三世时期历史的第二十三至二十五卷已由卡姆登协会出版。波利多尔在英国编年史家当中是一位创新者,因为他在写作时有意识地与经典历史学家相比较,还因为他具有批判的精神。他对性格和转述言谈的描写堪比李维和塔西陀(Tacitus)的生动与简洁。他的历史能够影响伊丽莎白时期戏剧的一个更为重要的因素,是他按照塔西陀的《阿古利可拉传》(Agricola)的方式通过描写来赞扬亨利五世,同时完全顺应当时对"模范"的推崇。在他惯常的冷静批判间歇稍作放松,波利多尔对这个英勇与虔诚的模范做了一番夸张的、对现代人来说很讨厌也不足信的描绘。[33]他对亨利五世统治时期的记述

---

① 有关波利多尔的资料,我使用的是卡姆登协会的卷本(Camden Society volumes)(到诺曼征服时期之前,books 1–8, London, 1846;从亨利六世到理查三世, London, 1844),该卷本没有涉及的部分另行参考了原始拉丁版本, Basel Edition, 1570。有关波利多尔作为历史学家,参见 C. L. Kingsford,《十五世纪的英语历史文学》(*English Historical Literature in the Fifteenth Century*, Oxford, 1913),页191 等。

是这样开始的:亨利在那些王子当中几乎是唯一的一位,他意识到,作为一国之君必须具备相当的精神、智慧、严肃性、警惕性和良好的信念,君主应当把国家视作责任而非荣耀,并且需要优秀的参谋来帮助他承受这一切。接下来波利多尔就君主作为模范对其国度的影响做了一番一般性的道德说教:

> 正如西塞罗所说,一位君主走入歧途,虽然这本身是一项大罪,但这种罪行的严重远不及这位君主的堕落腐化了其他人,由此引发的后果是这不仅改变了他自己的生活,而且改变了他的人民原有的道德规范。(Basel Edition,页439)

一国之君只有有效地监管其臣民的道德,并成功抑制庸众的罪恶,才能获得荣耀。任何一位君王如果还没有学会这一点,就还没有长大,即使他在年龄上已经成人;他并没有实行统治,而是被统治着。理查二世就是这样一位没长大的君主。他并非生来就是邪恶的,但他没能接受好的建议,最终毁在坏参谋们的手中。爱德华二世也是这样,这二人最后都死得很悲惨。亨利五世很可能从这些实例中得到了教训,意识到要警惕身边的逢迎者,并且要选择那些能力最好的人,跟他们学习统治的艺术。波利多尔让亨利在入侵法兰西之前虔诚地宣告上帝授予他继承法国王位的权利。在战役中亨利用死刑来惩罚那些渎神的行为。哪一方会获胜,是可以确定的,因为在法国人违背承诺的同时,亨利修建了许多修道院。波利多尔是最早把亨利表现得在阿金库尔战役之前能言善辩的作家,有趣的是,他笔下的亨利所说的话与莎士比亚的亨利所说的极为相近。总的来说,波利多尔在记述亨利五世的时候,不再是一位批判性历史学家,而成了一位古典风格的传教士,他觉得有责任把一个人写成集中一切美德的廉价皇家模范。我不知道他为什么要这样做。也许是因为李维对亨利五世的温和描绘在这期间已经成为一种陈规,波利多尔只能默认这个业已存在的民族神话。还有一种可能是中世纪圣徒传和古人道德传记所结合起来的传统——普鲁塔克(Plutarch)与塔西陀——诱使波利多尔放弃他惯常的严肃清醒转而去冒险。

[34]波利多尔的批判精神表现在三件事上:真心努力客观地写出真实的历史,对人们的动机做理性而善意的判断,以及理解事件缘由的欲望。

第一件事我只做简要说明,因为对此历史学家比文学批评家更为关注。在第十九卷里,波利多尔在描述1366年爱德华三世与法国休战时说,尽管法国和英国的历史学家对这一事件的争论与当初两国军队的战斗一样多,他还是会讲真话(同前,页389)。他对于理查二世与亨利四世之间发生的事实真相也以最具同情心的公正态度进行探讨(同前,页424等)。他认识到理查弄死他的叔叔即格罗斯特公爵并没收兰开斯特庄园财产这两项大罪。他也认可亨利四世在这种情况下的作为是适度的,并拒绝相信亨利应该对理查的悲惨死亡负有个人的责任。不过,他强调理查不是天生的恶人,而且他虽然赞扬亨利的品性,却一直提醒我们他是一个篡位者,也是让理查死去的罪犯。波利多尔是一个有同情心但并不受制于情感的罗马天主教徒,他了解人性的复杂动机,但又宽容地给出评判。因此他能够灵巧地把握这两位君王的平衡,而不会搅乱它。这种平衡在后人的作品中成为一种传统,不仅涉及对理查二世与亨利四世的处理,而且关涉爱德华二世与那些废黜他的人。但是它并不符合盎格鲁-撒克逊人更为激烈和浪漫的品味,因此失去了波利多尔保持该平衡所具有的清晰的敏锐。

上段中最后几句话已经点到了波利多尔的第二种特质——他对人们的动机所做的理性而善意的判断。这一点很重要,值得进一步举例说明。比如,他对普通人的正直和纯真有一句评论。爱德华四世在亨利六世复位之后从国外回来,发现人们大都反对他。于是他宣布说自己不想要王位只想要约克公爵的位子。针对这一伪装的影响,波利多尔写道:

> 很难让人信服地说明这件惺惺作态之事有多么了不得的影响,这就是正义在人们当中普遍具有的力量;因为当他们听

说爱德华国王并不想要王位,而只是寻求他所继承的遗产,人们便被他感动而支持他,或是至少不阻止他获得爵位。(Camden Edition,1844,页137)

[35]其中波利多尔对英法争端中亨利六世治下痛失法国的评论最有意思。他认为对此最应该负责的是法国人固执的民族主义,它使得法国人拒绝把英国人当作亲属。

> 在法国,甚至从一开始就有这种说法:公民们有了一种想法,其余的人就会有另一种想法,因此结论就是陌生人一种都没有。由此人类的共同社会破裂了,在两个民族中逐渐生发了相互的仇恨。一段时间以来这种怨恨已经在很多人心里蔓延开,因此(不论其余)无论如何都无法让一个天生的法国人去爱一个英国人,或是让英国人爱上法国人。这就是因为对荣誉和帝国的争斗而产生的仇恨;多年来相互之间的流血争斗和屠杀更加深了这种仇恨。这也是英国事务在海外彻底失败的原因。(同前,页82)

这段话与伊丽莎白时期戏剧相关因而与本书相关的原因在于它的矛盾性,因为其中表达的宽容与后来时代的爱国主义激情距离遥远。不过,这位具有国际主义精神的意大利人对新民族主义精神的崛起表示遗憾,这一有趣的情景本身就值得探究。

但是,在波利多尔批判精神的三种表现里,想要明白事件根源的渴望对戏剧的影响最为重要。他作为第一位严肃关注因果关系的英国编年史家,在他那里,这段历史作为素材,不仅用于以戏剧形式对事件的单纯记录,而且用于真正的人类戏剧,在这种戏剧里单纯的事件从属于事件的重要性。我并不关注波利多尔资料来源的历史问题或是衡量其原创性的标准。在本语境中真正重要的是,不论伊丽莎白时期历史剧的作者们是否读过他,他们确实读过受益于波利多尔的编年史家,那些编年史家从波利多尔那里学到一种书写历史的方法,这种方法对于历史剧的帮助是崭新的。[36]这并不是说波利多尔写的每句话都指向人类事件的某种伟大逻辑体系,或是他比吉本(Edward Gibbon)更早地执着于自己的单一伟大主题。波利多尔的历史是对英国历史事件的理性、简明、合理的记录,中间不时插入对事情发生方式的理性反思,在后面的部分中隐约蕴含了一种模式的框架,在都铎王朝建立之前的历史事件以这种模式呈现出来。因为莎士比亚最终继承了这一模式,因此它对于本书的计划有首要的意义。

举一例说明波利多尔对事情发生方式的反思,即第六卷的开头。他提出了一种革命性的历史观念,并阐释了这一观念对英国的适用性。国家,与人一样,会经历少年、成年和衰老,但与人不同的是,它们不会受一次生命的限制。十一世纪的英国处于老年时期,而诺曼人的统治让它焕发青春,重新谱写曾经的旋律。在第四卷前言里他也暗示了这种在文艺复兴时期很普遍的观念,即历史在明确地重复它自己。他把撒克逊国王们内战的时期看作在王权治下统一的由神属意的序曲。从他的口吻中也可以肯定他还想到了玫瑰战争和亨利七世治下王室家族斗争的终结。波利多尔在标注因果关系的具体事件时是很谨慎的。比如在第二十卷里他生动地记录了理查二世绑架他的叔叔格罗斯特公爵,然后注明正因为这一罪行约克公爵和兰开斯特公爵收回了对理查的支持,而这是理查垮台的主要原因。(Basel Edition,页 421 – 422)

波利多尔看待历史的特殊模式是针对理查二世到亨利七世的历史。该模式是在一种严肃的道德维度下审视这段历史:它体现了上帝的公正,让罪行得到惩罚,直到都铎王朝重新开启繁荣的历史。我不知道这种模式在多大程度上是波利多尔的原创,或者在多大程度上是从亨利七世那里正式获得了灵感。这是历史学家要解决的事情。波利多尔对这种观念的认可以及文学表达本身,才是我们这里要关注的事实。波利多尔并不像霍尔后来那样语气强烈。亨利四世篡位的全部影响在当时并没有提及,但在后来的回顾中说到了。[37]最重要的一段话出现在第二十四卷里，此时图克斯伯雷（Tewkesbury）战役已最终决定了玫瑰战争的结果。波利多尔在这里评论了爱德华四世的奇妙运气。不过他修正了自己，把爱德华的胜利归因于上帝对兰开斯特家族罪行的惩罚，而不是爱德华自己的好运：

> 把产生这一结果的原因归为兰开斯特家族的厄运这种说法是可疑的，明智的人会认为这要归因于上帝的公正。因为亨利六世的祖父亨利四世是靠强力篡夺的王权，因而王权不会长期被这个家庭享有。也就是说祖父的罪行报应在了孙子的身上。(Camden Edition, 1844, 页154)

其他的不幸也都与相对应的罪行联系了起来。伦敦塔里被杀掉的王子们可能是因为他们的父亲爱德华四世在约克家族领地前许下的假誓，他当时说只会保留自己的公爵爵位，而不会再谋求国王的地位。当安佐的玛格莱特王后在巴奈特战役后哀悼其不幸，波利多尔说她应该想到她所有的悲伤都源自葛罗斯特公爵亨弗雷因其而死。他还说："许多人都会以上帝为标准来衡量这些事件的根源，根据自身的力量和意志来量度公平与正义。"(Camden Edition, 1844, 页148)亨利五世将理查二世重新安葬以破除他的死亡带来的祖传诅咒。亨利五世在航海去法国的前夜，在南安普顿发现了剑桥伯爵理查针对自己的阴谋，他当时没有意识到问题的严重性。密谋者们假装被法国国王收买从而遮掩真实的约克阴谋。波利多尔评论道：

> 不过假如亨利注意到这团此时还在燃烧的火焰，他就可能会看到从中点燃的那只可怕的火把威胁着他家族的房屋；也许他就会立即将其熄灭。(Basel Edition, 页442)

与兰开斯特家族的祖传诅咒同时存在的是都铎家族的希望。欧文·都铎娶了亨利五世的遗孀，被称为"威尔士的绅士，天生具有优秀的身体和头脑,继承了不列颠最后一个国王卡德瓦拉得的血统"(Camden Edition,1844,页 62)。[38]在波利多尔笔下,亨利六世复辟之后看到当时仅九岁的亨利七世,说到"没错,就是他,我们和我们的敌人都将臣服于他,将王权归于他"(同前,页 135)。最后他不惜笔墨地讲述了亨利七世作为里士满伯爵在布列塔尼(Brittany)流放时经历的各种危险,并始终强调上帝在其中的指引。都铎的神话实际以轮廓的形式存在其中,尽管可以用更强烈的言辞表达出来。

波利多尔作为一个道德家在写作,不过他并不是特别地戏剧化。早先我提到波利多尔对理查二世绑架他叔叔葛罗斯特公爵的生动描述。这段描写确实生动,但要是把它和傅华萨对同一事件的华丽呈现相对照(它肯定是来自于后者),就会明显看出波利多尔的戏剧感非常一般。不过这并不重要,因为他为那些戏剧天分更高的人提供了可进一步利用的内容。

7. 莫尔爵士

1513 年,波利多尔还在写英国历史,托马斯·莫尔爵士时任伦敦司法长官,写下了他未完成的理查三世史。① 这是与部分《国王传》和修昔底德的著作类似的历史作品,超越了对事件的记录和证据的整理,是对根本人性的经典记录。莫尔是在傅华萨完成其作品很长时间后才开始写他的历史,所以没有内部证据表明莫尔读过后者的史作,也没有外部证据,但是有外部的可能性。波利多尔是通过与伊拉斯谟的友谊加入到莫尔的圈子里,他读过傅华萨并将其用于历史的写作,因此有可能他的朋友也了解傅华萨的原著。不管怎样,莫尔把傅华萨的戏剧感与贴近真实事件的特点引入英国的编年史。有一个场景是爱德华四世的遗孀在威斯特敏斯特的避难所被

---

① 最容易找到的版本是 J. R. Lumby 编辑的(Cambridge,1883)。

大主教劝说把自己的小儿子让渡给他的舅舅摄政王去抚养,这个场景比英国戏剧在其伟大时代之前的任何作品都有悲剧性(Limby Edition,页 25 等)。至于喜剧的部分,肖博士布道的情节正好超出傅华萨的写作范围。肖博士在布道词中指责爱德华四世的孩子们是私生子,并拿摄政王理查与他的公爵父亲外貌明显相像与之做对比。[39]而且当他说出"这是父亲的身形,这是父亲的容貌,是与他一个模子刻出来的毋庸置疑的形象,与尊敬的公爵长得一模一样",理查应当出现在会众之中,"仿佛是圣灵让布道者说出了这番话,应该能够把现场的人们感动得直呼理查国王、理查国王,以至于后来人们会说他是上帝以奇迹的方式特地挑选出来的"。但是时机不对。那些话在理查出现之前说了出来。当他出现时,牧师又脱离语境匆忙地重复了一遍,导致了滑稽的效果。布道后"牧师回了家,再也不敢自取其辱,过上了昼伏夜出的日子"(同前,页 63－66)。

　　与傅华萨一样强调戏剧性,莫尔对人性的判断与波利多尔一样充满善意。他为自己的作品中引入简·肖尔这样微不足道的小人物做出了申辩:她从幸福到不幸的堕落是有教育意义的例证,他以微妙的同情描述了她的经历和性格。

　　但是,莫尔与傅华萨不同的是他为后者的通俗现实主义添加了一种古典形式主义的标准。正是这种混合——就像怀亚特诗歌对中世纪诗与彼特拉克诗的结合——让莫尔的史作独具特色。莫尔开头对爱德华四世临死前的描写有一种童话的古老色彩,但他让爱德华临死前发表的一番高谈阔论则完全是古典修辞的风格。这两种风格融为一体,颇有说服力。

　　莫尔与波利多尔一样,接受并证实了当时的历史道德观:即哈丁引入编年史写作的那种对优秀典范的严肃追随。但是他并没有把这一道德观强加进去,或是让它妨碍到自己对人类戏剧的首要兴趣。直到在霍尔那里这种道德准则才第一次得到全面的表达。

　　莫尔的史作有着很大而且无法估量的影响。假如它和他的其他作品混在一起,反天主教情绪可能会阻止它的流行,但它被吸纳到后来的编年史中因而避免了上述问题。我猜想它不仅确定了莎士比亚《理查三世》的结构,而且直接激励他用戏剧而不是轶事的形式来创作。不管怎样,这就是英国原创历史作品两篇中的一篇,[40]它们积极的刺激使得一位伊丽莎白时期戏剧家贴近他的写作对象,把它首先看作是发生在人身上的事情,其次才是道德原则的宝库或是事件的序列。我强调英国"原创"历史作品,因为伯纳斯翻译的傅华萨也起到了同样的作用。

与莫尔的《理查三世》并列的英国原创历史作品是卡文迪什(Cavendish)的《沃尔西主教的一生》(Life of Cardinal Wolsey)。它写于玛丽女王统治时期,不过直到 1641 年才印刷出版。莎士比亚在创作《亨利八世》以前很可能读过该作品的手稿;但我们无法知道这是多久以前,也不知道该作品是否帮助他形成有关历史的早期概念或者促成他创作历史剧的早期实践。这部作品在有些方面比莫尔的《理查三世》更为生动,因为卡文迪什是沃尔西最信任的仆人,他写到的内容几乎都是他亲眼所见。但这部作品对莎士比亚的影响太难以确定,因此只能在此略微一提。

8. 霍尔[①]

在我的讨论中霍尔是非常重要的人物,而在这之前我必须先向读者们致歉。霍尔的全部著作很难找到,而找到的部分也非常笨重、难以处理,使得阅读变得更加不易。除了霍尔的原作之外,只有

---

① 关于霍尔是莎士比亚历史剧的重要历史背景,提出该观点的是 C. L. Kingsford,《十五世纪英格兰的偏见与承诺》(Prejudice and Promise in Fifteenth Century England, Oxford, 1925),页 1—21。进一步论述的是 E. A. Greenlaw,《斯宾塞的历史寓言研究》(Studies in Spenser's Historical Allegory),页 7 等。有关莎士比亚受霍尔影响的详细研究将在后面提及。霍尔的作品均指 1809 年的版本。

一个完整的版本,出现在 1809 年,这是一部体积庞大、令人望而生畏的书。记录亨利八世时期历史的一个版本出了 350 册。因此一般的读者很难接触到他的原作,很有可能为此而抱怨:你为什么要让我对一个完全见不到他作品的作者感兴趣呢?对这个问题我没有答案。不过,要重印霍尔的《编年史》中亨利五世整个统治时期的部分是容易的。这一部分并没有占据整体的一大部分,但它却涵盖了莎士比亚最有意思的历史剧中所有的素材,而且包括了说明霍尔写作目的的重要出版序言。除此之外,他对理查三世的记录主要是对莫尔史作的复制,而后者很容易找到。上面提到的部分对于一般的读者来说足够了,而且把它们集为一本书的话篇幅也不算太长。

爱德华·霍尔出身于名门贵族。[41]他的祖父曾是约克公爵(爱德华四世的父亲)的私人顾问,并被他封为卡昂指挥官,可能因为这个原因霍尔在他的编年史中对约克公爵的描述比波利多尔要更温和。霍尔先后在伊顿公学和剑桥的国王学院就读。他学习了法律,成为法官和议会议员。他的主要活跃期都在亨利八世统治时期,不过他刚好活到了爱德华六世继位,并把自己的史作献给了他。他没有活到玛丽女王统治时期是幸运的,因为他在一切行动上强硬的新教信仰和对亨利八世的坚定支持一定会让他遭受迫害。事实上,他的书被烧掉了。无论如何,他生活在亨利八世的统治下,是那个时代真正的精神之子。思想与情感上他都信仰新教和都铎王朝的新专制统治。他既为亨利喜好表演展示而感到欣喜,也很高兴亨利获得了英国教会首领的地位。不过他并不仅仅是亨利八世的支持者及其功绩与比武的记录者;可惜的是对他这种不完整的看法由于惠布利(Charles Whibley)和剑桥英国文学史(*Cambridge History of English Literature*)(见卷三,第 15 章)的权威而持续影响了很长时间。霍尔的《编年史》写的是亨利四世至亨利八世统治期间的历史;亨利八世时期的历史占据整部作品的近一半内容。惠布利认为该书的前半部分只是资料的编辑整理,而后半部分霍尔写自己所在的时代才是真正鲜活的内容。他还认为前半部分被阿谢姆(Roger Ascham)批评该书是用"契约英语"(indenture English)写成的并不冤枉,而后半部分则不是这样。阿谢姆所说的"契约英语"是指在法律文件中使用同义词和同义短语的习惯,这一习惯在《祈祷书》(*Prayer Book*)中被提升至美的高度。霍尔对这些词的使用显然是毫不吝惜的,下面是一个极端的例子(恰好也说明绚丽文体的最早形式):

> 当火被一个狭窄的地方圈起来,就会竭力喷射出它的火焰;当水流受到限制和阻碍,就会持续不断地流淌和喷涌出来。所以恶毒的鳄鱼和狡猾的毒蛇不会在怀有恶意的心和满腹坏水的肚子里久藏,它们最终一定会依其本性显露出来。

不过尽管"契约英语"在前半部分出现得比较多,在后半部分也不是完全没有。而且当它出现的时候,常常是作为使韵律更高雅的结尾,或是像上述引文中一样表示强调。[42]"恶毒的鳄鱼"是有煽动性的词语,霍尔在他的编年史中很重要的地方、也是新一章的开头使用这个词,是想告诉读者煽动性暴乱是多么可怕和无法消除。他的"契约英语"有更高的道德目的。说霍尔的生动性只表现在后半部分也是不准确的,实际上从头至尾都能看到霍尔的活力。即使有关绚丽文体的问题,他对波林勃洛克与毛勃雷之间的决斗前准备的描写,或是对亨利六世在法国的加冕仪式的描述,都与亨利八世时期更有名的那些描述一样出色。但是像惠布利那样把霍尔史作的前半部分称作一部中世纪编年史是大错特错,而且这一错误应得到揭示,因为这代表了一种颇有历史的勉强心理,即不愿意承认莎士比亚在多大程度上受益于霍尔。有些人,从金斯福德(C. L. Kingsford)开始,就揭示了这个错误,但我怀疑霍尔的重要性从未被完全认可,他的重要性不仅在于对莎士比亚有影响,他还是都铎时期历史思想的塑造者,更不用提他那了不起的文学才华。

霍尔最重要的意义在于他是全面表现一种崭新的将历史道德

化写作的第一位英语编年史家,这种道德化伴随着中世纪的结束、教会的衰弱和民族主义的崛起。他这种才能的特殊文学意义在于将一种戏剧感引入到他的表达方式中。我不是指真实事件中的戏剧感,那是傅华萨和莫尔的特长(尽管霍尔也具备这一点),我是指将伟大的事件用道德问题串联起来的本领:是与心理戏剧相对应的道德戏剧。正是霍尔的这种道德戏剧启发了《为官之鉴》的作者们;至于这面镜子对伟大的伊丽莎白时期文学的影响则很难界定。霍尔另一方面的重要意义是他发展并确定了都铎王朝的历史神话;因为如果他将历史道德化了,他是让历史经过特殊的有机延伸进入了"亨利八世的成功统治"。可见这后一种意义与前一种紧密相关,所以我会同时阐明这二者。

霍尔从一开始就阐明了他的意图。在最早流传下来的版本的标题页上他没有把自己的作品叫作"亨利四世到亨利八世期间英国历史的编年记录",而是叫作《兰开斯特与约克两大显赫高贵家族的联合》(*The Union of the Two Noble and Illustre Families of Lancaster and York*),[43] 也即像吉本一样明确地宣称其写作主题的统一性。不过这里需要引用他的整个标题页:

> 兰开斯特与约克两大显赫高贵的家族,曾为争取这高贵王国的王位而长期纷争,一切都发生在两大家族的国王们在位期间,关涉这两脉王族血统,从国王亨利四世这位分裂的始作俑者开始,成功地推演至高贵审慎的国王亨利八世之统治,亨利八世就是这两脉血统毫无疑问的巅峰和继任者。

亨利七世与爱德华四世的女儿伊丽莎白的联姻就是将这段历史统一起来的事件,正如霍尔在前言中所说,"因为,正如国王亨利四世是这场巨大纷争与分裂的始作俑者和根源,这神圣的婚姻也是一切纷争、封号和论辩的终结。"从他的章节标题中可以看出他对写作主题有多么戏剧性的理解。他把序言称作对兰开斯特和约克两大家族分裂的介绍,实际各章的题目如下:

一、国王亨利四世的动荡时代；
二、国王亨利五世的成功举措；
三、国王亨利六世的困难岁月；
四、国王爱德华四世的繁荣统治；
五、国王爱德华五世的可怜生活；
六、国王理查三世的悲剧作为；
七、国王亨利七世的精明治理；
八、国王亨利八世的胜利统治。

霍尔知道上述标题提供了不止一种模式，而且因此感到高兴。他的标题中有四位成功的国王和四位不成功的国王，他们形成了某种诗节的形式。把不成功的国王看作 a，成功的国王看作 b，就得到 ab-abaabb 的结构。把亨利五世的"成功举措"与理查三世的"悲剧作为"相对应不是没有意义的。举措或行为只属于这两位国王，他们的历史是以一种特别戏剧化的方式表现出来的：霍尔甚至有意通过"举措（act，[戏剧中的]幕）"和"悲剧的"来指涉戏剧。我在后面会回到这个特别处理的问题上来。

写完序言，霍尔用一切他能够调动的绚丽言词和事实宣告了这部作品的伟大主题。[44]这就是无序（此处指内战）、联合与随之而来的"层级"。

> 内部分裂给王国带来了多少危害，内部纷争让国家损失了多少人口，分裂的派系让城市里有了多少恶毒的谋杀，内部矛盾与非正常的论争给闻名遐迩的地区带去多少灾难，对此种种，罗马感受过，意大利目睹过，法国可以作证，波西米亚可以说出来，苏格兰可以写下来，丹麦可以展示出来，尤其是这一高贵的王国英格兰显然可以宣告并且将其充分展现出来……兰开斯特和约克两大显赫家族的分裂与纷争让这片闻名遐迩的土地经受了怎样的痛苦、怎样的残忍、怎样的可怕灾祸，以我的才智已无法把握，我的言辞已无法表达，我的手中之笔也无法

充分地展示。

不过尽管其他纷争还在继续,这一最可怕的纷争被亨利四世与伊丽莎白的结合及其结晶亨利八世永远地治愈和修复了。霍尔希望我们把这一事件看作是比它本身更伟大的秩序的象征。他写道,这一联合达成了,

> 由此所有人,比太阳更清晰,都可以明显地感受到不和谐使伟大的事物衰落和毁灭,同样,和谐使它们重生和崛起。与此同理,所有地区都因为分裂和纷争而遭受痛苦、伤害和动乱,又因为统一与和谐而获得挽救、和平与繁荣。

霍尔并没有在此停住,而是在他的主题里看到了相关的更为神圣的联合:

> 通过人性与神性的联合,人与上帝连接了起来,在此之前人因为狡猾毒蛇的引诱被迫与上帝隔离和分裂了。通过天主教教会与过时的犹太教的联合,摩西十诫中严格的仪式和极度的痛苦很明显被废弃以致无效了,但是仍指明了基督教的自由,基督的宗教获得稳定并崛起了。由于男人和女人通过神圣婚姻的结合,一代人获得了祝福,身体的罪行经过涤荡而清除。通过联姻,王国与王国之间增进了和平,培养了国与国间的感情。[45]婚姻的联合让怨恨消散,友善萦绕,取得了永恒的联盟与亲缘关系。因为前述两大高贵家族的联合英格兰王国获得了怎样的益处、怎样的安宁、怎样的快乐,你们可以从这部粗鄙、浅薄的历史之后续明显地感受到。

歌颂婚姻的圣礼或是将其他的联合与之做比并没有多少新意,但是对一个本质上政治性的事件给予如此严肃的强调,以如此神话般的高度所歌颂的不是婚姻本身,而是两个特殊的人的结合,这是此前没有过的。实际上波利多尔曾经写过都铎王朝的神话,但是他远未如

此将其戏剧化、神圣化。在霍尔这里,我们看到的是历史剧从神圣转化为世俗的完整过程,原来对上帝的绝对崇拜变成了管控世俗事件的更加严厉的虔诚道德准则。除去许多细节,霍尔看待亨利八世的态度与莎士比亚同时代人看待伊丽莎白女王的态度没有巨大的差别。

在表明联合是其主题之后,霍尔指出必须首先记述前面所说的纷争。这将成为他的开篇。他并没有像马基雅维利一样认为纷争是人类的自然状态。相反,在基于纯粹的谱系原因简短提及亨利三世和他的孩子们之后,他写到爱德华三世,并郑重地列出了他的七个儿子。与我们相比,霍尔那个时代的人们更加觉得七是个幸运的数字;毫无疑问他想让我们觉得爱德华三世的统治代表着秩序的规范,英格兰此后的历史都是对此的偏移。莎士比亚显然对此毫无怀疑,他不仅照搬而且更加强调霍尔所记述的爱德华三世的七个儿子。从这一细节还可以看出霍尔与波利多尔的差异。波利多尔是一位不带偏见的历史学家,而不是戏剧家,他论及爱德华究竟有七个还是六个儿子,并愿意承认这个问题悬而未决,而没有一定要抓住数字七的可能性不放。(Basel Edition,页399)霍尔在说明兰开斯特和约克家族的谱系之后,开始记叙真实的历史,他选取的开端恰好也是莎士比亚主要的四部历史剧的开端,这就是波林勃洛克与毛勃雷的争吵以及波林勃洛克与他的表亲理查二世的疏远。从此以后麻烦就开始了,[46]霍尔竭力解释为什么一个事件引发另一个事件,一直到博斯沃思战役(Battle of Bosworth)。事件的原因通常是人犯了罪而上帝为此要施以惩罚。霍尔没有忘记,波林勃洛克从布列塔尼半岛到达英格兰的时候,他在迎接自己的贵族们面前发过誓他决不会伤害理查二世的身体。霍尔让我们感觉到,这一誓言使得波林勃洛克为理查的死受到了双倍的惩罚,理查的死成为后来潘西起义的主要动机之一。当灾难到来,霍尔常常教导和恳请其他政治家们以此为鉴。下面即为一例,埃克塞特公爵(即 John Holland)是理查二世的兄弟,他为恢复后者的王位发起了一次反抗亨利四世的叛乱：

> 埃克塞特公爵听说他的同伴被抓起来了，他的顾问被监禁了，他的朋友和盟友们被处死，他为自己可能的遭遇感到悲伤，为朋友们的不幸而哀恸，但他最痛心的是自己的兄弟理查国王的逝去，他仿佛在这不幸的叛乱中看到了国王死去的影子。于是，他在私下相熟的那些地方徘徊、潜藏、躲避着，结果在一个隶属于埃塞克斯和普拉西领地、葛罗斯特公爵夫人的小镇上，被砍了头，就是在这里在同一辖区他引诱并背叛了葛罗斯特的汤玛斯公爵，是导致后者死亡和毁灭的内在原因和公开的掩藏者。由此可以证实那句常见的谚语：种豆得豆、种瓜得瓜。上帝啊，我希望那些被推上统治者高位的人能记住这个例子，并以此为标准来衡量并用强力、权威和权力去处置他们自己的不公正和罪行，但愿他们会因为这些先例而不再犯下如此不虔诚、该诅咒的罪行。（页 19）

难怪《为官之鉴》的作者们认为霍尔符合他们的品味。

霍尔有关因果关系的一些教化和陈述是从波利多尔那里借来的，不过是以更为强烈的方式表达出来。下面一例即为十分接近原文的照搬，但加入了修辞的强烈色彩。这两段话写的都是，萨立斯伯雷伯爵在奥尔良围袭中死去成为整个战争的转折点。

> 波利多尔：的确从那天起英格兰的外交事务就开始畏缩不前；[47]对于这一弱点，英国作为一个非常强大的国家一开始并没有感觉，然而后来却遭到这一内在疫病对其力量一点一点的磨蚀：他一死，战争的命运就转变了。（Camden Edition, 1844, 页 22）

> 霍尔：这位英勇的统帅的突然死亡给英格兰的公共财富带来了多大的损害、灾难和痛苦，在他去世不久后就明确地显现出来。英国在海外的高度繁荣与伟大荣耀很快就开始衰弱，一

点点地消散;这一点英国人民作为一个勇敢坚强的民族一开始并没有感受到,但后来他们就感到它像疫病一样蔓延,一点点地毁坏各个部位,最后让整个身体衰败。在这位伟人死后,战争的命运开始转变,辉煌的胜利开始变得暗淡。(页 145–156)

这就是霍尔最夸张的时刻。不过即使他没有在波利多尔的基础上增加新的事实或情感,他还是增添了戏剧性。霍尔常常插入自己的评论。描写套顿战役(Battle of Towton)的时候,霍尔十分贴近波利多尔,不过下面这句评论是他自己加的:

> 这一冲突在某种意义上是非自然的,因为在这里儿子与父亲为敌,兄弟相互为敌,侄儿与叔父为敌,佃户与领主为敌。(页 256)

正是这句添加的评论,而不是霍林斯赫德,可能激发了莎士比亚在《亨利六世》中写下了最好的几幕场景中的一幕。

不过,霍尔的作品不同于波利多尔且更接近于戏剧的效果还源于他更大的增补,特别是那些演说。举一例,约克公爵在诺斯安普敦战役后从爱尔兰回到英格兰,在上议院宣称取代亨利六世成为国王时,发表了一番演说。波利多尔只提到他宣称自己是国王(Camden Edition,1844,页 107),而霍尔则加入了一段长篇演说,回顾了历史,并保持了对中心主题的兴趣。这番演说之后他写道:

> 当公爵结束了演讲,上议院的贵族们一动不动地坐着,仿佛墙内的浮雕或是说不出话的神,既没有窃窃私语,也没有交谈,他们的嘴唇都像是被缝了起来。(页 248)

这句话和许许多多其他的语言一样,足以证明霍尔并不是总在写"契约英语"。[48]当他写到引发博斯沃思战役的事件时,他紧贴波利多尔的作品,但有一处地方他大大地加强了其庄重性。这就是勃金汉公爵向伊利主教吐露他想让里士满伯爵亨利娶伊丽莎白公主的秘密想法。波利多尔讲这个故事时的语气是淡淡的(Camden Edition,1844,页194);霍尔则让勃金汉公爵讲了一长段话,这段话暗示是圣灵启发他有了这个想法,他还对王位继承的真假资格做了一番有力的论说。勃金汉公爵在讲述自己如何有权利成为兰开斯特家族继承者时,非常具有戏剧力量。

> 但是无论是上帝决定还是命运使然,在我还在为是否突然断定这一资格并公之于众时,机会出现在眼前:我骑马从华斯特到布里奇诺斯的时候,遇到了玛格莱特伯爵夫人,她是里士满伯爵夫人,现在嫁给了斯丹莱公爵,她还是我祖父的哥哥、萨莫塞特的约翰公爵的女儿和唯一继承人。我不记得她了,仿佛从未见过她似的,这使得她和她的儿子、里士满伯爵成为我与王位、御座之间的唯一壁垒和城门。我们就她的儿子稍许亲密地交谈之后便分手了,她去找华斯特公爵夫人,我则去往索鲁斯伯雷,此时的我变得有些惊讶,开始与自己争论起来……(页382-389)

这个争论就是对于王位的主张应当基于选举还是继承,他的结论完全站在了继承的一边。霍尔写作的时候一直关注着他自己的时代和国王,"后者是前面所说家族的毋庸置疑的继承者"。

我在这里对霍尔的戏剧品质的说明,绝不是暗示他成功地把整部历史戏剧化了。他在记述亨利六世治下法国战争的所有细节时就没有这样做,而不得不做些编年史一样的粗线条勾勒,不过他还是尽可能地把主要事件展示给读者。但是他对于其中两段统治时期做了特别的戏剧化处理,使它们在整体的结构中凸显出来:亨利五世和理查三世在位时期。对霍尔来说,这两位国王并非好国王和坏国王在历史上的代表。他笔下的亨利五世取自波利多尔,但有相当大的改进。波利多尔是一位热爱和平、有国际意识的意大利人,[49]他笔下的亨利五世是个隐约让人恶心的老套英雄;霍尔则是一位热血的英国爱国者,他所描述的亨利五世虽不大让人喜欢,而且缺少人性,但至少有些夸张的生命力。霍尔最绝妙的增补是亨利的顾问们对于他应该进行怎样的战争所做的争论。大主教认为亨利有权依据萨里克法律继承法国王位;韦斯特莫兰德表示反对,并请求向苏格兰开战;埃克塞特第三个发言,他向着法国。这三个演讲都是霍尔的创造,也是他的雄辩才能达至顶点的表达。结果却是它们被埋没了,不过又通过霍林斯赫德这一中介被部分地融入到莎士比亚作品中。

为戏剧化地表现理查三世的统治从而将其凸显出来,霍尔选择了一条简单而有效的途径:对莫尔没有写完的历史做一些不重要的增补。写到这段时期的末尾,他再次加上了曾在亨利五世那里写过的一段详细阐述。当然,莫尔的风格比霍尔要更为直接,如前所述,莫尔与事件贴得更近。不过莫尔所写台词中的古典式修辞与霍尔足够接近,这使他的不完整历史在霍尔的作品中并不比霍尔本来计划中的恶人理查的统治显得更加特殊。我确信那是"计划中的",因为在理查统治时期的前言中霍尔特意指出他"厌恶写"理查的"卑鄙悲剧",但他会坚守让理查的例子成为国王和王子们的教训这一具有更高道德价值的计划。霍尔的小小前言是为了让理查引起特别关注的特意之举。

我在前面引用过波利多尔的两段文字来说明这个人富于同情心和反对民族主义:前一段指出普通人愿意给以信任的特点,后一段指责法国人因其强烈的民族主义而拒绝像对待自己国民一样对待其他人。霍尔这两点都没有提。他比起波利多尔少了很多敏感和同情,对外国人也没有多深的感情。

霍尔的艺术才能没有得到应有的评价。在那个时代,连贯性并不是对长篇作品的必然要求,因此能够为他的主题设置这样一个强大的结构可以算得上是一种成就。而且这一结构还很复杂:长长的报应之链逐渐展开,以巧妙的赎罪结尾,中间出现两个惊人的道德典型,其中一个教育国王们要追求美德,另一个则警示他们不要因犯罪而遭受惩罚。并且,在形式上与交响乐的最后一节相似,或是与《解放了的普罗米修斯》的最后一幕接近,[50]这之后紧接着的是这一过程的圆满结尾——亨利八世的成功统治。难怪霍尔的影响是双方面的:历史的和诗歌的。第二方面的影响需要到下一章再细说。

9. 霍林斯赫德

亨利八世时期之后,历史的写作者们有了广泛的模仿对象可以选择。他们可以模仿法比安(Robert Fabyan)的呆板编年史,或者模仿莫尔或者伯纳斯翻译的傅华萨那样亲切而生动的人性,又或者模仿霍尔的道德戏剧。第一种方法一直是种常规;第二种由卡文迪什(George Cavendish)在《沃尔西的一生》(Life of Wolsey)里实践过;第三种被诗人们接了过来,不过后来的编年史家充分利用了霍尔的历史材料。此外还有一个特例是海沃德爵士,他的《亨利四世的历史》继承了霍尔的精髓,应当与莎士比亚的历史剧和丹尼尔(Samuel Daniel)的《约克与兰开斯特家族的内战历史》(History of the Civil Wars between the Houses of York and Lancaster)相提并论。不过因为他在历史作品方面更像是莎士比亚的亲戚而不是父母,所以不是我在这里所要关注的。我要关注的是霍林斯赫德。

提到"霍林斯赫德"通常指的是他于1587年出版的《编年史》,因为这是莎士比亚使用的版本。我曾把它称作"历史大全",它确实包含丰富的内容。它的纲要类似于希格登的《复合编年史》,正如希格登以地理开篇,霍林斯赫德把哈里森(William Harrison)的《英国详述》(Description of Britain)放在了前言部分。希格登以创世开篇,霍林斯赫德以诺亚开篇。二者都涉及曼茅斯的杰弗里(Geoffrey of Monmouth)的素材,也都把英国历史记叙到了他们自己的时代。霍林斯赫德纳入了苏格兰和爱尔兰的历史。他与希格登的相似处还包括他们的能力。霍林斯赫德的天赋并没有那么高(他对《为官之鉴》的贡献可以说是这部悲剧诗集中最差的部分),他也并不善于充分利用最有才能的前辈们的成果。他实际上只是一个编纂者,错就错在没能抓住他的资源中最出色部分的意义。他借鉴了波利多尔和霍尔的大部分主题,但他的借鉴只是一种缺少理解的机械模仿。霍林斯赫德的确不像霍尔那样在其有限的历史界域内具有可以充分发挥的空间,然而他所做的缩减和省略是不明智的。他既没有全部重写,也没有能够辨识和拣选本质要素的才能。[51]他使伟大的都铎神话含混不清。霍尔在描述亨利七世加冕礼的时候说道,他"获取并享受"这王国,

> 并把它视为上帝选择并提供给自己,因着他的特殊权力和高风亮节才理解和实现的。以至于经常有人说七百九十七年前就有一个上天的声音给了不列颠人最后的国王卡德瓦拉得这样的启示:他的血脉和后裔将会再次统治和支配这片土地。因此大多数人都愿意相信由于这个上天的声音他在很早以前就获得并被授权来享有这个王国,这在亨利六世那里也曾经显示过,你一定听到过这样的宣称。(页423)

霍林斯赫德省却了这一点,尽管他从波利多尔和霍尔那里抄来了有关亨利六世预言的神话。他常常纠正霍尔的"契约英语",对于刚纠完错就一字不差地重复霍尔的一段话却并没有感到不安,由此这段话在更为简单的语境中显得很傻。他对霍尔的误解是怎样的可以从他对前面提到的约克公爵演说的评价中看出来:

> 爱德华·霍尔大师在他的编年史中谈及约克公爵坐在贵族议会的国王宝座上发表的一次演说,这要么是他第一次处于这样的场合,要么是此后的某一次,我们觉得应该把它记录下来。不过,生活在同一时代并且很有可能亲身经历当时的议会的圣奥尔班斯修道院院长约翰·怀特姆斯丹(John Whethamsted)并没有对那时公爵所说的话有进一步的回忆。(1587 edition, III, 页655)

不需要多么犀利的目光就可以发现约克公爵的这次演说完全是虚构的和戏剧化的,而霍林斯赫德还仅仅是怀疑也许这并不都是真的。霍林斯赫德在这里是逐字逐句地抄写霍尔的编年史,不过有的时候他是间接地总结其中的内容。对于亨利五世出征法国前的著名辩论他就是这样处理并自然将其毁掉了(霍尔,页 50 等;霍林斯赫德,页 545 等)。另一方面,霍林斯赫德对于他的同代人来说是非常有用的。他的风格很简明,一读便能理解他的意思。他比波利多尔、法比安、格拉夫顿都要丰富,也掌握更多最新资源,他比霍尔涉及的历史时期要长得多。正是通过他的这些用途才使他享有了可以超越其贫瘠才能的名声。

[52]与其继续单调地描述波利多尔或者霍尔与霍林斯赫德的区别,不如举几个实例来说明。我选取了几部编年史共有的一两个事件,把他们的不同记述并置起来。由此可以证明我在本章中提出的几个观点。

首先是对围攻奥尔良之战中萨立斯伯雷伯爵之死及其影响的记录。

> **凯克斯顿(1483)**:同一年,萨立斯伯雷的好伯爵对奥尔良发起进攻,却被城里的枪击中身亡。上帝宽恕他的灵魂。阿门。因为自从他死后,英国人再也没有能够得到或战胜法国。
>
> **法比安(1516)**:然而让讲述者唏嘘不已的是,某一天正当那位好伯爵歇靠在凸窗前观察整座城市并与好友谈话之时,一杆枪不知从城里的什么地方射出来,击碎了窗户的木框和石台,其威力如此猛烈,激起的碎片摧毁了高贵的伯爵的脸,在那之后不到三天他就死了,基督宽恕他和所有基督徒的灵魂。阿门。依据不同的记录者,这是个 inicium malorum(厄运的开端),因为在此不幸之后英国人实际是失败而非胜利的,于是他们渐渐失去了在法国的所有领地;虽然他们后来又有所斩获,但总是得不偿失。
>
> **霍尔**:在桥头矗立的那座塔内,高处有一间屋子,屋里有满

满一排铁栅栏,靠在上面便可以越过整座桥一直望到城里头;诸位主将曾多次立于这排栅栏前,审视城市并谋划最佳攻击地点。城里的人们充分意识到这一恼人的漏洞,将炮筒对准了这里的窗户。恰巧萨立斯伯雷伯爵**加戈夫**(Thomas Gargarve)与**格拉斯代尔**(William Glasdale)等人进入了这座塔的这间屋子,在栅栏旁向外面望去。就在不远处,著名神枪手的儿子觉察到有人在窗口向外望,就如同他父亲所教授的那样(教授的内容已随饭吞下)瞄准并射击。子弹打得铁栅栏震颤不已,其中一条狠狠地击穿伯爵的头部,打掉他一只眼睛,削掉他一边脸颊。伯爵被转移到卢瓦尔河畔的米昂庄园,他在那里负伤躺了八天,[53]虔诚地接受了圣礼,把灵魂交给了上帝。(页145)

接着上面引文的就是前面第[47]页引用过的霍尔对萨立斯伯雷伯爵之死的评说。霍林斯赫德重复了霍尔对伯爵之死的叙述,只做了一点语词的小变动,不过把整体的语气降了下来:

> 这位高贵之人的逝去对于英格兰王国造成的损失清晰地显现出来了;就在伯爵死后,英国人一直拥有的繁盛之好运气便开始退去,他们在海外取得的种种胜利带来的荣耀也走向衰败。(页599)

凯克斯顿坚持的纯粹编年记录和最简略的评说,与霍尔前后一贯的生动形象和丰富广阔,在众多版本中显得最有价值。

在奥尔良(Orleans)临近投降之际,法国的指挥官决定把这个城镇交付给英国当时的同盟——勃艮第公爵。公爵愿意接受,并问那些管理该城的英国人是否同意。英国人就此进行了辩论,摄政王培福公爵认为这一提议是个坏先例,因而反对它。接下来发生的事情分别由波利多尔、霍尔和霍林斯赫德描述如下:

> 波利多尔:[培福的]这句话说出来,大使们被告知战争是为了亨利国王,所以胜利也应该属于他。公爵以此回绝了这些

大使。然而小事件常常带来大变化,在那之后两件不幸的事发生了。第一是勃艮第公爵愤怒地认为英国人是嫉妒他的威望,从此以后开始对他们态度恶劣。第二是英国人后来被迫离开被占领的城市。(Camden Edition,1844,页 24)

霍尔:听到这番理论,摄政王回复公爵的使者们说,英国国王撒网捕鱼却让勃艮第公爵得了便宜,这既不荣耀,也不合理。因此权利属于国王,战争属于国王,统治权属于国王,他说城市只能归属于国王而不属于任何其他人,只能为国王所用、为国王谋利。这一小小的契机在很大程度上改变了英国的状况,上述回复引发了两种不好的结果。[54]一是勃艮第公爵由此对英国人产生了某种不满情绪,认为他们嫉妒自己的荣耀与利益并心存恶意;随着时间的延续,他逐渐成为英国人的敌人,效忠法国国王。二是英国人离开了被围的奥尔良,而根据协定奥尔良人本该在英国人释放奥尔良公爵或他的哥哥奥古鲁斯伯爵前与其做盟友或继续保持中立的。但如果人像天使那样可以预见到事情的发展,他们就不会像动物一样自己陷入混乱。然而引导人类命运的女神只会任其轮转,而无视任何人的反对。(页 147)

霍林斯赫德:于是摄政王回复勃艮第公爵的使者说,在他如此长时间的攻城和对方的顽固抵抗之后,他恐怕不会同意放弃该城和接受他们的委派。公爵收到回复后非常愤怒,认为我们这方嫉妒他的荣耀,不肯按照他的意愿增添其荣光。(页 600)

在这里波利多尔简洁明晰,对因果关系感兴趣;霍尔将事件生动地呈现出来,拿因果关系进行道德说教;霍林斯赫德回归波利多尔的简洁却少了后者重点突出的明晰。

10. 历史的用处

这本书是关于莎士比亚的,因此我没有必要再对这些编年史家多说些什么了,至此莎士比亚使用的编年史材料已经得到了描述。他使用的其他编年史家作品的有关细节对整体论述也不会有什么意义。但对于他那个时代视为当然的某些历史观念和政治观念还需要多说几句。如同第一章,我将主要说明最平常的事情,也即莎士比亚不可能不知道或没有察觉的事情。有些事情已经在说明某一位编年史家时有所涉及,但仍需进一步补充。

多年以来,课本上说莎士比亚开始写历史剧时民众当中有一种强烈的学习历史知识的愿望,部分原因是英国打败西班牙舰队后激起的爱国情绪。[55]这一说法的真实度似乎仍是可以肯定的,而要开创事业的莎士比亚如果不是因为存在某种对历史的强烈需求也不会冒那么大的风险选择编年史的形式。但是成分复杂的观众们的品味不会是让他如此选择的唯一原因;对于历史在受过一般或者更好教育的人中间有怎样的地位,他应该也看得清楚。那么对于伊丽莎白时期的人们来说,历史的主要目的是什么?①

十六世纪时有用知识与无用知识之间的区分还几乎不存在;学习是人特有的功能,积累事实就像白骑士积攒东西一样。他们都可能会派上用场。历史有用是因为它是事实的巨大积淀,还因为它有某些直接的实际用途。这双重用途可以分别用来说明希格登和霍尔的史作,并解释为什么伊丽莎白时期的人们既需要单纯的汇编,也需要注重教化的历史。作者们在这些实际用途上表现出的一致性让现代人感到震惊,同时也因为还有诸多其他可能性使得具体说明变得困难。讲一件老旧的事情,却像是在说新生事物一样的兴奋,这种本领在十六世纪是很常见的。我们对此感到惊奇,是因为我们从小被教育只有新发现才有意思,重复老旧的真理则无聊而多余;当我们发现仅仅由于所说的事情被融进了传统,记述者就表现

---

① 参见 Lily B. Campbell,《〈为官之鉴〉里的都铎时期历史观》(*Tudor Conceptions of History in "A Mirror for Magistrates"*, University of California Press, 1936)。

得激情洋溢,在这种时候我们会强烈地感受到彼世界与此世界的差异。有关历史的用处最出色的两处表述分别出现在伯纳斯给自己翻译的傅华萨史作所写的序言中和雷利的《世界的历史》的自序中;尽管观点类似,两篇序言中间所经历的漫长岁月也足以让这些观点成为陈词滥调,但雷利却以坚韧的能量与信念把它们再次写出来。

我们在雷利的序言中看到比其他地方表达得更为强烈和出色的有关历史的流行观念之一,即历史是自我重复的。雷利认为同样的模式出现在犹太历史、法国历史和英国历史之中。如果认可这一观念,那就意味着我们有能力预见未来,因而可以以某种方式作出准备。这就是历史的重大用途之一。历史的第二种用途是留存伟大的事迹以避免被人遗忘。这又引出第三种用途:既然人们渴求荣誉,那么[56]想到这些事迹被历史记录而不朽所获得的荣誉,他们就得到了做出伟大事迹的激励。至于历史的其他实际用途,只需对伯纳斯的序言做一简短小结,再附以从别处找来的证明其观点的一两个例子。伯纳斯说,历史是"以过去历史的实例"向读者指出我们应该希冀什么、追求什么以及反之我们应该避免什么。这是最高的实用价值。历史还会把因为时空而分离的人们联结起来。历史的行为实际上变成了

> 一个人的城市和一个人的生活。因此我认为历史可以称之为神圣的领域,因为,就像天上的星体时时刻刻联系着整个世界,包括世界上的所有生物以及他们的事迹,历史也是如此。对我们来说,通过别人的错误和失误来改进和建立自己更加美好的生活,难道不是一件正确而高贵的事情吗?

通过阅读历史,年轻人获得了岁月带来的智慧。历史激励了对高尚行为的仿效精神;它促进了高贵的行动和伟大的发现。它还通过荣誉起作用,因为历史是高贵行为永存不朽的唯一保证。历史对国王来说有特殊的价值,他会从中获得朋友们不敢给予他的逆耳忠言。

伯纳斯的第一个观点——历史教给我们什么应该模仿、什么应

该避免,在本章前面部分就出现过。这是有关历史最常见的评论。对历史中个例的思考比起对一整段历史重复性的思考要多得多。历史提供了无数人从富足的高处跌下的先例,特别是因为某一种激情或失误而跌下的人;正是从他们那里我们可以学到最为实际的教训。毕竟国王们学习这些教训是很有必要的。十六世纪国王们得到的尊敬并不妨碍那些地位低于他们的人对他们进行说教——实际上不得不忍受这种说教似乎是他们为维护自己更强大的专制地位所需付出的代价。举一个这种说教的例子——这次是追寻一个高尚之人的例子,而不是警惕一个不幸之人的例子,下面是提托所著亨利五世生平的英译本前言,是对亨利八世的致辞:

> 我承担翻译这部著作的目的是,殿下[即亨利八世]在听到、看到或读到那个时代最著名国王——殿下高贵的先辈、亨利五世国王这些高尚的行为、胜利的攻战、出众的贤明与智慧[57](据我所知,亨利五世国王超越众人的为人的高贵与高尚自从诺曼底公爵威廉一世征服了这一国家的政府之后就没有英国国王读过或听说过了)。殿下在有关他个人和人民的一切事情上都可以遵照他[亨利五世]在加冕之后的生活与态度,从他所有平常或特别的行为中获取伟大智慧与审慎的建议。其次,我这项苦差事的首要原因(鉴于我们那时正处于战争之中)是我们的君主在了解和看到这本册子后会立志在这场战争中仿效如此高贵和优秀的国王的高贵和勇敢的作为,如果是这样,那么他就可能获得同样的荣耀、名望和胜利。

可以从历史的事例中获益的不仅仅是国王。下面这段话表明各种各样的人都可以从中获益。这段话出自格拉夫顿的《整体编年史》(1569)中题为《托马斯·N 致读者》的第二篇序言。托马斯·N 被认为是托马斯·诺顿,他是《高布达克》的合著者和加尔文的译者。他指出,格拉夫顿的历史所带来的诸多益处中,包括以下这些:

国王们可以学会依靠上帝,并承认他对他们所实施的保护;贵族可以读到先辈们的真实荣誉;教会国家可以学习憎恶罗马天主教篡权的教士们对国王的背叛与无礼;上上下下都因为叛乱的可怕后果而加以避免,并意识到他们如何企图挑战正义,无论是谁要发起叛乱都会以失败告终;我们都将得到警示,比起过去的可怕时代,如今能拥有最高尚、明智与和平的政府,我们应该就此感谢上帝。每个人都会有一面观察过去的镜子,并以此来公正地判断现今以及将来的事情,看到美德的美好与邪恶的丑陋,看到良好行为带来的甜美与恶行留下的刺骨悔恨。具有古老荣誉的人可以学到不要损害先辈的美誉;新的荣誉获得者可以努力为他们的家族带去光明与尊严。最后,所有人在看到上帝治理下的历史进程后都会学着害怕他的审判和热爱他的意志,明白应当如何维护美好的行为,如何惩罚恶行和罪行,[58]血债血偿,以暴制暴,让施加伤害的人承受苦难,从而渐渐养成一种倾向:让每件事情都得到正确的判决,让每个有权力的人都负有适当的责任,给予彼此应有的公正或慈善,给予所有的行善之人以及其他开始行善的人们足够的感激与认可,以匹配他们竭一生之力为公共利益服务的善行。

《英国编年史》(1580)的作者斯托(John Stow)在表达了类似的评论之后说道:

看过编年史的读者们很难做到不沾染一点智慧的颜色,不受到美德的激励,不讨厌不入流的事实,就像一个容颜美好的人在炽热的阳光下走来走去很难不被晒伤。

这是一个重大的宣称,在读过或被迫读过类似斯托所写的这类编年史的人当中,不一定都会给予肯定的回应。这样的人可能会记得就在斯托写《英国编年史》的时候,锡德尼在他的《为诗辩》(*Apology for Poetry*)里对于历史的宣称开起了善意的玩笑,为的是突出赞美他心目中的缪斯。

> 历史学家,收藏着大量老鼠啃过的老旧记录,他们的写作大多数时候都是依赖于其他人写的历史,而这些历史最大的权威就建立在道听途说的显明基础之上;他们费尽心思在不同的作者中找取协调,从偏颇中挑拣真相;他们比起现在的时代更熟悉一千年以前的时代,比起自己脑袋里的弯弯绕绕更清楚这个世界的走向;他们对古迹古董充满兴趣,对新奇事物好奇不已;他们是年轻人眼中的奇人,是桌边谈话的暴君;他们会愤怒地否认任何讲授美德和善行的人可与他们相媲美。

很难想象莎士比亚没有读到和享受这一段话,不过这并不意味着他不同意那个时代对历史的实用美德的高度评价。除了锡德尼的这段话,这里有关此话题所列举的所有观点,在都铎时期都是司空见惯的,无论莎士比亚是否愿意都不可能无视它们,就如同维多利亚后期的人们不能逃避进化论的流行展示,或是两次世界大战之间的那代人不能逃避当时弗洛伊德的性变态理论。

11. 伊丽莎白时期有关近期英国历史的观念

[59]前面引的诺顿那段话里有一部分可以引出下面的话题:伊丽莎白时代看待它近前的历史与眼下的政治问题是怎样的特殊形态。诺顿提到"罗马天主教篡权的教士们对国王的背叛与无礼";他谴责了对"正义"或合法统治者的叛乱,"无论是谁要发起叛乱都会以失败告终";他建议人们"比起过去的可怕时代,如今能拥有最高尚、明智与和平的政府,我们应该就此感谢上帝"。对于当时的整个西欧来说,内战的可怕是共同的,但在英国表现为一种特别的形式;在这里,有关内战意味着什么的观念建立在对玫瑰战争的记忆中,在德国农民叛乱的场面上,以及法国的宗教战争上。与这些记忆相反的是一种积极的感激之情,因为都铎王朝治下的叛乱相对弱

小。但是仍旧存在一种担忧玫瑰战争将重演的恐惧;伊丽莎白时期人们最害怕的是天主教的阴谋会挑起战争。皇室是防止内战的堡垒,因此必须不惜一切代价得到支持。这一部分里我将描述玫瑰战争在莎士比亚同时代人眼里的模样。

我在提到都铎王朝的神话时已经涉及这一点,但还不够,因为这对于莎士比亚的历史剧具有重要意义。首先要记住两件事:第一是亨利七世之前的历史可以发展成不尽相同的版本;第二是只有少数人在这部分历史中看到戏剧与哲学的迅速发展,更多的人只看到重重苦难和无数的教训告诫人们命运的无常和对有罪之人的必然惩罚,他们之间的区隔是显著的。莎士比亚可以说是属于那部分少数人;我所关注的正是这些人中流行的版本。关于这段历史的不同版本间区别并不是非常大,不同点主要在于麻烦是从哪里开始的。在霍尔那里,爱德华三世是位成功的令人满意的国王,或者至少从霍尔的沉默和他提到其七个儿子推断出来;[60]麻烦的开始是波林勃洛克与毛勃雷的争吵以及理查二世对付它的无能。尽管文中提到理查导致了他的叔叔伍德斯托克即葛罗斯特公爵之死,但并没有多说。与理查的无能相对的是亨利四世的罪行——先是篡取王位、后又违背誓言让人杀了理查。上帝使得亨利的统治不太平,以此来惩罚他,但完全的报复延迟至下一代去施行,因为亨利(与亚哈一样)自己感到了惭愧。不过亨利依然是个篡位者,这是伊丽莎白时期人们普遍接受的一个事实。霍尔记述到理查被废时约克家族立即出现的戒备。亨利五世通过他审慎的智慧与虔诚延迟了审判的日子。他从过去历史的事例中学习,选择优秀的顾问;他放逐了奸邪的同伴;他派人在威斯特敏斯特将理查重新安葬以竭尽全力为父亲赎罪。但是他的智慧却并未发现从约克家族那里来的危险。在亨利六世那里诅咒成为现实,而且是以一个小孩成为国王这种可怕的形式出现——"国家由一个孩子来治理就糟啦!"(《莎士比亚全集》[四],页51)灾难并没有马上降临,不过新国王统治的不多几年及其后来孤僻的性情使骄傲的罪行显露在许多地方并最终毁掉了这个王国。波福主教(Cardinal Beaufort)的傲慢是法国人痛恨英国人的一个原因;培福公爵的自负惹怒了英国的同盟勃艮第公爵。最重要的是,安佐的玛格莱特,即亨利六世的妻子,加速了这一进程。她嫉妒过世的摄政王葛罗斯特公爵亨弗雷的能力与智慧,她怂恿了萨福克公爵波勒(De La Pole, Duke of Suffolk)的傲慢并让他密谋对付亨弗雷。葛罗斯特之死导致的兰开斯特家族统治的弱化为约克家族的傲慢提供了机会;那个诅咒在玫瑰战争中充分展现出来。约克家族的地位是暧昧不明的:它具有更高的资格,但要建立统治却不得不颠覆三代国王的先例。爱德华四世通过宣假誓解决了对他不利的正义平衡问题,即当他回英国的时候,绝不寻求约克公爵名义之外的利益。第二个假誓出自爱德华的弟弟克莱伦斯公爵。他发誓要帮助华列克恢复亨利六世的统治,后来却站在了他的哥哥一边。他与另一个兄弟、葛罗斯特公爵在图克斯伯雷战斗中犯下了谋杀亨利六世的儿子爱德华的罪行。[61]与此同时,上帝的意志在很好地照看里士满伯爵亨利·都铎,确保他在布列塔尼没有被约克家的人抓住。爱德华四世是位好国王,与亨利四世一样赢得了对假誓的延迟惩罚。不过这种惩罚降临到了他的儿子们身上。他的弟弟葛罗斯特公爵理查是个自己成就的恶人,就像亨利五世是位自己成就的完美国王;他的罪行并非出自某种激情的过度。他从一开始就不怀好意,很可能就是他密谋在爱德华统治期间将碍事的克莱伦斯公爵赶出去。当然,克莱伦斯因为假誓而得到了应有的惩罚。理查谋害两位王子是出于纯粹的恶毒。居于整个内战顶峰的这一罪行发生后不久,圣灵让已经疏远理查并开始谋求王位的勃金汉公爵想到了里士满伯爵亨利。勃金汉公爵认为亨利是兰开斯特的真正继承人,他和伊莱主教莫顿(Morton, Bishop of Ely)计划把他从布列塔尼召回,并让他娶爱德华四世的女儿。至于亨利凭什么发起反对理查这个顺位继承人与实际统治者的叛乱,这个微妙的问题在这里并未涉及。这里只是假定理查是个例外,是个完全不能适用一般规则的野兽。亨利回来了,赢得了博斯沃思的战斗,并遵照天意娶了约克的女继承人从而修复了古老的裂隙。他是一位成功的审慎的国王。新秩序要臻至完全只能通过两大家族的成功联合。到亨利八世那里这一进程才完成,他的统治是大获全胜的。

这就是霍尔的描述,我们将看到,莎士比亚所讲述的与此非常类似。不过我们现在要找的是有一些微小变化的一般性观念。在霍尔的描述之外,我还要加上第一章就提到的雷利和赫里福德的戴维斯的描述。① 戴维斯一直是特别恰当的例证,因为他完全是一个遵循常规的人。这三个版本加起来,对于受过教育的和善于思考的伊丽莎白时期的人如何看待这个问题,一定可以给出一种相当可信的记录。雷利的描述与霍尔的稍有不同。在詹姆士一世时期写作,他自然没什么必要让一切事情都指向都铎王朝或是向他们诏媚。比起都铎王朝的神话,他对历史的重复模式更感兴趣。他在爱德华二世被谋杀一事中看到了英国灾难时期的开始。[62]这种流血的斗争,"尽管有时会暂停一段,还会再次发生,它发生得如此频繁如此规模巨大,以至于我们所有的男性国王(极个别除外)都死于同样的疾患"。雷利在国王犯罪、孙子受罚中看到了历史的主旋律,这在英国历史中始于爱德华三世。爱德华将他的叔叔肯特公爵杀死,他的孙子理查二世为此受罚。亨利四世违背了誓言,同样的也是他的孙子亨利六世受到了处罚。亨利七世尽管是一位明智而审慎的国王,且是上帝处罚理查三世的直接手段,在他犯下处死斯丹莱和华列克勋爵的罪后,他的孙子爱德华六世受到处罚而早夭。

戴维斯结合了霍尔和雷利记录中的共同点,又添加了新的内容。他从征服者威廉开始讲起,与提托的译者一样,把威廉视为模范国王之一。在极简单地掠过中间阶段之后他开始讲约翰,并把他描述成一个因为篡权而得到相应惩罚的坏国王,而不是抵制教皇贪

---

① 雷利对英国历史的记述出现在他的《世界的历史》(History of the World)一书的序言中。戴维斯的记述则在《微观世界》(Microcosmos, 1603)。后面引文出自 Grosart 编辑的戴维斯作品集,1878,I,页 54 等。

欲的正直反抗者。爱德华一世是一位模范国王。爱德华二世被寄生虫们引上了歪路;他的儿子爱德华三世要为他被谋杀而负责,这一罪行的惩罚降临到他的孙子理查二世身上,理查二世与爱德华二世一样无能。假如理查在毛勃雷指责波林勃洛克叛国的时候能够公正处理,他可能就会成功地统治下去。亨利四世是一个有能力的篡位者。亨利五世之后谋杀理查的报应再次显现,成为孙辈为先辈的罪行遭罪的又一个例子。亨利六世是位政治上愚蠢的圣人。戴维斯把内战的大破坏记录为他的历史主线中的中心事件,而后又说起伊丽莎白女王的智慧。他对于伊丽莎白不明确说明其继任者并反对所有对王位继承权的宣称表示称赞。伊丽莎白"对事件有种犀利的眼光",她从玫瑰战争的例子中明白,宣称有权继承王位的人是对这片土地的诅咒。戴维斯以这种方式引出了霍尔的重要主题:玫瑰战争的可怕混乱与都铎王朝和平中的美好秩序。在接下来的历史中,戴维斯把爱德华四世谋杀其弟弟克莱伦斯看作他的罪行,并针对人们如果缺乏规矩的管束会很危险这一点进行说教。一旦他们变成这样,所有独立的冒险家,对王位哪怕有一丝觊觎,都会成为威胁;[63]合法的国王为了自保不得不把他们解决掉,这样就会接连犯下罪行。他笔下的理查三世就是这位国王的传统形象——一个纯粹的恶人。亨利七世是"人们中的上帝,他不是国王而是半神半人"。戴维斯很高兴都铎王朝取代了金雀花王朝。亨利八世是另一位半神半人,他让整个欧洲在他面前颤抖。关于爱德华六世和玛丽,书中写得很少,但对于伊丽莎白的赞扬很多。戴维斯在这一历史综述的末尾指出,服从一个坏国王也好过陷入内战。接下来他简要回顾了几位国王并增加了对他们的批评,以及可以从历史中获取的一些道德原则。威廉一世表明征服一个分裂的国家有多么容易,严厉在先,而后温和有多么明智,亲自统治而不是相信手下的忠诚有多么明智。在威廉治下,"层级"得到了恰当的遵循:

> 如今国王们和贵族们是
> 全体国民的真正朋友和父亲;

> 民众现在是诚心地服从。

爱德华一世把国家变成了"一个彻底的君主政体",这才是国家的应有之义。爱德华二世、理查二世、亨利六世和爱德华五世要么年龄太小,要么个性幼稚,都把机会让给了不道德的野心。他们是"失职国王的镜鉴"。国王必须要像太阳一样强大、主动。爱德华三世、亨利四世、亨利五世和爱德华四世是成功的、谨言慎行的国王:

> 这些国王从未被命运抛弃,
> 因为他们以应有的审慎治理国家。

国王不能过分相信别人,因为每个国家都有野心勃勃的人,而野心是没有限度的。理查三世是野心的化身。亨利七世是这个国家的所罗门。他看到外国的征服不适合一个岛国,他结合了稳固的统治与合理的政策——他了解贸易的好处。亨利八世的统治很有力,并且表现出国王特有的美德——宽宏大量。

在都铎王朝历史的这种一般模式中一定有其他的一些变化,但它们都没有这一结构本身重要。要判断这一重要性,我们可以思考英国历史的另一个重要模式,这个模式也许可以叫做辉格模式,它可能是从1688年以后开始形成的。只有这种模式的简化粗疏版本才能与霍尔和戴维斯的都铎模式进行恰当的类比——[64]我是指在维多利亚时期的儿童历史书里发现的、现在普遍被称为"1066那一切"①的那些版本。这些版本在编纂和解释历史时带着一种普通人毫无防备的自负的偏见,它们对人们思想的影响是难以计量的。都铎模式有着同样的力量,但是重要的区别在于它不是通过系统的教育手段灌输给人们的,它也没有传播得那么广泛。它实际上不是

---

① [译注]"1066 and all that",指法国诺曼底公爵威廉征服英国,结束了盎格鲁撒克逊时代,建立诺曼王朝的1066年及之后的英国历史。

一般学校学生的想法,而是伊丽莎白时期社会受过教育的更有思想的那部分人所持有的想法。在这有限的人群中,它很可能是一种主流观念。但从几乎所有编年史戏剧中都没有它的踪影就可以明显看出它的传播是多么有限。正是上述无踪无影和在莎士比亚中的存在,告诉我们不要把莎士比亚与那些没有良好教育的剧作家联系起来,而应将他与剧院内外受过最好教育的、最有思想的作家们联系起来看待。

12. 反叛的原则

戴维斯的两点想法(其中一种可见于诺顿的作品中)预先提出了这一部分的问题。他认为服从一个坏国王好过陷入内战,而且一个国家应该是个彻底的君主政体,这样就把话题从以何种形式看待一段历史转移到了政治理论上。我不是历史学家,无意跟随戴维斯的这种变化,不过我要想真实地描述莎士比亚历史剧背后的观念,就不能不谈一谈有关反叛和国王地位的总体观点。幸运的是,对君主制的真正的理论阐释是在十七世纪,这一总体观念是从流行的而不是技术的源头提取出来的。此外,当时人们的想法非常明确,也非常简单,因此我需要做的也就是说明显而易见之事并将其突出强调而已。这部分的证据比前一部分要充分得多。在这里我们发现只有少数人认为近期的历史有一个清晰而有内在联系的结构,而关于反叛与君主制的正统原则是这个群体中每个部分的人都同意的观念。编年史剧通常不会将历史呈现出某种结构,不过它们会充分表现那些观念。[65]假如我们要寻找正统观念,没有比这些编年史剧更确切的地方。琳达伯里(R. U. Lindabury)已经从伊丽莎白时期的戏剧中提取出了这种正统观念(并注明仅有极少数的例外)。(《伊丽莎白时期戏剧的爱国主义研究》[*A Study of Patriotism in the Elizabethan Drama*, Princeton, 1931],第 12 章。)《为官之鉴》里也有这种观念。但不是每个人都会去剧院看戏或是读过《为官之鉴》;

我更愿意从英国国教的《布道集》这一更加普及的传播载体来考察这种观念。

教会的布道绝不是相对不受时间影响的抽象的神学作品，它们大部分都是因为各种场合出于某种现实需要而写的。例如，有关惧怕死亡的布道词是 1547 年出版的第一个系列中的一篇，它的目的是让那些名义上是新教徒却留有天主教对死前没有忏悔的恐惧的人获得心灵的平静。因此它们是当时观点的明证。它们的对象也是大众，"为所有人，包括正副牧师所宣讲和阅读，在每个周日和教会的每个圣日，依照女王陛下的建议对它们进行细读和监管，以求让普通百姓更好地理解它们"。它们所讲述的官方观点自然也是戏剧界所接受的，而戏剧界能够存在的理由也归因于宫廷及其外延持续不断的支持。第一个系列的布道书包含十二篇布道词（1547 年），第二个系列包含二十篇（1563 年），1574 年又增加了长篇布道词《反对不服从与故意的反叛》（*Against Disobedience and Wilful Rebellion*）。我在第一章里讲到莎士比亚很可能受益于这些布道词，还提到哈特有关它们的重要文章。

前文第[19]页引用的那段话为"有关美好秩序的劝诫"起了头，阐明了天堂、宇宙、国家中的"层级"观念，在这之后是向上帝表示感谢，"因为我们最敬爱的君王爱德华六世的议会具有虔诚的智慧与荣誉，他的臣民不论高贵还是卑微都居于美好的秩序之中"。这一秩序不仅是天堂秩序的对应物，而且其中居于统治地位的那一部分是受到上帝的直接指派的：

> 正如《箴言书》所写："通过我（上帝），国王施行统治；通过我，议会制定公正的法律；通过我，国王们支配臣民，一切地上的法官实施判决。"

因此，国王与其他统治者必须"重新认识到他们的一切权力和力量不是来自罗马而是直接来自上帝这一最高力量"。[66]复仇是属于上帝的，但他们可以作为上帝的副手来使用它。这就是统治

者的本质:圣保罗在《罗马书》的第十三章里将臣民的义务讲得清清楚楚:

> 让每个灵魂都把自己交给最高力量的权威吧。因为在上帝之外没有其他力量,存在的一切权力,都由上帝授予。因此无论是谁,抗拒权力,就是抗拒上帝的授权。那些抗拒的人会得到惩罚。

布道者在论辩末尾将保罗的话扩展至用永恒的诅咒来威胁所有不服从的人,"因为他们反抗的不是人而是上帝,不是人的手段和发明,而是上帝的智慧,上帝的秩序、权力和权威"。这一服从的规定既适用于优秀的统治者也适用于邪恶的统治者。基督对彼拉多说,"你没有力量反对我,除非是上帝给予你这种力量",由此证明连这个"邪恶的法官"也是从上帝那里获得权力。大卫被扫罗迫害,然而"尽管他从没有被如此激怒,他还是坚决拒绝伤害上帝选定的国王"。这才是真实的观念,煽动叛乱从来就不是正当的,

> 但是罗马的主教却告诉他们,在他的治下就摆脱了英联邦的一切负担和统领,也不必服从他们的国王,这显然违背了基督与圣保罗的教导。

这就是都铎王朝的简单观念,对他们自己来说十分便利,却与时代的趋势相符并日益强大。它实际上对应着我们已经提到的一种转变,即人们郑重其事的对象从宗教沉思转移到世俗事件的道德问题上去了。都铎时代的宗教性还是很强的,曾经在中世纪信仰和仪式中得到表达的宗教情感还没有被简化了的新教秩序充分吸纳。敬奉上帝的精神绰绰有余,需要合适的地方容纳;如果说其中一部分在对圣经的新的崇敬中找到了归宿,那么还有一部分加强了民众对统治者、特别是国王的感情。正是这种对统治者的宗教敬意使英国人接受甚至认可由亨利八世决定、伊丽莎白女王延续的对人们过去所享自由的大幅缩减,[67]女王的议会允许她的特权可以推翻议

会制定的任何法律,国家的实际统治也掌握在她和她的私人顾问手中。同样的原因使得对女王的热爱成为活在人们心中的力量,而不至于显得荒谬。她作为国教教会的统领不仅仅是形式,而是存在于大多数英国人的心中。效忠于她不是要执行一个脾气暴躁、言语尖刻的女人任意地,或许是匆忙地或者随便地给出的命令,而是按照上帝的旨意行事,服从是一种荣幸,质疑则难以想象。

君主的神圣不可侵犯性得到了如此加强,相应地,反叛的罪恶也被放大。当1569年那一可怕的事件①发生并得到处理时,难怪教会权威在现有的布道集里又增加了一篇新的、特别长的布道词。该布道词的题目是《反对不服从与故意的反叛》,分为六部分,末尾"对于上一次叛乱的镇压表示感恩"。尽管第二篇布道词只是进一步说明第一篇的意思,并且在论证中使用了圣经里同样的段落,两篇的语气是不同的。第一篇的语气是泰然自若、有条不紊、威风凛凛而极其审慎周到的;第二篇的语气被大幅加强,明显对于叛乱可能发生感到切实的恐惧,对近期的事件还心有余悸,其戏剧化的风格把我们带进了霍尔的编年史、《为官之鉴》的世界,预见了莎士比亚早期四部历史剧的世界。观念上最有意思的扩展讲的是在坏国王统治下人们的义务。布道者说明了对反叛予以任何宽容对待的危险,不论统治者有多恶劣。首先,臣民们凭什么可以判断统治者是否恶劣?他们很容易犯错误,因为周围总是有心怀叵测的人随时准备利用处于弱势的国王,而国王之所以居于弱势,可能是因为太善良,或是错误的性别,或是在位时间太短。而且舆论总会存在异议;因此只要有一次允许针对坏国王的反叛,那么最终如何能避免针对好国王的叛乱呢?再者,是上帝而不是纯粹的巧合派遣了这样一个坏国王,他这样做是为了惩罚人们的罪行。发动叛乱是旧罪未

---

① [译注]指英格兰北部的天主教徒 Charles Neville,6th Earl of Westmorland 与 Thomas Percy,7th Earl of Northumberland 反对伊丽莎白一世的叛乱,他们拥立苏格兰女王、天主教徒玛丽为英国女王,结果被 Walter Devereux,1st Earl of Essex 击退并驱逐出英格兰。

赎又添新罪。[68]此时恰当的行为是为国王的改过而祈祷,并且更好地生活以求上帝能够原谅我们并解除惩罚。反天主教的主题也被极大地拓展了。反叛的主要因素是野心和无知,在欧洲历史中罗马教皇利用天真百姓的无知作为工具实现他对于世俗权力的野心。布道者举了很多历史上教皇的傲慢自负与苛求勒索的例子。他尤其详细描述了约翰国王在位时的英国遭到教皇的干涉,由此导致外国的入侵和本土的叛变,他问道:"假如那时候的英国人知道并理解上帝通过这些邪恶的篡权主教和暴君让福祸相倚,赐福背后是惩罚,惩罚实际是赐福,那么他们还会遭受这一切苦难吗?"这个时候这种对约翰统治的理解是一种新教的传统,但有意思的是,布道词对它的表达与《约翰王的动荡统治》(*Troublesome Reign of King John*)里的表达相当接近。

对于叛乱可能会发生的切实恐惧可以从布道词谴责叛乱的激烈语气中看出来,例如出自第三部分接近开头的下面这段话:

> 叛乱对于上帝和人来说是一种多么可怕的罪行可谓罄竹难书。因为如果给叛乱这桩罪行下一个定义,它绝非指如同盗窃、抢劫、谋杀等等那样单独的一桩罪行,而是指反上帝反人类的所有罪行集中在一起的结果,它是反对国王、国家、同胞、父母、孩子、亲人、朋友以及普天下所有人的罪行;我认为,一切反对上帝和人类的罪行加在一起才是对叛乱的真正定义。(《布道集》[The Homilies, G. E. Corrie's edition, Cambridge, 1850],页 571)

再如,下面这段话出自第一部分接近结尾处,其中对英国和英国人的提及表明布道者心中想的是最近的那场叛乱:

> 对于那些臣民我们应该说些什么?我们是否可以这么说他们:他们对于上帝赐予的这样一位仁慈君主既不感激也不祷告,而是走上邪路、武装自己,集合各种造反之人,破坏长久以

来的公共和平,制造叛乱而不是战争,威胁这一位宽宏大量的君主,危害他们本来应当舍身护卫的国家财产,使得英国人在英国对同胞们实施抢劫、掠夺、破坏和纵火,使得他们杀害自己的邻居和亲人、自己的同胞,[69]使得他们的恶行和贻害比外国敌人所做的、能做的还要严重得多?我们能对这些人说些什么呢?他们让自己如此反叛地对抗自己伟大的君主,假使上帝因为他们的恶行让一个异教徒暴君去统治他们,他们就会因为上帝的旨意不得不服从并为其祈祷了。(《布道集》,页560)

这一戏剧化的语气是从一开始就有的。布道词开篇即描述了伊甸园最初的服从与秩序的美好画面,以及第一位也是最了不起的那个反叛者对它的颠覆。大卫隐忍而没有反叛扫罗的美德在前面的布道词里被大力渲染,在这里以他自己与"意欲反叛的人"之间一长段想象的对话表现出微妙的戏剧性。第四部分有一处对英国编年史的很有意思的提及,这对于霍尔编年史和《为官之鉴》里对历史的戏剧性处理再适合不过,接下来是它最受欢迎和最具影响的地方:

转而去读所有国家的历史,翻一翻我们国家的编年史,想一想从前以及近前的多次叛乱;你会发现上帝从未让任何反对正当合法国王的叛乱得逞,相反地,那些反叛者都被打败、杀死或者被囚禁后以可怕的方式处决。想想那些公爵、侯爵、伯爵等等伟大的高贵的家族,你们会在我们的编年史里读到他们的名字,如今他们却不复存在了。找出他们衰败的原因,你会发现并非因为缺少封位和男性继承人才出现衰败和高贵血统及地产的浪费,真正的原因是反叛。(《布道集》,页581)

但整篇布道词最生动的是第三部分,它描述了内战的所有可怕情形和痛苦不幸。正如前一篇布道词对秩序或层级做出了最为庄重的说明,并很好地例示了《特洛伊罗斯与克瑞西达》中尤利西斯演说的背景,后一篇布道词则描绘了一幅秩序混乱和内战的画面,这比我所了解的任何文字都能更好地说明莎士比亚最早的四部历史剧的背景。这里说的是再平常不过的观念,它对于学习莎士比亚或者伊丽莎白时期历史的最谦逊的学生来说也毫无新意:对内战的恐惧一直阴魂不散地困扰着伊丽莎白时期的人们,直到王位的继承得到了和平而稳固的解决。[70]不过它对这种恐惧的生动体现让我们感觉到其中表达的历史观点对于伊丽莎白时期的人们来说是最重要的。我在本章的结尾引用其中的一部分,由此可以突出重点,而且下一章的主题也必将会提到。

> 正如我在那次瘟疫和饥荒之前所表明过,且如今变得更加明显的是,叛乱所带来的灾难、痛苦和战争损害比任何其他战争都要严重得多、悲惨得多。因为叛乱之后不仅会有其他战争所惯有的损害和不幸,比如玉米等人们的必需品遭受损害,房屋、村庄、城镇和城市遭到掠夺、洗劫、烧坏和损毁,不仅很多非常富有的人而且整个国家都变得一贫如洗,成千上万的人被杀戮,女人和女孩们遭到强奸和摧残。从外国来的敌人实施这些恶行时,我们有正当的理由感到万分悲痛;造成这些悲剧的邪恶与我们任何一位同胞都没有关系。然而,当发起这叛乱、造成这些损害的是那些本该是我们的朋友、同胞、亲人,那些应该保卫自己国家与同胞不承受这些痛苦的人时,最大的痛苦莫过于臣民违背自然、反叛国王的损害和邪恶,他们本该保卫国王的荣誉和生命,哪怕为此失去自己的生命。这些国民扰乱了公共和平和国家的安宁,他们本该为保卫这安宁而牺牲自己;兄弟之间、父子之间刀尖相向,甚至彼此残害;⋯⋯最终使得他们的国家因为这些损害而衰弱,成为所有入侵的外部敌人猎取和掠夺的对象,他们所有活下来的国民同胞、孩子、朋友和亲人会彻底且永远地沦为囚犯、奴隶直至毁灭,正是他们邪恶的叛乱亲手把这些人送到外国敌人的手中。(《布道集》,页 575–576)

第三章　戏剧之外的文学背景

1.《为官之鉴》①

[71]我在第一章里描述了莎士比亚时代受过教育的人中流行的有关秩序的一般观念；在第二章说明了都铎时期人们特有的关于历史和政治的一些观念，莎士比亚很可能通过某些编年史（特别是霍尔的）以及教会的布道集而了解了它们。莎士比亚的历史观可能全部来自这些材料，因为它们就在那里。不过这种可能性不大，因为这些观念很快就进入到一种非常流行、尽管很不一样的写作中。它们被那些声名鹊起的年轻诗人吸收利用，并由此成为伊丽莎白时代早中期毋庸置疑的流行观念。很难想象一定对当代诗歌很感兴趣的年轻的莎士比亚，会错过对前述观念的这一特殊加工利用。我所说的诗人指的是《为官之鉴》这部重要的集成作品的作者们，它是怀亚特（Sir Thomas Wyatt）的时代之后最重要的创造性成果；它也

---

① Lily B. Campbell（Cambridge, 1938）将1587年前的各种版本作了最终编辑，并对该作品的不同版本及其作者作了充分的介绍。文中的引用均出自她所编辑的这一版本。我在研究《为官之鉴》时并没有依照其他论者的成果，不过我很高兴地发现Willard Farnham在其《伊丽莎白时期悲剧的中世纪传统》第七章中认为它对于伊丽莎白时期的悲剧有着重要的意义，而我认为它对于莎士比亚的历史剧有着同样重要的意义。这一重要性在Howard Baker的《悲剧入门》（*Induction to Tragedy*, Louisiana State University Press, 1940）里也得到了肯定。

是锡德尼在其《诗辩》中认为唯一值得在萨里伯爵（Henry Howard, Earl of Surrey）的抒情诗与《牧羊人日历》（Shepherd's Calendar）之间提及的作品。

　　普通读者没有理由对整部《为官之鉴》一定有一手的了解，因为有太多其他可读的东西。但是普通读者最好不要有那些只是读过相关资料的人常常会有的错误理解：认为它是保守反动的，是把一种过时的中世纪形式加以复原；是在怀亚特和萨里的试验性黎明之后、《牧羊人日历》的真正黎明之前的一部毫无必要的晦暗之作。这一错误很容易解释。《为官之鉴》的前言详细说明了出版者希望这部作品能够从利德盖特的《国王的衰落》（Fall of Princes）这一系列悲伤故事结束的时间写下去，成为后者的延续。在大众的心目中利德盖特意味着沉闷无趣，从乔叟的甜美与光明堕入到僧侣式的蒙昧主义，他记录的东西根本不值得这么长篇大论。《为官之鉴》成为利德盖特所写故事的延续实属巧合，而非实质上的续篇。它的主要目的不是[72]让这个已经很长的悲剧故事序列更加臃肿，而是要说明一条严肃的当代道德原则，也就是通过一系列例证故事教育国王和官员如何避免恶行。它与利德盖特的联系是一种宣传，因为，也许这看上去有些奇怪，但后者在十六世纪中期仍旧很受欢迎。进一步说，即使《为官之鉴》从本质上延续了利德盖特，它也不会由此变得过时；因为利德盖特说教的道德虽然不那么诗意，却比起乔叟的作品更符合文艺复兴时期的实质。利德盖特译过卜伽丘，卜伽丘是第一位对《为官之鉴》里那种道德说教做出详细阐述的伟大作家。是卜迦丘第一次把过去以偶然性为主的故事类型变成了以紧密的因果道德原则为主导的故事类型。就其从卜迦丘那里获取灵感来说，《为官之鉴》是进步的，而不是保守的。

　　我不得不对《为官之鉴》做出较为详细的说明。它不仅与莎士比亚的历史剧所涉及的事件相同，而且在精神实质上也比编年史剧更接近后者。必须将它与霍尔的编年史和《布道集》一起视为对青年莎士比亚最具决定性的影响之一。由于《为官之鉴》的相关事实有些复杂，不为人们所熟悉，我最好在此做个简单的说明。如果有读者想绕开这些前缀直接跳到有关莎士比亚的部分，可以在这一部分的结尾处看到我论述《为官之鉴》的观点小结。

《为官之鉴》由一系列虚构的鬼魂独白组成，这些鬼魂是遭遇悲剧性结局的某些著名的英国政治家。他们在对着一群以威廉·鲍德温为首的人讲话（这些人即故事的真正作者）。在故事与故事的间隙，作者们用散文体做出评论。他们讨论这些故事、其中的伦理与政治观念、艺术技巧的细节，在这个过程中显露出他们是一帮热心关注时代问题与诗歌前途的朋友；与斯科利波拉斯俱乐部①和前拉斐尔派诗人那些群体不同。《为官之鉴》历经多次出版，其中有些版本增加了新的内容。最初它包含十九个短篇故事或者说平均长度两百行以下的"悲剧"。它在 1555 年玛丽女王治下印刷，但直到 1559 年伊丽莎白女王治下才被允许出版。它涉及的历史时期包括理查二世到爱德华四世。1563 年的版本中[73]增加了八篇更长且更有戏剧性的故事，增加的厚度与原来十九个故事的总厚度几乎一样。这些故事主要涉及理查三世的统治以及现在最为人所熟知的部分：萨克维尔所述勃金汉公爵的悲剧及序幕，和丘奇亚德（Churchyard）所述简·肖尔（Jane Shore）的悲剧。1578 年和 1587 年的版本有一些小幅的增补，所述历史延伸至亨利八世统治时期。所有这些增补，尽管常常是更具野心和戏剧性的，还是与最早的故事系列保持了政治原则上的一致性。但是 1574 年约翰·希金斯（John Higgins）发表了一系列相对独立的悲剧，所述英国历史从布

---

① ［译注］The Scriblerus Club，是由 Jonathan Swift、Alexander Pope、John Gay 等人因为共同的文学和政治旨趣而形成的一个朋友圈。最早始于 1713 年，他们通过一个虚构的文学形象 Martinus Scriblerus 讽刺那些假装博学满嘴术语的人和现象。主要成果包括五位创立者的合作作品《马丁纳斯·斯科利波拉斯回忆录》(The Memoirs of Martinus Scriblerus)，Pope 的《愚人记》中的部分内容，Richard Owen Cambridge 的一首讽刺史诗《斯科利波利亚德》(The Scribleriad)。此外，Henry Fielding 的笔名是 Scriblerus Secundus。

鲁特(Brut)①到基督教时代(1578年布莱尼哈塞特[Blenerhasset]出版了从凯撒到征服者威廉的第二个系列)。这些故事缺少鲍德温筹划的那些悲剧中的政治热情,后者涉及的历史时期严格限定在霍尔编年史的范围内。不过1587年希金斯的系列被编入鲍德温的系列,并自此成为标准版本,其整体结构与同年出版的霍林斯赫德的编年史第二版相似。我提到《为官之鉴》时,仅仅指鲍德温在1555年至1587年间搜集的故事,而不包括希金斯与布莱尼哈塞特的增补部分,这其实就是坎贝尔女士(Lily B. Campbell)编辑的《为官之鉴》。

这些故事的作者有一半是已知的。萨克维尔、巴克赫斯特勋爵(Lord Buckhurst)是最著名的社会人士;不过几乎所有作者都有良好的出身并在宫廷任职。政治上他们不是极端主义者,经历了四代国王的统治。他们的受教育程度很高,对事物的理解基本与主流一致。他们的作品能够留存下来,因其艺术上有实验性和探索性,而且表达了当时人们所强烈认同的观点。

艺术趣味体现在故事的韵律变化和对散文体结尾承接语(end-links)的文学探索中。尽管通篇主要的诗节是君王体(rime-royal),它的韵律特点却有很大变化,从萨克维尔的《序幕》和丘奇亚德的《简·肖尔》的极端规律性,到以朗格兰(William Langland)为基础的头韵体轻快小调,或是梅斯菲尔德(John Masefield)的《货物》(*Cargoes*)和梅雷迪斯(George Meredith)的《山谷中的爱》(*Love in a Valley*)的节奏。从

> 愤怒的冬季急速突现
> 狂风阵阵将树叶扫除殆尽
> 老神萨图恩冰霜满面

---

① [译注]指Brut Chronicle记述的历史时期,该编年史是最早的英语散文体编年史,记述了从神话时代(包括特洛伊的布鲁特斯、亚瑟王等传奇国王的故事)开始的英国早期历史,在中世纪是最受欢迎的英国历史作品。

80　莎士比亚的历史剧

> 用刺骨寒冷穿透温柔绿荫(页298)

[74]到

> 读仔细那只著名老鼠的话
> 农夫皮尔斯在梦中将其描述,
> 无论哪个有智慧的人来阐发
> 结论都是:若将一国之君束缚
> 与妄图挑战主流无异。①(页95)

或者

> 在这些危难与灾害的悲伤记录里,
> 鲍德温,请接受以我们的名字写起的恳请,
> 冷漠的命运将我们带入陷阱里,
> 而我们一直以为自己的状况最为稳妥安定。②(页73)

举一个作者对艺术问题有兴趣的例子,在诗人科林伯恩(Sir William Collingbourne)的故事前后有结尾承接语,其他人因为诗人结合虚构自由与正确信念的困难而感到困惑。他们刚刚听完萨克维尔讲的勃金汉公爵的故事。其中一个人认为这个故事发生在地狱,而和勃金汉公爵在一起的有许多受人尊敬的著名人士,这会引起观念上的困难。

> 虽然他假装在地狱里与国王们谈话,我确定这会遭人厌恶,因为他们的灵魂肯定有一些是在天堂的。尽管他在描述地狱的时候学习了一些被接受的诗人作品,但他的描述有着很重

---

① [译注]原诗中有多处头韵,很遗憾此处未能译出,比如:the rat of renown, Piers the Plowman, describe in his dream, strive with the stream。

② [译注]此段也有一些头韵,比如:rueful register, mischief and mishap, train unto a trap, state most stable。

的炼狱味道,这是那些天主教徒从中发掘的东西,因此无知之人可能会因此受骗。(页346)

鲍德温反驳道,诗人所说的"地狱"只是指坟墓,因此是符合新教体统的。对这一狡辩,听众中的一个人驳斥道:

> 呸,我们现在站的是哪里?那是一首诗,又不是神学;只要与问题相关,诗人有权利按照自己的意愿进行虚构。因此连你这种解读也全无必要。(同前)

众人都同意诗人应当拥有最大限度的自由,国王理查因为科林伯恩的诗而惩罚他表明理查是个暴君。

从《为官之鉴》里重构一群有智慧的人作为自己文学作品的组织形式,是令人愉快的事情。结果在我们看来可能有些粗糙;[75]但这确实是一种向好的粗糙,属于某种新鲜事物,充满对未来的希望。对于莎士比亚来说,在他大约二十岁的年纪,正是《为官之鉴》最受欢迎的时候,这些成果看起来不会那么粗糙,对未来的希望却会更有意思。

《为官之鉴》有关技术和创新的部分就说到这里。接下来我要讲讲它的一般性观念。

首先,尽管这部诗作的主要伦理关注点是政治,其中也存在某种宇宙背景的概念。犯错官员所处的背景不仅仅是国家,与埃利奥特(Thomas Elyot)的《管理者》(*Governor*)和国教的《布道集》一样,还包括上帝的有秩序的宇宙。他们造成的混乱与因为上帝放松对其创造物的压力后产生的混乱是关联在一起的。鲍德温在他的第一篇前言(致"执政的贵族等所有人")里指出,官员们的职责

> 是上帝自己的职责,是他主要的职责。因为公正是重要的美德,所以对公正行使职责就是最重要的职责。(页65)

这里短短两句话就把上帝、统治者和公正联系到一起,并在某种程

度上将他们同等看待。我们把这三者放在各自传统的首要性背景中考量是不会错的：上帝在天使之中，统治者在人们之中，公正在各种美德之中。格伦道尔（Owen Glendower，他的故事是维吉尔的译者、费尔[Phaer]写的）。对人和动物的本质进行道德说教，表现出他对存在之链以及人在其中的位置这套观念非常熟悉。

> 万物天然具有同一倾向
> 从哪里来便最终往哪里去：
> 模具向下沉，火焰往上蹿；
> 鹿用犄角顶，马用蹄子踹；
> 狼强力掠杀，狡猾的狐狸则顺手牵羊；
> 一般没有哪个真正母亲的后代，
> 无论它是鱼、兽、禽、植，会缺少这种特性。
>
> 然而对于人来说，他们中有一些
> 因为学识赋予了规矩，
> 良好的教养让他们
> 行为高尚，让他们的父母黯然失色。
> 因此真正的贵族精神建立在高尚生活的基础上，
> 而不是血脉相传；
> 因为血是兽性的，贵族精神是神圣的。（页 121 – 122）

[76] 此外，当黑斯廷勋爵提到他曾完全信任的仆人凯茨比违反常理背叛自己时，他希望这种人间关系的混乱在宇宙中得到复制。

> 泰晤士河，从你的河道偏离吧，抛弃你的支流；
> 让铁，不再坚硬；太阳神，放下你的光芒；
> 天上的星斗，停止你们疲倦的工作吧，
> 背叛你们的职责，回到黑暗的混乱中；
> 至少有只凶残的老虎吊死它的幼子：

这样我的凯茨比就获得了借口

我也得到了安慰,因为我并不孤独,

在所有自然的作品中并非唯一被抛在极限之中。(页 280-281)

在所有对宇宙的引述中最常见和最重要的是星辰,这把我们带到了《为官之鉴》的伦理中心,带到它作为塑造伊丽莎白时期戏剧的重要中介上来。在这一时期的戏剧里,对星辰力量的可怕感觉结合了有关这种力量限度的正统观念。星辰会造成大混乱,然而当它们这样做的时候,是人类为此提供了前提。命运和星辰的问题由凯德(Jack Cade)提出并回答。(这个表述者的选择是如此不恰当,以至于激起了听众们的评说,

以圣玛丽的名义,假如杰克真如你故事里表现的那样有学识,不论他出身如何,他的学问都可以保证他成为一位绅士。他对命运和世俗包袱产生原因的描述多么特别,多么像位哲人!)(页 178)

凯德解释说影响人体构造的星体可能会使人的头脑有恶意倾向,但最终的选择是自由的,上帝凌驾于命运之上。

星体很可能会影响我们的体质,
促使我们的头脑产生恶意;
但没有我们的欲望和意志,
他们也不会让任何事情顺利:
因为天堂与俗世都受制于技能。
上帝的技能统治一切,它是如此强劲;
人可以通过技能引导那些属于他的事情。(页 171)

然而下面这个问题依然存在:上帝既然控制着星辰,而且它们也没有必要损害人的道德安宁,那他为什么让好人和坏人无例外地一起

遭受这样残酷的命运。答案不止一个。[77]萨立斯伯雷伯爵汤玛斯的鬼魂讲述自己在奥尔良围攻战中因火炮攻击而亡的故事之前,对命运发表了一通有意思的自言自语。在逼真的自我辩论中,他在相互矛盾的观念之间摇摆不定,最终得到了一个勉强的结论。政治家想要积累他的丰功伟绩和名望是愚蠢的,因为不仅是时间还有命运会让它们都变得不确定。不过君主对名望的追求是正当的,尽管名望的分配并非总与功绩保持一致。然后他举了自己父亲的名声为例。他的父亲为一项正义事业而牺牲,其奖赏就是死亡和辱骂。为什么命运常常会把名誉奖给那些不应得的人,却不奖给优秀的人?伯爵的父亲与埃克塞特公爵一起,试图把他们认为应当继位的国王——理查二世推上那座被亨利四世篡取的王位。图谋遭到泄露,萨立斯伯雷伯爵的父亲被处决,这是个不公正的结局。"事情发展成这样上帝也痛苦。"不过,讲故事的人认为这也许还是有原因的:

> 危害多次发生由来有因
> 包括在那些试图纠正人们错误的人身上发生的
> 是因为他们心怀怨恨,我想。
>
> 上帝厌恶严酷的行为,尽管它会促进公正,
> 因为罪即是罪,无论你如何使用它,
> 因此惩罚恶行也会遭受羞辱和死亡,
> 哪怕这恶行昭昭。
> 促进公正的人也不会因此被豁免,
> 假如他在此过程中犯了其他错误:
> 每一恶行都会得到应有的惩处。(页145)

换句话说,邪恶的方法可能会腐化最初纯洁的动机;命运的一切方式,不看表面,很可能终究是公正的。但讲故事的人并没有把这一屈从的想法用于自己身上,他很快就爆发了:

> 噢,命运啊,命运,一切不幸的来源,
> 我父亲曾致力于诅咒你的欺骗,
> 而我所遭遇的摧残,又多他十倍。(页146)

不过尽管萨立斯伯雷伯爵通过戏剧化的表达没有得到如何看待好人受难这一问题的任何确定结论,这一观念却出现在别处。戏剧化表达再次出现,这一观念由亨利六世的嘴里说了出来,他对不幸有充分的体会,而圣徒般的他[78]可以不带偏见地进行反思。他列举了通常认为的不幸的原因。天文学家归因于星辰,医生们归因于体液,而神学家认为是上帝的意志和人类的罪。亨利说,把星辰与上帝的意志分开而让星辰成为首要原因,是愚蠢和邪恶的。接下来他考察了这些不同的因素。身上的体液自身并不具有足够的力量,它们只能对头脑中已经存在的倾向起辅助作用。

> 正是体液滋养的欲望启动了一切邪恶的行动:
> 因此它们与罪融为一体,共同产生影响。(页214)

你也不能把星辰和命运与上帝的意志割裂开来。

> 因此我们的沉重遭遇有双重主因,
> 由它们而定、在它们之下的是其余原因。
> 主因之一是神圣的意志,即天命和宿命;
> 之二是罪,体液为帮凶,上帝对此深恶痛绝。
>
> 第一主因以苦痛磨练善良之人,
> 第二主因使恶行得到应有报应:
> 一个是上帝愤怒的明鉴,一个是上帝之爱的见证;
> 善人因其爱,恶人因其罪,上帝挥鞭笞惩。(同前)

亨利接着分析他自己的情形,认为尽管他有许多罪行活该被上帝的愤怒责罚,他还是为美德尽心努力过,他相信自己有些不幸是上帝之爱与肯定的标志。不管怎样,亨利将不幸为何降临于人、特别是好人的理论又推进了一步,且适用于各种情形。这补充和完善了萨立斯伯雷伯爵的模糊结论。

我在《为官之鉴》的伦理观问题上说这么多的原因是,他们提出了青年莎士比亚不太可能没有注意到的那种问题。他的确是到后来才苦心思索这些问题,但他从一开始就对命运之难测感兴趣。莎士比亚有可能会从布道词或相关论述中看到这些伦理的解决方式。但应该承认这部他年轻时最流行的现代诗作所做的展示,以独特的力量让他明白了这些问题。

接下来还要探讨《为官之鉴》更为纯粹的历史方面的问题:编年史作为它的来源,它与莎士比亚的历史观念的关联性。

[79]《为官之鉴》既把英国编年史作为来源,也对编年史应有的样子有着非常确定的见解。鲍德温和他的朋友们如何对待编年史可以从里维斯勋爵(Lord Rivers)故事的前言中看出来,里维斯的故事是 1563 年增补八篇中的第一篇故事。鲍德温对这群人说他带来了一些故事,这群人在听完诗歌的第一部分后就散去了,现在正集合起来准备听下面的故事。

> 一位听众说道,"请让我们听听这些故事吧"。
> "稍等,"我说道,"我们拿出编年史,注名这些地方,按照它们的顺序我们一个一个地读下来。"(页 244 – 245)

也即,不遵照编年史中历史的顺序是不得当的。伯德特爵士(Sir Nicholas Burdet)指出一位优秀的编年史家应该是这样的:

> 编年史家能说的语言应当多种多样,
> 对于各种艺术他也应具相应视域,
> 据此他才可能判断各种行为的真相,
> 弥补各种需要,纠正各种错误。

> 他应表达生动,写作恰切而丰富,
> 不是把各处抓来的故事任意加工,
> 也不是大量作注只为增加厚度。
>
> 他应当具备如此的智慧与气质
> 对于所写历史做出明鉴;
> 他应当如此出色地运用理智
> 让所记述之事得到流传;
> 他不应为邀宠或怨恨而称颂或责骂;
> 而应让事物各归其位,
> 这些故事的真实性才会得到承认。(页476)

事实上,《为官之鉴》的作者们既把编年史当作他们的基础,也非常关注编年史作为历史的本质。

我已经说过《为官之鉴》里堕落的政治家们所处的历史时期正好是霍尔的编年史覆盖的那段时期。这只有一部分是巧合。鲍德温在他的第二篇前言(写给读者)中告诉我们,他将从理查二世的统治(这也是霍尔开始的地方)开始说起,因为出版商要他接着利德盖特结束的地方往下讲。他说,在此前的英国历史中也有同样多的不幸政治家的典型故事。[80]不过从理查二世开始的这段历史已经足够,他便顺从了出版商的意愿。但是,选择了这段时期以后,《为官之鉴》的作者们学习的是霍尔而不是其他编年史家的作品。他们很可能乐于遵守霍尔的历史限度,就因为他们重视霍尔把历史看得重于一切的态度。不仅从内部证据看很显然那些故事大都取自霍尔,这部诗作在行文中也承认受益于霍尔。毛勃雷勋爵的故事与理查二世的故事之间的链接部分提到前一个故事主要是从霍尔那里学来的。最有意思的是关于历史的一段长篇演讲,演讲者是伍斯特伯爵蒂普托夫特(John Tiptoft, Earl of Worcester),他贬低法比安,赞扬霍尔,实际上总结了《为官之鉴》作者们的目的。

> 但是故事的作者们不该为了荣耀、
> 恐惧或荣宠而舍弃事情的真相。
> 不过事情总还是会照旧发生：
> 喜好、恐惧或怀疑，日积月累，
> 使得故事总不能完全真实。
>
> 徒劳无益的法比安追随着时间和行动的
> 表面，却让其背后根源悄然遁形；
> 霍尔增补了根源，却用上双倍的优雅，
> 因为，我猜想，他担心会有麻烦光顾：
> 因这因那，他说，他感受到了斥责。
> 因此故事的作者们不写出缘故
> 或是将其不断重复，好像仍旧疑虑重重。
>
> 然而发掘根源是故事作者们
> 应当注重的重要事情，
> 这样人们才能学到各种根源会带来怎样的结局，
> 在记述中完全不提根源，或是对其充满疑虑，
> 这样的作者不是担不起编年史家之名；
> 因为阅读故事的收获应该因果齐备。（页198）

霍尔比法比安写得好，但仍是不完美的，他常常因为害怕陷入麻烦而模棱两可、支支吾吾。因果链条，而不是没有关联的事实，才是历史的精髓。此外，将《为官之鉴》其他部分的论说补充完整就是，在过去中寻找因果关系是有实际好处的——[81]政治家通过过去的例子可以避免重复过去的错误。

在考察编年史家的过程中，我发现波利多尔最先关注因果关系，而霍尔大大加强了这种关注。《为官之鉴》（尽管抱怨霍尔模棱两可、不够坚决）的确跟随了霍尔，的确把历史领域发生的一件重要事情移植到了诗歌里。费勒斯讲述的葛罗斯特公爵伍德斯托克

的故事很好地证明了与霍尔的相似性。与霍尔、后期的莎士比亚和海沃德一样(与波利多尔不同)的是,费勒斯提到爱德华三世的七个儿子,伍德斯托克是其中之一:

> 我们兄弟一共有七个,
> 我排行第六,下面只有一个弟弟。
> 天下没有比这更尊贵的族群、
> 更强健的体魄和更伟岸的身姿,
> 在任何方面都举世无双。(页92)

和霍尔一样,费勒斯将国王受困的根源追溯到某种愚蠢或邪恶的行为:

> 残暴的行为将善良法则损害
> 当侄子把叔叔戕害。
> 呜呼,理查国王,即使你后悔不已,
> 这一事实却导致
> 你的困苦命运又加速到来。
>
> 因为血债还要血来偿
> 以怨报怨的诉求正当。
> 公正的上帝啊,您的审判是真实的;
> 瞧,我们对别人的施与,
> 将最终加诸自己身上。
> 国王们,请注意,依过去之鉴:
> 血债血偿,只待早晚。(页99)

在前面有关命运伦理的讨论中,我从《为官之鉴》中举的例子比这里的血债血偿更具有因果链条的复杂性。在霍尔那里没有比亨利六世探寻他自己遭受审判的根源更为复杂的因果关系了,这样我们就可以明白为什么《为官之鉴》的作者们认为他们超越了霍尔。

不过,在一件事情上他们并没有追随霍尔。[82]《为官之鉴》里没有与霍尔的纲要性主题有关的任何内容,这一主题是命运在理查二世到都铎王朝的这段历史中逐渐发展到圆满。在讲述理查三世的故事中他们有机会提及天意将里士满伯爵亨利从布列塔尼带回来谋求王位,又通过两大家族的联姻结束了内战,但他们并没有这样做。《为官之鉴》的作者们略去了都铎王朝的神话。并不是说书中没有这样的观念:根源于某一次行为的对一个家族的诅咒从一系列悲剧事件中显示出来。在(也是费勒斯讲述的)葛罗斯特公爵亨弗雷的故事里,金雀花王朝的一切不幸都被归因于亨利二世的祖母是个女魔。

> 这是在历史中发现的真相,
> 亨利是金雀花王朝的第一位国王,
> 就是我们的国王亨利二世,
> 他是莫德女士、著名王后之子,
> 常常说他的老祖母,
> 尽管看上去是个普通的女人,
> 其实是人称**女魔**的那种恶魔。(页447)

他的孩子们——亨利、理查、约翰的不负责任肯定了这一点,他在临死前预言金雀花王朝的基业将被内部纷争摧毁。

> 这个国王,有人写道,在他最后的病中
> 说过,仿佛作为一种预言,
> 魔鬼将一粒毒种子散播到
> 他的亲属之间增加他们的仇恨,
> 在他们兴盛之时一直存在
> 直到戕害和谋杀将他们耗尽。(页448)

亨弗雷宣称,发生的事件确实证明了这个预言的准确。

> 这是真的,如有任何人心存疑虑,
> 我也不会再赘述更多,
> 就让他从头至尾细细去读
> 这些英国国王被命运压迫的故事;
> 他会发现国王们的不幸
> 从最初到最后都开始于
> 那些有亲属关系之人的恶意。(页449)

有意思的是,费勒斯将这一英国诅咒的语境扩展到塞内卡的戏剧,指出[83]复仇女神们的愤怒"从未失去理智"。但同时他又没有把这一诅咒的漫长过程像霍尔在约克与兰开斯特两大家族联合中发现的那样总结为埃斯库罗斯式的和解,在这一点上他又比霍尔视野有限。

《为官之鉴》里的其他历史内容与霍尔并没有特别的关系,但却包含那些一般性的观念——如何以先例教育统治者、国王的地位问题、对国王的服从问题、内战的问题,这些内容对于整个伊丽莎白时期这一群体各个部分的人们都是常识。不过,对《为官之鉴》详细阐述或重点讨论且细节丰满的这些观念——其中有很多在莎士比亚的作品中出现——在此必须做出一些说明。

第一个主题,以先例教育统治者,贯穿于这部书的整体结构,政治家们自己一直在敦促后来者们注意自己的行为从而避免他们这样的命运。鲍德温第一篇前言的要旨是,一个国家的健康取决于它的统治者,恶统治者会遭遇上帝的报复,犯错的政治家们通过讲述他们的痛苦让当今的政治家以他们为戒并做出更为公正的行为。

> 任何一个国家的好与坏取决于它的统治者的好与坏。因此神圣的使徒们真诚地劝告我们为管理者祈祷是有重要原因的;因为实际上每个国家的财富与安宁,抑或混乱与灾难,都是通过他们发生的。我不需到罗马人或希腊人那里寻找证据,也不需求助犹太人或其他民族。我们自己国家的故事,只要我们

认真地读过,就会给与我们足够的先例——宁愿上帝没有让我们见过如此多的先例。(页 64)

鲍德温对着"那些贵族和所有在职的管理者们"界定了这部书的目的:

> 在这里你们就像是面对一面镜子,如果你们有恶行,就会看到这种恶行曾经得到了怎样的惩罚;我相信这种劝诫会成为你们尽快修复错误的良机。这就是这部书最主要的目标,上帝保佑这一目标顺利实现。(页 65 – 66)

尽管恶统治者遭到咒骂,实际的职责还是受到了与当时新教观念完全一致的赞誉,即统治者是直接从上帝那里获得的权威;[84]《为官之鉴》实际上与《服从的布道词》的写作动机是一致的。从鲍德温的第一篇前言中摘取的下面这段话十分贴近前面(见本书第[66]页)引用的布道词部分。他说,管理者的职责

> 是上帝自己的职责,是他主要的职责。因为公正是主要的美德,所以对公正施以援助就是最重要的职责。因此上帝用最重要的名义将其确立,赋予国王和国王之下的官员们以荣誉头衔,即上帝自己的名字——神。就请所有的神,尽可能多的神,来扶助公正吧。(页 65)

既然上帝任命了管理者,他就能决定自己的任命者是好是坏。不论是鲍德温的前言还是杰克·凯德故事后面的评论里都用加强语气的散文体做了说明。

> 官员的确是上帝的代表,他们负责的是上帝的职责;是他根据自己的意志做了任命:他喜欢人们时便给他们好的代表,需要惩罚人们时又将坏的给了他们。因此,无论是谁反叛了好的或者坏的统治者,就是在反叛上帝,这便注定了其悲剧结局,

因为上帝只能维护他的代表。(页 178)

在亨利七世治下领导过一次叛乱、如今后悔不已的康沃尔铁匠在这个问题上观念十分正统。

> 上帝任命的国王身心强健,
> 臣民不可能将他们推翻。
> 即使国王会屈服,上帝也会遏制反叛,
> 对于臣民国王既有修养又有权力统管,
> 他对于我们的最高要求就是
> 任何人都不应反抗他的国王。
>
> 谁反抗他那令人可畏的君主
> 都会因上帝之言而灵魂遭到咒诅。
> 信基督的臣民应以足够的尊重
> 服从他的君主,哪怕他是个犹太教徒。(页 412)

最后一组对句与其余一样正统。

对于《为官之鉴》的作者们来说,无论是邪恶的还是冷漠的国王都要忠诚对待的问题十分紧迫。对于经历过四任国王的人们来说,这是个复杂而让人迷惑的问题;在十五世纪的政治纷争中他们看到了和自己所困惑的一样的忠诚问题。[85]因此理查二世与三世被废黜的伦理问题不仅是与历史相关的问题,而且对当时有直接的影响。这在整个伊丽莎白时期都是如此。《为官之鉴》能够流行那么长时间,在很大程度上是因为它对这些鲜活的政治问题始终保持着真诚的关注。

就国王自身而言,除了他是上帝的选择之外,他首先应该是一个个性刚强的成年男人。谋害葛罗斯特公爵亨弗雷并在圣阿尔班斯(St. Albans)被杀的萨默塞特公爵埃德蒙是这样表述传统观念的:

> 我们在圣经中读到的是真实的记录,

> Ve terrae illi cuius rex est puer：
> 让孩子做国王的地方真是可悲啊，
> 不论是孩子还是孩子气，都可以想象其情形：
> 因为国王年幼，我们天天都能见到
> 无所畏惧的人们，缺少敬畏的君主，
> 因为头脑不灵光，无法无天地生活。
>
> 圣经所述真是无差，
> Beata terra cuius rex est nobilis。
> 由强健的国王统治的土地真是幸福啊，
> 和平当中人人享有自己的一切，
> 恶人害怕而不敢犯错或作恶，
> 在那里国王坚持手中持剑
> 抗击国内与国外的敌患。（页 391–392）

国王的力量一定要在遏制其臣民放肆行为的时候显露出来。只有这样他才能避免叛乱。如果他忽视了这一责任，上帝就会激起叛乱，使得国王所未能实施的惩罚加诸腐败的官员身上。这就是从杰克·凯德的故事中归纳出的观念，凯德虽然是个反叛者，却由上帝派去杀掉塞伊勋爵这个没有得到应有审判的腐朽管理者。

从国王的神圣职责及其作为上帝秩序的一部分发展出了憎恶内战的观念。这种憎恶情绪在当时的普遍性并没有阻止鲍德温那群人中的一个在克利福德勋爵故事末尾发出如下的感叹，仿佛他所说的是什么新鲜想法：

> 上帝啊，一个王国的分裂是多么可怕；它是多少灾害的源头！有什么恶行不是由此引发，有什么美德不会因此被消灭？[86]造成约克公爵之死和克利福德之残忍的原因，难道不是亨利国王与约克家族的分歧吗？这种分歧不仅毁灭了上百万普通百姓，而且导致了所有贵族的衰败。（页 196）

那么如果说国王是上帝的代表,即使针对坏国王或犹太人国王的叛乱也不被允许的话,对国王的忠诚有没有什么例外呢?当时的观念认为,尽管忠诚的范围应该很广,但也有一个底线不能超越。个人的忠诚问题在萨默塞特公爵埃德蒙的故事里得到了探讨。埃德蒙明白他的主人亨利六世是一个孩子气的软弱国王,注定会把国家带向毁灭。但他仍旧忠诚于国王,这种忠诚在他审视过去的时候是一种安慰:

> 然而只有一事于我是种宽慰:
> 在我的国王的纷争中,我始终如一。
>
> 哪怕嫉妒的命运是我的敌人,
> 高贵的心灵也不会屈服,
> 也不会因为幸或不幸而退缩不前,
> 只会为其国王在沙场流血倒地。(页401)

不过亨利并没有命令埃德蒙犯任何罪行。假如国王下这样的命令,那么就不应该被服从。伍斯特伯爵蒂普托夫特表达过这样的观念。爱德华四世曾经命令他杀掉德斯蒙德伯爵无辜的儿子们,而他服从了。他知道如果自己不服从的话就会被当作叛国者砍头。即使这样上帝也没有免除他的罪行而只怪罪国王,而是在最后惩罚了他。他最终的话是这样的:

> 任何人,如果不能为了正义而舍弃他的国王,那么就不要承担这一职责。(页202)

这种对于坏国王的个人忠诚问题成为莎士比亚的《约翰王》中反复出现的主旨。

除了个人忠诚还有国家忠诚的问题。一个国家对实际统治者的忠诚有任何例外吗?有两种例外。如果正当的国王被废黜,起来反对他的篡位者并助他复位就是正当的。如前文在另一个语境中所述(第[77]页),萨立斯伯雷伯爵在波林勃洛克篡位后参与[87]理查二世复位的谋划就是正当的。但是实施这一原则时不能走得太远。约克家族相对于兰开斯特家族来说对王位有着更正当的诉求,这是公认的,但是这种正当性在亨利们的三代实际统治中已经逐渐弱化和缺少说服力了。正如萨默塞特公爵埃德蒙所宣称的那样:

> 有些人在此要推动某种[对国王的]质疑,
> 宣称约克家族有某种古老的权利。
> 愚蠢的头脑啊,颠来倒去!
> 当一个国家坚定地经受过长久的考验,
> 将一切纷争都化为良好协定,
> 难道不应当让那些宣称安静睡去,
> 总好过为了他们让整个王国痛哭流涕?(页398–399)

尽管约克家族反叛亨利六世是不对的,对于亨利四世这位兰开斯特家族第一位国王是个篡位者这一点却从无疑虑。这一点经常被提到,特别是在诺森伯兰伯爵亨利的故事里,他在很大程度上要为理查二世的废黜负责。诺森伯兰所认同的是那种坏观念,即他反叛坏国王是正当的。

> 因为我的国王错误地让我蒙受耻辱,
> 我恨他并与他为敌。
> 当他在爱尔兰作战之时,
> 我图谋让他由喜转悲;
> 通过约克公爵和其他帮手
> 我们将他的王权迅速夺取
> 并交至亨利·波林勃洛克手中。
>
> 我们所做一切并非只为这一个原因,

> 实际上,有股力量促使我们行动;
> 因为他蔑视上帝和一切美好法则,
> 任意残杀,将犯罪变成游戏。
> 既然年龄和劝诫都不能将其遏止,
> 我们认为为了王国的利益
> 就应该把放弃一切法则的他摈弃。(页134)

但是反叛没有带去任何好处,因为

> 当亨利爵士获得其地位,
> 迅即变得比理查益加邪恶:
> 毁灭贵族,杀害理查国王,
> 违背了当初他对诸爵士与我许下的誓言。(同前)

[88]最后的道德法则是

> 善良的鲍德温,这就是为什么大家应该谨防诬蔑、怨恨和阴谋。(页137)

不过,理查二世并不是最坏的国王。他的行为是恶的,但他的心并没有完全腐坏。因此反叛他是一种罪行。但是如果一个国王非常邪恶,尤其他的王位也是暴力篡取而来,那么反叛就是正当的。描述这些恶国王的词语是暴君和暴政,这两个词语的内涵在十六世纪比现在应该恶劣得多。当《冬天的故事》的神谕称里昂提斯为暴君,不仅仅是说里昂提斯不可理喻地任性妄为,而且意味着他不适合做国王——这是一项很严重的指责。通常暴君是不值得为他祈祷宽恕的。理查三世就是如此;莎士比亚在《冬天的故事》里通过表现连暴君也能够做到忏悔很可能是要表达他有多么相信宽恕原谅的可能性。不管怎样,理查三世是个暴君这一点毋庸置疑。他的残暴的一个例证是将诗人科林伯恩以最残酷的方式杀死,只因为后者写了一组讽刺对句,

> 猫,鼠,还有我们的狗洛弗尔
> 在一头猪的底下,统治着整个英国。(页349)

故事中科林伯恩抱怨说如此残忍地惩罚一件小事是多么大的暴行。

> 即使犹太人把最公正的国王都杀死,
> 即使土耳其人把教会、上帝和一切都烧毁,
> 比起我因为如此小过失所遭受的,
> 残忍的心还能制造出更大的痛苦吗?
> 我既非国王也非贵族,然而我的失败
> 也值得被深思:从中可见
> 暴君的恶意可以腐烂到何种程度。(页352)

理查除了是个暴君之外,还是以武力夺取的王位,因此无法要求忠诚。这一忠诚的例外在反叛铁匠的故事后面一长段散文体段落里表达得很清楚:

> 无论是男人、女人还是孩子因为整个王国的一致同意而登上王位,只要王位不是通过暴力抢夺和流血残害而篡得的,[89]而是通过继承、次序、合法的赠予、普遍的赞同或选举等平静的方式完成,那么这个国王无疑就是上帝给自己选出的代表。(页420-421,楷体为蒂利亚得所加斜体部分)

那时只能是反叛暴君,但心怀不满的人很容易把一个上帝派去惩罚其不虔诚臣民的坏国王划为暴君。

但是如果说臣民们对其国王应该保有几乎无法逃避的忠诚,那么国王对其臣民也是有责任的,但国王却经常没有履行责任。他自然应该公正,但是《为官之鉴》还提到英国传统上十分看重的善于且乐于倾听建议的品质。比如黑斯廷勋爵告诉国王们不要封闭自己,而应该模仿上帝屈尊向哪怕最卑微的人施恩。

> 国王们,不要蔑视平易近人的品质和温顺的欢呼。
> 我们知道你们比天使还要更高贵,
> 更接近上帝:对精灵小鬼来说是过于厚重的存在。
> 但是,我的国王们,请想一想:上帝乐于
> 施恩于我们,满足我们可怜的世俗愿望,
> 哪怕卑微到最简单的小灌木,到粪堆上长出的植物。
> 用力量和慈悲来表现上帝吧:
> 你对于王国,现在是强力控制,将来就是赢得人心。(页272)

在诗人科林伯恩的故事后面的散文体部分里,鲍德温一群人很热烈地探讨艺术家应该拥有的自由以及国王能从坦白话语中获得的益处。

> 假如理查国王和他的顾问大臣们接纳一些这样的智慧或者至少是有一点被触动,由此他们可能获得多大的好处啊。首先,他们会了解人们讨厌和痛恨的是什么,并因而找到某种方法——或者是弥补(这是最好的)或者是其他什么政策,抑制住人们的怨恨,因为怨恨常常是统治者毁灭的先兆。(页359)

《李尔王》里的肯特是完全符合《为官之鉴》中教训的一个角色。他无比忠诚,却能够对他的主人自由地说出心里的真实想法。

我将按照在讨论都铎王朝一般性历史观的这一章里出现的顺序总结一下《为官之鉴》的历史观念。[90]《为官之鉴》认可历史具备有说服力的教化功能,而不是单纯的事实性或轶事类的历史写作。它首要关注的是通过过去的事例教育国王或管理者。它在都铎王朝的神话这一问题上几乎是完全沉默的:包括约克与兰开斯特两大家族的联合、可以将血统追溯到亚瑟王那里的都铎国王们、伊丽莎白女王的黄金时代等等伟大主题。由波利多尔开始、经霍尔发展了的通过追溯因果关系将历史道德化的过程,在它这里得到复制

和拓展。它有关历史的很多观念都完全来自正统,而且语气坚定,包括历史是自我重复的因而是一项很有实际价值的研究、对国王服从的重要性以及内战的邪恶和悲惨。而且它(我是第一次提到这个)也取决于看到博德特爵士(Sir Nicholas Burdet)的故事所产生的民族主义——先不要说沙文主义情绪的平均时间。

从这一简短的总结中我们可以推断出《为官之鉴》的主要意义。这就是它集合了众多的流行政治观念,并且以诗歌的形式赋予它们一种新的活力,这种形式并不精致,但总体上是真诚的,而且非常受欢迎。《为官之鉴》的确转变了十六世纪诗歌的中心。亨利八世时期道德说教性诗歌不如抒情诗兴盛:霍斯(Stephen Hawes)无法与怀亚特和萨里媲美。但是现在,新的有生命力的观念提高了说教性诗歌的地位。政治、道德与宗教间充满张力的新同盟曾经标志着宗教改革,现在被赋予了文学形式,并延续到十六世纪末。伊丽莎白时期鼎盛阶段有三大成果具有很强的政治意图:斯宾塞的《仙后》、锡德尼的《阿卡迪亚》和莎士比亚的历史剧。这三大成果应当放在一起来看待,在它们背后,作为其观念基础的最具权威的早期代表性诗歌,就是《为官之鉴》。

2. 斯宾塞、锡德尼、沃纳

尽管《为官之鉴》是《仙后》、《阿卡迪亚》和莎士比亚历史剧最重要的序曲,这些作品对政治主题的探索并不是同等的。它对斯宾塞的影响是总体上的。当《为官之鉴》成为公众成长过程中的一部分,斯宾塞可以带着更强烈的信心写政治诗歌。在细节上他的处理则有很大不同。他的目标是积极的、史诗性的:通过列举应当做什么来塑造绅士,而不是列举不应当做什么来约束绅士。他对金雀花王朝的历史也不感兴趣,而对亚瑟王及其在都铎王朝的重生更为关注。在这方面他的作品接近于伊丽莎白时期最受欢迎的诗体编年史——沃纳(William Warner)的《阿尔比恩的英国》(*Albion's Eng-*

land)。这部诗歌于1586年发表了一部分,在后来的版本中有所扩展。它勾勒了从诺亚到伊丽莎白女王的历史。尽管它涵盖了霍尔编年史和《为官之鉴》的历史时期,它主要缺少的就是后两者对历史的道德说教。它没有因果关系的概念:兰开斯特家族只是命运的受害者。只有都铎王朝的神话被另作解释:天意非常关注让亨利七世登上王位。沃纳过分看重都铎家族的王室祖先。在第六卷第二十九章里他描述了亨利五世的遗孀凯瑟琳王后追求欧文·都铎"这位威尔士的勇敢绅士",后者谦逊地表明他的血统可以追溯到卡德瓦拉德国王。他们接着以最优美的伊丽莎白时期风格聊了很多有关奥维德的内容。因此,斯宾塞和沃纳尽管在总体上受到《为官之鉴》的激励写出政治性很强的诗歌,却在一个重大主题上避开《为官之鉴》并选择了霍尔。

《阿卡迪亚》尽管是用散文体写成,却被锡德尼及其时代视为一部史诗,它与《为官之鉴》的关联不仅仅与《仙后》和《阿尔比恩的英国》一样是总体上的影响,而且包括它把内战作为主要的主题这一点。

不过,这三部作品在我本次探讨的主线之外,而我的探讨也应该从叙述和独白的形式转移到戏剧上来了。

第四章　戏剧的背景

1. 道德剧

[92]尽管道德剧在英国戏剧的发展中是一个重要的阶段,尽管它有可能为《亨利四世》的结构提供了灵感,尽管它对莎士比亚所有历史剧的整体影响具有首要的重要性,它却与历史观念没有特别多的联系,而这正是本书的主题,也是莎士比亚历史剧建立的基础。这些历史观念最早进入戏剧不是通过道德而是通过本书前一章的主题——《为官之鉴》,而《高布达克》作为第一部有历史哲学的戏剧可谓是主干上的一个分叉。

有历史转向的道德剧主要有斯凯尔顿(John Skelton)的《富丽堂皇》(*Magnificence*)、《国家》[*Respublica*,可能是尤德尔(Nicholas Udall)所写]、林赛(Sir David Lyndsay)的《讽三大阶层》(*A Satire of the Three Estates*)和贝尔(John Bale)的《约翰王》(*King John*)。前三部本质上是同一部戏剧,不过在诗学价值上林赛的作品远超其余。统治者或国家由"每个人(Everyman)"代替,并受到"每个人"的各种诱惑。他被这种或那种恶所腐化,堕落不幸,做出忏悔,然后因神助而获得拯救。林赛为"每个人"的主题加入了许多与当时的苏格兰直接相关的内容。但这些戏剧都没有把历史作为一种结构来看待。斯凯尔顿的确鼓励观众们"记住命运之轮的转动"并把他的戏剧看作一面镜子,但是他没有任何《为官之鉴》里那种描述细致的历史情景或者霍尔的历史哲学。他的戏剧不是一部历史剧,而是涉及君主问题的一部道德剧。

《国家》与其说关乎政治不如说关乎社会,贪婪是其中最主要的恶。不过,它的确在序言中包含一段关于上帝周期性地将秩序带回陷入混乱的国家的有趣段落,却没有标明任何历史时期。它没有把这一说法用于解释玫瑰战争和都铎王朝。

> 不过尽管这些恶通过遮遮掩掩的共谋
> 和伪造的名字,来藏匿他们的迫害,
> [93]会在一段时间里掌控全国民众的偏见,
> 颠倒了黑白和真实公正的一切秩序,
> 然而时间检验一切,并会最终揭示真相,
> 错误不会永远占据正义的位置。
> 因为当上帝愿意恢复全国民众
> 曾经拥有的财富和荣誉时,
> 他派出自己最温柔的同情
> 使得真相在各处巡视。
> 真相,是古老圣人时间之女,
> 她让一切露出本来面目,无论是美德还是罪行。
> 然后如全国民众所愿公平对待所有人,
> 带着仁慈之心,竭力处理好一切;
> 不久她就带来了安宁与和平,
> 民众乐享生活与财富的无限增益。

贝尔的《约翰王》则不同。尽管约翰是英国式"每个人",这部剧的实质是当时的新教宣讲,寓言式角色常常变成真实的历史人物。"虚伪"变成了毒死约翰的斯温斯特德的僧侣,"篡权"变成了现实中的教皇。真实历史的点滴同样出现在道德剧的常规程序中。但是,如前所述,这里并没有对于历史事件发生方式的思考,没有因果的哲学,而政治理论也没有超越一般的忠君思想,这种在《布道集》里出现的忠君思想通过圣保罗的新教阐释得到了强化。

因此我就绕过道德剧，直接对《高布达克》做出更为详细的说明。

2.《高布达克》[①]

要给《高布达克》贴个标签不是太容易，但可以肯定的是通常所说的"第一部英语的塞内卡式悲剧"是有误导性的。结构上的古典规律性对于当时的年轻知识分子们来说的确会是新鲜而让人兴奋的，这种特性既可能是模仿塞内卡也可能来自其他任何地方。但是这部剧在精神实质上秉承了《为官之鉴》，内容上则是一部编年史剧。如果把它当作一部悲剧，判断它在普遍人性方面的吸引力，它就是沉闷枯燥的；如果把它视为当时有关道德教化的一部严肃作品，从文学史的角度看它将霍尔和《布道集》的历史和伦理观念扩展到了戏剧领域，那么它就是一部非常有意思的作品。《高布达克》还有很多道德剧的痕迹，[94]不过这个话题在其他地方得到了充分的讨论，而且与莎士比亚的历史剧没有直接关系。

这里要再一次强调《高布达克》的新颖性。这部戏剧中合唱部分的严格仪式化，咬文嚼字的长篇演说，对一切舞台上暴力表现的规避，行动的统一性，以及在戏剧中第一次使用的白体诗，这些对于当时的年轻知识分子们来说一定像是1866年的《诗歌与民谣》(Poems and Ballads)或者1922年的《荒原》那样光彩夺目。在它背后是意大利式新古典主义的最新表现形式，这与后来斯温伯恩(Algernon Charles Swinburne)背后是波德莱尔(Charles Pierre Baudelaire)和艾略特(T. S. Eliot)背后有拉弗格(Jules Laforgue)的意义是一样的。

《高布达克》与《为官之鉴》在观念上的相关性很强，这完全在意料之中。《高布达克》的作者之一萨克维尔也参与了《为官之鉴》

[①] 因为《高布达克》有多个版本可以找到，而且我在文中也指出了引文的各个出处，所以我感觉没有必要再一一给出具体引文页码。

的创作，另一位作者诺顿在创作《高布达克》的 1561 年翻译出版了加尔文的《基督教要义》(*Institutes of the Christian Religion*)，这部译著的政治观念与《布道集》相符，可能会在《为官之鉴》中留下印记。《高布达克》与《为官之鉴》的创作动机是一致的；实际上，前者的第一次合唱在表明主题的时候使用了"镜子"一词。合唱部分在评价高布达克将其王国分给儿子们——菲勒克司(Ferrex)和坡勒克司(Porrex)的目的时说道：

> 这位伟大的国王，将其土地分割，
> 改变了所传王位的轨迹，
> 把统治权交给他的孩子们，
> 曾经乐享盛名的幸福状态不复存在，
> 这将成为所有国王的镜鉴，
> 他们要从中学会避免此般堕落的根源。

不过《高布达克》有一个方面与《为官之鉴》是不同的。尽管《为官之鉴》是紧贴现实的，它并没有向当时任何健在的政治家致敬，而是写给全体管理者。而《高布达克》在 1561 年 1 月 18 日由内寺法律学院(the Inner Temple)的绅士们演出的那一场是直接向伊丽莎白女王致敬的，这在过去并不多见。这一面特别的镜子是为了让像女王这样的大人物有所启示而预备的。有了这样一个严肃的目的，新古典主义的严格格律正是恰如其分。

[95]与这一特殊的致敬相对应的是特殊的内容。这部剧的大多数内容都是一般性的，适用于所有的国王。但对于继承顺序的涉及明显是直接指向伊丽莎白女王的。这些指涉在最后一篇演说中汇聚起来，国王的秘书兼顾问、总是正确的欧布拉斯(Eubulus)评论了戏剧的整体行动，预言了事件的未来发展轨迹。国家的状况非常悲惨，因为

> 王座之上，不见君王稳坐；

> 王权由谁继承，尚未可知。

结果就是无政府的混乱状态。因此，统治者在他活着的时候解决继承次序的问题是非常重要的责任。无政府状态，他说，

> 会越来越糟，当国王死去
> 或因突发事件而逝去，
> 没有留下确定的继承者，
> 确定的继承者应当不仅拥有
> 而且被整个王国认可其正当的继承权。

一旦国王死去，议会就会缺少支持其所提名继承人的权威。

> 不，不，在国王还活着的时候就应该召开议会，
> 认定某些王位继承人，
> 维护既定权力的所有权，
> 让人们心甘情愿地服从；
> 这样的继承人，其名字与权力
> 通过合法的召集与权威
> 才能使议会具备力量，
> 并让国家保持安宁。

这场演出中扮演欧布拉斯的演员讲这番话的背后是宫廷学院的权威，他很可能是走上前去直接对着女王演说。这种道德教化，如前面第[56]页所述，是一种文艺复兴时期的传统。与在十六世纪地位得到很大提升的国王相应的自然结果是，人们期待他能够承受相当份量的良好建议。

在一般性政治观念上《高布达克》符合正统并与《为官之鉴》近似。它比后者还要强调政治秩序作为更大的自然与神圣秩序的一部分这一主题。在该剧第二场里，[96]议员们就高布达克分割王国

的决定进行辩论,他们在什么是适合更大的宇宙王国这一基础问题上达成一致。费兰德(Philander)指出,高布达克放弃王位而让儿子们继承是违背自然和层级秩序的。

> 但是如今国王屈尊于他们二人之下,
> 没有善意,没有理性,没有良好的秩序。
> 常常可以看到,自然的轨迹
> 被不正常地搅乱的地方,
> 父亲们不明白他们应该掌权
> 而孩子们不知道他们应该服从。

费兰德并非对国王的儿子们有什么不满:

> 我只是要通过有些规矩表明,
> 善意在人的头脑中植入如下理念,
> 自然有其秩序和轨迹,
> 一旦被破坏就会腐化
> 精神与事物,即使是那些最好的。

不论高布达克犯了什么实际错误,他作为国王的神圣地位是确定无疑的。他在该剧第二场中这样解释自己的意图:

> 你知道,神灵,护佑国王、
> 护佑王国、护佑国民的神灵,
> 在我强健的年纪赐给我两个儿子;

没有人会想要反驳他。下级官员向国王提出良好建议的责任是这部戏剧反复说明的主题,并通过第二幕前的哑剧片段得到有力的表现,这个片段里好议员被比作玻璃杯中的红酒,坏议员则是金杯中的毒药。

这部戏剧与霍尔编年史和《为官之鉴》类似的地方(同时也是

这部戏剧美好的地方之一)是其精心设计的因果序列。高布达克最初的错误使得不幸一再降临。也正是在这种动机里表现出这部戏剧的人性旨趣。因此,本身并非坏人的长子菲勒克斯害怕高布达克给予坡勒克斯和自己同样的权力会增强后者的野心。他拒绝了赫尔蒙(Hermon)提出的对弟弟发起战争的邪恶建议,但决定悄悄地建立武装以便自卫。坡勒克斯听说哥哥的秘密准备后决定先发制人。《高布达克》的结尾处更接近霍尔的作品,[97]而不是《为官之鉴》,因为它认为秩序会再次从混乱中显现出来:

> 然而,上帝终将恢复公正
> 将这一高贵的王冠戴到合法继承人的头上:
> 因为正义将永远存在,终立于上峰,
> 而错误则不会根基深厚,也不会长久。

历史是自我重复的这一观念不仅暗含在这部戏剧整体行动的发展趋向上,而且在剧中也有明确的说明。欧布拉斯在第五幕第二场开头的独白中哀叹人们不能吸取显而易见的历史教训。他在第二幕的长篇演说中劝说高布达克不要放弃王位,并举了布鲁特的灾难性先例。

> 强大的布鲁特,这片土地的第一位国王,
> 拥有同样的才能,完美地统治整个王国。
> 他觉得三个儿子应该有三个王国,
> 这样的领域已足够,
> 便将国家一分为三,如同你一分为二。
> 但是从那以后流下了多少英国人的血
> 只为将分割的国土重新统一,
> 有多少国王因此而被杀,
> 有多少城镇和土地上的人被荒废,
> 有多少背叛导致的谋杀和损毁,

相应地复仇至今也未停止,
伤痛的记忆还历历在眼前。
神灵不会允许同样的灾难重现。

《高布达克》的作者们在反叛的问题上持正统观念。尽管高布达克犯了错误,善变而不负责任的人们也没有理由发起叛乱杀死他:

尽管国王们会忘了应该如何统治国家,
但是臣民们依旧有义务服从于他们。

对于反叛这一严重罪行一定会有惩罚,但聪明的统治者会仅限于惩罚领头者。欧布拉斯在他最后一次演说中描述了内战的可怕,这里可以说他预示了1574年的布道词《反对不服从与故意的反叛》。

你们这些老百姓会在火与剑中死去,
亲属相残,[98]
父亲无意中将儿子杀戮,
儿子无知地杀掉了父亲。
唉,不知罪的血流遍各处。
荒废的土地不结果实,
荒芜与饥饿将遍布各地。
城镇将被火焰吞噬,
人们居住的城市也将被扫荡而空。
这些就是内战将导致的后果。

总而言之,《高布达克》的作者们将莎士比亚历史剧建立其上的大多数历史观念用戏剧这一媒介和白体诗的形式表达了出来。这可能激励莎士比亚背离我们后面要讲到的编年史剧的趋势,从而认真思考历史原则,而不是仅仅将历史事件用戏剧的形式表现出来。

3. 英国编年史剧[①]

英国编年史剧是一个模糊的概念。《高布达克》在刚出版的时候被称作一部悲剧。不过它是从英国编年史剧中获取的情节。《李尔王》于 1608 年以四开本的形式出版时，被称为一部"真实的编年历史"，虽然这种评价后来没有持续多长时间。格林（Robert Greene）的《詹姆士四世》出版时的题目是《被害于弗洛登的詹姆士四世的苏格兰历史》（*The Scottish History of James IV Slain at Flodden*）。这一题目还接着说这部剧"与一部有趣的喜剧相混杂，由精灵们的国王奥伯伦出演"；实际上其主要情节是一个意大利故事。编年史的特点在题目中显现出来。我不会试图界定英国编年史剧，而只会限于讨论那些在主题上与第一对开本的编辑们命名的莎士比亚"历史剧"有明显相关性的戏剧，也即，那些主要表现诺曼征服时期之后的英国历史的戏剧。

莎士比亚从这些戏剧中有所获益是显而易见的。我后面要想证明的是，他所收获的比人们有时认为的实际上要少。不过这些益处已经足以促使我在讨论莎士比亚作品之前所要涵盖的主题中囊括英国编年史剧。这些都是在某些方面使得莎士比亚历史剧成为可能的文学作品。

到 1580 年可以在某种程度上确定的是，人们开始写这样一些戏剧，[99]其主要关注点是历史的事实，目的是把散文体编年史中

[①] 有关英国编年史剧的总体评述，参见 F. E. Shelling,《英国编年史剧》（*The English Chronicle Play*, London, 1902），W. D. Briggs 所编马洛的《爱德华二世》（London, 1914）的前言，以及 R. M. Smith,《傅华萨与英国编年史剧》（*Froissart and the English Chronicle Play*, New York, 1915）。这方面亟需新的研究。在本书这部分里我希望能够在一定程度上反驳两种错误的传统观点：西班牙舰队事件对于这一类型剧的重要性以及马洛的主导性影响。前面提到的文献中 Briggs 的论述最令人满意。

涉及的内容传授给观众(Briggs,页 xxvi - xxxix)。但是用教条的说法就是,在莎士比亚成长的时期这一类型的戏剧写作有逐渐增多的趋势,直到 1592 年纳什(Thomas Nashe)在《一文不名的皮尔斯》(*Pierce Penniless*)里为戏剧辩护时说:

> 首先它们的主题内容大多是来自于英国编年史,曾长期埋藏于锈迹斑斑的铜器和破烂不堪的书籍中的我们祖先的英勇行为因此而复活,祖先们也从默默无名的坟墓中起来,在公开的表演中重申他们古老的荣誉。(G. B. Harrison 编,London,1924,页 86 - 87)

这种趋势与《高布达克》这样一部戏剧是背离的,后者把政治道德放在第一位,而把历史的事实仅仅作为单纯的信息;这一趋势复制了编年史自身的态势。就像霍林斯赫德抓住了霍尔的事实性内容却忽略了他的哲学,大多数英国编年史剧忽视了《高布达克》稳固的道德倾向,但充分利用了接连发生的事件的纯粹偶然性。进一步说,正如霍林斯赫德复活了希格登的中世纪简洁性,这些有关英国历史的戏剧避开了道德剧的严格形式,选择了某些神迹剧的事实性与偶然性的形式。其中最好的一个例子是迪格比神迹系列(Digby Mysteries)中的《抹大拉玛丽亚》(*Mary Magdalene*),超过五十二幕戏以简单的哑剧字谜的形式表现出玛丽亚的生与死。另一个当时的例子是中世纪讲坛在清教徒牧师中的复兴。英国编年史剧和神迹剧一样受大众欢迎,但极少在宫廷学院那些精明老练的观众面前表演。

事实性元素的本质在一个极端的例子里最为明显地显露出来。出版于 1594 年但写于早些年的《理查三世的真实悲剧》(*True Tragedy of Richard III*)[①]不仅其主体部分包含大量编年史的内容,开场

[①] 重印在 W. C. Hazlitt 的《莎士比亚的图书馆》(*Shakespeare's Library*,London,1875)第二部分第一卷。

白和收场白也都信息丰富。开场白是"真理"和"诗"与克莱伦斯公爵魂魄的会面。"真理"告诉"诗"她将给"诗"的"影子""增加尸体",并接着确切地描述了引向理查三世统治的历史事件。结尾处,在博斯沃思战役之后亨利七世去往伦敦迎娶约克家族女继承人,剧终有四个人物留下来告诉观众后来发生了什么事情;他们的叙述细致入微,[100]比如下面这段是关于亨利八世和他的孩子们:

> 他在统治了三十八年九个月零几天后
> 去世并被葬在了温莎,
> 留下三位著名的后代。
> 爱德华六世:
> 他的确使福音重新照亮自己,
> 完成了父亲未竟之事;
> 一位智慧的年轻国王为他的圣经奉献自己。
> 他首次将新教仪式付诸实践,
> 在统治六年五个月零几天后逝去,
> 被安葬在威斯特敏斯特。
> 在他之后继位的是玛丽,
> 她嫁给了西班牙国王菲利普。
> 她在位五年四个月零几天,
> 也安葬于威斯特敏斯特。
> 在她去世后,继位的是她妹妹。

只有对事实非常强烈的渴望才会容忍戏剧在做完它该做的事情之后还留下这样的段落。

在其他方面英国编年史剧(与霍林斯赫德一样)也延续了中世纪编年史的做法,我在第二章里提过中世纪编年史的功能是提供消遣故事的宝库,纪念伟大的人物,传达不同的道德教训。消遣故事是独立的存在,没有任何系统价值,它存在于所有次等的伊丽莎白时期戏剧中,因此不需特别说明。不过它如此频繁的出现至少将编年史剧与思考较浅显而非更深刻的历史写作联系起来。比如,《亨利五世的丰功伟绩》(*The Famous Victories of Henry V*)中亨利王子在见父亲之前在自己的外套里扎满了针,皮尔的《爱德华一世》中埃莉诺王后因为将高尚的伦敦市长夫人杀死而被大地吞没。编年史剧还提高了某些伟大人物的声望。这里不再赘述例子。传达不同的道德教训这一问题我会在讨论这些戏剧的一般性观念内容时充分论及。

编年史剧与中世纪编年史最大的不同是爱国主义的问题。

有一种很难去除的惯性思维将英国编年史剧的流行看作是打败西班牙无敌舰队(Spanish Armada)的结果,这是没有根据的。[101]这一事件最多是加速了一个已经充分发展的进程。皮尔的《阿尔卡萨尔堡之战》、莱利(John Lyly)的《弥达斯》(*Midas*)、格林的《奥兰多·弗里欧索》(*Orlando Furioso*)和威尔逊(Robert Wilson)的《伦敦的三位爵爷与三位夫人》(*Three Lords and Three Ladies in London*)有时被称为无敌舰队剧。但在前三部戏剧里对舰队的涉及很少而且不详细,威尔逊的剧中这种指涉则突然出现在与编年史无关、继承自道德剧的场景中。实际上 1587 年出版的霍林斯赫德编年史第二版比 1588 年打败无敌舰队的事件更有可能促进了英国编年史剧的发展。

这并不意味着编年史剧不是源自伊丽莎白女王统治中期逐渐增强的爱国主义、更不要说沙文主义力量。相反,这种全国性的自满自得让这些戏剧充满活力,同时也在剧中直接表达出来。这是种新鲜的感觉,不同于早期的布道词和贝尔的《约翰王》那咄咄逼人的、民族主义的却又神经紧张的新教思想,比《高布达克》中对继承次序的认真教条在整个群体中传播得远为广泛。

这种爱国主义可以表现为非常让人愉快的形式。下面这个例子是《洛克林》(*Locrine*,载 C. F. Tucker Brooke 编的《莎士比亚疑作》[*Shakespeare Apocrypha*],Oxford,1918)中的一段修辞,我们要记住,这部作品既是早期英国历史的一部编年史,也是一部复仇悲剧。在

打败入侵的斯基台人之后,克林纽斯(Corineus)与洛克林有了如下的对话:

> 克林纽斯:这个,是的,这个就是他们的下场,
> 　　　　那些不顾我们的反对进入英格兰的敌人的下场。
> 　　　　哪怕是穴居人的英勇民族,
> 　　　　哪怕是所有黑黝黝的埃塞俄比亚人,
> 　　　　哪怕是亚马逊族的所有力量,
> 　　　　哪怕是蛮荒土地上的所有主人,
> 　　　　都胆敢侵犯我们的这个小世界,
> 　　　　他们很快就会后悔这样鲁莽的企图,
> 　　　　在我们之后的子子孙孙可能会说:
> 　　　　这里躺着那些曾想篡夺我们土地的野兽们。
> 洛克林:是的,他们是想要篡夺我们土地的野兽,
> 　　　　我们将用对待野兽的办法来对付他们;
> 　　　　因为伟大的朱庇特,天上最高的国王,
> 　　　　控制着流星的汇聚,
> 　　　　管理着蔚蓝天空中的运动,
> 　　　　并一直为不列颠的安全而战斗。(IV,I,28-43)

[102]皮尔在《阿尔卡萨尔堡之战》(A. Dyce 编,1828)第二幕结尾用更优美的诗句表达了近似的意思,通过葡萄牙国王赛巴斯蒂安之口赞扬了伊丽莎白女王:

> 即使海上近万艘船全体出动,
> 满载所有东方国王的军事力量,
> 传达世界上一切君主的意志,
> 要入侵我们尊贵女王治下的岛国,
> 这都将徒劳无功,因为上天与命运
> 总在关注与辅助女王陛下。

> 她的王位庄严而神圣,
> 闪耀着智慧、爱与力量。
> 自然,其中的一切都不完美,
> 命运,它从未恒定不变,
> 时间,它损毁一切美好外观,
> 但它们都不敢将王座腐化、去除或污染;
> 自然、时间与命运达成一致,
> 祝福并效忠于女王陛下。

威尔逊的《伦敦的三位爵爷与三位夫人》中的描述西班牙入侵威胁的场景更为贴近人性,因此更有吸引力。虽然这部戏剧更接近于道德剧("伦敦"的出现尽管只为发表开场白,她替代"国家"成为女主人公),这些场景忠实地表现了成为英国编年史剧活力之源的爱国主义最好的一面。伦敦的三位爵爷分别是"政策""奢华"和"愉悦",三位夫人是"爱情""财富"(Lucre)和"良心"。在不同的寓言式人物经过道德层面的频繁交流之后,"勤勉"对三位爵爷宣布说西班牙人要入侵了。

> 阁下们,西班牙的军队准备好
> 带着巨大勇气和无边自负
> 要侵占、赢得、统治这片土地。
> 他们的主要目标是"伦敦"高贵的"奢华",
> 伦敦的"愉悦""财富"(Wealth)和"政策",
> 他们要掠取她的所有,
> 要用强硬的手段暴虐统治这三位美丽的夫人,
> "爱情""财富"(Lucre)和"良心",
> 她们是无与伦比的无价之宝。(Dodsley - Hazlitt 编,《老剧集》[*Old Plays*],页447等)

[103]"政策"不愿被侵扰,命令伦敦做好战争的准备,同时开展各

种表演和欢庆活动。

> "勤勉",赶紧去准备
> 士兵和武器:让我们的侍从们
> 确保一切家具都完好无损。
> 爵爷们,我诚心建议你们
> 不要把这些西班牙人
> 和他们一贯的虚张声势
> 太过放在心上。
> "奢华"爵爷,请不要吝惜
> 任何崇高盛大的仪式或是表现优雅伦敦的
> 演出;比如各种表演和庄严的宴会,
> 全副武装的监视、胜利、号灯,
> 篝火、铃铛、鸣钟或大炮。
> "愉悦",让戏剧出版,
> 充满欢乐、音乐相伴的五月游戏和假面舞会,
> 盛装游行和学校宴席,还有小熊和木偶的表演。
> 我自己将在英里末(Mile End)的绿地将大家召集,
> 就像是生怕敌人看不到我们;
> 对此敌人的间谍会多么惊讶
> 看到我们如此不把他放在眼里,
> 全世界都佩服他,除了我们,
> 我们重视自己的游乐远多过对他的仇怨,
> 所以那个西班牙的约翰会因为愤怒而发疯,
> 见到我们如橡树一样挺直,他吹的风全是徒劳。

后来三个西班牙人物"骄傲""羞耻"和"野心"入场,并被英国的爵爷们击溃。"野心"的"印记"是 non sufficit orbis(世界是不够的)。现在再读这几幕,很难不想到用 morgen die ganze welt(明天,整个世界)来替换这个箴言,用残酷和欢乐的建议替换"政策"的藐视

态度。

一种常见的爱国主义常规①是每一位英国国王或是王后，不论是好是坏，都要在外国人面前有高贵的表现。皮尔的《爱德华一世》里有个好例子。爱德华的妻子埃莉诺王后是一位骄傲而奢侈的西班牙人。她代表着西班牙的奢华，想要腐化英国的简朴。她处死了有德性的伦敦市长夫人；大地因为这一罪行将她吞没。不过，大地又将她吐出，这样她才承认犯了通奸罪。不过，当爱德华一世在刚刚战胜苏格兰国王贝利奥后将王国交还给后者时，埃莉诺是一位高贵的英国王后，[104]忠诚地支持和热爱着她的丈夫：

> 勇敢的贝利奥，盖洛威勋爵，
> 苏格兰的国王，让你的金色王冠闪耀吧。
> 为了他的名誉，挥动你的长矛，
> 在他的治下你才得以配冠。
> 天空中，金色点点闪闪发光，
> 但在埃莉诺的眼中，在寒冷的夜晚
> 没有什么比他修长的腿更美好；
> 内德(爱德华的昵称)的全部在内尔(埃莉诺的昵称)眼里都如此美好。(Dyce edition, I, 页 102 - 103)

这种互叫昵称的亲切对于邪恶的西班牙公主来说相当陌生，表明此刻我们所看到的不是特定的人物，而是扮演直率热诚的英国君主这一传统角色的英国国王和王后。当王位继承者即将出生的时候，他们也是这样称呼彼此。不论埃莉诺有多坏，她也不能让英国君主失色。

现在我要说的是编年史剧的一般性观念内容。我前两章里列出的观念有哪些进入了编年史剧？

---

① 关于爱国主义的问题，参见琳达伯里的《伊丽莎白时期戏剧的爱国主义研究》(*A Study of Patriotism in the Elizabethan Drama*)。

首先,尽管这些戏剧的大多数作者都了解层级理论和宇宙等级的概念,但他们对此似乎没有多少兴趣。他们主要是为大众写作的注重实际的剧作家,很少有哲学的旨趣。等级制度中他们关心的部分只有社会等级,而这种关心采取的形式是以先例来教化理智的人应当固守自己在社会中的位置;他们并不会暗示这样做实际上是在伟大的宇宙和谐中尽一己之力(尽管很小却有必要)。《维克菲尔德的别针工》(*Pinner of Wakefield*)虽然被称为喜剧,它所包含的传统民谣故事对于伊丽莎白时期的观众来说足可以算作历史,在它的结尾处,别针工乔治拒绝了爱德华国王赐给他的骑士头衔,而且实话实说、面不改色。

> 爱德华:跪下,乔治。
> 乔治:陛下要做什么?
> 爱德华:赐予你骑士头衔,乔治。
> 乔治:我请求陛下答应我一件事。
> [105]爱德华:什么事?
> 乔治:让我活着是个自由民,死了也还是个自由民;
> 我父亲是这样,他的儿子也应如此;
> 因为身份卑微之人的高尚行为比
> 尊贵之人的高尚行为会得到更多肯定。
> 爱德华:好,那就这样吧,乔治。①

海伍德(Heywood)的《爱德华四世》(由莎士比亚协会[Shakespeare Society]重印)第一部分中坦沃斯的制革工也同样表达了对于自己在生活中位置的心满意足。虽是例外,有关宇宙的传说还是会时而出现在这些戏剧中。还是在《爱德华四世》里,国王对简·肖尔说起自己和宫廷的时候提到太阳和星辰,暗示宇宙与国家之间存在对应关系(第五幕第一场)。在《无人与某人》(*Nobody and Somebody*)

---

① Churton Collins 编(Oxford,1905),Vol. II,页 216(1191 – 1200 行)。

这部讲述早期英国史的曼茅斯的杰弗里的戏剧中,"某人"一般代表混乱和层级的缺失。

对于我在第二章中提出的那些观念,编年史剧的情况也基本一样。总体上看,编年史剧的作者们并没有表现出多少思想,只有偶尔出现的零星火花。而一种想法越是简单和非哲学化,它越是容易显现出来。

在《亨利五世的丰功伟绩》、皮尔的《爱德华一世》和《阿尔卡萨尔堡之战》、《杰克·斯特劳的生与死》(*Life and Death of Jack Straw*)、《四周环顾》(*Look about You*)和《汤玛斯·斯蒂克利将军著名的生死历史》(*Famous History of the Life and Death of Captain Thomas Stukeley*)里,几乎没有任何有关历史的思想。其他戏剧在某些地方稍有提及。比如《克伦威尔大人》(*Lord Cromwell*,收在《莎士比亚疑作》里)第四场前的合唱对观众说:

> 现在请坐下来观赏他的最高状态;
> 他升起的高度和突然的堕落,

这类似于《为官之鉴》的主题。海伍德的《爱德华四世》第二部分中王后和简·肖尔有过一次谈话,其中对亨利二世和罗莎蒙德事例的回忆暗含着历史自我重复的观念(该部分第二幕第二场)。但在这部戏剧中没有任何对于爱德华之死的反思。他就那么死了。没有因果关系,他的早逝不是作为一种惩罚,惩罚他曾对约克家族许下假誓,承诺不谋求公爵领地之外的权力,惩罚他那不恰当的婚姻。

[106]出现最多的政治性论述是关于对国王的忠诚和反叛的,常常分别与新教和天主教联系起来。且以《约翰王的动荡统治》①

---

① 该剧作收录在 Hazlitt 的《莎士比亚的图书馆》第二部分第一卷里,由 E. Rose 编辑(Charles Praetorius 的复制版)。我使用的版本是 F. J. Furnivall 与 John Munro 编的(London,1913),后面的引文分别出自第二部分第二场,137 – 141 行,和第三场,116 – 119 行。

为例说明。约翰提到路易斯即将入侵时说:

> 尽管约翰可能犯错,但臣民们应当忍受;
> 他将改正和纠正人们遭受的一切。
> 生母再残忍,
> 也强过最善良的继母。
> 英国人永远不要相信外国人的统治。

私生子提出只有上帝能够惩罚一位犯错的国王这种正统观念:

> 萨立斯伯雷,就算这些错误确实存在,
> 臣民们也不能用自己的行动去报复
> 和抢夺上天的权力,
> 天上坐着的那个他,才有报复的权力。

《理查三世的真实悲剧》虽然没有把历史作为一种有机的进程,却典型地强调了内战的罪恶以及里士满的婚姻可以避免内战的好处。内战的混乱就像是果园里让果树苗们窒息的荆棘丛一样,而这个时候国家的侵害就像是尼罗河的河水漫过了河沿(Hazlitt 版,页125)。《杰克·斯特劳的生与死》在反叛的罪恶问题上符合常规,其中的观念不仅由当权者表达出来,而且通过反叛者之一、头目们的嘴合唱着说出反叛的无度(H. Schutt 编 [Heidelberg, 1901],第二幕第二场)。海伍德的《爱德华四世》里有大量憎恶内战的内容。

有关编年史剧的一般性观念就说到这里。(除了莎士比亚所写的以外)有几部编年史剧与常规显著不同,很有思想,需要单独拿来讨论。它们是马洛的《爱德华二世》(C. F. Tucker Brooker 编,Oxford, 1910)、《汤玛斯·莫尔爵士》、《爱德华三世》、《伍德斯托克》和《约翰·奥尔德卡斯尔爵士》。

《爱德华二世》包含政治思考,不过仅限于两个主题,且在该戏剧的完整题目中有暗示——《英国国王爱德华二世的动荡统治与可悲死亡以及骄傲的摩提默的悲剧性堕落》,即国王的地位和对超常政治野心的惩罚。

对于第二个主题不必多说。年轻的摩提默这个角色属于《为官之鉴》的传统。[107]他总是野心勃勃、崇尚暴力,用马基雅维利式的技术策划了国王之死。

> 国王必须死,不然摩提默就失败了,
> 大众现在开始可怜他了;
> 然而如果知道爱德华之死与我有关,
> 他儿子长大后一定会找我复仇。
> 因此我要精心设计这个阴谋。
> 这封信,是我们一个朋友写的,
> 里面有杀死他的方法,却同时恳求不要杀他。
> Edwardum occidere nolite timere, bonum est;
> 不要害怕杀死国王,他死了才好。
> 但像这样读,就是另外一个意思:
> Edwardum occidere nolite, timere bonum est;
> 不要杀死国王,最好作出最坏的打算。
> 就这样让它没有标点,
> 等国王死了,万一被人找到,
> 可由马提维斯等人承担罪责,
> 而我们这真正的元凶却逍遥自在。(2333-2347行)

在国王爱德华死后、王子爱德华采取坚定行动之后,《为官之鉴》的动机就显现出来了。王后对摩提默大声说:

> 天哪,看他从那边过来了,和他们一起。
> 现在,摩提默让我们的悲剧开始了。(2591-2592行)

摩提默被判死刑时说了一番恰切的话:

> 卑贱的命运,如今我看到了你的轮子中

> 有一个点是人们一旦向往便
> 头朝下翻滚而落。我碰触到了这个点，
> 发现既然没有比那更高的位置可以攀越，
> 我为什么要为向下的坠落而悲伤？
> 永别了，美丽的王后，不要为摩提默哭泣，
> 他蔑视这个世界，作为旅行者
> 到别处发掘至今未知的国家去了。（2627 – 2634 行）

这就是《为官之鉴》所表达的内容，但这里却没有表达其他政治家应该以此为戒的道德说教，而表现了典型的马洛式蔑视。

马洛有关君主权力和忠于君主的观念中绝没有这种蔑视。他从未把消除君主寄生虫的合法行为与反叛上帝指派之人的非法行为混为一谈。不论我们对爱德华作为一个人的同情因为[108]他的行为或痛苦而减少或增多多少，他所表达的政治观点是无懈可击的。而且马洛所涉及的政治观点十分丰富，这说明他一定对此很感兴趣。这部戏剧的前面部分中坎特伯雷大主教说道，

> 但是不要把剑柄指向国王。（268 行）

后来作为贵族头领的兰开斯特在回答王后的问题——他们是否在寻找国王——时说，

> 不是，王后，但是那个受诅咒的加维斯顿：
> 兰开斯特从未想过
> 要用暴力对待自己的君主；
> 我们将为王国消灭那个加维斯顿。（1132 – 1135 行）

剧中人物表现出不同程度的忠诚。与摩提默的背叛程度相当的是爱德华王子的忠诚度，后者同时代表着正义的标准。他从不动摇，而且总是警惕任何一丝对他父亲的不忠诚。年轻的摩提默在海因奥特（Hainault）见到王后的时候说他活着是为了改善国王的标准，

爱德华王子听见后马上说，

> 那你认为国王，也就是我父亲活着是为什么？（1655 行）

国王的弟弟肯特伯爵埃德蒙在英国贵族中间时一直保持着忠诚，却答应了海因奥特的约翰的提议向自己的哥哥开战，在战斗结束后因为悔恨而猛烈地谴责自己：

> 野蛮的混账，你为什么做出了这最无情之事，
> 对自己的兄弟、自己的国王刀剑相向？
> 让复仇的暴雨浇透我这受诅咒的头颅吧，
> 上帝啊，您最有权力
> 来惩罚这反自然的叛乱。（1791 – 1795 行）

后面他又哀叹起国家的命运：

> 这里的宫廷由贵族掌管，国王却被锁在监牢。（2329 行）

王后从高度的忠诚转向了同样程度的不忠。

尽管提及这两个政治主题，《爱德华二世》总体说来并没有表现出对政治的特别兴趣，没有关于历史的完整性或结构的概念。这部戏剧的核心是个人主题：爱德华的个人执念，他奇特的心理，他的状况的诙谐和最终的巨大痛苦。马洛没有表现出任何的国家责任感，他只是在一部名义上而非实质上关注历史的戏剧中加入了当时的两种正统的政治观念。[109]这不是对这部戏剧的批评，只是说明它属于哪种戏剧和不属于哪种戏剧。

《汤玛斯·莫尔爵士》①尽管有多位作者，它对宇宙或政治问题的关注却一再表现出来，这不仅不同于编年史剧的常规，而且比刚

---

① 最易找到的版本是《莎士比亚疑作》版，后面的引文均出自该版本。

才说到的《爱德华二世》中的政治主题要广泛得多。我并不是说它对某一重大的思想有稳步的发展，只是有一些单独的例子或暗示表明它的部分作者认为莫尔的事业是某种宇宙进程的一部分，是发生在国家里的那类事情的一个例示。尽管这些例子在那些可能是莎士比亚写就的部分中最为明显，但又肯定不限于这部分。

首先，可能是莎士比亚写的那个莫尔对叛乱者们的演说段落完整地展示出伊丽莎白时期关于层级的传统观念，也就是我在前几章里说明的那些观念；它们把我们从知足而安的观念带离到埃利奥特的《管理者》和《布道集》的宗教背景中。

> 亲爱的朋友们，在你们思考前请允许我
> 提出一个假定，你们如果有所留心，
> 便会发现你们的改革
> 会呈现出多么可怕的样态。首先，这是
> 使徒常常预先警示我们的一桩罪行，
> 规劝我们要服从权威。
> 你们是在暴力反对你们的上帝，
> 我这样告诉你们是没有错的。
> 因为上帝赐予国王威慑的职责、
> 公正的职责、权力与控制的职责，
> 让国王施行统治，让你们服从于他。
> 而且，为了让他的威严更充裕，
> 上帝不仅赐予国王自己的形象、
> 王位和宝剑，而且赐予他自己的名字，
> 称他为地上之神。如此看来，
> 你若反叛上帝亲自派设的国王，
> 不就是反叛上帝吗？你这么做
> 对你的灵魂有怎样的后果？哦，你是如此不顾一切，
> 用眼泪清洗你那肮脏的头脑吧；让那双手，
> 那双像叛乱者一样扰乱和平的手，

为和平而努力吧;让你那不守遵礼的膝盖,
虔诚跪下以求宽恕吧。(第二幕第四场,112 – 119 行,
121 – 135 行)

[110]在莫尔后来失去恩宠的一次演说中,他对层级的事实有一番哲学化的思考。

我猜想自然
拥有多种多样的金属元素,她用它们
铸造了我们人类,每个人的价值
都超越其余。最优秀的材料
造就最精致的外观:地上的其余一切
在出生之前就获得卑微的命运;
奴隶即是如此产生,我认为
自然让卑微的头脑感觉自足。
在鞭策、重压和苦熬下
他们那低级材料铸就的身体耐心地劳作。(第四幕第五场,69 – 78 行)

"每个人的价值都超越其余"表明作者了解存在之链的观念,每一种生物都比一种生物高贵同时又比另一种卑微。"层级"的观念在一些小的地方也有触及。福克纳这个长发罪犯突然造访作为大法官的莫尔以寻求公正时说道,

我认为在一个城市法官面前提出问题和回答问题不符合我的名望与层级。(第三幕第二场,96 – 98 行)

莫尔一直非常明白命运的变幻莫测和各种诱惑,当命运眷顾一个人的时候会让这个人忘记自己的层级。下面是他被任命为大法官后的独白。

> 我如今这样还是那样都取决于上天；
> 我们世俗所谓的命运
> 是天上的权力所赋予的，
> 与我们出生即内在的
> 本质力量相匹配、相合衬。至善的上帝，至善的上帝，
> 我出身如此卑微
> 却可以晋升至国家顶层
> 并从那里宣讲法律！我，在父亲还活着的时候，
> 因为我的地位而要对年长的亲属和他
> 行使特权并接受他们的膝礼
> 自然本该赋予他的
> 顺利和幸运却落到我的身上！（第三幕第二场，1-12行）

一般性的政治兴趣可以参见第四幕第二场的辩论——有关如何对付法国和德国国王以及顾问们应当让国王了解正在发生什么事情这一观念[111]（虽然传统，但在《为官之鉴》里科林伯恩悲剧的散文体评价中有强有力的表述）。乔姆利（Cholmley）责怪国王的几位顾问没有告诉他人们对外国人的痛恨。

> 在上帝面前，请各位饶恕我。
> 大人们，我跟你们实话实说，
> 应该怪你们这样尊贵和伟大的人
> 没有让陛下了解他的臣民
> 每天所承受的恶劣羞辱与痛苦；
> 因为，假如他知悉一切，我知道
> 仁慈而智慧的他会尽快将其纠正。（第一幕第三场，64-70行）

这些例子，以及其他可以举出的例子，使得《汤玛斯·莫尔爵士》作为一部英国编年史剧具有非同一般的思想性，同时也远远超出单纯

的堆砌式叙事。

《爱德华三世》①虽然在风格上十分活泼,却是最有学术性和知识性的英国编年史剧之一。在第一幕中"黑王子"还是一个学生,他的父亲对他说,

> 耐德,现在你必须开始
> 忘记你的学习和书本,
> 而让你的肩膀开始适应盔甲的重量

华列克伯爵一定是受过大学辩论的训练才能对一个问题的两面都做到充分的论证,这个问题就是他的女儿萨立斯伯雷女伯爵是否应该接受国王的求爱。"黑王子"在普瓦捷(Poitiers,法国城市)前受到死亡威胁时并没有过分感伤,而是自我反省与思考。他的语气是塞内卡式的道德家口吻。萨立斯伯雷女伯爵具有传统所要求的贞洁,也聪明智慧,她在论说婚姻的法则比君主的法则还要古老时就表现出这一点:

> 你如果破坏婚姻的神圣法律
> 就损害了比你更高贵的荣誉。
> 成为君王的历史比起
> 婚姻的传统可要晚了许多。你的祖先,
> 宇宙的唯一统治者亚当,
> 接受上帝的赐予成为一个结了婚的人,
> 而不是被上帝封为国王。(第二幕第一场,260 – 266 行)

对于创造物的秩序该剧有一些涉及。比如华列克伯爵与女儿争论是否接受爱德华的求爱时,[112]遵循传统将国王作比狮子和太阳,

---

① 《爱德华三世》的版本可参见"Temple Dramatists"和《莎士比亚疑作》。文中引用的部分出自后者。

狮子会成为他血染的爪子,
温和地放过他的猎物,
恐惧的奴仆在他脚下颤抖。
国王会用他的荣耀隐藏你的羞耻;
那些凝视他的人会发现
自己的眼睛将因为望向太阳而失明。(第二幕第一场,395－410行)

这部戏剧的作者对于宇宙的伟大对应关系有生动的意识。比如他把女伯爵在城堡的防卫墙上反抗苏格兰围攻军与天使们在天堂的防卫墙上对抗魔鬼们的情形类比,使她

从防卫墙上捕捉到天使从天上带来的讯息
要她温柔地反抗粗俗可鄙的敌人。(第二幕第一场,34－35行)

这部戏剧最精彩的时刻之一是"黑王子"及其军队的入场将爱德华国王从对女伯爵的迷恋中召唤回来时,出现了把世界与微观世界相比的内容:

欲望是火,像灯一样的人
内在的欲火甚至会透过自身显露出来。
走开,如散丝一般摇摆不定的浮华!
美丽的布列塔尼的广阔疆域
会因我而失去吗,我会
连自己这一副身躯都不能掌控吗?
给我永恒钢铁铸成的盔甲:
我去征服那些国王。(第二幕第二场,92－99行)

这些内容完全不属于编年史剧的常规。

剧中还有政治方面的反思。作者认为爱德华有继承法国王位

的权力。阿托伊思的罗伯特(Robert of Artois)一开场是被法国流放在外,因为他认为法国国王约翰是篡位者而爱德华才是自己真正的君主,他把约翰视为暴君,这是十分正确的。他对爱德华说:

> 您是我们所享和平的直系守护人,
> 瓦卢瓦的约翰是绕道僭越。
> 臣民们除了拥护自己的国王还应该做什么呢?
> 啊,奋力击退一个暴君的傲慢、
> 让我们国家的真正守护者复位,
> 这不就是我们最应该负起的责任吗?(第一幕第一场, 36 - 41 行)

[113]法国人知道他们犯下的错误。约翰国王内心忐忑,并对他的儿子菲利普承认了这一点。

> 约翰:告诉我,菲利普,你是怎么看
> 英国人这次发起的挑战?
> 菲利普:陛下,我认为,就算爱德华宣称
> 并且确实能够拿出显见的血统证明,
> 但您才是真正拥有王位之人,
> 这是一切法律中最为确定之处。
> 但即使不然,在他成功之前,
> 我定要献出我珍贵的血液
> 要么就把那些流散各处自命不凡的人赶回老家。
> 约翰:说得好,年轻的菲利普。(第三幕第一场,105 - 114 行)

不过法国人并非厚颜无耻。一个法国人对另一个同胞承认说

> 正义的反抗一定会得胜。
> 爱德华是去世国王姐妹的儿子,

而瓦卢瓦的约翰是几代旁系。(第三幕第二场,35 - 37行)

服从国王的限度这个在《为官之鉴》里特别重要的主题在《爱德华三世》里被重新定义。维利尔斯男爵(Lord Villiers)原是萨立斯伯雷伯爵的俘虏,因为发誓会帮后者获得诺曼底公爵查尔斯保证其安全的承诺而被后者释放。查尔斯不仅拒绝给予这个承诺,还建议维利尔斯违背其誓言,理由是对国王的忠诚可以超越该誓言;他认为维利尔斯不应该回到萨立斯伯雷伯爵那里,而应该留下来。维利尔斯用正确的观念作了反驳。

> 查尔斯:你的誓言?你确实不得不遵守它。
> 但你难道没有发誓效忠你的国王吗?
> 维利尔斯:效忠于他一切正当的命令。
> 但是如果是劝我或是威胁我
> 不履行我的承诺和誓约
> 那就是不合法的,我就不需服从。(第四幕第三场,29 - 34行)

这部戏剧里甚至还有一条统一的原则,即对两位主角——爱德华三世与"黑王子"的教育。爱德华三世因为萨立斯伯雷女伯爵的美貌与智慧而生发欲望,但学会了"掌控自己这一副身躯",后来又因为受挫时间太长而想要放纵自己的愤怒,将加来的市民们处死,[114]但他听从菲利帕王后(Queen Phillipa)的恳求予以宽恕,用理性战胜了激情。

> 人们应当知道我们既可以
> 用刀剑征服敌人
> 也可以控制我们的情感,
> 菲利帕,你赢了;我们听从你的恳求,
> 这些人将活着来夸赞我们的仁慈;

而暴政,只会把恐怖带给自己。(第五幕第一场,50 - 55行)

当爱德华拒绝派人救助在克莱斯处于巨大危险中的儿子时,他是出于教育儿子的目的。王子必须学习发现自身。当在普瓦捷前大量敌军将他和他的军队全方位围困起来并威胁到他的生命之时,他的教育才完成。他拒绝所有来自法国的援助,转而向年长的奥德利(Audley)请求建议和帮助。

您经历过许多考验而伤痕累累,
铁笔写成的古老攻略
就布满您荣耀的脸上。
您在这种困境中就像一个结了婚的人;
而在危险面前我只是一个害羞的少女。
请在这一困难时刻教给我一种答案吧。(第四幕第四场,127 - 32行)

不必说,奥德利答应了,道出了满满一大堆关于蔑视死亡的警句箴言,成功地教育了王子要坚毅不拔。

生或者死,于我都不重要,(第四幕第四场,161行)

是这位王子的临终遗言。

总体而言,《爱德华三世》是除莎士比亚的创作以外所有编年史剧中最富有持续性思考的一部。

《伍德斯托克》作为最好的编年史剧之一,却很少有人读过。它一直只有一个手稿版本,直到十九世纪才有了印刷版。1870年哈利维尔(James Halliwell - Phillipps)以《理查二世国王的悲剧》为题印刷了十一份这个版本,1899年凯勒(Wolfgang Keller)在现在的《德国莎士比亚学会年鉴》(*Jahrbuch der deutschen Shakespeare -*

Gesellschaft)里将其重新出版。1929 年又在马隆学会再版系列中重印。① 即使如此对于普通读者来说要读到它也不容易,以现代拼写方式出版的大众版本迟迟未出。② 这部戏剧有时被称作《理查二世的第一部分》,但我更愿意用《伍德斯托克》这个更清楚的标题。[115]它写的是理查治下的早期事件:他与叔叔们的矛盾,与波希米亚的安妮(或剧中的名字 Ann‑a‑Beame)的婚姻,他把王国分包给那些寄生虫们,以及最后他导致叔叔伍德斯托克之死和最终忏悔。莎士比亚的戏剧把伍德斯托克之死作为一个主要的缘由,在《伍德斯托克》结束的地方接着讲了下去。伍德斯托克公爵汤玛斯是剧中最重要的角色,不过戏剧中的行动是以理查为中心,和道德剧的中心角色一样,理查一方面受他的叔叔们影响,另一方面又被他的宠臣推动。

《伍德斯托克》虽然比《爱德华三世》少一些学术性和伦理理论方面的思考,但与莎士比亚作品之外的任何历史剧相比,这部剧更为普遍地贯穿着我在前两章中提出的那些观念。

首先,有足够多的例子涉及宇宙秩序的细节,这表明作者了解整个观念框架。理查的寄生虫们用有关重要事项的传统观念宝库来谄媚他。

> 布 西:你的叔叔们谋求推翻你的国家,
> 　　　像对待孩子那样对你,这样仅凭他们
> 　　　就能把你从王位上赶下来。
> 斯克鲁普:就像太阳被迫落下
> 　　　在约定的时间之前黑暗就已来到。
> 格 林:难道就因为狮子很年轻它便不会吼叫吗?
> 　　　你的叔叔们不就像那些大象

---

① 下面该剧的引文均出自凯勒的版本。

② 这一遗憾因为罗西特版本的出版将很快得到弥补。[译注]参见本书前言第 viii 页。

用老朽的躯体撞向橡树？

你就是橡树。(第二幕第一场,11-15、18-21行)

正如在莎士比亚戏剧常见的那样,秩序的观念是通过它的反面——混乱表现出来的。当理查免除叔叔们的职位,并任命于那些寄生虫们,这一行动是自然秩序的普遍逆转中的一部分。伍德斯托克宣称：

我的眼睛见到的是怎样的变化啊,
仿佛这世界完全颠倒了？
难道长期处于白发老人
以其严肃经验统治下的英国
如今要臣服于鲁莽笨拙的孩子们吗？
这就如同要做到下面这些：
强迫太阳向后倒退至东方,
把全部地图的重量压在一个小矮人的背上,
指定大海何时涨潮何时退潮。(第二幕第二场,163-164、169-175行)

[116]腐败的大法官的下属尼姆博(Nimble)通过学生们表演鞭打校长的可笑场景也说明了同样的宇宙混乱：

至于我的校长,我要让他腰间绑上一百根木杆儿每天在吃饭的时候绕着市场游街；他的学生每个人都要推他一把。(第四幕第三场,87-90行)

《伍德斯托克》的作者使用的是不同层次创造物之间的传统对应关系。波希米亚的安妮病重将逝的时候切尼(Cheney)和伍德斯托克的谈话就包含这样的意思。

切尼：天上的光亮被漆黑的云层遮蔽,

>   火星点点蹿向天空
>   就像某种大悲剧的微暗征兆。
> 伍德斯托克：上帝保佑善良的安妮！我怕她的死去
>   将是上天预示我们的悲剧情景。
>   当王国有变化，相应的天上也会有纷扰。（第四幕
>   第二场，65－70行）

阿伦德尔（Arundel）说到国王的宠臣格林时，在人的身体或微观世界与政体或国家之间建立起对应关系：

>   把这一块溃烂部分切除，你就治愈了王国。（第五幕第二场，181行）

最后，伍德斯托克用梯子的隐喻表明应如何靠近像理查这样尊贵的人，这暗示了同样的形象中创造物的整体观念。

>   轻柔地，轻柔地。
>   长在高处的果实不能够安全地摘取。
>   我们必须使用梯子并一步一步攀高，
>   直到我们一个层级一个层级地达到顶端。（第一幕第一场，172－175行）

尽管《伍德斯托克》把霍林斯赫德的编年史作为其主要来源，它对历史的处理却更为深刻。实际上，我在第二章里描述的那些观念中所有重要的部分都在《伍德斯托克》里有明确或暗示的表达。首先，这部戏剧的结构是一个模式而不是一些历史片断的堆砌。尽管作者加入了很多历史，从而表明他是一位严肃的编年史家，但他毫无顾忌地自由处理这些素材，让事件的顺序服从于他的两个主要模式：明智与腐败的顾问们相争，[117]理查灾难性地选择了腐败的一方，遭遇女王之死这一惩罚，于是他开始忏悔；直率、诚实而又严谨稳健的顾问伍德斯托克从未动摇他的忠诚，而且直到临死前还在希望理

查会弥补其过失。这部戏剧首先具有很强的说教性和例示性,其次是事实性,这与《为官之鉴》的传统完全一致。剧中有个巧妙的段落引用了实际存在的编年史,并明确认可他们的道德价值。这个部分的巧妙主要在于它是反讽的。理查被诱导着用一种方式来解读编年史,而这些编年史显然是指向另一种意思。理查的寄生虫布西试图劝说他宣布独立并遣散老顾问们,他以此为目的使用了编年史:

理查:布西,你在读什么呢?
布西:英国编年史的典范,陛下,
　　　这里面有您所有著名的先辈国王们的
　　　行为和值得纪念的功绩。
理查:你有什么发现吗?
布西:奇特而美妙的事例,陛下,
　　　势力强大之人叛国的结局。
　　　这里记录着您尊贵的祖父,
　　　尽管年轻而且在内阁的限制下,
　　　将护国公、年轻的摩提默
　　　推上高为五十英尺的断头台,
　　　因为摩提默的傲慢和背叛而将其处死。(第二幕第一场,54–65行)

后来布西读到普瓦捷战役,有那么一刻让理查想要效仿他的父亲。显然布西的说法是错误的,因为伍德斯托克这位护国公与年轻的摩提默完全不同。此处的反讽在于那个时候的编年史对于当前的事态来说是一个完美的先例:国王被他的谄媚者们毁掉。不过尽管布西的说法不对,在所有编年史剧中却找不到任何一个地方比此处更好地说明历史的道德价值,以及从历史总是重复自己的这一倾向中可以得到的教训。关于都铎神话,关于大多数善于思考的伊丽莎白时期人在其中看到历史模式的那些形式,我们会发现《伍德斯托克》的作者更接近霍尔而不是《为官之鉴》。尽管没有记录表明理查二世之后的历史是如何发展的，[118]有迹象指出整个模式是存在的。首先，与霍尔一致而与霍林斯赫德不同的是，《伍德斯托克》的作者着重提到了爱德华三世的七个儿子。他显然认为爱德华的统治是好运与繁荣的规范，偏离于它就会带来一长串的灾难事件。这一点出现在最重要的场景之一，即理查命人在加来杀死伍德斯托克。在杀人者进来之前，伍德斯托克睡着后看见了他的兄弟"黑王子"和父亲爱德华三世的鬼魂。"黑王子"的鬼魂害怕出现最坏的情形，对伍德斯托克说：

> 你的血一定会流出来的：
> 为此，亲爱的兄弟伍德斯托克，赶快跑吧。
> 这样才能避免他的堕落和你的悲剧。（第五幕第一场，73－75行）

爱德华三世的鬼魂提到他七个好战的儿子和在法国的胜利，对英国目前的状况表示哀痛。他讲到伍德斯托克的其他兄弟——兰开斯特和约克开始武装反抗，恳请伍德斯托克加入他们以阻止王国变得更糟。接着，在伍德斯托克被害之后，理查面对叔叔们的军队说道：

> 哦我亲爱的朋友们，上天可怕的怒火
> 因为伍德斯托克之死而沉重地降临在我们头上。
> 血债要血偿，那只拥有无限力量之手
> 绝不允许没有得到惩罚的谋杀存在。（第五幕第二场，217－220行）

我确信《伍德斯托克》的作者对从爱德华三世至亨利七世英国历史的看法与霍尔一致：繁盛的状态被一桩巨大的罪行打破，在发生一连串可怕的罪行和灾祸之后才得以修复。

在内战与服从国王的问题上，《伍德斯托克》的作者表达充分、观点明确，严谨而正统。理查二世尽管犯有恶行，却称不上是一个暴君，伍德斯托克的作为始终完美地合乎正统，即使在最痛苦的刺

激下也一直反对背叛君主的行径。伍德斯托克的下面这段话很好地总结了整件事情:

> 那么多野猪扎根和毁坏我们的土地
> 英国几乎要被他们破坏殆尽。
> 我不关心理查国王能否听到我这样讲。
> 我衷心祝愿国王陛下一切安好,上天可表。
> 但是,呜呼,现在却有一个错误,
> 他年轻时被谄媚者们带离了正途。
> 但他是我们的国王,也是上帝的伟大代表。
> [119]如果你们要让我支持你们
> 以任何鲁莽的方式反对他的统治,
> 在上帝面前我永远也不会同意这样做。
> 我一直以公正而真诚的态度对待国王,
> 以后我也会如此:现在的差错
> 是我们的罪造成的,我们必须遵从上天的意志。(第四幕第二场,137 – 149 行)

但是也存在服从国王的限度。拉普勒(Lapoole)受命在加来杀死伍德斯托克,他在自己的良心和对国王的忠诚之间挣扎。他错误地违背了良心,对自己解释说他和伍德斯托克必须有一个要死——那么为什么死的不是伍德斯托克而是自己呢?《伍德斯托克》的作者显然接受了正统观念,认为一个人不能因为服从国王而威胁到自己不朽的灵魂。①

---

① 我认为伍德斯托克在内战与服从国王的问题上是符合正统观点的,这与 R. M. Smith 在《傅华萨与英国编年史剧》里的观点截然不同,Smith 认为 1590 年早期某些有关有缺陷的国王和叛乱的戏剧表现出一种反叛的愿望(页 96 – 97)。即使当政者可能会因为这些戏剧感到不安,这些剧作本身却并没有什么煽动性。

《约翰·奥尔德卡斯尔爵士》①是这组戏剧中最不重要的一部。总体而言它富于情感、令人愉快,但不是很深刻,它是伊丽莎白时期健康向上作品的良好样本。但是里面有些场景表现出特别的严肃性。这并不奇怪,因为根据亨斯洛(Henslowe)的日记,这部戏剧的第一部分(唯一留存下来的部分)有四位作者:芒迪(Munday)、德雷顿(Drayton)、威尔逊(Wilson)与哈思韦(Hathway)。德雷顿作为作者之一就意味着有些地方的语气语调可能会增强。第三幕第一场里剑桥伯爵、斯克鲁普男爵和格雷男爵阴谋反对亨利五世时,这一点表现得很明显。开头几行的强烈风格也是整场戏的风格。

> 斯克鲁普:剑桥伯爵,请再说一遍
> 　　　　你为何有权继承王位。
> 　　　　这样我们就能更深刻地将其牢记,
> 　　　　每个人也都会更加坚定决心,
> 　　　　认为挑起这次争斗合法而正当。(1-5行)

接下来是一大段描述谱系的严肃段落。这里提出的反叛行动处于历史事件的逻辑序列之中,因为剑桥伯爵说:

> 此外,你还要劝说他们,应当
> 为理查之死而复仇,尽管
> 复仇被延迟,但最终必会到来,
> 既可能是将来某时,现在也同样可能。
> 罪行经过多年的发展,
> 现在距离最终结果已不远,
> 在这里篡位的杂草
> 要被清除和扔进火里焚烧。(53-60行)

---

① 我使用的版本是《莎士比亚疑作》中的版本。

[120]直到我从编年史剧中挑出这些具有特别严肃性的戏剧之后,我才发现除了《爱德华二世》之外其余几部还有思想内容以外的共同点:与莎士比亚的密切关系。在寻找编年史剧对莎士比亚的影响时,我发现了更应当说是莎士比亚对编年史剧的影响的东西。唯一的例外并不重要,因为如前所述,《爱德华二世》虽然拓展了两个特殊政治主题,却在总体上缺少政治旨趣。这种旨趣出现的地方,也可以发现莎士比亚的踪影。换句话说,编年史剧的常规标准是霍林斯赫德式的事实性记述。当霍尔的思想高度例外地出现时,也可以在其中发现莎士比亚。很难不由此得出结论说编年史剧所包含的任何思想深度或复杂性主要归因于莎士比亚。但是这样一个涉及面广的猜想需要更多细节的支持。我将一部一部地考察与此相关的戏剧,探求它们与莎士比亚的关联到底如何。

不论我们是否同意《汤玛斯·莫尔爵士》第二幕第三场 1 至 172 行是否为莎士比亚所写,我们必须承认这一幕甚至这一部戏剧与莎士比亚的密切关联。舒克金(L. L. Schücking)甚至认为这部戏剧写于 1604 年至 1605 年,是对莎士比亚的模仿(*Englissche Studien*XLVI,页 228 – 251)。他很可能把时间弄错了,但这并不意味着他错误地指出了这部戏剧总体的莎士比亚色彩。没有人能够否认前面那个段落中的暴徒与《亨利六世》中凯德的场景之间的相似性;凯德的场景是最先写成的这一点已经被普遍接受。在这 172 行之外可与莎士比亚类比的地方包括莫尔在家里招待市长大人、大主教的演出人员为其提供服务。他们是一个可以表演大量道德剧的小剧团。莫尔对待他们的友好语气与忒修斯(Theseus)对待波顿(Bottom)等人的友好语气是一样的。① 不管怎样可能没有人会否定莎士比亚对《汤玛斯·莫尔爵士》的影响。

在我看来这一观点还可以进一步推进。《莎士比亚在〈汤玛斯·莫尔爵士〉创作中的作用》(*Shakespeare's Hand in the Play of*

---

① [译注]忒修斯和波顿都是《仲夏夜之梦》的角色。

"Sir Thomas More",多位作者,Cambridge,1923)的作者们尽管没能证明莎士比亚确实写了那172行,但是他们所论证出的可能性非常高,以至于接受这种可能性比质疑他们的发现更明智。但是这些作者在一件事上面走错了方向。他们认为这部戏剧最初在接受审查时遇到困难,[121]于是演员们"求助于一个本来在这部剧中没有任何作用的'纯粹一个打杂听差'(an absolute Johannes Factotum)"(A. W. Pollard,《莎士比亚在〈汤玛斯·莫尔爵士〉创作中的作用》,页5)。这一理论是由于一个传统的误解(见本书页[131-133]),这个误解来自对格林抨击莎士比亚话语的错误阐释("纯粹一个打杂听差"就是出自这里),即莎士比亚一开始是为其他人打杂的听差。这一条无意识的论证线索说明,还有什么比在事情变糟的时候呼唤天才的杂役更加自然的呢?① 实际上,到1593年即波拉德(A. W. Pollard)确定的这部剧的初演时间为止(同上,页[27]),莎士比亚已经是一位声望很高的独立剧作家,从表面看莎士比亚更可能会做导演或是帮助一个剧团,而不是一个修修补补的附属者。格雷格在手稿中发现了六种不同的笔迹,其中两种认定为芒迪和德克尔的(同上,页[48])。芒迪的部分涵盖了这部剧的主体,但是笔迹风格表明整部剧不都是他写的。他可能抄写了几位作者包括他自己创作的部分。没有证据表明莎士比亚不是其中之一。这部戏剧的情节安排不太好,没有形式上的统一。但它充满了一种魅力,一种幽默和宽容的魅力。它是一群作者的作品,莎士比亚是其中之一,他用自己的精神多少影响了其他人。当遇到审查的困难时,他又一次帮了忙。

这一点并没有得到证实,但我认为这是最为合理的观点。

---

① R. C. Bald 在《汤玛斯·莫尔爵士(增补三)》(Addition III of Sir Thomas More,载 Review of English Studies,1931,页67-69)中以有力的理由说明莫尔以"我如今这样还是那样都取决于上天"开头的那段话(本书页[110])是莎士比亚所写。不过他的论证前提是,与那172行一样这是一个杂役工的笔触。

对于莎士比亚参与创作《爱德华三世》的可能性已经有大量的论述,因此这部戏剧与莎士比亚的关联性是不容怀疑的。尽管也存在各种各样的观点,但这部剧的情况比《汤玛斯·莫尔爵士》要简单得多。凡是懂点常理、没有偏见的人都不难理解这部剧是怎样的一部剧。许多不必要的麻烦来自一个观点,即爱德华向萨立斯伯雷女伯爵求爱的片段与该剧其余部分的作者不是同一位。布鲁克(Tucker Brooke)已经很好地排除了这一错误(《莎士比亚疑作》,页xxi-xxii),但是我认为我在前面注意到的情节动因——爱德华三世及其儿子的教育强化了单一作者的论证。我不认为现在还有哪位严肃的批评家会认为莎士比亚写了这整部剧。这个观点流行了几年,但假使它是对的,那么它没有出现在第一对开本中就是难以想象的。[122]另一方面,哈特对其语言的详细论证证明总体上它比通常认为的还要富于莎士比亚特色(《莎士比亚与布道集》,页219-241)。前面我提到过这位作者既才华横溢又注重思辨——这部戏剧异常深刻。在风格上它更贴近莎士比亚的诗歌、十四行诗和《爱的徒劳》中文雅的智慧,而不是历史剧,不过有时会让人想起《理查二世》更具抒情性和平稳性的特质。这部匿名戏剧和莎士比亚十四行诗中都有"腐烂的百合比杂草还要难闻"的句子(《爱德华三世》第二幕第一场 451 行),这一点很有象征意义。我们可以猜想这个作者是一个知识分子,很可能是个年轻人,一个大学里的人,在南安普顿圈子里,与莎士比亚相熟并深受其影响,用后者的惯用法写作。在比这小得多的程度上这个作者也受益于查普曼这位"夜晚诗歌"的主要诗人,这个圈子是南安普敦圈子的竞争对手,这种影响可见于该剧对斯莱斯战役(Battle of Sluys)的阴郁风格的描写(《爱德华三世》第三幕第一场 142-182 行)。

假如说写《爱德华三世》的是一位侍臣和学者,那么写《伍德斯托克》的就是一位大学或中小学的教师或者律师。没有任何证据表明这位作者与莎士比亚相熟。不过他从后者受益很多,但让他受益的还有另外一部作品。这就是马洛的《爱德华二世》。① 理查被贵族和寄生虫们拉向不同的方向这一情形就是从这部戏剧复制过来的,剧中有多处语句上的重复。同样的情形还可以(且是更为明显地)追溯到道德剧中主角受到各种"美德"与"恶行"影响的模式。实际上理查将王国掌控在自己手中的"英勇"比起《爱德华二世》更接近"富丽堂皇"或"国家"摆脱"理智"烦人的限制。此外,剧中丰富而真诚的政治趣味远远超越了马洛的作品。这部作品比《爱德华二世》从莎士比亚那里获益更多,特别是《亨利六世》的第二部分。《伍德斯托克》的作者可能读过《理查三世》,但是他创作的最重要人物、"普通的"伍德斯托克的汤玛斯和他的主要动机所参照的是莎士比亚刻画的"善良的"葛罗斯特公爵亨弗雷、亨利六世治下英国的护国公,后者的倒下是莎士比亚历史剧四部曲第二部分的主要情节之一。另一处明确的参照是理查的寄生虫们将王国弄到手之后目无法制的谈话。此处是源自莎士比亚戏剧中杰克·凯德[123]及其同伙的吹嘘夸耀。下面就是这些寄生虫们在公爵贵族们被撤销职务并离开之后的谈话:

斯克鲁普:长着灰白胡子的老东西!
　　　　上帝在上,我的陛下,要不是他们是您的叔叔,
　　　　我早就用我的权杖敲碎他们的脑袋。
格林:我们要立个法令。从此以后
　　　任何长着灰白胡子的人只要靠近宫门四十英尺以内
　　　就算犯了叛国大罪。
巴戈特:没错,还有腆着大肚子穿紧身上衣的人。
　　　　我们一定会改造这个王国。
格林:我发誓,我们一定要把所有留胡子的清除出去。

---

① 凯勒在他编辑的《伍德斯托克》版本(前文页[114])里写过《爱德华二世》对该剧的影响,参见页 21–32。他没有充分考虑到道德剧的传统,因此过度估计了这一影响。

> 我们要改造城市,要改造乡村。(《伍德斯托克》,第二幕第二场,193—200行)

剧中也有莎士比亚喜剧的标志。我怀疑要不是劳恩斯(Launce)先对他的狗说了话,伍德斯托克也不会对他去牵的侍臣的马说话;在这同一场里,侍臣有关其鞋的尖头的话与《爱的徒劳》中那些夸张的宫廷语言风格是一样的。(《伍德斯托克》,第三幕第二场,146行等)

有了上述参照,也就难怪前面说过的这部戏剧的政治严肃性也可以追溯到莎士比亚那里了。它的整个观念就在莎士比亚的第一系列历史剧中。

《约翰·奥尔德卡斯尔爵士》的情况更加明显。布鲁克在《莎士比亚疑作》的序言中写道:

> 《奥尔德卡斯尔》的第一部分无疑是为"海军大臣供奉剧团"(Lord Admiral's Company)所写,作为对张伯林勋爵的仆人们成功上演的福斯塔夫戏剧的回应。福斯塔夫这个人物,最初叫做奥尔德卡斯尔,显然是开场白这段恶言所指的对象:
> 我们要展示的不是什么受宠的贪吃者,
> 也不是老大臣犯了年轻的罪。
> 乔装的国王与罗瑟姆的约翰爵士赌博的场景暗指《亨利五世》第四幕第一场;国王年轻时偷东西的冒险经历显然指涉的是亨利四世的第一部分,两次提到福斯塔夫的名字是对这部戏剧的暗指。(页 xxvii—xxviii)

莎士比亚对这些戏剧的影响还不止于此。哈普尔(Harpoole)使得主教的传令者吃掉他所传达的令状明显是对福鲁艾林(Fluellen)让皮斯托(Pistol)吃葱的一种变形。[124]从上述一切可以更为明显地看出前面所述场景在历史与谱系方面的严肃性也来自莎士比亚:来自他的《亨利四世》和《亨利五世》中的严肃场景。

而莎士比亚有关历史的观念则很少来自编年史剧。他可能主要从它们知悉了沙文主义,但也仅此而已。在其他问题上,他将编年史剧以外的观念引入到这一戏剧形式中几个例外作品的作者那里。

不过把戏剧用作历史的少见习惯对于莎士比亚来说是正逢其时。如下文即将推断的那样,他在很早的时候就对历史有浓厚的兴趣。现存的一种戏剧形式可以让他不费强力就把困扰自己的问题融会进去,这完全是一种难得的运气。假如他生为法国人或是意大利人,他就没有本国的编年史剧可以用来试验这种戏剧了。

第五章　回顾

[125]在说明了莎士比亚历史剧的背景之后,我必须解释为什么要包含这些并且只有这些内容,比如,为什么我提到提托·李维而没有讲到塞内卡,后者显然也是这一背景的一部分。我的首要任务是找到莎士比亚从哪里获得他有关历史的一般性观念以及有关英国历史的观念。这一探究及其结果是第二章的主题。不过,正如我在《伊丽莎白时期的世界图景》中表明的那样,伊丽莎白时期的人从不把生活分隔开来,他们总会看到事物之间的关联,并坚持认为每个单独的现象都有其整体的宇宙背景。因此,如果只考虑莎士比亚的历史观念就会给人留下错误的印象,而且在讲到历史之前,有必要阐明对伊丽莎白时期人们来说与历史紧密相关的一些更为普遍、宏观的观念。这些是第一章的主题。尽管莎士比亚的某些观念直接来自几位历史学家,他还有可能在一些非历史作家那里看到这些观念,这些作家的观念也可能是从历史学家那里借鉴而来的。这些作家不仅是莎士比亚历史观念的另一种来源,而且为他利用历史材料进行创作提供了正当性的保证和鼓励。他们也在其历史背景中占据了一个不同的位置,这些是第三章和第四章的主题。

尽管塞内卡、奥维德与维吉尔在莎士比亚早期历史剧中的影响是显而易见的,但我没有在背景中包含他们,这是因为他们与英国历史的观念没有关系,而且有关他们对莎士比亚的影响读者们可以找到很多现成文献。不过,我想对那种弱化塞内卡影响论的趋势表示支持。卢卡斯(F. L. Lucas)在几年前警示我们不要在伊丽莎白戏剧中一看到光烧成蓝色就认为受到了塞内卡的影响。最近贝克

(Howard Baker)在《悲剧入门》中重新思考了这个问题。他认为很多所谓的塞内卡影响其实要么是中世纪的传统要么是维吉尔的影响,而且他所认为的《为官之鉴》[126]在塑造早期伊丽莎白时期悲剧中的作用,与我所认为的它将都铎时期的历史观念传递给后世作家们中发挥的作用一样重要。不过这在本书中只是一带而过。我的意思是,论及此处,我一直努力限制在历史影响的框架中。这一限制并不意味着我不会在更为宽泛的视野中讨论具体的莎士比亚历史剧。

第二部分　莎士比亚

第一章　早期的莎士比亚

[129]我已经把莎士比亚历史剧背后的普遍观念和特殊的历史原则作了说明,也提出了莎士比亚获悉这些观念的一些可能的途径。下一步似乎应当就是在莎士比亚的作品中具体说明这些原则。但是我的真正主题是莎士比亚的历史剧,这些戏剧本身,而不是描述莎士比亚历史剧中抽象出来的历史思想。尽管这一思想及其来源都很有意思,它也还是戏剧的一个部分。我将不会仅仅把它作为一个抽象的整体对待,而更多的是考察它在不同戏剧中的体现。

但是很可能有人会说我进展太快,认为我在还没有确证的情况下就假设一种思想的集合与莎士比亚本人之间存在关联;说我讲完诸如傅华萨编年史或《为官之鉴》中的观念后略过任何莎士比亚知悉这些作品的具体证据不谈,认为这是违背逻辑的。我的回答是,这些问题建立在常识基础上的可能性比任何能找到的他直接借鉴的证据更为重要。最近学界的观点转而认为《理查二世》是部分基于傅华萨的编年史而写的,①在这部戏剧里当理查说道:

> 看在上帝的面上,让我们坐在地上
> 讲述那些国王如何死去的悲伤故事,

评论者们从中看到了对《为官之鉴》的明确指涉。但是近期认为莎

---

① 有关《理查二世》中莎士比亚受益于傅华萨的内容,参见 J. Dover Wilson 编的该剧版本,页 xliv 等。罗西特在一封给 Dover Wilson 的信中质疑他认为莎士比亚的刚特是取自傅华萨的观点。

士比亚的刚特(Gaunt)是源自傅华萨的刚特一说被熟悉编年史的一个人否定了,而理查的悲伤故事也很有可能指的是利德盖特的《国王的衰落》。实际上,只有一小部分对来源的搜寻得到了肯定的结论。另一方面,莎士比亚曾读过伯纳斯译的傅华萨作品、《为官之鉴》和《高布达克》的可能性则非常之大。对此表示怀疑就如同怀疑布朗宁读过吉本和拜伦一样。

[130]不过还是会有人拒绝接受上述类比,因为他们执着于莎士比亚所受教育相对较差的假设。针对这种怀疑(也为引入我对莎士比亚早期历史剧的详细研究),我将对莎士比亚受到决定性影响的时期作些说明,以试图回答这一问题:从他的作品以及写作方式中看他是否可能读过或是吸纳了前述作品。为此,我还将坚持我在第一章接近开头处简要说明的观点:莎士比亚有其独特的学识。不过这适用于成熟时期的莎士比亚。可以认为他在中年时期通过博采见闻、向那些已经接纳他的教育程度高的人学习知识,弥补了青年时期的知识匮乏。

就对青年莎士比亚的印象而言,我真诚地同意已故的斯马特的观点,我认为他的《莎士比亚、真相与传统》(*Shakespeare, Truth and Tradition*, London, 1928)是近期出版的有关莎士比亚的最有价值的书之一。斯马特的学生亚历山大(Peter Alexander)在其出色的《莎士比亚的〈亨利六世〉与〈理查三世〉》中发展了斯马特的一些雏形思想。我在他的作品中受益良多,在此我要一并感谢。

尽管兰姆在《真正天才的理智》(*Sanity of True Genius*)中说"不可能想象一个疯狂的莎士比亚",而对几代评论家和读者们来说可以接受一个挑战写实和常识的莎士比亚。他们把他视作伟大诗人常规典范的一个例外,不认为他早年拥有学识和创新性。他们把他描述成一个没怎么受过教育的年轻人,最初通过修改其他人的作品开始了戏剧生涯。这种描述与世情常规如此不相符,因此人们轻易且乐意地接受它这一点让人很吃惊。在那个学识受到高度推崇、学习的能力被视为伟大的人类属性的时代,像莎士比亚这样喜欢追根究底的人会对学习毫无兴趣,是不大可能的事,因此需要最无可争辩的证据才能确立其可能性。他没有通过老师们希望的方式去学习,这是可能的,但这并不等于毫不关心。假如莎士比亚年轻的时候不愿意学习,他还会在《亨利六世》中篇里让赛伊勋爵对凯德的叛军这样说吗?

[131]并且也看到上帝谴责愚昧,
而学问则是人们借以飞升天堂的羽翼。(第四幕第七场,78-79行;《莎士比亚全集》[三],页661)

许多学者在归于莎士比亚名下的戏剧中发现最初编辑其作品的同事或密友在其中的写作痕迹上很有想法——显然他们并没有顾虑这令人惊讶的最初的不可能性。一个"心与手并行"、"下笔灵动而源源不断,有时有必要让他停下"的人最不需要别人的帮助。一个宿舍里最早熟的男学生不太可能会找别人来补充完整他的作文,而年轻时的莎士比亚并不比他有更多可能会接受帮助。假如将莎士比亚作品分解开来的那些人能问问自己宿舍里可能会发生什么,他们可能就会得出结论说自己沉迷的这种特殊游戏可能有更大的初始成功机率,假如颠倒一下其中角色的话:也就是假如他们在其他人的作品里找寻莎士比亚创作的痕迹。

很多人可能都对前面这种不可能之事提出过反对意见,但是斯马特在《莎士比亚、真相与传统》中证明了斯特拉特福德是个文明的小镇,揭示了对格林抨击莎士比亚是只自命不凡的乌鸦的传统阐释中有个彻底的错误,他还宣称人们原来认为莎士比亚将一部匿名者写的戏剧加以修改成为《亨利六世》下篇,实际上这部戏剧不是别人的作品,而只是莎士比亚作品的劣质对开本或是杂乱的版本。他通过上述论述触及了问题的根源。亚历山大扩展并证明了最后的那个宣称,与此同时,爱荷华大学的多兰(M. Doran)小姐通过独立研究得到了相同的结论。

揭示在阐释格林抨击中的错误具有极大的重要性,因为这个错误导致了很多麻烦。假如这个错误不曾存在,人们可能永远不会否认莎士比亚是《亨利六世》的唯一作者。因为这个错误还广泛存在,我最好还是重述一下对它的纠正。

格林是在临死前写的《用一百万次忏悔买来的颗粒智慧》(*Groats of Wit Bought with a Million of Repentance*, J. B. Harrison 编,London, 1923),它是关于自己年轻时代的愚蠢和最后的忏悔。在其记述后面附加的短篇文字中,有一封信是给"把才智都用在创作戏剧上"的他的老熟人们的(页43)。他特别指出了三位写信对象,可以看出他们是马洛、纳什和[132]皮尔,并警告他们要警惕演员这一伙人,特别是其中一位:

> 你们三个要从我的悲剧中得到关于这些卑贱之人的警示啊。那些牛皮糖没有找你们,但找到我这个可以贴附的人——我是说那些从我们的嘴里说话的木偶,那些用我们的颜色装饰的小丑。难道不奇怪吗,他们曾经一直注视着我,而如今一直在注视着你们,假如你们也处于我如今的境况中,这样的我和你们难道不会马上被他们摈弃吗?(页45–46)

格林作为作者厌恶演员,认为他们就是木偶,就是戏剧家的学舌鹦鹉,是一个劣等阶层。而且,他们还不知感恩。这些演员曾经来找他的剧团(他们没有去找其他三个人的剧团),但是他们却在他有麻烦的时候不帮一点忙。斯马特猜想格林曾经向他卖过一部戏剧的剧团求助但被拒绝了,因为他的作品已经得到报酬。格林接着转向有特指的抨击。

> 是的,别相信他们。因为有一只自命不凡的乌鸦,用我们的羽毛美化着自己,以他那"演员外表下包裹着的老虎的心"觉得自己和你们中最优秀的那位一样可以夸口写出一首白体诗了;纯粹一个打杂听差在他的想象中成了一个国家唯一能够震撼舞台(shake-scene)的人。

人们不能十分肯定格林所说的乌鸦是什么意思。他应该指的是卡克斯顿(William Caxton)的《伊索寓言》(*The History and Fables of Aesop*,1484)①等中有关乌鸦的寓言,其貌不扬的乌鸦从其他鸟那里求来各种羽毛,然后炫耀自己的美丽。其他的鸟因为生气就从它那里取回了自己的羽毛,结果乌鸦成了脱毛的鸟。其中的道德教训是,乌鸦代表的是人,人倾向于谋求诸如财富和亮丽的衣服等各种外在的帮助。而除去这些他就是裸露而悲惨的,暴露在上天的愤怒之下。因此格林脑中所想的可能不仅是这个演员往自己身上贴金的狂妄无礼,还包括莎士比亚所享受的世俗支持:没有赞助人——在切特尔(Henry Chettle)针对格林的抨击而为莎士比亚所做的辩护中提到的"好几个崇拜者"——莎士比亚可能什么都不是。但我猜想格林对这个寓言的指涉还是从乌鸦与演员的特点出发,这种鸟不加理解就只知重复。莎士比亚,不像其他演员那样满足于只做一只乌鸦,[133]狂妄到装扮成夜莺或天鹅,穿上歌唱的长袍,表演他自己的独创作品。格林轻蔑地误引了莎士比亚作品中著名场景中的一句:

哦,女人的外表下包裹着的老虎的心,

这是在韦克菲尔德战役后被俘的约克在玛格莱特女王杀死他之前所说的话(《亨利六世》下篇第一幕第四场)。② 他厌恶莎士比亚,因为后者是即将被普遍认可的天才(如《新英语词典》[*New English Dictionary*]中对"纯粹一个打杂听差"的解释),或如我们现在可能会说的,一个全知全能的人(a little Johnny Know‑all)。格林的话表达了对一位受欢迎的成功作家的恨意和嫉妒。

不幸的是,马隆(Edmond Malone)引发并通过其强大的权威散播了一种错误的阐释。格林误引的那句话在《亨利六世》和《约克

---

① 关于格林对《伊索寓言》的指涉,参见 Helen P. Scott,《傲慢的乌鸦》("The Upstart Crow," *Modern Philology*, Aug. 1927)。

② 《莎士比亚全集》中译文为"你这人面兽心的怪物呵!"([三],页 708)

公爵理查的真实悲剧》中都出现过。马隆认为后者是格林所写,而莎士比亚偷取格林的戏剧才写成《亨利六世》下篇,因此"用我们的羽毛美化着自己"意思是"习惯性地抄袭"。这整个阐释是强加的,因此当《真实悲剧》被证明只是《亨利六世》下篇的劣质对开本时就完全站不住脚了。然而其长期的影响却足以歪曲对莎士比亚早期戏剧生涯的整体理解。人们普遍接受的常识是他仅靠修补别人的作品或是作为团队中卑微一员提供服务才发现了自己的禀赋,而远非带着极富青年活力的天才所充分准备的文学尝试从斯特拉特福德来到伦敦。

斯马特修正了这个错误观念,靠的不仅是揭示一个错误的阐释,而且用一种更加积极的描述替换了前者。他指出奥布雷(John Aubrey)《名人小传》(*Brief Lives*)中的注释说莎士比亚是乡村学校的老师,①这比整套莎士比亚神话都要有根据,他所做的在一定程度上使莎士比亚有了我们期待伟大诗人所应有的教育水平。

亚历山大证明《约克和兰开斯特两大著名家族的纷争》与《约克公爵理查的真实悲剧》是《亨利六世》中下篇的证据现在为两位莎士比亚批评界的老学究(sense severiores)钱伯斯(E. K. Chambers)和格雷格(W. W. Greg)所接受,②此外这一证明促使读者们把《亨利六世》上篇和《泰特斯·安德洛尼克斯》也视为莎士比亚的作品。因此确定为早期莎士比亚真实作品之厚重实在是非常可观。我们不能不承认到 1592 年[134]莎士比亚已成为一位相当重要的诗人——一个有理由激发放纵的和失望的二流剧作家嫉妒的杂役工。

公平而言,马隆对于上述问题的理论尽管被大多数人接受,也

---

① 这一观点的有力论证可参见 J. Q. Adams,《威廉·莎士比亚的一生》(*A Life of William Shakespeare*, London, 1925),页 90–96。

② 分别参见 Chambers,《威廉·莎士比亚》(*William Shakespeare*, Oxford, 1930),I,页 281 等;Greg,《莎士比亚作品中的编辑问题》(*The Editorial Problem in Shakespeare*, Oxford, 1942),页 49 等。

一直都存在反对者。怀特（Grant White）指责马隆将文学史中无法类比的抄袭程度加诸于莎士比亚。肯尼（Thomas Kenny）在1864年出版的《莎士比亚的生平与天才》中对马隆的回应与多年后亚历山大所做的回应非常类似；但是没有人认可他，他的作品也被遗忘了。后来，考托普（William John Courthope）在《英国诗歌史》（History of English Poetry, London, 1916）中重新论及这个争议，尤其是他的文章《关于几部归属于莎士比亚早期戏剧的作者问题以及它们与莎士比亚戏剧才能发展的关系》，该文作为第四卷的附录印出。如果承认他写作的时间是在莎士比亚文本批评的最新进展之前，那么考托普就是一位对早期莎士比亚的阐释更有启示意义的论者。他察觉到将莎士比亚作品肢解的那些理论在最初意义上的可能性有多低——这些理论是建立在莎士比亚早期作品与同时代戏剧在诗行风格上的相似性：

> 根据马隆的批评原则，可以肯定的是，（只考虑内部证据）一个人要是只看丁尼生在《悼念》（In Memoriam）或《国王叙事诗》（The Idylls of the King）中的风格，而不对他的诗才发展作任何历史性的研究，一定会否认出版于1827年、明显是对拜伦的模仿之作的《两兄弟的诗歌》（Poems by Two Brothers）中有任何他的创作痕迹。（页458）

考托普坚持认为应当考虑有关结构的更大问题，他得出结论说只有莎士比亚才可能写出《纷争》和《真实悲剧》：

> 考察它们的结构和特征比语句上的细节重要得多，我敢说每一位不带偏见的读者在仔细读过《纷争》和《真实悲剧》之后都会发觉……这两部戏剧是同一个头脑的产物。这不是格林、皮尔或马洛的头脑。我们可以十分肯定地说，《爱德华一世》或者《詹姆士四世》的作者不可能构思出赋予《纷争》和《真实悲剧》某种悲剧统一性的事件构成和性格对比……[135]莎士

比亚是活着的戏剧家中唯一一位能够想象玫瑰战争编年史中呈现的强大的意志、自私的目的和奋斗的野心造成的广泛冲突的人,唯一一位有足够的才智能够将历史戏剧作为一个统一的整体进行构思的人。(页462)

尽管考托普错误地认为这两部戏剧真是《亨利六世》中下篇的早期草稿,他并未因此而损害从大的特点方面判断莎士比亚作品的公正性。

在讨论莎士比亚早期历史剧时,我难免要将它们放在他的其他作品中来考察。在这一过程中我和其他人一样不得不借助于猜想来构建看上去最有可能的假说。

在风格上,我会把《错误的喜剧》和《泰特斯·安德洛尼克斯》称作莎士比亚最早的戏剧中的两部,甚至就是最早的两部。这也不是纯粹的猜测。斯马特发现把《错误的喜剧》写作时间确定为1589年之后的常用线索实际上指的是1589年之前的日期(《莎士比亚、真相与传统》,页205-207)。在第二幕第三场①里大安提福勒斯和大德洛米奥(均来自叙拉古)在谈论那个厨房丫头的身体结构。她的身体是球形的(微观世界与宏观世界),大德洛米奥说,"我可以在她身上找出世界各国来"。他说明了爱尔兰和苏格兰的位置。接着他对于大安提福勒斯的问题"法国在哪里"的回答是,"在她的额角上,从那蓬蓬松松的头发,我看出这是一个乱七八糟的国家"。②这个双关语可能不是很好,乱蓬蓬的头发侵入额头才是更为自然的想法而不是反过来说,但它引出了对法国时局的暗示,即"倒退"或对其正当的继承者发起叛乱。评论者们认为这里的暗示指的是天主教神圣联盟(Catholic League)与纳瓦拉的亨利(Henry of Navarre)

---

① [译注]此处应为第三幕第二场。

② [译注]上述引文均为朱生豪的译文,出自《莎士比亚全集》[一],页416。如果直译原文,也可以是:"在她的额头上:武装着倒退,对她的后代(头发)发起战争。"

之间的战争，后者在 1589 年亨利三世死后继承了王位。但是，斯马特指出那个时候他已经不是继承人而是实际的国王了。纳瓦拉的亨利在 1584 年安佐公爵死后成为继承人，他与神圣联盟的战争始于 1585 年。亨利请求伊丽莎白的帮助并于 1587 年在库特拉打败了神圣联盟。1589 年之前的日期会使得这个暗示同样突出并更加确切。

《泰特斯·安德洛尼克斯》在表现暴力方面类似于《西班牙悲剧》和《洛克林》。① 当亨斯洛记录它在 1594 年作为一部新剧上演时，他的意思只是这部剧在他的剧院——玫瑰剧院是第一次演出（也许是在做了点小修改之后）。[136] 当本·琼生在《巴塞罗缪集市》(*Batholomew Fair*, 1614) 的引言中写道：

> 谁要是发誓认为《杰罗尼莫》(*Jeronimo*) 或说《安德洛尼克斯》是迄今最好的戏剧的人，在这里将会意外地看到，他的判断是持续的，而且在二十五或三十年间都保持不变。

他没有任何理由会犯弄错年份的错误。因此琼生认为《泰特斯·安德洛尼克斯》是写于 1584 年至 1589 年间。

这里不便于讨论上述两部戏剧，不过思考它们是何种戏剧而不是它们的成功，有助于我们研究早期历史剧。

不论《错误的喜剧》在完成上有什么缺陷，它还是具有某些总体优点。它有学院风格，有野心，情节安排技巧熟练。它的学院风格不仅在于它改编自古典喜剧范式，而且在于它对当时普遍常识的提及。比如，露西安娜试图劝说阿德里安娜接受男人权威的话具有很强的学院风格：

---

① 我略去了有关为 1594 年那些演出做出修订的问题。对于该剧和《维纳斯与阿多尼斯》(Venus and Adonis) 之间的类比，参见 A. K. Gray，《语文学研究》(*Studies in Philology*, 1928)，页 295 等。他认为其中有修订，但不是对莎士比亚戏剧的修订。

你看地面上，海洋里，广漠的空中，
哪一样东西能够不受羁束牢笼？
是走兽，是游鱼，是生翅膀的飞鸟，
只见雌的低头，哪里有雄的伏小？
人类是控制陆地和海洋的主人，
天赋的智慧胜过一切走兽飞禽，
女人必须服从男人是天经地义，
你应该温恭谦顺侍候他的旨意。（第一幕第一场，16－25行；《莎士比亚全集》[一]，页393－394）

这部戏剧在超越其源剧本——普洛提斯（Plautus）的《孪生子》（*Menaechmi*）上很有野心。莎士比亚让孪生兄弟又多了一对孪生仆役。这意味着细节上的加倍复杂。他还增加了一种不同的、超越喜剧的写作，制造了伊勤这个孪生子父亲的角色，重述了他在以弗所与公爵法律的纷争。莎士比亚一定需要超越普洛提斯，据哈维（Gabriel Harvey）所说，斯宾塞寻求超越《奥兰多·弗里欧索》（*Orlando Furioso*）。不过尽管莎士比亚将其情节复杂化，但他平静地掌控着一切，他是轻而易举便把握全部材料的能手。

除了这些一般优点，自然还有莎士比亚作品中一直存在的不时显现的人性观照，出现频率不是特别高但是不会错解。不过论者们已经充分地关注过这种人性观照（还常常撇去其余），因此他在这个喜剧语境中令人惊讶的对政治旨趣的观照，更符合此处论述的目的。在该剧开头宣布伊勤因违反以弗所的法律面临死刑的公爵，不只是一个用于推进情节发展的传统统治者角色；他是一个人，身负重责，与所有此类人一样，要承受个人感情与政治责任之间的冲突。他可怜伊勤却不能允许自己的可怜阻碍公正的进程。

叙拉古的商人，你也不用多说。我没有力量变更我们的法律。最近你们的公爵对于我们这里去的规规矩矩的商民百般仇视，因为他们缴不出赎命的钱，就把他们滥加杀戮；这种残酷暴戾的敌对行为,已经使我们无法容忍下去。本来自从你们为非作乱的邦人和我们发生嫌隙以来,①你我两邦已经各自制定庄严的法律,禁止两邦人民之间的一切来往。(第一幕第一场,3-15行;《莎士比亚全集》[一],页385)

这是严肃的韵文,"嫌隙"(mortal and intestine jars)和"为非作乱的邦人"(seditious countrymen)所暗示的语境与普洛提斯喜剧大不一样。jars这个词常常用来表示兰开斯特与约克家族之间的战争。

艾略特(T. S. Eliot)作为非常熟悉侦探故事虚构模式的学生,居然在《泰特斯·安德洛尼克斯》的问题上完全弄错了,这让人十分吃惊。他称该剧为"有史以来最愚蠢和最缺少灵感的戏剧之一,无法相信这里有任何莎士比亚的手笔"。② 实际上这部戏剧具有《错误的喜剧》一样的总体优点:有学院风格,有野心,情节安排技巧熟练。布雷布鲁克小姐(M. C. Bradbrook)把学院风格看得很清楚:

> 《泰特斯·安德洛尼克斯》是一种对塞内卡式戏剧的练习;恐怖的元素都是古典的、没有感情的,因此暴力的悲剧与装饰性的意象形成矛盾。戏剧的色调是冷静的,效果是文雅的。[《伊丽莎白时期悲剧的主题与传统》(*Themes and Conventions of Elizabethan Tragedy*, Cambridge, 1935),页98-99]

实际上,这部戏剧中奥维德的影响与塞内卡的一样多。拉维妮娅被奸污并割去手与舌来自奥维德有关普洛克涅和夜莺的故事,[138] 不过终场里塔摩拉吃她儿子的肉做成的馅饼是来自塞内卡最流行的戏剧《梯厄斯忒斯》(*Thyestes*)。该剧中的古典标签俯拾即是,用

---

① [译注]此半句直译为:"自从你们那些为非作乱的邦人和我们之间不共戴天的致命冲突之后。"

② 艾略特为《都铎时期的翻译》(Tudor Translations, London, 1927)系列中由Thomas Newton编辑的塞内卡戏剧所写的前言里表达了这个观点,参见卷I,页xxvii。

奥维德元素加强塞内卡元素复制了《错误的喜剧》中的复杂情节。莎士比亚年轻时代的野心一定使他必须超越塞内卡。因此他加入了奥维德等其他戏剧的成分。尽管萨特尼纳斯对塔摩拉的迅速求爱、巴西安纳斯劫持拉维妮娅以及安德洛尼克斯家族的争吵开始会让人有些混乱,但整体的情节设置是很巧妙的。作者把一切都置于脑中,一个个事件以高度的准确性接二连三地发生。暴力场景也以精心布置的比例出现。最终塔摩拉吃儿子肉的恐怖场景由此成为必需,因为在众多暴力场景过去之后需要这样的暴力场面才能具有冲击力。

除了这些复制《错误的喜剧》的一般性优点,该剧还添加了其他的东西。《泰特斯·安德洛尼克斯》的确是一部丰富的戏剧,虽然有学院风格,但在许多方面突破了古典戏剧的限制规定。里面有漂亮的抒情段落,对自然的崭新描写,艾伦也是一个出色的喜剧恶人。艾伦与莎士比亚作品中的其他角色有一定关联。他直率而热情,同时也很邪恶。从他可以看到理查三世充满热情的无耻行径,他还是葛罗斯特公爵亨弗雷和私生子福尔肯布里奇这样善良角色的邪恶对照。他面对契伦和狄米特律斯为自己的黑孩子辩护的场景非常精彩。他的话强势有力,且具讽刺的幽默:

> 住手,杀人的凶手们!你们要杀死你们的兄弟吗?你们的母亲在光天化日之下受孕怀胎,生下了这个孩子,现在我就凭着照耀天空的火轮起誓,谁敢碰我这初生的儿子,我一定要叫他死在我的剑锋之下。我告诉你们,哥儿们,无论哪一个三头六臂的天神天将,都不能把我这孩子从他父亲的手里夺下。嘿,嘿,你们这些粉面红唇的不懂事的孩子们!你们这些涂着白垩的泥墙!你们这些酒店里的白漆招牌!黑炭才是最好的颜色,它是不屑于用其他的色彩涂染的;大洋里所有的水不能使天鹅的黑腿变成白色,虽然它每时每刻都在波涛里冲洗。你去替我回复皇后,说我不是一个小孩子了,我自己的儿女应该由我自己抚养,请她随便想个什么方法把这回事情掩饰过去吧。

(第二幕第二场,88－104行;《莎士比亚全集》[四],页569)

[139]这是一番令人惊讶的演说,它是如此丰富,前途光明。从另一个意义上说,它又是惊讶的反面,因为它正是人们通常认为应当出自年轻莎士比亚之手的作品。

不过就我当前的目的来说,这部戏剧里有些部分出现的强烈政治倾向是最有意思的附带特点。在《错误的喜剧》里仅有一处这样的例子,但这部戏剧的政治观念十分充盈。有关继承权与继承顺序的问题在伊丽莎白时期的思想中很关键,其重要性在玫瑰战争的行动中以悲剧性的形式显现出来。《泰特斯·安德洛尼克斯》开场即是对继承顺序的争论:前罗马皇帝的大儿子萨特尼纳斯以长子继承权宣称自己的继承名分;小儿子巴西安纳斯则请求凭借功德并以自由选举为支持。护民官玛克斯·安德洛尼克斯告诉两位王子罗马人民已经选举其兄长泰特斯·安德洛尼克斯为国王。两位王子同意解散他们的追随者并等待泰特斯的回归与人民的决定。泰特斯带着哥特俘虏归来,得到了民众的随行。他的弟弟将王冠交付于他,但他以自己太老无法承受为由拒绝了。但是护民官们和人民愿意接受他所选择的任何人。泰特斯带着伊丽莎白时期的正确性选择了萨特尼纳斯,这个去世皇帝的长子。在诗歌方面这场戏是僵硬的,这是一位年轻人超越自己年纪地表现严肃的作品,但它也表现了这位年轻人对所写主题的兴趣、对自己政治观点的注重,而不是仅为满足常规而把它们硬拽进来。泰特斯成了新皇帝的仆人,其行为举止均符合忠实属下的正确性,并将其所有的战利品放到主人的脚下。萨特尼纳斯许诺永不忘记他的忠诚。后来,在这部戏剧的主要情节展开之前,泰特斯叫他的儿子们"要"像他那样"小心侍候皇上"。(《莎士比亚全集》[四],页533)

内战的伤害及其治疗方法这一极具政治性的主题在该剧的末尾再次出现。罗马处于动乱之中;泰特斯的儿子路歇斯·安德洛尼克斯为了安全曾逃到哥特人那里,现在带着一支军队归来(类似于从布列塔尼回来的里士满伯爵)并作为唯一可能的王位继承人活了下来。[140]下面是玛克斯向人们介绍他的侄子、未来的皇帝路歇斯所说的话。

> 你们这些满面愁容的人,罗马的人民和子孙,巨大的变乱使你们分裂离散,像一群惊惶的禽鸟,在暴风中四散飞逃;啊!让我教你们怎样把这一束散乱的禾秆重新集合起来,把这些零落的肢体团结为完整的全身;否则罗马将要自招灭亡的灾祸,那曾经为强大的列国所敬礼的名城,将要像一个日暮途穷的破落汉一样,卑怯地结束她自己的生命了。(第五幕第三场,67 – 76 行;《莎士比亚全集》[四],页 596)

路歇斯,这位被选出的皇帝,说道,

> 但愿我即位以后,能够治愈罗马的创伤,拭去她的悲痛的回忆!(147 – 148 行;《莎士比亚全集》[四],页 599)

玛克斯的演说具有高度的政治内涵,渗透着我在第一章论述的宇宙意识和第二章里描述的内乱的恐怖。暴风模仿的是国家的骚乱,国家是以一个人的身体结构的形象出现的。罗马必须停止自招灭亡,就像后来说的英国将永远不会惧怕外国敌人,只要它"真实地对待自己"。

从《泰特斯·安德洛尼克斯》的政治主题很自然地可以过渡到我的下一个关注点:这部戏剧与《亨利六世》上篇的相似性。首先,我要回到泰特斯向新皇帝表示效忠的地方(第一幕第一场,[四],页 518 – 519)。接着,具有讽刺性的是,巴西安纳斯劫持拉维妮娅后的大吵大闹。这一模式在《亨利六世》上篇的第三幕中重演。那里塔尔博向刚在巴黎即位的亨利六世效忠,以同样的方式将战利品放在国王的脚下,这之后便是约克家族与兰开斯特家族两派人的争吵。泰特斯与塔尔博其实是同样的角色,即公正无私的英勇战士、皇家主人的忠实仆人,尽管泰特斯的年纪要大许多。泰特斯的疯癫则接近于基德(Thomas Kyd)的西罗尼莫(Hieronymo),不过他在清醒时还是个年长的塔尔博。在这些剧中又是一个女人迷惑了皇帝或国王,挫败了战士英雄的良好计划。[141]塔摩拉实际与贞德不是一样的角色,她是一个坏女人、外国人、泰特斯的首要敌人。贞德也是塔尔博的邪恶天才。塔摩拉通过诱惑萨特尼纳斯施展邪恶,但对后者并不忠诚。贞德蛊惑法国太子查理,但在她被处死前承认通奸。我认为这两部戏剧应该是写于同一时期。

《错误的喜剧》和《泰特斯·安德洛尼克斯》显示出它们的作者很有野心。如果他的《亨利六世》上篇也是写于这一时期,他的野心范围又扩大了。这里我们看到一个年轻人尝试三种了不起的文学形式:古典喜剧,塞内卡悲剧,以及为迎合他那个时代的政治倾向而选择的高度严肃的历史剧。我们发现他不是其他人的聪明学徒和修补匠,而是一位原创诗人,受过教育,自信满满,已经致力于诗歌创作;经历过任何伟大艺术家都要经历的阶段,不仅在成熟的作品上可比但丁和弥尔顿,而且在展开其一生作品的方式上也与他们相近。

显然莎士比亚早年的严肃思想中的精华大都是政治方面的,不然他不会花那么多精力在历史四部曲上,即《亨利六世》上中下篇和《理查三世》。但是政治出现在本不需要它的《错误的喜剧》和《泰特斯·安德洛尼克斯》里则表明,他对政治的兴趣有多么强烈。这在那个时代奇怪吗,还有其他的可能吗?

一个年轻人,无论多有创造的天分,也只能在其时代所流行的那些问题中选择其主要兴趣。莎士比亚成熟时期有哪些兴趣会吸引一个聪明而受过良好教育的年轻人呢?那时有对法律的兴趣。1567年马卡斯特(Malcaster)翻译了福蒂斯丘(John Fortescue)的《英格兰法律之荐》(*De Laudibus Legum Angliae*),1583年史密斯爵士(Sir Thomas Smith)的《英格兰王国》(*De Republica Anglorum*)出版。虽然胡克(Richard Hooker)的优秀作品直到1590年后才出版,他当时大约比莎士比亚年长十岁。莎士比亚成长的年代对于思考法律的本质十分有利。那还是数学的年代,有贝克(Matthew Baker)、迪（John Dee）、哈里奥特（Thomas Harriot）和布鲁诺（Giordano Bruno）访英。1596年出版的霍金斯爵士（Sir John Hawkins）的《他的旅行的真实宣告》(*True Declaration of His Voyage*)和1576年出版的吉尔伯特爵士（Sir Humphrey Gilbert）的《卡塔尼亚新航程报告》(*Discourse of a New Passage to Cataia*)讲的都是新航程的发现。[142]那个时代的气质并不反对一部英语版本的卡蒙斯的《卢济塔尼亚人之歌》。① 那时还有神学的争议,有意大利新柏拉图主义。不过,这些兴趣都没有人们对于政治成就的不断增长的骄傲那样强烈,人们意识到整个国家的良好发展,并能在欧洲其他地区陷入混乱的时候独善其身。英格兰正在竭力避免发生德国那样的农民叛乱和法国那样的宗教战争;在青年莎士比亚生活的时代,人们的希望逐渐转化为确定性,这一定是让那敏感的头脑极为着迷的一种经历。

那些不那么善于探索的人就把这些思想观念转化成对叛乱和内战的单纯厌恶,把伊丽莎白女王变成一个国家臻至良好状态的象征。而更具探索性的头脑虽也把伊丽莎白女王视为一种象征,但会把对于当前历史进程的兴奋感通过思考过去的类似进程以及掌控历史事件的道德原则而加以延伸。符合这一需要的有较早年代出现的政治性文学作品:教会的布道集、诸如奇克（John Cheke）写的早期新教对叛乱的谴责批判、霍尔的编年史、《为官之鉴》和《高布达克》。不过青年莎士比亚的时代那些伟大的有想象力的作家们也深受政治思想的浸染。锡德尼的《阿卡迪亚》从一个侧面来看就是一本反对内战的小册子和一部充满政治智慧的宝库;斯宾塞的《仙后》有一整个层面的政治涵义;莱利的《尤弗伊斯》(*Euphues*)对英格兰的政治繁荣及其统治者的荣耀大加赞颂。

这些内容出现在莱利的作品中尤其让人吃惊,因为人们极少会

---

① [译注]指葡萄牙诗人凯米翁（Luis de Cameons）的史诗《卢济塔尼亚之歌》(*The Lusiads*),用神奇的想象讲述葡萄牙人发现新航程的故事。

把他与这些内容联系起来看待,这同时也特别恰当,因为公认的观点是莎士比亚非常熟悉莱利。在《尤弗伊斯和他的英格兰》(*Euphues and His England*, Warwick Bond 编, Oxford, 1902)第二部分近结尾处有一部分叫做"尤弗伊斯的欧洲之杯",致敬对象是意大利的名媛淑女们。这一段大部分来自哈里森的《英国详述》,其中有一些政治段落概括了都铎王朝的神话以及当时对整个民族兴旺发达的感激和骄傲之情。

> 这个国家有很长一段时间处于内战之中,因为兰开斯特和约克两大家族为王位继承权发生多次纷争,任一方假装拥有皇室血统,结果是双方都不得不为此流血殒命。这些纷争持续很长时间,使得贵族和平民都损伤严重,他们加入不同的派系,大肆损坏这个王国,几乎在选定国王之前就将其毁掉。但是上帝不愿压迫英格兰,便终于开始抑制伤害,因为仁慈而结束那些不懂结束的恶行和不懂停止的伤害。他对英格兰的关怀是那么温柔,就像是对待新的以色列,他选出的特殊子民。这一和平由因着上帝的特别意旨而缔结的婚姻开始,一方是兰开斯特家族继承人里士满伯爵亨利,一方是约克家族确切无误的继承人爱德华四世之女伊丽莎白,如人们所言,由此红白玫瑰便正式联结在了一起。(页 205–206)

接着是对伊丽莎白的华丽赞颂,她所象征的英格兰的繁荣命运与欧陆国家形成对照,莱利的描述如下:

> 这是贞洁所成就的唯一奇迹:一个小岛国,周边地区战争纷扰,却能独享和平;法国的城墙在燃烧,英格兰的家族矗立不动;所有其他国家不是因内战而分裂,就是被外敌入侵,而这个国家既没有内部的混乱骚扰,也不受边境居民攻击的威胁,她一直在透过一颗绿宝石看着别国的纷争,不过不是笑着看。
> 上帝以其伟大的无法言表的善意让这一和平在他选出的

英格兰子民中延续。这个国家与这位君主该是多么密切相关，正因为他他们才享受到和平的一切好处：当别人挨饿时他们的粮仓丰裕；别人连银子都没有时，他们的金库充盈；别人的妻子遭受侮蔑时他们的妻子远离危险；别人的女儿被摧残时，他们的女儿贞洁无损；别人的房子被烧毁时，他们在布置自己的房间；别人的需要都无法满足时他们却充裕地享有一切。上帝将和平赐予她，因为她有同情、节制和贞洁的美德；以和平为名的上帝以其名义延续着这一和平。（页210－211）

莱利的直觉并没有将他吸引到政治上面，但他的本性中有种善于接受的敏感性。当时的流行观念征服了他，[144]并使他很有说服力地表达了都铎王朝的使命和感激于避免内战惨剧这两个主题。

这种流行观念对莎士比亚的影响大过对莱利的影响。近期的历史及其教训对莎士比亚的意义，就如同法国大革命以及与之相伴的观念理论对于华兹华斯的意义，或者是戈德温主义对于雪莱的意义。它们是外在于他、重重地刺激了他并将他俘获的重要事物。它们实际上成了他的主要兴趣，成为他那年轻的良心绝对认真对待的兴趣。根据哈特的推测，这种兴趣开始于他在北方叛乱之时听到斯特拉特福德教堂里的布道词，这一推测正确的可能性很大。他略去都铎神话中有关亚瑟王的部分，主要集中在理查二世到亨利八世的历史，这都表明他对历史更为特别的兴趣来自霍尔和《为官之鉴》，而不是斯宾塞和沃纳。我敢肯定莎士比亚年轻时读过霍尔的作品，尽管这无法证明。他使用的霍林斯赫德编年史的版本是1587年他23岁时才出版的。我无法相信他在此前都没有读过编年史，而他的另一个主要的编年史资源霍尔的作品一直不难获得。他有关早期历史的部分主要取自霍尔的编年史，而有关后来的历史则很少有具体的借鉴。看上去他似乎已经将霍尔的作品完全吸收，而不必再向其求助。此时霍尔的思想已经成为他的思想的一部分。除此之外还有《为官之鉴》的流行和影响。最后，莱利的作品中有一段话非常像霍尔对都铎王朝之前英国历史的观点摘要，这说明这些观点的持有者是莱利所属的少数受教育阶层。莎士比亚年轻时作为一个戏剧家是否能够接触到这一阶层，我们并不清楚。不过至少他很可能了解他们的观点。所有这一切——早期印象、年轻时的阅读、分享当时最优秀的文人生活的野心，都可以解释他致力于历史主题的原因。

不过，对一个年轻人的思想最有力的外在控制不总是具有最稳定的影响。本书虽然主要关注莎士比亚如何将高度政治性观点转化为诗歌与戏剧，但一个附属的而且本质上更为重要的主题是莎士比亚如何避免或者转化高度政治性的动机。[145]一个人总会意识到，他的正统自我，即那个对自己和外部世界所呈现的表象，可能并不是那个真实的自己。他可能会更多地发现自己的本性，并因此而改变主要兴趣；他也可能会重新修订对于自己年轻时特别感兴趣的各种外在事物的估量尺度。关于这类事物，我提到过法律、数学和旅行。还有一件更有力量而且对莎士比亚影响更大的事，我故意在总体上将政治主题讲完才提到它。这就是有关教育或"教养"的观念。以莎士比亚改编的形式表现的政治主题，具有典型的英国特色。英国因为有着上佳的运气而享有良好的位置所以使得一套通用规则获得了独特的生命活力。教育观念是伟大的文艺复兴主题，对于基督教徒和廊下派、国教徒和天主教徒同样适用，既可以转译为了解自己的概念，也可以是牺牲生命来获取的目标。它与政治主题一起在莎士比亚成长时期的三位伟大的想象性艺术家的作品里具有相当重要（假如不是最重要）的位置：锡德尼、斯宾塞和莱利。锡德尼的《爱星者与星星》（*Astrophel and Stella*）主要是通过爱情的暴风般激烈经历有意识地进行自我教育的故事。《仙后》的目的也是教育性的：绅士的养成。莱利的《尤弗伊斯》更明显地表达了《爱星者与星星》的主题。《坎帕斯佩》（*Campaspe*）（与后来的《爱德华三世》一样）表现了一位国王在受到教育后摆脱欲望。

尽管政治兴趣是莎士比亚早期作品里最明显的特点，而且他的表达具有最为严肃的外表，有关教育的主题也出现了不止一次。在

《驯悍记》里一个男人教育一个女人,《爱的徒劳》里四个女人教育四个男人。两部剧里这一过程都是轻松而富于喜剧性的。不过到后来莎士比亚开始让教育的主题与政治主题并行,并最终超越政治主题的重要性。《亨利四世》里对国王的教育是条主线;《李尔王》的首要主题是教育李尔认识自己和别人。

最后,莎士比亚早期作品还有非常不同的另外一面,这一面与政治或教育的重大主题都没有关系。对于年轻的莎士比亚来说,英国的政治主题、她过去的历史和现今的荣耀,[146]实际上是最具有表面严肃性的主题,也是他以为自己最关注的问题。但是也不妨冒险提出,从另一个意义上讲,当莎士比亚不顾当时政治和教育思想的外部压力,将亚马多那考究到夸张的散文——

> 这一边是冬天,这一边是春天;鸱鸮代表冬天,杜鹃代表春天。(《莎士比亚全集》[一],页659)

与下面两行超越时间的抒情诗放在一起:

> 当杂色的雏菊和蓝色紫罗兰开放
> ……
> 当一条条冰柱檐前悬吊(《莎士比亚全集》[一],页659 - 660)

莎士比亚也是十分严肃认真的。历史剧的政治观念引人关注的原因之一是它们距离我们很远而且内容奇特。教育的主题,尽管是千年不变的旨趣,与我们的距离也有点远,因为我们和文艺复兴时期的人相比,对它不再抱有那么多的幻想。但是当宫廷求爱的奇妙混乱过后,莎士比亚突然让我们看到少女们在漂洗夏季的衣裙,汤姆把木块向屋内搬送,我们不加思索地想到,这就是生活啊;那时的生活,也是现在的生活。此时此刻莎士比亚已经舍弃了他的正统自我。

这绝不是说他的正统自我不是一件相当了不起的事。

第二章　最初的历史剧四部曲

1. 前言

[147]《第一对开本》中有十部戏剧以英国历史为主题。它们的分布有种奇特的规律性。首先,是由四部密切相关的戏剧组成的序列:《亨利六世》的上中下篇和《理查三世》。接着是一部独立的戏剧《约翰王》。然后又是四部戏剧组成的第二个序列:《理查二世》、《亨利四世》的上下篇和《亨利五世》。接着又是一部独立的戏剧《亨利八世》。如果不考虑两部独立的戏剧,我们可以进一步认为两个四部曲形成了一个单独的集合体。在《亨利六世》和《理查三世》里由始至终莎士比亚都将当前发生的事情与过去关联起来。正如霍尔在前言中所说,他让我们始终记得,"国王亨利四世是大混乱与大分裂的始作俑者和根源"。比如,《亨利六世》上篇里将死的摩提默对他的侄子——未来的约克公爵说:

> 今王的祖父亨利四世把他的侄儿就是爱德华三世的长子和合法继承人爱德华的儿子理查废掉,自己坐上王位。当他在位的时候,北方的潘西家族不服他非法篡位,就起兵拥戴我继承王位。(第二幕第五场,63－69行;《莎士比亚全集》[三],页508)

《亨利六世》中篇里,约克公爵在向萨立斯伯雷和华列克解释自己的继承权时,追溯到爱德华三世和他的(幸运数字)七个儿子们,他

郑重地将他们一一列举,并以理查二世之死为基点说明了后来英国历史的基本脉络:

> 爱德华黑王子在他父亲生前就去世,留下一个独子叫理查,理查在爱德华三世驾崩以后,承袭王位。后来刚特约翰的长子及继承人亨利·波林勃洛克继承了兰开斯特公爵的世职。他起兵篡夺了王位,废弃了合法的君王,自己加冕为亨利四世。[148]他把理查王的可怜的王后送回法国娘家,把理查王送到邦弗雷特,后来无辜的理查王就在那里被弒,这是众所周知的事情。(第二幕第二场,18-27行;《莎士比亚全集》[三],页603)

《理查三世》里利佛斯伯爵在邦弗雷特城堡等待被处死的时候,通过回想理查二世之死将过去与现在联系了起来:

> 邦弗雷特呀,邦弗雷特!你这座血腥的牢狱!贵爵王公的不祥之地,绝命之所!在你这充满罪恶的四壁之内,理查二世曾被乱刀砍死;现在,为了加深你这幽狱的恶名,我们又以无辜的血向你献祭。(第三幕第三场,9-14行;《莎士比亚全集》[四],页68)

这些主题在莎士比亚让亨利五世在阿金库尔战役之前对上帝祈祷时再次出现:

> 别在今天——神啊,请别在今天——追究我父王在谋王篡位时所犯下的罪孽!我已经把理查的骸骨重新埋葬过,我为它洒下的忏悔之泪比当初它所迸流的血还多。(第四幕第一场,309-314行;《莎士比亚全集》[三],页420-421)

此外,当《亨利五世》结尾的终曲提及下一任国王并说到早前写的序列时,莎士比亚自己似乎也在宣称这两个四部曲之间的连续性。

亨利六世在襁褓里，就加上王冠，登上宝座，君临着法兰西和英格兰。只可叹国政操在许多人手里，到头来丧失了法兰西，又害得英格兰遍地流血。既然那段事迹①常在我们台上演出，这部史剧，想必也会蒙诸君鉴赏。(《莎士比亚全集》[三]，页465)

最后半句的意思是：让我那关于亨利六世的成功戏剧使你们也喜欢上刚刚看过的《亨利五世》吧。莎士比亚不只是暗示了这两个四部曲之间的连续性，而且对自己年轻时候写的戏剧表示满意。他在八部戏剧的最后一部结尾处表示自己对所有八部戏剧负责，这一表示之所以重要，是因为它更加确认了本来就是很明显的事情：[149]莎士比亚在其早期创作中就将伊丽莎白时期人们眼中最让人振奋和最了不起的那段英国历史形成一种结构；这一结构如此庞大以致需要十年左右创作的八部戏剧来完成。这一结构的框架是他从霍尔那里借鉴来的，但是将其发展所需的持久精神能量是源自他自己的抱负以及其他作品特别是《为官之鉴》的示范。

此处没有必要再赘述莎士比亚在霍尔那里获益的细节，这些可以在贝格(Edleen Begg)和齐维尔德(W. Gordon Zeeveld)的文章里看到。② 不过莎士比亚将霍尔的素材组织成两个四部曲的灵感，有

---

① [《莎士比亚全集》译者注]指莎士比亚早期所写(或者是改写)的史剧《亨利六世》(分上、中、下三篇)，当时很受观众欢迎。

② Edleen Begg,《霍尔在莎士比亚的〈理查三世〉中的影响》(Shakespeare's Debt to Hall in Richard III,载 Studies in Philology,1935)，页189 等；Lucille King,《〈亨利六世〉中篇与下篇——哪一部是霍林斯赫德？》(2 and 3 Henry VI—Which Holinshed? 载 Publications of the Modern Language Association,1935)，页 745 等；(一项重要的总体研究)W. Gordon Zeeveld,《霍尔对莎士比亚历史戏剧的影响》(The Influence of Hall on Shakespeare's Historical Plays,载 English Literary History,1936)，页 317 – 353。还可参见 A. P. Rossiter 在《杜伦大学学报》(Durham University Journal,1941)上对于一项认为是莎士比亚作注版的霍尔编年史的发现所做出的有趣猜想，页 126 – 139。

可能是因为把霍尔特别贴了戏剧标签的两段统治时期(《亨利五世的胜利成就》与《理查三世的悲剧作为》)当作了高潮和顶点,霍尔记述这两段历史的强烈风格也与其编年史的其他部分完全不同(参见前文[43、48-49]页)。莎士比亚能够以理查三世的统治为结束点是因为理查的死既完结了戏剧情节,也完成了霍尔编年史的标题:《兰开斯特与约克两大高贵典范家族的联合》(The Union of the Two Noble and Illustre Families of Lancaster and York)。

莎士比亚为什么先写了下半段统治时期,我们只能猜测其原因。也许和其他人一样,他认为恶行比美德更容易描画,地狱比天堂更容易表现,因此先把当前的精力用于表现混乱和一个大恶人,而将更困难的对完美国王的描绘留到成熟时期,可能更为安全。不过有一种对这个相当奇怪的进程非常不同的解释。这一解释很有风险也具革命性,但不能因此就不严肃对待它的可能性。像莎士比亚这样一位对事物的本质表达如此流畅的作家,很可能在年轻时期写过的很多东西都没有留存下来。他有可能写过第二个四部曲中戏剧的早期版本,包括《理查二世》、《亨利四世》和《亨利五世》,这些版本已经遗失,我们有的只是现存的这几部戏剧的版本。此外,《亨利五世的丰功伟绩》可能是一部莎士比亚有关亨利四世与亨利五世的早期戏剧的节略本,就如一种戏剧版兰姆的莎士比亚故事集。这些戏剧的最初版本写的是自亨利六世之后的历史,莎士比亚应该会对它们足够满意而不会一直修改。因此他毫无愧意地在《亨利五世》终曲里提到它们。

因此莎士比亚在其较早的四部曲中首先获益的来源是霍尔;但我们不要因此而忽视莎士比亚在这里所整合的许多不同来源。[150]正是这一出色的包容性将这些在创作上有时不成熟和效果不佳的一系列戏剧提升到了伟大的程度。我将扼要概述这些来源,并在具体的戏剧中举例说明。

首先,这一四部曲与后一四部曲一样,都比最有内涵的编年史剧要更为强烈地表现出莎士比亚对秩序或层级的意识。在内战的所有混乱背后并且因为这种混乱而更加珍贵和重要的是一种信念：这个世界是永恒法则的一部分，俗世的沧桑变化，如同斯宾塞最后的诗章中所写，是一种更伟大和更持久结构的一部分。进一步说，人世发生的事件以及人受制于永恒法则，这都是一个复杂的关联体系的一部分，因此更为牢固地联结在事物之网当中。这四部曲中第一部戏剧《亨利六世》上篇开篇的话就可以说明这一点。这话是培福公爵在其兄弟亨利五世的送葬仪式上所说的。

> 让天空张起黑幕，叫白天让位给黑夜！预兆时世盛衰、国家兴亡的彗星，望你们在空中挥动你们的万丈光芒的尾巴！用你们的尾巴鞭挞那些恶毒的叛逆的星辰，以惩治坐视先王崩殂的罪戾！(《莎士比亚全集》[三]，页471)

这里"坐视"也即"合谋导致"亨利之死的星辰指的是已经陷入混乱的英国贵族在天上的对应物。实际上，宇宙是这样一个整体，当人类国家有事发生的时候，天上也会重演这些事件。这与《特洛伊罗斯与克瑞西达》里有关"层级"的演说讲的是同样的对应关系。

> 可是众星如果出了常轨，陷入了混乱的状态，那么多少灾祸、变异、叛乱、海啸、地震、风暴、惊骇、恐怖，将要震撼、摧裂、破坏、毁灭那些曾经稳固的国家之间的和谐与平静。(《莎士比亚全集》[四]，页266–267，[译按]此处所引中译文有改动)

《特洛伊罗斯与克瑞西达》中的俄底修斯坚持的是层级的必要性，[151]《亨利六世》上篇里培福把他哥哥亨利五世视为正义的标准、他的王国中秩序的强大支撑。

这部戏剧虽然也像其余几部那样主要表现反叛、无序和灾难，但也有地方给出了层级这一美德的正面例子。亨利六世在巴黎等待加冕时接受了塔尔博对他的效忠，并授予其伯爵爵位。

> 塔尔博：吾王陛下，列位大人。我听到您来到这里的消息，

就把战事暂时停止,特地赶来向陛下致敬。我曾用这条臂膊替吾王克服了五十座城堡,十二个城市,七处坚强的城池,还俘获了五百名高级将领。为了表示我的敬意,我用同一条臂膊将我的佩剑放到王上的脚前,并以恭顺的忠忱,将战绩的光荣,献给上帝和吾王陛下。

亨利王:欢迎你,百战百胜的将军!我现在还年轻,但我从小就听我父王说你是一员超群绝伦的名将。近年来,我们更确实知道,你是赤忱为国,劳苦功高。只因迄今尚未和你见面,未能给你以应得的封赏。现在请你站起来,为了酬庸你的功绩,特封你为索鲁斯伯雷伯爵,并准你参加我的加冕典礼。(第三幕第四场,1 – 12、16 – 27 行;《莎士比亚全集》[三],页525)

任何一个伊丽莎白时期的人都会知道这一幕是在有意识地建立一种理想的规范。每个细节都暗示着一种确切而有序的安排。上帝、国王、贵族和俘虏都依照其层级得到不同的对待。塔尔博这位最后被封的伯爵将在加冕典礼上获得相应的位置。俘获的事物或人的数量表明了精确的意义。亨利与他以往的行为不同,这次做出了非常正确的事;与历史的事实完全相反(他在亨利五世死去时只有九个月大),[152]亨利因为完美国王——他的父亲的判断即刻变得生动起来。

不过,关于秩序原则的最有效果的表达出现在一段偶然成为《亨利六世》上中下篇三部剧中最有名的段落里,这就是亨利后悔自己生为国王而不是牧羊人时悲伤的独白。

上帝呵!我宁愿当一个庄稼汉,反倒可以过着幸福的生活。就像我现在这样,坐在山坡上,雕制一个精致的日晷,看着时光一分一秒地消逝。分秒积累为时,时积累为日,日积月累,年复一年,一个人就过了一辈子。若是知道一个人的寿命有多长,就该把一生的岁月好好安排一下;多少时间用于畜牧,多少时间用于休息,多少时间用于沉思,多少时间用于嬉乐。还可以计算一下,母羊怀胎有多少日子,再过多少星期生下小羊,再过几年可以剪下羊毛。这样,一分、一时、一日、一月、一年地安安静静度过去,一直活到白发苍苍,然后悄悄地钻进坟墓。呀,这样的生活是多么令人神往呵！多么甜蜜！多么美妙！(下篇第二幕第五场,21–41行;《莎士比亚全集》[三],页727)

这是一段美妙的文字,堪当其名。但这段话出名的原因部分是由于它很容易进入选集,部分是因为它差点就从《约克公爵理查的真实悲剧》中被删掉了,人们曾经以为那部剧是莎士比亚创作《亨利六世》下篇的基础,现在已经证明它只是这部剧的一个盗印版本。因此这个段落显然看来是对老剧本的增补,因此确实是莎士比亚写的,可以没有尴尬地读解它。实际上,当人们把这个段落仅仅看作是莎士比亚后来添加的一个想法时,它的全部意义、整体的感伤与反讽是没有得到发掘的,对它的阐释可以写成一卷美文。这段话发生的背景是套顿(Towton)战役,兰开斯特家族的人遭遇最血腥的失败,莎士比亚从所有战役中选择这一场作为对内战所有恐怖的最强例示。亨利被他可怕的王后和暴躁的克列福"从战场上骂出来"(《莎士比亚全集》[三],页727),[153]因为他会带来厄运。然而就在他的独白之后,他看到了最为恐怖的两个景象,先是一个儿子发现自己杀死了亲生父亲,接着是一个父亲发现自己杀死了亲生儿子。亨利的独白必须放在这种混乱的背景之下考察。它的意义,并非如脱离语境自然所想到的那样是有点抒情的逃避思想,而实际是亨利对一个有序生活的向往。牧羊人这种有序的生活与他作为国王应该维护的庄严秩序相比,是一种卑微小事。但是它却代表了层级的伟大原则,同时也引出了亨利的个人悲剧:他那值得敬佩的意图与将其实现的彻底无能。

对同一思想的另一处明确表达是《亨利六世》中篇里杰克·凯德的无法无天与肯特郡绅士艾登完美的节制和纪律之间的对照。凯德公开吹嘘说"我们只有乱到头才有秩序,这就是我们的阵势"。一切层级都将被拉平:

以后在我们英国,三个半便士的面包只卖一便士,三道箍的酒壶要改成十道箍。我要把喝淡酒的人判作大逆不道,我要把我们的国家变成公有公享,我要把我所骑的马送到溪蒲汕市场那边去放青。……我要取消货币,大家的吃喝都归我承担;我要让大家穿上同样的服饰,这样他们才能和睦相处,如同兄弟一般,并且拥戴我做他们的主上。(第四幕第二场,70-75、78-82行;《莎士比亚全集》[三],页650)

在自己的花园里抓住并杀了凯德的艾登是一个有象征意义的平面人物,与反叛者的现实主义形成精彩的对照。艾登对自己在社会等级结构中的位置十分满意,他和任何一位十八世纪的道德家一样,对于生活在中庸位置的美德洋洋自得。他在花园里用下面的独白向我们介绍了自己:

我的天主,一个人能在这样一个幽静的花园里散散步,谁还高兴到官廷里去过那营营扰扰的生活?我对于父亲留给我的这份小小的产业深感满意,我看它赛过一个王国。我并不想利用别人的衰落来使自己兴旺;我也不愿意钩心斗角来增加财富。我只求维持住我的产业,能够赒济赒济穷人,就心满意足了。(第十场,18-25行;《莎士比亚全集》[三],页668)

这一段独白虽然充满自负,但却相当严肃地要为凯德扰乱的秩序重立规范。

[154]与四部曲中秩序的主题同样强烈的还有对于历史进程中因果关系的持续强调。莎士比亚接受了霍尔与《为官之鉴》里的整体理念。前面引用的有关理查二世之死的段落除了说明两个四部曲在观念上的连续性,也说明了这一点。不过莎士比亚一次又一次地在重大事件发生时试图明确事件之间的相关性。因此在《亨利六世》中篇里,葛罗斯特在被杀之前认为他的死会给这片土地带去重大灾难,让国王遭到毁灭。他对亨利说:

> 我知道他们的阴谋是要断送我的性命。如果我死之后,我们的岛国能够享受太平,他们的倒行逆施能被揭露,那我就死而无怨了。只怕我的死亡还只是他们所要演出的戏剧的序幕,他们还有无穷的诡计,暂时还未露痕迹,不等到——搬演出来,他们所计划的悲剧是不会结束的。(第三幕第一场,147-153行;《莎士比亚全集》[三],页618)

在提到他作为王国的护国公、支持亨利的少数人所做的一切时他补充说道:

> 哎!亨利王上的腿脚还没硬实以前就把拐棍扔掉了。你身边的牧羊人被赶走,豺狼们马上要争先恐后地来咬你了。哎,但愿我担心错了!哎,但愿如此!亨利我的好王上,只怕你是危如累卵呵。(189-94行,《莎士比亚全集》[三],页620)

此外,安佐的玛格莱特王后不只是一个意志强大、令人挠头、作为复仇怒火的戏剧角色而存在的女人,内战也因为她的韧性而拉长;她在这一连串事件中有其明确的位置。她与亨利六世的婚姻从一开始就是一场灾难,使兰开斯特家族与约克家族之间原本将要平息的纷争被逼到了危急的关头。爱德华四世在约克公爵面前对她说了下面这些有关亨利婚姻的话:

> 如果亨利配上一门门当户对的亲事,他一定能把父亲的荣誉保持到今天。可是他却娶了一个穷光蛋女人,让你的穷爸爸沾了这门亲事的光,从那攀亲的日子起,连阳光都为他酝酿着一场暴雨,[155]这场暴雨把他父亲在法国的产业冲洗干净,在国内也给他的王位带来很多动乱。就拿这场战事来说,若不是你目中无人,何至于立即爆发?如果你是个谦逊的人,我对继承王位的问题原可以暂时搁起,我们可怜那国王软弱无能,原是可以忍耐一个世代以后再说的。(下篇第二场第二幕,10-16行;《莎士比亚全集》[三],页722-723)

虽然有很多例子可举，但太多例子会过于单调乏味。提一下其中最复杂精妙的例子即可。在博斯沃思战事前夜惊吓理查和安慰里士满的鬼魂不仅仅是敌人或朋友，而是导致理查的惨败、通过红白玫瑰的联合将英格兰的命运导入兴盛之途的原因集合。

莎士比亚对于因果链条的兴趣要大过对于历史重复自身，因而我们可以过去为鉴应对现在的观念。不过后面这些主题并非不存在。比如在《理查三世》里玛格莱特王后打断了理查对伊丽莎白亲属的嘲骂，她诅咒她的敌人要遭受自己曾经遭受的灾难，就好像历史的重复是很有可能的。她对爱德华四世的妻子伊丽莎白王后说道：

> 我子爱德华过去是太子，你子爱德华今天被立为太子，我咒他同样夭亡，死于非命！你是王后，而我也一度是王后，看你荣华享尽，到最后，也和我一样同遭困厄！我咒你苟延残喘，为了儿女夭折而终日以泪洗面！今天我见你荣占我位，愿你来日也眼见旁人僭替你位！（第一幕第三场，199－206行；《莎士比亚全集》[四]，页26）

在内战整个过程的背后是那个非常重要的（总是暗示但很少直接说明的）教训，即当下必须从过去中得到警示，毫无保留地杜绝一切内部纷争。比如下面这个例子是威廉·路西爵士认为约克拒绝帮助塔尔博是因为他嫉妒萨穆塞特：

> 当悖逆的鸷鸟啄食大将的胸膛的时候，却有人高枕而卧，无动于衷。[156]深得民心的亨利五世老王，他的尸骨未寒，他挣下的基业却将轻轻断送。将军们争吵不休，生命、荣誉和土地都付诸东流。（《亨利六世》上篇第四幕第四场，47－53行；《莎士比亚全集》[三]，页536）

《理查三世》里有一场较短的戏（第二幕第三场），这种戏在现代的演出中会被略去，它没有推动情节的发展因而可以不予保留。这一场戏在有限的内容里集中体现了都铎时期有关于历史的普遍观念。这场戏是三位市民对爱德华四世之死做出的唱和式评论。第三位市民是一个悲观主义者,认为"天下不会太平了",并引用了一句警句:

> 国家由一个孩子来治理就糟啦!(《莎士比亚全集》[四],页51)

另外两位则更加乐观,第一位希望历史重演,从而爱德华五世在位的前几年能像亨利六世统治前期那样有培福和葛罗斯特这样的叔伯"使国政昌明,朝议严正"。但第三位市民否认了这一类比:爱德华的叔伯与亨利六世的完全不一样。他害怕会发生最坏的情况,不过也补充道:

> 一切还会好转,那除非上天有意这样安排,我们并无这多福分,至于我个人,也许想也不敢想呢。(《莎士比亚全集》[四],页52)

换句话说,一个国家的动乱是上帝对其罪责的惩罚。他那矛盾的感觉是有预见性的:上帝既惩罚了这片土地,又通过里士满伯爵让一切恢复安宁。莎士比亚明确地把里士满塑造成了上帝的特使。

贯穿《为官之鉴》的严肃主题——一位重要但犯错的政治家的坠落在第一个四部曲的最后两部戏剧里最为明显。在前两部戏剧里塔尔博和葛罗斯特的亨弗雷具有很强的个体性,也太过高尚,因而无法适用那部诗作的模式。但在第三部戏剧里约克公爵理查的悲剧庄重上演,《理查三世》里《为官之鉴》的动因也强有力地显现出来。克莱伦斯因其发了假誓而死,而勃金汉公爵的命运其实可能是莎士比亚对《为官之鉴》里最著名部分的影射:萨克维尔创作的部分。在第四幕第四场开头玛格莱特王后说:

> 正是丰硕之果将熟,一口口被吞进那丑恶的死神之腹。我

在这国境内偷生潜行,窥伺着仇人们凋零衰落。[157]我亲眼见到了险恶的风云四起,①如今且去法国,盼望着从隔岸挑起祸端,带来同样惨痛的黑暗终局。②(《莎士比亚全集》[四],页94)

induction 与 tragical 这两个词有可能是暗指萨克维尔的《序幕》和《勃金汉公爵的悲剧》,尤其勃金汉公爵的坠落还是下一场戏的主题。勃金汉公爵承认自己犯了叛逆罪,发了假誓,并承认自己落到如今的田地是应得的——

  害人终于害己,责人者只好自责。(《莎士比亚全集》[四],页114)

他这种态度与《为官之鉴》的道德原则完全相符。

  有关莎士比亚在四部曲中涉及的世界秩序和历史进程的观念就说到这里。这些观念在编年史剧里很少出现,并且似乎是一个特定的受过教育阶层人们的思想,将莎士比亚与查普曼、丹尼尔和海沃德爵士联系起来。他对他们的利用说明了他偏向学院派的一面,这一面在他早些年十分显著。这对于他的历史剧的意义就如同普劳图斯的形式对于《错误的喜剧》的意义,或是塞内卡与奥维德的元素和常规对于《泰特斯·安德洛尼克斯》的意义。

  不过莎士比亚在其第一部历史剧四部曲里不仅表现出学院派的一面,他还是一位受大众欢迎的戏剧家。这并不是说大众会反对他有关历史的高级观点;只要同时得到了他们所期待的东西他们也会乐意对他表示钦佩。他们无疑正是这样做的。首先,对这种流行的素材,有那种我有时称作希登斯有时称作霍林斯赫德的处理方法:对纯粹事实的传达。尽管莎士比亚是以明白易懂的结构看待历

---

① "A dire induction am I witness to。"
② "Will prove as bitter, black, and tragical。"

史,他把惊人数量的纯粹历史事实浓缩到了一种流行和生动的形式之中。实际上他可以与《理查三世的真实悲剧》的作者给出几乎同样丰富的信息,后者的引文在前面出现过(原文页[100])。比如,下面是《亨利六世》中篇里约克公爵开始讲述他对王位的继承权所基于的谱系根据:

> 事情是这样的:当年爱德华三世老王有七个儿子。长子是爱德华黑王子,封为威尔士亲王;次子是哈特费尔德威廉;[158]三子是里昂纳尔,封为克莱伦斯公爵。下边一个是刚特的约翰,封为兰开斯特公爵。五子是爱德蒙·兰格雷,封为约克公爵;六子是伍德斯道克的托马斯,封为葛罗斯特公爵。温莎的威廉是第七个也是最小的儿子。(第二幕第二场,10-16行;《莎士比亚全集》[三],页603)

似乎当时有一种对此类纯粹史实的普遍需求。除了表达这一绝对事实之外,莎士比亚相当成功地将比其他戏剧家更多的编年史素材变得让公众喜闻乐见。

莎士比亚在阐明庞大的流行政治主题和内战的恐怖以及赋予其戏剧人们需要的本国至上主义语气等方面,也满足了大众的品味。贞德是个足够坏的女人,安佐的玛格莱特是个很有意思的王后;一个英国人抵得上一定数量的法国人;法国人既自负又薄情,这都是为了满足大众的情绪。

最后,莎士比亚偶尔会提供一些让人惊讶且无关痛痒的逸事,以满足人们对此的兴趣;这就是那些哗众取宠但戏剧本身并不需要的片段。比如《亨利六世》上篇第二幕第三场奥凡涅伯爵夫人邀请塔尔博到其宅邸以加害于他,塔尔博吹响喇叭把随行士兵唤来救了自己;《亨利六世》中篇第一幕第四场波林勃洛克这个巫师在葛罗斯特伯爵夫人的命令下召唤鬼魂。

综上所述,莎士比亚早期的尝试已经在有关历史的领域超过了编年史剧。

在有关都铎王朝历史的来源里，有类似于傅华萨并在莫尔和卡文迪什作品中表现出来的特点：戏剧的鲜活生动和与事件的贴合性。这种特点出现在莎士比亚第一个历史剧四部曲中；不过他究竟在多大程度上受益于伯纳斯译的傅华萨作品和理查三世与沃尔西主教的生平，又在多大程度上受益于他自己的戏剧趣味，是无法估算的。① 不过与其关注他从哪里获得这一特色，不如说这一特色应该存在于他的作品中更为重要。当然那些肢解其作品的人每当想要在一大堆残片中搜寻莎士比亚的真作片段时，正是利用这一特色；他们在诸如《亨利六世》上篇里红白玫瑰结仇的第一次宣告和《亨利六世》中篇的杰克·凯德场景中找到了它。赞美这些场景并认为它们是典型的莎士比亚创作并没有问题，但是把它们突出强调并作为标准来判断整个四部曲就是非常错误的。它们让四部曲更加丰富，但综合看来却是一种例外。

要纠正这种错误的强调我们必须考察第一个四部曲里的另一种特色：形式主义与对风格的效仿。这是从道德剧继承而来的有些古老的特色。但它确是诗歌的全部精华得以表现的媒介。当我们看到一种对事件不自然、过分风格化的展示，或是一种做作的讲话结构，我们不能只把它当作一种古风的重现，我们应该承认它们具有当下的生命力并将其作为戏剧的标准。实际上我们必须暂时成为坚定的亚里士多德派，相信戏剧的灵魂在于情节而非人物。杰克·凯德场景的现实主义不是它们的关键点，而是一种附加的丰富性。它们的关键点是要形成一半的结构，另一半则由艾登那无可非议的秩序性完成。我们容易赞美凯德场景很真实，并嘲弄艾登像个木偶，但其实我们应该把赞美和批评融合为对这个容纳一切的风格主义作品的欣赏。同样地，亨利六世坐在小山丘上看着套顿战役时怀旧的悲情片段被孤立为无聊且非人性的语境中一篇诗意和"人

---

① 关于傅华萨对莎士比亚的影响，参见 R. M. Smith 的《傅华萨与英国编年史剧》和 J. Dover Wilson 在自己所编《理查二世》版本里的序言。

性"的创作。实际上这个片段脱离语境也就失去了大部分优点,除了父亲杀儿子、儿子杀父亲的那场可怕的戏之外。那场戏表达了一种传统的主题;这些行为被布道集的作者们、被霍尔、被《为官之鉴》的作者们都选为内战恐怖的最清晰象征。莎士比亚笔下的父亲和儿子是与艾登一样的平面人物;他们不会出现在其他地方。他们代表的是传统的重要类型,现实主义记述将是不虔敬的表现。他们构成一种戏剧场景,虽然讲话,却接近于一场哑剧表演。他们的平面化在很大程度上加强了懦弱国王那无效的人性。第一个四部曲中最动人的场景是《理查三世》里鬼魂在睡梦中拜访理查三世和里士满伯爵,这可能也是结构最为严格、最不现实的场景。还有什么比两个帐篷的并置和每个鬼魂经过时的礼拜式吟唱距离现实更遥远的呢?[160]但要因此而反对这场戏就像是指责埃斯库罗斯的《欧墨尼德斯》(*Eumenides*)缺少欧里庇得斯的《厄勒克特拉》(*Electra*)的现实主义心理描写一样愚蠢。当这一原则得到领会和认可,这个四部曲就会比一般所认为的更加具有确实性和可信性。

不过如果说道德剧促使莎士比亚在第一个四部曲里采用形式主义方法,那么它还提供了一个流行的主题;这个主题超越但并不妨碍他从霍尔那里获取的主题。这些戏剧里都没有主人公。原因之一是有一位没有给出名字的主角在四部戏剧中占据着首要位置。这就是"英格兰",用道德剧的说法就是"国家"。就如仅在序曲中出现过的"伦敦"是威尔逊的《伦敦的三位爵爷与三位夫人》(这部戏剧更像是道德剧而不是伊丽莎白时期的成熟戏剧)中的主人公,英格兰尽管作为一个角色被排除在外,实际上却是莎士比亚第一个四部曲的真正主人公。她因为没有真实地面对自己而几乎遭受毁灭;屈从于法国的巫术,在思想上处于分裂。但是,尽管上帝惩罚了她,但还是可怜她并最终降福允许她内部被压制的善者坚持其权威,修复了她的健康。我将这一线索的细节放在后面对各部戏剧单独讨论的部分中说明。莎士比亚在第二个四部曲的前三部戏剧里如何将这个"国家"的线索发展并丰富起来,也将在后面详述。

最后一点，莎士比亚通过在一部戏剧里种下下一部戏剧要生根发芽的种子以及不断在后面的戏剧中提及前面戏剧中的内容，增强了道德剧和霍尔所创造主题的结构统一性。《亨利六世》上篇里他适度但有力地强调了约克家族与兰开斯特家族的第一次冲突、波福主教与护国公葛罗斯特公爵的对抗，这将是第二部戏剧的主要主题。《亨利六世》中篇里安佐的玛格莱特很重要，但她一直居于其他人物的附属地位，从而为她成为第三部戏剧的主要人物做好准备。同样地，约克公爵在第一部戏剧里隐约出现，在第二部里聚集了力量，在第三部里死去，同时理查·克鲁克拜克的残忍与虚伪在第二部戏剧中隐约显现，在第三部里强烈展开，在最后一部里超过限度导致毁灭。

尽管在创作上有很多不平衡之处，堆积了大量的历史事件（其中有些纯属多余），莎士比亚在其第一个历史剧四部曲里做了出色的规划，[161]这让人想起哈代的《列王》(Dynasts)。当我们考虑到其他戏剧家在架构能力上有多么不足，我们只能推断说这显然是他天赋具有的一种能力。莎士比亚绝不是一个杂乱无章的天才，他在某个层面是个天生的古典主义者。

我将在阐释各部戏剧的其他特点时一并说明这种结构的细节。

2.《亨利六世》上篇

我完全同意那种逐渐盛行的观点，即莎士比亚是这部戏剧的作者。如果它在风格上有些犹疑和变化，这并不让人惊讶。假如一个年轻人尝试一项大事，一项超越其年龄的事，当他自己的灵感枯竭时就会模仿别人的东西。这部剧里的一些韵文与该四部曲的其他韵文一样，都属于那个时代普遍的、鲜有差异的戏剧惯用语，就是那种正在被书写的东西。莎士比亚知道它们是非常自然的。为什么他要和其他诗人都不一样、应该即刻发现自己的所有才能呢？没有人因为《田园诗》(Pastorals)没有自始至终地表现出蒲柏完美的明确无疑的天才而质疑这是他本人的作品。也没有人挑出那些最具蒲柏特色的诗行并推断这些诗行是他的一部失传作品中的内容。这种处理方法只用于对待莎士比亚。当然我们不能肯定一部历经三十多年才出版的手稿与作者当初创造时的字字句句都完全一样。但是第一对开本的编辑们认为这部剧是莎士比亚的作品。既有此证据,另一方就只有拥有某种确实的证据才可以予以反驳。除了第一对开本的这一证据,能够有力证明莎士比亚作者身份的证据还有这部剧成熟的结构。他同时代的戏剧家都做不到这一点。稳定的政治旨趣则是另一个证据。

我也不认为《亨利六世》上篇写于中下篇之后。认为上篇写作时间晚的一个证据是亨斯洛的日记在 1591 年 3 月 3 日时提到《亨利六世》中篇的"新"("ne" or new)。亚历山大认为这个记录很可能指的是另一部剧(《莎士比亚的〈亨利六世〉与〈理查三世〉》[*Shakespeare's* Henry VI *and* Richard III, Cambridge, 1929],页 184 – 85)。除了它在风格上的不成熟,[162]它本身作为一个更大有机体的一部分,有力地证明它完成于较早的时间。上篇与中篇在结构上的不同是一个整体规划内部重要且有意安排的对照,而在上篇里刚刚成形的人物在中篇的展开与其最初形态完全一致。

亚历山大还认为该剧结尾萨福克伯爵去接安佐的玛格莱特是将此剧与中篇连接起来的后续补充想法,对此我也不赞同。这些场景与中下篇最后的场景具有同样的功能,即暗示下部戏剧的开场场景。它们都表明这个四部曲是一个有机的整体。

除了不愿意承认莎士比亚也有写得不好的时候或是在不成熟时期也和其他戏剧家一样这种奇怪的情绪之外,人们反对莎士比亚是该剧作者的主要原因是他对待贞德的方式。绅士一样的莎士比亚可以如此不绅士以至于把贞德写成一个让人难以忍受的人而不是圣人。这就像是要论证莎士比亚不可能写了《约翰王》因为他没有提到《大宪章》。英格兰接受法国人对贞德的看法并在《大宪章》中看到了我们的自由的开始,这的确应该是很了不起的,但是这些事发生在更靠后的时间,属于"1066那一切"那段历史,伊丽莎白时期的人对此一无所知。对伊丽莎白时期的人来说,法国可不意味着圣人,而意味着动乱、宗教战争、政治阴谋,最突出的事件是圣巴塞洛缪的大屠杀。并不是说现代人就可以享受莎士比亚对待法国人(包括贞德)的方式。但他们在《亨利五世》里也是如此之坏(此时年纪更大也就更难辞其咎);任何以贞德为理由反对莎士比亚是《亨利六世》上篇作者的观点也适用于中篇。让人感到有些安慰的是,他在《汤玛斯·莫尔爵士》中把外国人作为平常人来对待。贝茨(George Betts)说驱逐伦敦的外国人对贸易有好处,莫尔回答说:

> 假设把他们都赶走了,你的责骂声
> 响彻整个英格兰地区。
> 想象一下你看到那些可怜的陌生人,
> 背上背着他们的孩子和破烂行李,
> 沉重地走向港口和海岸,准备坐船离开——(第二幕第四场,92—96行)

但是这些是可以看到和听到并作为个体的外国人。[163]作为整体的法国人则按照其他标准来判断。

《亨利六世》上篇是一个有抱负有思想的年轻人的作品,他有规划的能力,但在具体的写作上还不足以完成一部伟大的作品。他的写作风格落后于其丰富的想象力,后者将大量不成形的历史素材规整为高度有序的结构。剧中人物都经过了深思熟虑,前后一致,不过他们都是由一种外部力量而非自我推动的游戏中的正确棋子。他们会时而显露出特别生动的活力,从长远看,也几乎满足我们对于年轻的莎士比亚所能够有的期待。

假如这部剧叫做《塔尔博的悲剧》,可能更容易被大众注意到,因为他们很自然地发现很难记住《亨利六世》的哪一部是哪一部,以及贞德或杰克·凯德、玛格莱特用纸王冠加冕约克公爵都发生在哪里。如果我们需要某些东西来区分这部剧,那么就让我们给它立此标题吧。因为无论是这部剧还是其余三部剧里都没有常规的主人公;其真正的主人公是道德剧式的英格兰或国家,这在前面的部分里已经说过。因此为每一部戏剧加一个平淡的皇家标题比用似乎是最重要的人物或事件来命名它们,更加接近这些戏剧的实质。

与道德剧主人公一起出现的,是神的介入的假设。这部剧的主题是对犯了罪并遭受某种法国巫术诅咒的英格兰的考验。英格兰由一位伟大而忠诚的战士塔尔博守护着,他也是巫术伤害的主要对象。假如英格兰的管理者们都像他一样,他就会成功地抵抗外敌并拯救英格兰。但是他们分裂并内斗,因为这种分裂塔尔博死了,英格兰向衰落迈出了第一步,诅咒也变成了现实。国家遭受了第一次可怕的伤害。

正如在文学里经常发生的那样,起初最为棘手的事物最后被证明是最有启发意义的。贞德的几幕场景因为让人不快而被拒绝认为是莎士比亚的手笔,[164]但它们却是整体情节的线索。上篇一开始就有对这些场景的暗示。第一场里爱克塞特评论亨利五世的葬礼时说:

> 嘿,难道我们只对那些断送我们荣光的灾星诅咒一番就算完事了吗?倒是让我们认真想一想,那些狡诈的法兰西巫师们,因为畏惧先王,竟然使用妖术和符咒来夺去他的寿算,他们的这个罪该怎样惩处才好!(《莎士比亚全集》[三],页472)

只有记得星辰的影响与巫术在伊丽莎白时期的整体宇宙观中的位置,才能理解上述引文与这部剧的关系。① 尽管这两者在人们眼中影响很厉害、很可怕,它们却并非无的放矢。上帝是最终的掌控者,人的神圣一面、他的理性和自由意志不必向它们屈服。此外,上帝

---

① 我的《伊丽莎白时期世界图景》里对这一时期关于星辰的观念作了总结,参见该书页48-55。

通过星辰和恶灵达到自己的目的。因此，贞德不仅是偶然发生的巫术的一部分，也不仅是撒旦的一个古怪使者，而是上帝的一个工具，就如她自己（无意识地）在第一次出场之后对查理所宣称的：

> 我是奉了天命来讨伐英国人的。（《莎士比亚全集》[三]，页481）

除了上帝还有谁会给她这一任务？假使这句话缺少支撑，那我们可能不会做出这样的推断。但是联合各种对宇宙的指涉以及塔尔博的忠诚，就可以做出确定的推断。不仅是这部剧的第一场，第二场（贞德第一次出场）的开头也指涉天上的世界。第一段在前面引用过；法国太子查理在第二场开头说道：

> 战神这座星宿在人世间的行程，就像他在天上的行程一样，到底是采取怎样的路线，至今还没法猜透；不久以前他还照耀在英国人的头顶上，而现在我们却成为胜利者，他在对着我们微笑。（《莎士比亚全集》[三]，页477）

这些话不仅与培福关于"恶毒的叛逆的星辰"的开场白形成显著对比，而且二者合起来一起表现了上帝这一终极推动力所掌控的整个世界秩序。塔尔博在奥尔良战役前已经被贞德的非自然力量所侵扰，他对法国人的慨叹暗示了巫术的整体语境：

> [165]好吧，让他们扮神弄鬼好啦。上帝是我们的堡垒，凭着上帝的威名，让我们下定决心攀登那座石城。（《莎士比亚全集》[三]，页494）

一个现代人需要相当的背景知识才会真正注意到巫术，因此很容易忽略这样的段落，把塔尔博看作屠夫和自以为是的人而对他产生模糊的厌恶情绪。相反，一个伊丽莎白时代的人在通常严肃的语境中则会认为塔尔博的反抗是得体和高贵的。

上帝要惩罚的是些什么罪？在这些罪里，最首要的是杀害理查二世之罪，即将上帝在地上的代表杀死之罪。亨利四世受到的惩罚是不安稳的统治，但这并没有彻底赎清罪责；亨利五世因为忠诚得以享受成功的统治时期。但是诅咒一直存在：先是英格兰遭遇亨利五世的早逝，接着她就遇到了贞德的巫术。

塔尔博与贞德的斗争是这部剧的主要动机，其中引入了秩序与纷争的主题。第一场戏展示了亨利五世的葬礼并宣告他的死带来的灾难。纷争出现在温彻斯特主教、野心勃勃的恶人波福与诚实而脾气暴躁的葛罗斯特公爵、英格兰的护国公亨弗雷之间的争吵话语中。法国来的坏消息紧随其后。但是英格兰的问题并非毫无希望解决。培福立即赶往法国，葛罗斯特则在本国承担重任。

下一场戏是在奥尔良战役之前。法国人觉得将有一场唾手可得的胜利。他们会解救被萨里斯伯雷伯爵和英国人围困的小城。不过有十比一的可能是他们会遭受更多损失与混乱的失败。诗人让我们感到这就是自然的秩序、上帝的秩序，条件是英格兰要对自己真实。接着贞德登场了，耀眼的一头金发，宣称她的美来自圣母——

> 我本来生得黝黑，她却用圣洁的光辉注射在我的身上，把我变成一个美好的女子，正如您现在看到的模样。（第二幕第一场，25－27行；《莎士比亚全集》[三]，页480）

这实际上是魔鬼的作品。她迷住了查理，结果将一种本质上不属于法国人的规矩和秩序强加于他们。这一秩序是伪造的，属于魔鬼而不是神灵，这可以从查理王子用于检验贞德的宣称的单人比武里明显看出来。他被打败了，[166]而一个男人屈服于一个女人这是对层级的根本破坏。

接下来，在英国内部纷争的背景下，塔尔博与贞德之间的争斗逐渐展开。共有三个片段：奥尔良之战、卢昂之战、波尔多之战。奥尔良之战前塔尔博的士兵在贞德攻击之前就崩溃了，尽管塔尔博英勇无畏,但贞德还是为该城解了困。法国人胜利了。但此时培福带着勃艮第的同盟到来,英国一方有了新的结盟,这个小城(与历史不符地)被再次夺下。塔尔博坚持着高昂的热情,在该联盟的支持下获得了胜利。这一模式在卢昂之战中再次重复。贞德通过诡计为法国人赢得了该城。塔尔博还是没有丧失勇气。他让勃艮第公爵发誓如果不夺取该城就去死。奄奄一息的培福被担架抬进来,坚持要承担他那一份责任:

> 我决定坐在卢昂①城的前面,和你们同生共死。(第三幕第二场,91-92行;《莎士比亚全集》[三],页520)

塔尔博有了联盟,又因此而获得了胜利。该城被胜利夺取,塔尔博作为真正而高尚的秩序的象征比从前显得更为强大:

> 现在我们留下几名干练的官员,把城里的秩序整顿一下,随后就前往巴黎去见王上,因为我们的幼主和他的廷臣们都已驻扎在那里了。(126行等;《莎士比亚全集》[三],页521)

对此勃艮第再次用法国人与英国人的本质关系回答说:

> 塔尔博爵爷怎么说,就怎么办。(同前)

塔尔博接着又说到别的应做之事:

> 不过在我们动身以前,不要忘了新近逝世的培福公爵,我们得把他的丧礼在卢昂举行。(同前)

但是贞德并没有停止要祸害英国人的意思,塔尔博在前面的话之前还有句判断错误的话:

---

① [译注]Roan(单音节词),伊丽莎白时期对卢昂(Rouen)的译词(现已不再使用)。

> 我想她的老相好大概是睡着了。(同前)

在下一场戏里,贞德在卢昂城外为沮丧的法国将领打气[167],并说她还有一个谋划:她要将勃艮第从英国人的联盟里分化出来。接着,在一幕伊丽莎白时期一定是非常震撼的戏里,英国军队由塔尔博带领、挥舞着胜利的军旗走向巴黎。勃艮第及其部属走在后面,贞德将他们拦住。她对公爵所说的避免内战的那些常理,有点讽刺的是,也正是英国当时正亟需的道理,因为在奥尔良与卢昂战役的间隙发生了兰开斯特家族与约克家族在国会花园的纷争,理查·普兰塔琪纳特决心要继承公爵领地。

> 你看,颠连困苦的法兰西,现在已经遍体鳞伤,最可叹的是,这些创伤,有许多是你亲手造成的。唉,倒转你的矛头吧。你要分清敌我,不要把亲人当仇人呀。从祖国胸怀刺出的一滴血,会比千万个外国人的血流成河,更使人触目惊心。(《莎士比亚全集》[三],页523)

这对于英国来说是很好建议,但是对于法国这样常常发生圣巴塞洛缪式大屠杀的地方来说,则全不适用。让伊丽莎白时期的戏剧或《萨沃纳罗拉·布朗》(*Savonarola Brown*)的读者所熟悉的是,勃艮第很快就同意并加入了法国一方。贞德用一种后来的私生子福尔肯布里奇式的讥讽态度慨叹道:

> 真像一个法国人干的,今天吃东家,明天吃西家,说变卦,就变卦。(《莎士比亚全集》[三],页524)

与此同时,不知道勃艮第已变节的塔尔博到达巴黎,向亨利效忠。我在前面已经指出这场戏集中体现了层级的原则以及一个王国应有的秩序(见本书第[151]页)。亨利被加冕为王,紧接着就得到了勃艮第变节的消息。塔尔博随即出发再次开战。然而他所离开的这座宫殿,本应是他的根基和保障,却显现出分裂与衰弱的状况。

约克党与兰开斯特党将争吵带到国王面前,而国王没能理解这一状况的恶劣程度,轻率地为自己选了一朵红玫瑰,并说道:

> 比如我戴上这一朵玫瑰。[……]我看任何人也没有理由,因此就可以揣测我是偏袒萨穆塞特,而薄视约克。(《莎士比亚全集》[三],页531)

[168]然后他就返回英格兰,留下萨穆塞特和约克对除了随行塔尔博以外的全部军队进行分裂的指挥。此时英国的分裂与法国内部的和解形成了鲜明的对照。爱克塞特说出了为最终灾难预备的群声式评论:

> 任何普通人也看得出来,亲贵们意见纷歧,互相排挤,还纵容各自的亲信遇事生风,日后总要闹出大祸来的。目今幼主在位,人心已是惶惶不安,再加上大臣们争权结党,我看分崩离析的局面,是势所难免的了。(第四幕第一场,187-194行;《莎士比亚全集》[三],页532)

在此之后就是不可避免的塔尔博在波尔多附近的最终悲剧。他两次阻止了贞德的诡计并取得战斗的胜利,但那时他都有自己的国民的支持。第三次,尽管竭其所能,他还是赔上了性命。他曾请求约克和萨穆塞特的援助,这二人却因为对彼此的嫉妒而拒绝了。作者没有让贞德杀死塔尔博,那是不合时宜的——他必须死在成堆的法国人尸体之上。在他死后,贞德报告说他的儿子拒绝跟她开战("和你这浪妇交锋",《莎士比亚全集》[三],页543),还侮辱他的尸体。路西得知这个消息后,一一列举出塔尔博所有高贵的封号,贞德对此说道:

> 好一串嘟嘟囔囔的头衔!占有五十二个国家的土耳其可汗也没有这样啰苏的衔名。你用那么多的官衔来表示的那个人,现在正躺在我们的脚前,被苍蝇叮着,发出恶臭。(第四幕

第七场,72–76 行;《莎士比亚全集》[三],页 544)

贞德因有上帝准许和英国贵族中秩序的总体崩塌,对英格兰施加了强有力的一击。在此之后她不再是上帝的工具,也就失去了原有的力量。她的恶灵将她抛弃,她被逮住后因其邪恶而遭到焚烧。作者有可能是让我们认为贞德的邪恶诅咒传到了另一个法国女人——安佐的玛格莱特身上,这个女人在该剧结尾通过其未来情夫、寡廉鲜耻的萨福克的诡计得以取代已经有婚约的阿玛涅克伯爵女儿成为亨利六世的爱人。[169]这部剧在这一宫廷造假计谋的不祥调子中结束了。

这就是该剧的纲要。上文中没有提到的场景和片断也都加强了一个特定的中心主题。连塔尔博与奥凡涅伯爵夫人的场景除了在戏剧行动的间歇适时加以转换,也用于赞扬英格兰这个主人公。

莎士比亚在戏剧的情节上花费很多力气,不过他的情感在作品中也非常充盈。塔尔博逐渐而确定地走向死亡的过程表现了莎士比亚对待历史主题时充满痛苦的严肃性。他还在人物身上下了很多功夫,但对他们的感情并没有那么强烈。假使他并没有赋予他们丰富的生命力,至少他做到了让他们前后一致。比如萨福克第一次在国会花园出现时(第二幕第四场)即表现出圆滑世故、不择手段的特点。正是他将萨穆塞特与约克的争议从议会大厅带到了私密的国会花园:

> 在议会大厅里我们争得太厉害了,在花园里谈谈更方便些。(《莎士比亚全集》[三],页 501,有改动)

当被问到他对法律问题的观点,他泰然自若地说道:

> 说实话,我对于法律问题实在外行,我从来不能叫我的意志受法律支配,我宁可叫法律顺从我的意志。(同前)

约克是对第二部分中

倔强的约克,他是欲念包天(《莎士比亚全集》[三],页619)

的真正前兆。他有着极强的野心,虽然不鲁莽,但十分固执和坚韧,其所有皇家的品质都很突出,除了心地善良。对葛罗斯特的表现简单却足以说明他是约克的反面:善良但是坦率到成为缺点的地步。他们性格上的对照已经为下一步戏剧的主要动机做好了准备。

塔尔博与贞德是最鲜活的人物,因为他们都有一种随意的或是热诚的粗糙的特质,莎士比亚乐于将这种特质赋予其最成功的实际人物中。前文引用的贞德对勃艮第变节和塔尔博尸体的评说就是这样的例子。[170]下面是塔尔博看到萨立斯伯雷在奥尔良之战前遭到的致死之伤时说的话:

> 听呀,听听萨立斯伯雷临终的呻吟多惨呀!他报不了仇,心里一定沉痛得很。法兰西人听着,萨立斯伯雷死了,还有我哪!贞德也罢,针黹也罢;太子也罢,弹子也罢,我要用我的马蹄踩出你们的心肺,我要把你们的脑浆捣成稀泥。替我把萨立斯伯雷抬到他的营帐里去。(第一幕第四场,104-110行;《莎士比亚全集》[三],页489)

莎士比亚对于《亨利六世》中的人物并未表现出多少兴趣。四部曲中弥漫着一种强烈的宗教情感,这在《理查三世》达到了顶点,不过这是与历史的机制相关的宗教,而不是可怜的国王与圣人心目中的宗教情感。莎士比亚止步于刻画一位可怜又可悲的国王;他去掉了《为官之鉴》中同一人物身上更有意思的自我质疑的那一面。

在风格上,这部剧的大部分都可以作为那个时期戏剧这一形式的出色代表。比如:

> 我们从英国渡海到法国的时候,这个人用他刻薄的舌头,讥笑我佩戴的这朵玫瑰花。他说这红色的花瓣好比是我主人发赤的面颊,因为我主人和约克公爵曾为法律上一个理论问题

争持不下,我主人曾气得面红耳赤。他还说了许多恶毒刺耳的话。为了驳斥他的无耻谰言,捍卫我主人的尊严,我要求使用比剑的权利。(第四幕第一场,89-110行;《莎士比亚全集》[三],页530)

但这并不是唯一的写作方式。他也有在韵律上拙劣得让人难受的时候,比如贞德对要与其单人比武的查理说:

> 我已经准备好了。这是我的锋利的宝剑,两边都镌有五朵百合花的花纹。我这口剑是我在土瑞恩省圣凯瑟琳礼拜堂的后院里从一堆废铁里拣出来的。(第一幕第二场,108-111行;《莎士比亚全集》[三],页480)

如果我们把此段与霍林斯赫德的原文相比较,就不会因这一缺憾而惊讶:

> [171]接着,由她委托,查理太子派人从土瑞恩省圣凯瑟琳礼拜堂(她从未去过也不熟悉的地方)一个秘密位置在一堆废铁里拣出一把剑给她带来,这把剑两边都镌有五朵百合花的花纹。(III,页600)

莎士比亚后来也容易在改写霍林斯赫德原文的时候疏忽韵律。此外,霍林斯赫德在这里是讲述贞德启示的法国版故事,莎士比亚可能是故意要让它显得荒谬;就如同他笔下的法国人说话时通常都很愚蠢。有时又会有大学才子派喜欢的夸张或是优美的段落,使该剧围绕其严肃的基调也有所变化。剧中对古典戏剧的引证对于一部历史主题的戏剧来说是相当丰富的,它们不仅有上述功能,还与《泰特斯·安德洛尼克斯》形成一种联系。下面是塔尔博讲述法国人抓住他以后是如何对待他的:

> 他们把我拖到街心,[……]要叫我在老百姓面前丢脸。

他们口里还说:"这家伙就是我们法国人的死对头,就是吓唬我们的孩子们的稻草人。"后来我从监押我的军官们的手里挣脱出来,用我的指甲挖出地上的石子,向那些看我出丑的观众们扔过去。他们看到我这样凶狠,都吓得四散奔逃,一个也不敢靠近我,唯恐死于非命。他们把我关在铜墙铁壁里还不放心,只因我的威名早使他们慑服,他们甚至以为我能将钢条折断,能将花岗石的柱子碎为齑粉。(第一幕第四场,40-52行;《莎士比亚全集》[三],页487)

优美动听的风格可见于萨福克抓住安佐的玛格莱特时对她说的话:

世间稀有的宝贝儿,不要见怪,我们是前生有缘,才使你落到我的手中。我要像母天鹅保护她的小天鹅那样,把你藏在我的翅膀底下,虽说是俘虏,却是非常疼爱的。如果这样你还不称心,那你就作为萨福克的朋友,爱到哪里就到哪里去吧。[……]啊,等一等!我怎能放她走?我的手肯放,但我的心不肯放呀。她那映丽的姿容,照得我眼花缭乱,好似太阳抚弄着平滑的水面,折射回来的波光眩人眼目。(第五幕第三场,54-64行;《莎士比亚全集》[三],页551)

[172]当莎士比亚处理该剧高潮部分即塔尔博之死时,他聪明地在大学才子派的高亢风格中加入了严格的韵律。下面是塔尔博对自己儿子之死的描述:

赢得胜利的死神哟,我浴血死战,身负重伤,即将落到你的掌握之中,但我儿子的英勇表现,使我能对你微笑了。我儿约翰看到我力不能支,就挥动他涂满血污的宝剑为我掩护,他那生龙活虎的雄姿,使敌人望风披靡。当他独自站在我的眼前看护我的伤痕的时候,他怒火中烧,目眦欲裂,突然从我的身旁冲到法军最密集的地方,以无比的威力沐浴在敌人的血海之中,我的伊卡洛斯,我的生命的英华,就这样光荣牺牲了。(第四幕

第七场,3—16行;《莎士比亚全集》[三],页542)

莎士比亚似乎明白他对词语的掌控不足以匹配塔尔博之死所蕴含的伟大观念。因此他借助于传统的、形式严格的、极具风格化的手段作为最佳处理方法。

不过,作为补偿的是,整部剧不时会出现很有想象力的片断,包括那些庄严的场景和没那么庄严的场景。这些片断分布得很散,这也有力地证明整部剧都是莎士比亚所写。瑞尼埃在评论英国人的勇猛时用了一个比喻——一个假人用锤子敲击自鸣钟的正点,莎士比亚后来在《理查三世》里再次提到它,并产生了强烈的效果。

> 我猜他们的胳膊一定像自鸣钟上的小槌一样,是用什么机械装上的,能自动地敲打,不然的话,他们怎能一直坚持下去?(第一幕第二场,41—43行;《莎士比亚全集》[三],页478)

塔尔博在奥尔良城前被自己的军队抛弃时大声说道:

> 我的头脑好像陶工的辘轳盘一样在打转。(第一幕第五场,19行;《莎士比亚全集》[三],页490)

[173]莎士比亚非常清楚葛罗斯特与温彻斯特的手下在吵架时会讲些什么:

> 亲兵甲:不行,要是不准我们扔石头,我们就用牙咬。
> 亲兵乙:你爱怎么干就怎么干,我们也不含糊。(第三幕第一场,147—164行;《莎士比亚全集》[三],页513)

塔尔博在波尔多向法国将领们提出条款时的语言超越了优秀情节剧的层次,显示出真正的宏伟壮丽之风:

> 如果你们拒绝这些议和的条款,你们就将激怒我的三个侍从:饥饿、刀兵和烈火,它们在俄顷之间就能将你们的深沟高垒

夷为平地。(第四幕第二场,9－14行;《莎士比亚全集》[三],页533)

不过像这样能与主题的分量相称的创作,在这部剧里是不多见的;该剧的主要价值应该在于莎士比亚用于组织这部戏剧的结构以及将其作为一个宏大计划的有机组成部分时充满激情的能量。

3.《亨利六世》中篇

上篇里有国外的灾祸。英国几乎失去了她绝大部分的外国财富,随着她最伟大的将军塔尔博和她的士兵——管理者培福的死去,也失去了重新获得这些财富的机会。英国人内部也有过纷争,虽然纷争毁了塔尔博但并没有摧毁英国国土。在这里善良的葛罗斯特公爵亨弗雷主管事务,一直在竭力维护着公正。上篇里作为背景出现的纷争在中篇作为重要主题在本土得到发展,并出现了约克公爵这个人物。纷争导致亨弗雷遇害,最后将国家都带到了混乱的边缘。这部剧描述了这个国家因为诅咒走向衰落的第二个阶段。

中篇在很多方面与上篇形成了对比。情节结构在上篇里十分重要,与此相应的是和表演一样高度风格化的创作。一个事件与另一事件形成反讽的对比,[174]其中的对照比这两个事件的丰富性都更重要。人物可能包含很多抽象的意味,但作为人来讲他们都缺少深度。塔尔博是忠诚与秩序的伟大象征;他有时表现出一点点粗糙的幽默,也正因此而使他这个人有那么一点点意思。中篇的情节安排十分精巧,但却有另一个侧重点。与国内背景相称的是,事件本身的意义更加重要了。事件的发展十分丰富而精巧,并且涉及更多的人物。我们从中看到,纷争影响到的不仅是始作俑者王公贵族们,而且影响到普通民众和中层阶级。英国的整体架构开始遭受破坏。因此正是军械匠霍纳及其学徒彼得的场景、抓住萨福克的海盗们的场景、杰克·凯德和艾登的场景这些初看只是些片断轶事的场景意义最为关键。最后,该剧表现出对人物个性相当强烈的兴趣。莎士比亚十分注重于生动地体现性格力量的迷人之处。英国贵族大都是坏人,他们毁了这个国家,但他们都是积极的、启动事件链条的人物,处于生活的中心。葛罗斯特对那些谋害他的人的描述将该剧的这一特点表现到了极致:

> 我知道他们的阴谋是要断送我的性命。如果我死之后,我们的岛国能够享受太平,他们的倒行逆施能被揭露,那我就死而无怨了。只怕我的死亡还只是他们所要演出的戏剧的序幕,他们还有无穷的诡计,暂时还未露痕迹,不等到一一搬演出来,他们所计划的悲剧是不会结束的。你看波福的凶光闪闪的红眼珠,透露出他心中的恶念;萨福克阴沉的眉宇透露出风暴般的仇恨;狡诈的勃金汉在言语之中已经露出心中暗藏的嫉妒;还有那倔强的约克,他是欲念包天,只因我对他的轻举妄动曾加以制裁,现在就用莫须有的罪名把我陷害。至于您,我的王后陛下,您和他们一起,无中生有地败坏我的声名,想尽一切办法蛊惑我的最最圣明的主上,使他成为我的敌人。(第三幕第一场,147 – 164 行;《莎士比亚全集》[三],页 618 – 619)

中篇像上篇一样预先假定了层级与上帝的秩序这一背景,不过对此背景的表现有所淡化。[175]葛罗斯特比起层级的纯粹象征来说更是一位诚实的政治家。而正是高尚的肯特郡绅士艾登以一种比塔尔博渺小很多的方式实现了这一象征功能。不过还是有足够多的小细节让我们想起那个整体的宇宙背景,比如在圣奥尔本放鹰捉鸟的那场戏里,当贵族们开始争吵,亨利评论道:

> 风势越来越猛,你们的脾气也越来越大了,贤卿们。这样的音乐真使我心里烦恼! 弦索不调,怎能有和谐的音乐? (第二幕第一场,55 – 57 行;《莎士比亚全集》[三],页 596 – 597)

这里是对宏观宇宙和微观宇宙中的骚乱的复制,以及被比作一支和谐的舞蹈或是乐曲的宇宙。

艾登不仅是秩序的象征,当他说起自己时也暗示了这部戏剧的总体设计:

> 我并不想利用别人的衰落来使自己兴旺。(《莎士比亚全集》[三],页668)

这句话是暗指约克以葛罗斯特为代价提升自己的地位,会让我们想起第二幕第二场约克对萨立斯伯雷和华列克吐露的自己的策略:

> 望你们在这些危险的日子里,按照我的办法行事:对于萨福克公爵的傲慢,对于波福的骄倨,对于萨穆塞特的野心,以及对于勃金汉和其他一帮人,都得暂时忍耐。要等候他们把那位牧羊人——那位好好先生亨弗雷公爵搞垮以后,我们再动手。(《莎士比亚全集》[三],页605)

与上篇以一个人的命运为主要主题相反,在本剧中同时有一个人的衰落和另一个人的崛起,一根链条上有两只桶的结构在《理查二世》里再次出现。不论还有多少其他内容,该剧的中心主题都非常清晰。

这个中心主题就是政治阴谋,正是它决定前面提到的本剧将重心放在事件而不是象征和原则上面。莎士比亚可能是为了增加丰富性做出这一改变,不过这与他逐渐增强的能力也有关系。因为在这部剧里他全面展示了自己将大量素材赋予生命活力的神奇能力,这在前一部剧里几乎没有表现出来:他在《错误的喜剧》中表现出对于复杂喜剧情形的出色掌控力,在处理严肃的历史题材时也有同样了不起的表现。对照《亨利六世》上篇和中篇的开场戏,[176]它们都涵盖着丰富的内容并成功地展现出整体情形,不过上篇对事件的断断续续的展示很容易与中篇里一个事件自然融入下一事件的表现形成对比;而且,每当涉及巨大的、刺激的、动作迅速的政治主题,诸如围绕葛罗斯特之死的事件以及约克党为对抗兰开斯特党在圣奥尔本战斗前最终结成联盟等，莎士比亚就不再是个编纂者，而是其素材的掌控者。

将《亨利六世》中篇视为一个整体并不是惯例。但是这部剧确是一部非常出色的戏剧，值得作为一个整体来欣赏。因此我难免会说到其结构中的细节。不幸的是，这样的细节对于那些不熟悉它的人来说非常无聊。下面的论述实际上不会有多少意义，除非应用于对这部剧的细读。不过我没有略去这些论述的理由，是我要论证这部剧是一个考究的整体。我只能建议读者如果感觉自己无法理解，可以略去这部分不看。

这部戏剧一开场是萨福克带着安佐的玛格莱特从法国回来。我们一定记得上部剧里亨利取消的婚约以及萨福克与玛格莱特之间开始的有罪的爱。预兆很不好。亨利对于这一和约的可耻条款无动于衷：没有嫁妆，还要交出安佐和缅因两郡。上篇里塔尔博给他献上了很多俘虏，还有"五十座城堡，十二个城市，七处坚强的城池"（《莎士比亚全集》[三]，页525），被赏封为索鲁斯伯雷伯爵；与之形成反讽的是，在本场戏里，萨福克献给他一位可疑的法国新娘以及将安佐和缅因移交他人的条款，结果被赏封为萨福克公爵。我们应该还记得上篇里先是主教波福（现在是红衣主教）的傲慢与野心和他对亨弗雷的仇恨，然后是约克公爵理查·普兰塔琪纳特与萨穆塞特公爵爱德蒙·波福的争吵。上篇里国会花园里的争吵不是关于王位继承，而是关于理查是否有权继承约克公爵的头衔。萨穆塞特反对理查的继承权，理由是理查的父亲剑桥伯爵在亨利五世统治时期因叛国罪被处死时遗产被没收了。此时红白玫瑰是王国内不同派系的象征物，而不是代表对王位继承权的相互竞争。[177]约克公爵的舅舅摩提默在临死前劝他要谨慎：

> 贤甥，你要少开口，多耍手腕。兰开斯特家族已经是根深蒂固的了，好比是一座推不翻的大山。（第二幕第五场，101 - 103 行；《莎士比亚全集》[三]，页 509）

尽管我们知道约克公爵是个有野心的人,他却还没对任何人说出心里话。亨利与玛格莱特和萨福克——重要的三人组——退场后,公卿大臣们留下来,在一场组织精彩的戏中吐露了他们的动机。亨弗雷公爵对所有人表达了对于这桩新婚约的憎恶。他试图用这种情感将所有的大臣们联合起来,一一说出他们的名字。英国仍有一个伟大秩序的捍卫者,国家的状况还没有到绝望的地步。波福主教马上反驳他,他对亨弗雷的仇恨超过了对英国福祉的关心,是个彻头彻尾的恶人。然后萨立斯伯雷(死在奥尔良的萨立斯伯雷的女婿)及其儿子华列克与约克一起(华列克在上篇里曾与约克走到一起)支持亨弗雷公爵。而亨弗雷被红衣主教的粗鲁刺痛,因为不想再重复过去的争吵而离开了。如此亨弗雷让自己被孤立了。红衣主教接着诬蔑亨弗雷,勃金汉和萨穆塞特同意和萨福克一起把亨弗雷从护国公的位置上轰下台。红衣主教出去找萨福克。萨穆塞特叫他的堂兄勃金汉留心主教的野心,我们由此可以想见,如果谋害亨弗雷的发起者们这样不信任彼此的话那么他们的谋划也不会太危险。勃金汉和萨穆塞特也出去了,萨立斯伯雷看着他们走后,对约克和华列克说的一番话表明了这部剧的大部分设计规划:

> 傲慢在前头走,野心在后边跟。这一帮子都在千方百计想叫自己升官,我们却应该替国家出一把力。我看葛罗斯特的为人,的确不失为一个正人君子。倒是那个倨傲的红衣主教,与其说他是一位教士,还不如说他是个军人。他一向是昂头阔步,目中无人,说起话来,完全是流氓口吻,很不合乎国家统治者的身份。[178]华列克,我的儿,你是我晚年的慰藉;你为国家建立的功业,你的开朗的性格,你的好客的风度,已经博得了公众的极大好感,除开善良的亨弗雷公爵以外,你是最得人心的了。再有你,约克老弟,你在爱尔兰的措施,使那里的人民俯首就范;你在法国事务总管任内,对于法兰西的经营部署,使那里的人民对你敬畏。让我们联合起来,为了公众的利益,尽我们力所能及,来对骄横的萨福克和红衣主教、野心的萨穆塞特

和勃金汉,加以约束;同时,对于亨弗雷公爵的行动,只要是符合国家的利益,我们就给以支持。(第一幕第一场,180－204行;《莎士比亚全集》[三],页576－577,[译按]此处所引中译文有改动)

第一,这段话的开头让我们想起道德剧的主题。王国或共和国才是主要的问题;这一刻勃金汉和萨穆塞特变成了两个寓言里的角色——"骄傲"与"野心",他们是王国的祸根。第二,我们看到,如果公正无私的萨立斯伯雷、因自由开放而深得人心的华列克以及有政治权威的约克一起支持亨弗雷,那么国家就可能会得到拯救。甚至只要两个内维尔——萨立斯伯雷和华列克父子(他们一起退场)就足够了。约克留了下来,尽管他表现得好像要与这二人联合起来,却在一段精彩的独白(预示他的儿子理查三世的卓越独白艺术)中吐露出要出卖他们的意图。下面这部分包含他对自己的计划的说明以及该剧的发展方向:

> 总有一天我约克要把自己的东西收归已有。为了这个目的,我不妨站到萨立斯伯雷父子这一边来,在外表上对骄横的亨弗雷公爵表现一下拥戴的态度。等到时机一到,我就提出对王冠的要求,那才是我所追求的最高目标。即便那气派十足的兰开斯特,也不能让他篡夺我应得的权利,不能让他把王杖拿在他那幼稚的手里,不能让他把王冠戴在头上,他那种像老和尚一样的性格是不配当王上的。可是,约克呵,你得耐心一点,要等待时机成熟。当别人入睡的时候,你得保持清醒,留心伺察,把国家的内幕刺探清楚。[179]亨利替英国花了许多钱买来一位王后,他正陶醉在新媳妇的爱河之中,等他和亨弗雷同其他的贵族们一旦发生破裂,那时节,我就要高举乳白色的玫瑰,使那空气里充满它的芬芳,我要树起绣有约克家族徽记的旗帜,对兰开斯特家族进行搏斗。我要使用武力,迫使他交出王冠,这些年来,在他的书呆子般的统治之下,英格兰的威望

是一天天低落了。(239－259 行;《莎士比亚全集》[三],页578－579)

大大推动情节发展的下一个严肃的场景是第二幕第二场,约克对萨立斯伯雷和华列克说了自己的计划。在此之前的主要线索是亨弗雷的命运与玛格莱特王后日渐增长的傲慢无礼。亨弗雷的妻子诱导亨弗雷谋取王冠,亨弗雷拒绝了,但她野心不死,说道

[作为一个女人,]我也不甘落后,我一定要在命运的舞台上扮演我自己的角色。(第一幕第二场,66－67 行;《莎士比亚全集》[三],页581)

(一如她在《为官之鉴》的悲剧里所扮演的角色,)接着她派人召唤精灵,预言未来并找到鼓励其野心的依据。这些可疑的行为被间谍汇报给红衣主教,加速了她丈夫的灾难下场。与此同时,亨弗雷在解决军械匠霍纳和他的学徒彼得之间的争吵时、在揭露圣奥尔本的假奇迹时都表现出治理司法方面的高效能力。在一场与马洛的《爱德华二世》里的伊莎贝尔和年轻的摩提默相关的戏里,玛格莱特王后和萨福克联合起来对整个宫廷恶意相向,对国王表现轻蔑。萨福克警告玛格莱特留心萨立斯伯雷和华列克父子的力量:

这两个贵族可不简单哪。(第一幕第三场,77 行;《莎士比亚全集》[三],页585)

我们再次想到是这两个人维持着力量的平衡。最后,玛格莱特和萨福克表明自己是兰开斯特党相当于约克式的人物,愿意为自身目的而利用别人,最终目的是专享最高权力,如萨福克所说,

我们虽然不喜欢那红衣主教,可是我们此刻不得不和他以及其余的大臣们拉拢拉拢,等把亨弗雷公爵搞垮以后再说。[……]等到我们把这一帮子一个一个地剪除干净,那时节,您

就可以高枕无忧,大权独揽了。(97–99、102–103 行;《莎士比亚全集》[三],页 585–586)

[180]亨弗雷因为他有关法国事务的不幸但相当公正的意见而加速了自己的垮台。约克和萨姆塞特都谋求王位。亨弗雷和萨立斯伯雷父子支持约克,红衣主教和勃金汉支持萨姆塞特。然后,当霍纳与彼得之间的争端让人质疑约克的忠诚时,亨弗雷没有与萨立斯伯雷父子商议便突然转变立场,作为王国的护国公宣布了他的决定:

> 既然约克在本案中有了嫌疑,不如就派萨姆塞特去法国担任总管。(第一幕第三场,209–210 行;《莎士比亚全集》[三],页 589)

记住这一片断,我们就不会觉得第二幕第二场动机不足了。

这场戏是那种呆板的对事实的说明,包含大量响亮的名字,对于当时十分关注继承权与继承次序的观众们来说是要屏息倾听的部分,而且对他们来说玫瑰战争是一场很容易就可能重演的可怕灾难。只要有严肃的韵律,纯粹的事实性说明足已;纯粹的说明有其自身的力量。如果采取现实主义手法,则是不恰当的,几乎是不虔诚的。约克一贯地隐藏着自己的谋划秘而不宣,选择

> 在这幽静的园子里,我恳求二位,对于我是否有权继承英国王位的问题,不吝指教。二位的高见是绝不会错的。(《莎士比亚全集》[三],页 603)

他还回溯到爱德华三世统治的繁荣时期,用从霍尔及其历史原则那里继承来的严肃性列举了这位国王的七个儿子。他继而转到亨利四世的篡位、理查二世的被害,最后说到他是爱德华第三个儿子克莱伦斯公爵的后裔,而亨利们是第四个儿子刚特的约翰的后裔。萨立斯伯雷和华列克基于戏剧常规而不是现实的可能,看上去是第一次听说这一切。这是令人惊讶的新闻,他们却一点也没有抗拒。被

震撼到的二人齐声喊道：

> 我们的君主英王理查万岁！(《莎士比亚全集》[三]，页605)

不过这些对于可能性的粗疏挑战，这种对于日后看来荒谬的戏剧常规的平静默许，并不意味着莎士比亚摈弃了所有内在动力。[181] 他不想让那些由于人物个性出现的意外将重大事件复杂化，从而转移了人们对此地发生事件的惊人过程的注意力。不过他已经在刚才提到的那场戏里让我们对于萨立斯伯雷和华列克父子即将改变心意有所准备，这场戏里亨弗雷没有跟这二人商议便转而支持萨穆塞特而非约克出任法国事务总管。这对于该父子二人来说是不可容忍的羞辱。因此当约克建议牺牲这位好好公爵的时候他们并没有反对：

> 望你们在这些危险的日子里，按照我的办法行事：对于萨福克公爵的傲慢，对于波福的骄倨，对于萨穆塞特的野心，以及对于勃金汉和其他一帮人，都得暂时忍耐。要等候他们把那位牧羊人——那位好好先生亨弗雷公爵搞垮以后，我们再动手。他们的目的在此，如果我约克能够言中的话，他们在追求这个目的的时候，必将自取灭亡。(第二幕第二场，69–76行；《莎士比亚全集》[三]，页605)

这是该剧的转折点。被萨立斯伯雷父子抛弃的亨弗雷公爵不可能继续担任护国公。他一下台，最强有力最狡猾的人就有可能爬到权力的巅峰。

接下来的场景如它们所必须的那样表现了亨弗雷垮台的步骤以及约克的谋划的广度和性质。首先，葛罗斯特公爵夫人因其牵涉巫术遭到惩罚和驱逐，亨弗雷从护国公位置上退下。彼得在国王允许的决斗中杀死了主人霍纳，而霍纳在临死前承认叛国，承认对约克说过他应当成为国王。这样我们便看到王位继承的问题从贵族延伸到了平民大众那里。接下来的一场大戏里莎士比亚揉进了大量的素材——圣爱德蒙伯雷的国会。在这里约克的策略的完整力量得到充分展示,在萨立斯伯雷和华列克的注视但不参与下,约克与王后、萨福克和萨穆塞特的小集团一起要求亨利抓捕并审判亨弗雷。亨利自然不能拒绝,尽管他认为亨弗雷是无罪的;亨弗雷预言这些耽于阴谋的王公们会造成大破坏,他的话在前面已经引用过(见本书页[174])。亨弗雷被抓起来带走,亨利随即退场。也许萨立斯伯雷和华列克跟他一起下去了。不管怎样他们整场戏都没有说话,其中缘由会在后来显现。[182]王后、萨福克、约克和红衣主教同意要害死亨弗雷,因为亨利四世害死理查二世而导致的诅咒真正开始起作用了。然后,爱尔兰发生叛乱的消息传来,在约克和萨穆塞特的一番争吵之后,决定由约克带着萨福克调拨的军队出任爱尔兰事务总管。约克最后留下来,在另一段精彩独白中透露了他迅速而高明地想出的计划。他将利用萨福克的军队达到自己的目的,在爱尔兰调派更多人马,通过鼓动杰克·凯德和肯特郡的人让骚乱严重到引发英格兰的革命。当一切条件成熟,他就回来坐收渔利。

在下一场戏,也是最重要的场景之一,亨弗雷被害死,萨福克把消息带到宫廷。亨利晕了过去,醒来以后猜想萨福克是害死亨弗雷的凶手。王后试图扮演歇斯底里的自私女人,把亨利的注意力转移到自己身上,从而掩护情人萨福克。华列克与一些市民闯进来,说人们因为亨弗雷的死而暴动,他们怀疑萨福克和红衣主教是凶手。亨利派华列克察看尸体,并用超越了一个虔诚之人的个人恐惧以外的话语向上帝祈祷:

> 主宰万物的天主呵,我内心中不能不认为亨弗雷是遭到了毒手,请您制止我这些念头,不让我想下去吧!如果我是转错了念头,那么上帝啊,请宽恕我,因为只有您才能作出判断。
> (第三幕第二场,136 – 140 行;《莎士比亚全集》[三],页 631)

这实际上让我们要留心上帝对于谋害亨弗雷公爵的审判。华列克带着躺在床上的亨弗雷公爵的尸体回来,并用无比强烈的对尸体的描述宣告亨弗雷公爵是被人害死的。他怀疑这是萨福克和红衣主教所为。萨福克与他争吵起来,突然萨立斯伯雷进来说除非萨福克被驱逐出去否则市民们就要把他从王宫里硬拖出去。亨利同意并把萨福克驱逐出境,萨福克留在舞台上与王后作了一番长长的抒情的告别。我们应该如何看待华列克的行为？布莱德利这样的人很容易就会给他找到一个动机。他可以假定在约克、萨里斯博雷和华列克之间有某种约定,约克积极地控告亨弗雷公爵,[183]另外二人则在谋害他之前保持低调,然后对谋杀表示惊讶和恐惧,然后将罪责指向萨福克和萨姆塞特一伙人。这样华列克在带着亨弗雷公爵的尸体进来的时候就在扮演一个角色。这一切都是为了解释萨立斯伯雷和华列克在亨弗雷遭到控告时的沉默。但我们如何理解华列克将尸体带进来后所说的下面这段话呢？

  假如我希望我的灵魂能够永生在为世人赎罪的威灵显赫的救主的身边,我就不能不相信这位享有盛名的公爵是惨遭毒手的。(153–157行;同前)

假如华列克说这些话的时候是在演戏,那他一定是个彻头彻尾的罪人。但这不符合他的个性。他是一个本质善良的人,不过与大多数身处其位并个性强悍的人一样,有自己的野心。华列克的话可以从伊丽莎白时期戏剧舞台的常规之一——人物暂时隐去自身个性、作为群声式评论者而存在——得到更好的理解。萨立斯伯雷和华列克一直作为背景低调地存在,实际上可能正是为实现这一功能而不增加多余的压力。他们此刻只是英国贵族,可以是任何贵族,其功能是对一桩可怕的罪行表现出常规应有的正确反应。他们下一次出场是在圣奥尔本战役中,那时他们就回到一般的作为人的贵族和约克的主要支持者了。

  亨利所恳求的上帝的审判很快便降临到谋害葛罗斯特的两个凶手身上。红衣主教波福遭受良心的折磨痛苦而死,萨福克在肯特岸边被一艘战船俘获,船长在罗列了他的罪行之后将他处死。葛罗斯特之死的另外两个帮凶约克和玛格莱特王后在下一部剧里遭到了惩罚。

战船的船长说起肯特郡的百姓们起来反抗了,这为下一场戏凯德的反叛做了铺垫。反叛的戏是为推动约克的阴谋,将行动的范围扩展至国家的各个阶层,展示出正常秩序颠倒后的邪恶景象。凯德要把识字变成罪行,他下令烧毁国家的一切档案。[184]此后一切东西都是公有公享,"我的一张嘴就是英国的国会"。恐怖的高潮是赛伊爵士和詹姆士·克罗麦爵士的头被用竿子挑挂起来,每到街上转角的地方就让两张嘴亲一次。但是,无序还没有得胜。在目前控制着宫廷的兰开斯特党的努力下,反叛被镇压了。在镇压中,一个新人物表现积极。克列福勋爵与其儿子在中篇的末尾和下篇的开场是很重要的人物。这是莎士比亚为过渡所做的准备。此时约克带着军队从爱尔兰回来,借口因为有凯德的叛乱同时还指责萨穆塞特叛国,而要保留自己的兵马。当萨穆塞特被关进伦敦塔狱时,约克假装归顺,但王后把前者放了出来,约克终于说出了自己的真实想法。

怎么啦!萨穆塞特并未下狱?这么着,约克,你原先克制着没说的话就全说出来吧,你心里有什么就说什么吧。我看到萨穆塞特能不动火吗?骗人的国王!你明知我最恨一个人言而无信,为什么失信于我?我刚才把你叫做国王吗?不对,你算不得什么国王,你连一个逆臣都不敢管、不能管,当然就不配统辖万民。你的头不配戴上王冠,你的手只能拿一根香客的拐杖,不配掌握那使人敬畏的皇杖。那顶金冠应该束在我的顶上,我的一喜一怒,如同阿喀琉斯的长矛一样,能致人死命,也能教人活命。我的手才是操持皇杖的手,凭着它把治理国家的法律付诸实施。让位吧,凭着上天,你不能再统治一个由上天派来统治你的人。(第五幕第一场,87-105 行;《莎士比亚全集》[三],页 674-675)

接下来兰开斯特派与约克派做出了决定性的派别划分。约克的两个儿子爱德华和理查与两个内维尔——萨立斯伯雷和华列克加入了约克派。当克列福对理查说到下面的话时，便建立了与后面两部戏剧的联系：

> 滚开，你这凶徒，你这丑恶的驼子！你的举动正像你的身形一样，一点也不正派。(157 – 158 行；《莎士比亚全集》[三]，页 676)

[185]动机的主线至此完整展开。圣奥尔本之战中约克取得了胜利，这场战斗从现实上确认了整个过程，并结束了这部戏剧。理查杀死了萨穆塞特，不过玛格莱特王后这个约克的主要对手逃走了。亨弗雷公爵之死的两个主要筹谋者成为相互对抗的敌人。

我已经提过这部剧对人物的强烈兴趣。我们看到的不是简单的并置，而是事件的交叉，前面对情节的描述应该已经充分说明这一点。而且与上篇相比，这部剧中各个独立的人物具有更多鲜活的生命力。比如，葛罗斯特改变自己暴躁脾气的努力很有趣并让人难忘。剧中第三场戏里，萨福克一派惹怒了他，他走了出去，过了一会儿又回来，说道：

> 嗯，大人们，我刚才在庭院里散了一会儿步，怒气已经平息，我再来和诸位谈一谈国家的政务。(第一幕第一场，155 – 157 行；《莎士比亚全集》[三]，页 588)

《伍德斯托克》的作者把他作为该书主人公的榜样一点也不奇怪。中篇对圣奥尔本的骗子们——辛普考克斯和他妻子的刻画虽然不多但很精妙，他们被戳穿时他妻子恳求道："啊呀呀，大人哪，我们是没路走才干出这样的事来的。"这句话一下子就打断了整体上强烈的残酷氛围。剧中杰克·凯德的同伴是对普通人的精彩描画。不过，总体而言，剧中人物的力量在于他们的影响而不是他们的头脑。

不过尽管莎士比亚拓展了他作品中人物的广度，让他们更贴近生活，更多地表现他们的思想，他给予最稳定的关注的人物问题还是正确的国王类型。实际上在这部戏剧中他第一次提出了这个终其戏剧生涯他都始终感兴趣的问题。有三个君主的形象：真正的国王亨利、护国公葛罗斯特和宣称有权继承王位的约克。将他们三个合起来可以得到一位好国王所需的品质，他们之间的关系形成了一种性格-结构，让这部剧具有连贯性。三人之中约克是支配性人物，开头与葛罗斯特形成对比，结尾则与亨利形成对照。约克具备作为国王的首要素质：个性强大，[186]对王位的继承权也有强大根由。他这样讲到自己时是十分正确的：

> 我的禀赋比国王优秀得多，我更有王者的气度，我也更有人君的思想。（第五幕第一场，28-29行；《莎士比亚全集》[三]，页672）

他还是一位出色的外交家。他实际结合了狮子与狐狸的强大优势。假如他继位应该会是一位了不起的国王；而且他不断提到只要有机会就要夺回法国的保证也不是空谈。但是莎士比亚并不认为狮子与狐狸的结合就会是一位好国王，还需要第三种品质——公正无私，这是鹈鹕的特点；这一点是约克不具备的。葛罗斯特有狮子和鹈鹕的优势，但缺少狐狸的特点。亨利只有鹈鹕的优点。这是三种君主个性的形式结构。从戏剧性上，约克更引人注目。莎士比亚并没有将他复杂化。他几乎不算是个人，而更像是个人野心的纯粹化身。不过他对于要实现目的的高度专注相当惊人。他这个人物会让人想起埃斯库罗斯的创作，就像是对英国的诅咒逐步实现的过程暗示着《奥瑞斯提亚》(Orestia)里的活动一样。

作品的风格也更为充实。以当时通行的常规写成的诗行段落比前面要少，虽说这部剧大部分是大范围的或者说成片聚集的宏大风格，说明这个年轻人还没能将其力量和能量调整到细微精妙的程度，不过剧中还是有许多神来之笔。下面举几个突出的例子。首先是约克在他第一次独白时把自己比作一艘船的主人眼看着海盗挥

霍他的货物:

安佐和缅因白白送给了法国人,巴黎已经丧失了,这些地区丢了以后,诺曼第省就处于极不安全的地位。萨福克签订了和约条款,贵族们都已同意,亨利也愿意用两个公爵的采邑换取一个公爵的标致女儿。为了这些事,我也怪不得他们;在他们看来,这些都算得什么? 他们送掉的原是你的东西,而不是他们自己的东西。海盗们把抢来的财富尽情挥霍,收买朋友,赏赐娼妓,直到花费干净,也毫不吝惜。[187]而那不幸的物主却只能唉声叹气,搓手摇头,战兢兢地站在一旁,眼看着自己的东西被人分配完毕,全都带走,自己只能忍饥挨饿,对自己的财产连碰都不敢碰一下。我约克正是处于这样的地位:我自己的土地被人家换掉了、出卖了,我只能坐在一旁,忍气吞声。(第一幕第一场,214–231 行;《莎士比亚全集》[三],页 577–578)

小克列福在圣奥尔本战役中对兰开斯特党的失败和他父亲的死的评论超越了年轻人的华丽词藻,这些诗行可以让成熟时期的莎士比亚感到满意:

乱成了一团,真可耻! 全军溃散了。由于害怕,就产生混乱,一混乱,就挺不下去了。战争呵,你是地狱之子,震怒的天庭用你作为惩罚世人的工具,望你把复仇的烈火,投入我方士兵冷却了的胸腔! 不要让任何一个士兵逃跑。真能捐躯疆场的人,一定能够奋不顾身;至于爱惜身家的人,纵使博得勇敢之名,也只是出于侥幸,绝没有勇敢之实。(第五幕第二场,29–38 行;《莎士比亚全集》[三],页 680)

然后他看到了死去的父亲,又说道,

哎呀呀,叫这个万恶的世界毁灭吧,让那末日的烈焰提前燃起,把天地烧成一团吧! 让壮烈的笳声吹奏起来,让琐细的

声音全都停止！(40–45 行；《莎士比亚全集》[三]，页 672)

这就是莎士比亚戏剧生涯中一直擅长的混合拉丁语的华丽风格和稀松平常语言的能力。最后是萨福克与玛格莱特告别时的话，这再次让我们看到了成熟时期的莎士比亚：

> 我离开了你，也就活不下去了。倘若我死在你的面前，那就如同依傍在你的怀中做了一场美梦。在你面前，我可以通过我的呼吸将灵魂散发到空中，好像襁褓中的婴儿衔着母亲的乳头平静而柔和地死去。要是离开了你，那我就会如醉如痴地呼唤着你，[188]要你来合上我的眼睛，要你将嘴唇对准我的嘴，或者堵住我的魂灵儿不让它逃跑，或者将它吸进你的身体，让它居住在这座甜蜜的仙宫里。(第三幕第二场，388–399 行；《莎士比亚全集》[三]，页 639)

尽管《亨利六世》中篇不是四部曲中最优秀的一部，但它可能是最和谐的一部。莎士比亚能够集中于他的创作。他对所做的事情很感兴趣，因为他已获得新的能力并能熟练用于处理此前难以掌控的素材。他在素材和表达方法之间做到了良好的协调，这在下篇里将被打乱，不过下篇在某些方面比中篇更为出色。

4.《亨利六世》下篇

《亨利六世》中篇讲述了葛罗斯特公爵亨弗雷之死、约克的得势、害死亨弗雷的两个凶手的毁灭以及剩下两个——约克和玛格莱特王后之间的对立。这些事件使整个国家陷入大混乱的边缘。莎士比亚在下篇里向我们呈现了大混乱、内战的普遍展开、可怕恶行的接连发生。中篇里尚存在一些骑士精神与情感。约克在圣奥尔本战役中对克列福说，

> 我看到你的英雄气概，不免有爱惜之意，可惜你已是我的

死对头。(《莎士比亚全集》[三],页679)

克列福回应道,

> 若论你的勇猛,本也值得钦佩,可惜你不走正道,成了叛徒。(同前)

但在下篇里,一切骑士精神的战斗礼仪荡然无存。小克列福在威克菲尔杀死了十二岁的鲁特兰。约克的三个儿子相继刺伤在图克斯伯雷被俘的亨利六世的儿子爱德华王子。在套顿上演了大混乱最极端的传统景象,摈弃一切骑士的忠诚,父亲劫杀儿子、儿子劫杀父亲。[189]这里是内战之恐怖与邪恶的终极表达。

各种罪行的泛滥之中,上天所做的主要是复仇。莎士比亚巨细无遗地将每一次灾难都配以某种罪行的结果。他过分强调这种搭配,使结果趋向单一重复。比如,爱德华四世犯了三项大罪,任何一项都足以让他自己及其后代处于危险境地。他怂恿父亲约克背弃对亨利六世的效忠承诺,以求找回王位;他允诺约克市市长他回英格兰是为了拿回公爵领地而不是王位;他刺伤了年轻的俘虏爱德华王子。不过,也有对于秩序积极原则的足够提示,它们提醒我们不要忘记上天那些不那么直接但更为仁慈的影响。亨利六世就是上天表达这种影响的主要手段。虽然在中篇他因为软弱而引人注意,如今则因其强烈的原则性和人性更加让人关注。如前所述,他在套顿将牧羊人生活的微小秩序与战争的大混乱相对照。他在约克郡前反对将死去敌人约克的头颅挂在墙上这种残忍的做法。而且除了他没有别人为小里士满祈福,就像是受了神的旨意一样,他预言英格兰将通过他从目前的苦痛中被拯救出来:

> 过来,英格兰的希望。[……]如果我的相法灵验的话,这个漂亮的小伙子会替我们国家造福的。他的相貌温和而有威仪,他的头形生来配戴王冠,他的手生来能握皇杖,他本人在适当时期可能坐上皇家的宝座。众卿们,好好培养他,他对你们

的益处要比我对你们的害处大得多。(第四幕第六场,68 – 76 行;《莎士比亚全集》[三],页 769)

华列克在巴纳特的死前独白充满了与秩序相关的传统观念。他提到自己时说:

> 我这株巍峨的松柏,在它的枝头曾经栖息过雄鹰,在它的树荫下曾有狮子睡眠,它的顶梢曾经俯视过枝叶茂密的丹桂,在它的荫庇之下丛生的杂树得以度过严冬,然而到头来,这棵老树还是断送在樵夫的利斧之下了。(第五幕第二场,11 – 15 行;《莎士比亚全集》[三],页 782)

[190]华列克考虑的是他在制造和废除国王中的力量。他不是橡树,树中之王,而是比橡树还高的松柏;他提到存在之链的一整个序列:天上的上帝或天神,地上的国王,兽中之狮王,鸟中之鹰王,树中之橡树。

鉴于这部剧以混乱为主题,莎士比亚不会想要赋予它像前两部剧那样的清晰结构。实际上,无形结构更符合他此处的目的,就像《安东尼与克莉奥佩特拉》中散落各处的地理位置符合该剧的帝国背景一样。但可惜的是,随着形式的解放,其中的活力也下降了。莎士比亚要处理一大堆的编年史素材,结果没能很好地掌控它们;或者说他在试图将它们浓缩为可以掌握的长度时没能表现出其中的重要内涵。《亨利六世》下篇是莎士比亚最接近编年史剧的尝试。其中确实有很精彩的东西,但这些像是平庸之海里突出的小岛,而不是峡谷里升起的山峰或是美好风景中的绵延起伏。至于夹在这些岛屿之间的那些段落,莎士比亚下笔时要么是累了要么是烦了,或者既累且烦。他可能是累了,因为已经在内部纷争这个主题上耗费了很多功夫;他可能是烦了,因为那时他已经被理查的性格深深吸引,迫不及待要写一部以他为题的戏剧;他也可能讨厌重复自己,但又太过执着于这种类型的戏剧而无法创作新的类型。因此他彻底略去了前一部剧里的一个重要主题:好国王的性格。不过他没法不给出更多的凶狠贵族激烈争吵的例子。在设计因果关联方面,他忠于霍尔和《为官之鉴》的精神,他在其他两部剧中的创作比较自由和充满激情,在这部剧里则是出于责任感在重复自己。这部剧的第二场戏,从整体看,是这种常规重复的好例子。约克及其儿子们决定背叛约克有生之年会支持亨利做国王的誓言,他们因此而获罪,这有些做作,就好像莎士比亚故意为约克随即在威克菲尔遭遇的可怕惩罚制造道德理由。莎士比亚对因果关系的兴趣有所减弱还表现在他没有霍尔作品具有的一样重要东西。[191]第四幕第七场爱德华四世在被废黜后从法国回来,试图进入约克城,这场戏并不突出。约克市长在城头说不能让他进来因为他现在效忠于亨利国王,爱德华说他只想要回公爵封号而不是王位:

  对啦,我除了要求回到我的公爵采地以外,别的什么也不要,我对公爵封号已经十分满足了。(《莎士比亚全集》[三],页771)

霍尔的编年史里爱德华发了誓(页291-292),对这一誓言的毁约是英格兰遭遇到的灾难的主要根由之一。爱德华因为这个假誓决定了两个儿子的命运。莎士比亚坚持让爱德华负罪,但是在几次罪行过后,它们都不再突出。他在这里的戏剧感逊于霍尔。

  如果详细描述几乎包含整个玫瑰战争的情节,恐怕会枯燥而没有意义,不过我将考察那些莎士比亚最为关注的内容,揣测他整合这部戏剧的方法。

  莎士比亚要描述内部混乱的情景,从而为下一部戏剧做好准备。但他作为历史的戏剧编年史家,致力于涵盖大量的历史素材。在前两部剧里,他涵盖的素材刚好能够驾驭,而没有塞进更多,所以那两部剧在结构上是比例恰当的整体。这样做的代价是剩下很多难以掌控的剩余素材。他竭力写出了两场内战的大戏——威克菲尔之战和套顿之战,并在剧中第二部分里逐步建立了理查的性格。

在那些空档处他尽力塞入了大部分素材。不过,他有可能试图通过人物之间的等级给这部剧建立某种模糊的结构。虽然这部剧的盗版以约克公爵的名字命名,但他实际不是中心人物,因为他在第一幕里就死了,中心人物也不是他的儿子爱德华和理查,尽管一切都准备好让理查成为下一部剧的中心人物。这部剧的中心人物是在背后为两位国王出谋划策的人,亨利六世背后是玛格莱特王后,约克的儿子们依靠的是华列克。剧中的情节(除了按年代罗列的事件之外)包括这二位作为真正主导内战的人的崛起、他们的对立和变换的命运、他们意外的和解以及主要因为葛罗斯特公爵理查的聪明才智导致的他们的最终失败。假如这两个人物得到充分的强调,[192]这部剧整体上可能不会演得太糟。

  这部剧前面的两场战争戏比前两部剧里的任何场面都要宏大。第一场战争戏里,约克被俘,被玛格莱特戴上了纸王冠,被杀害后得了个好名声。1595年的盗版违背该剧的整体发展趋向,称之为《约克公爵理查的真实悲剧》,明显是希望用一个名场面为这本书作广告。其次,格林讽刺性地模仿了剧中的一行台词。讽刺性模仿要想获得任何效果,必须找一句人们熟知的话。而且格林在嫉妒莎士比亚,他对一句可能不仅是众所周知而且广为赞赏的话进行戏仿,显露了他的嫉妒心。这场戏本身表现了最高程度的故意施害,而施害者正是本应为最文明的皇家贵族。开头是克列福因为上部剧末尾父亲在圣奥尔本的死去而变得凶残,他杀死了约克的儿子鲁特兰这个年仅十二岁还在家庭教师保护下的孩子。接着约克被玛格莱特王后、克列福和诺森伯兰抓住。克列福要马上杀了他,玛格莱特则不想让他轻易死去。她让他站在高阜上面,给了他一块沾有鲁特兰血迹的手巾擦泪,把一顶纸王冠戴在他头上,她这样做的时候还一边说着粗俗的羞辱他和他儿子们的话,这使她成为辱骂人的天才之一:

> 克列福、诺森伯兰两位将军,你们叫他站在这高阜上面——他曾展开两臂想攀登高山,可是只差一线之隔没能达

到。嗨,是你想当英国的国王吗?是你在我们的国会里张牙舞爪,吹嘘你的高贵的家世吗?替你撑腰的那两对儿郎到哪里去了?那荒唐的爱德华、肥壮的乔治呢?你那个粗声豪气、专会挑唆他爸爸造反的儿子,那个小名叫做狄克的驼背怪物呢?还有你那心爱的鲁特兰呢?约克,你瞧!这块手巾上是什么?这是克列福用刀尖戳出那孩子心头的血,是我把那血蘸在我这手巾上面的。[193]如果你为孩子的死亡而流泪,我可以把这块手巾借给你擦干你的面颊。(第一幕第四场,66-83行;《莎士比亚全集》[三],页706-707)

她说完还不让克列福杀死约克,因为她要"听听他口里念的是什么祷词"。约克接下来的这段话中就有格林戏仿的那句,这绝不是夸大之词。约克想出了所有可能让玛格莱特愤怒的话。他虽走向死亡,内心却并未被打败,他表达了对她强烈的鄙视:

你这法国的母狼,你比法国狼更加坏,你的舌头比蛇的牙齿更加毒!你像阿玛宗的泼妇一样,对于不幸被擒的人施行迫害,反而自鸣得意,哪里还有一点妇道!你惯于作恶,变成厚颜无耻,你脸上好似蒙了面罩,永不变色,否则我倒要说几句话试试,看你脸红不脸红。如果你稍有羞耻之心,只要对你说一说你的来历,说一说你的出身,就足够使你羞死。你父亲挂着那不勒斯、西西里和耶路撒冷国王的空衔,其实他的家资还比不上英国的一个小土地所有者。是那穷王爷教会你对人无礼的吗?骄傲的王后,这对你是不必要的,这对你也是没有好处的,这只能证明一句古话:叫花子一旦骑上了马,一定叫马跑得累死为止。一个妇女如果生得美貌,还值得三分骄傲,可是天晓得,你的脸蛋儿实在太不高明了。一个妇女如果为人贤德,还值得人家钦佩,可是你那怪僻的性情只能叫人吃惊。一个妇女如果彬彬有礼,才能显得贤淑可爱,可是你嚣张泼辣,只能惹人厌恶。你和一切善良的东西相反,如同阴司对阳世,南方对北方,完全是背道而驰。你这人面兽心的怪物呵!你能用手巾蘸着孩子的鲜血,递给他父亲去擦眼泪,怎能还做出女人的姿态来见人!女人是温存、和顺、慈悲、柔和的,而你却是倔强、固执、心如铁石、毒辣无情的。(111－142行;《莎士比亚全集》[三],页707－708)

[194]这一片断与套顿之战放在一起时效果更加强烈,二者之间精妙的对比和对照形成一种漂亮的结构。我们在威克菲尔战役中看到这一切混乱的残酷的制造者,他们本不该这样做,而在套顿战役中我们看到不幸的受害者痛恨自己被迫做出的选择。亨利被他的王后的愤怒带进了战争,杀死自己父亲的儿子回忆说:

> 我是被国王硬逼着从伦敦来到这里的。我父亲隶属华列克伯爵的部下,伯爵硬派他来替约克卖命。(第二幕第五场,64－66行;《莎士比亚全集》[三],页728)

活下来的父亲和儿子没有因为残忍的行为而感到荣耀,他们因为悔恨而痛苦不已。在两场战役中都出现了高阜,其目的很明确。在威克菲尔约克站在高阜上,没有得到他想要的真正王冠,只得了个纸王冠。在套顿,真正的国王亨利谦卑地坐在高阜上,幻想自己能抛弃真实的金王冠而成为一个牧羊人。命运同样拒绝了他们各自不同且相反的志愿。这两个片断在风格上也相互对照。前一个是在莎士比亚早期白体诗通常具有的那种直白、有力的修辞基础上进一步加强了语气。它采用的是现实主义的修辞而不是形式主义的风格化——法庭、市场或议会等场合里的语言。后一个虽然含有一些比前一个片断更为真实的现实主义笔触,但主要不是修辞性的而是仪式化的。它进展缓慢,台词里有很多重复,许多台词还是以轮换交替的形式出现的。

> 多少时间用于畜牧,多少时间用于休息,多少时间用于沉思,多少时间用于嬉乐。(31－34行;《莎士比亚全集》[三],

页 727）

这是亨利在独白,后面他又在活下来的父亲和儿子的交替讲话中出现。

  儿子:我母亲如果知道我杀了父亲,她一定要对我大发雷霆,永无宁息的日子了!

  父亲:我老婆如果知道我杀了儿子,她一定要痛哭流涕,永无停止的日子了!

  亨利王:人民听到这些悲惨的事情,一定要把我痛恨入骨,永无罢休的日子了!（103-108 行;《莎士比亚全集》[三],页 729）

[195]把这段形式主义的仪式化片断单独拿出来说它枯燥、原始和缺少独创性,是不公平的。这是一个大整体的一个小部分,这个整体由威克菲尔战役与套顿战役这两大场面组成。在那些华丽的修辞和直白的恐怖之后,这一部分恰到好处地将人的暴力行为分解为让人羞耻的和失去生命力的东西。处于这些极端状况的生命转而投向习惯和常规,仪式化的重复与毫无艺术感的语言表达了生命已堕入的窘境。

  套顿这场戏过后,莎士比亚直到第三幕第二场理查的独白才重新找回他全部的活力。他在那里不仅找回了活力,而且显示出突然增长的天才。我们必须把这段独白与中篇里约克的两次独白(第一幕第一场末尾和第三幕第一场)相比较才能看个究竟。约克所表达的只是莎士比亚从外部放进他嘴里的动机,而理查看上去是从内心在说话。不仅如此,他还在那时那地具有了他所表达的思想状况。他刚刚看到了爱德华对葛雷夫人求爱,是由此引发的嫉妒情绪激化了他对兄长的恶意,强化了他已经过分的野心,他的野心其实是对他在爱的方面匮乏之处的补偿。这种对性格变化的表现自然伴随着语言上的变化。在这里莎士比亚已经从当时的常规中找到了突破。他不再使用或润色那个时代的固定用语,而是在保持当代特色的条件下重新创作他的语言。材料还是旧金属,他那个时代的普遍存货,但却是打碎后融化了再以他的方式重新锻造的,这种新鲜感来自他觉得非常重要的那些兴趣,他特别经历过的意象,以及他对于诗行应该如何断句如何讲出的感觉。第一个意象是他容易写的也是莎士比亚独有的:

> 嗳,爱德华说要好好地招待女人。但愿他荒淫无度,连骨髓都耗光,使他生不出子女,以免阻碍我达到我所渴望的黄金岁月

理查作为一个魔鬼似的人物,非常熟悉宗教问题,他具备的神学知识总是足以让他能够亵渎神灵。中篇接近结尾处[196]圣奥尔本战役之前,他面对小克列福的蔑视回应道,

> 呸!省省吧,别说硬话啦,今晚你就要去和耶稣基督共进晚餐啦。(第五幕第一场,213-214行;《莎士比亚全集》[三],页678)

这种无来由的宗教指涉非常典型。因此从爱德华腰间开枝散叶的希望(hopeful branch springing from Edward's loins)应该也暗指一种宗教内涵:耶西的树。我不怀疑莎士比亚在此使用的是他对这种画面的记忆,cross 这个词暗示的内容是在很多艺术作品中斜躺的耶西腰间生出庞大的树干这个具体意象。同理,一个迷失在荆棘丛中的人的意象(还出现在《约翰王》的高潮场景中)源自莎士比亚自己的经历或者听别人讲的事情:

> 我在争夺王位的时候饱尝了许多困苦,好比一个迷失在荆

---

[1] 最后两句的原文是:That from his loins no hopeful branch may spring,/ To cross me from the golden time I look for.

棘丛中的人,一面披荆斩棘,一面被荆棘刺伤;一面寻找出路,一面又迷失路途;没法走到空旷的地方,却拼命要把这地方找到。(第三幕第二场,174－179 行;《莎士比亚全集》[三],页746)

只要举一行的例子就足以说明莎士比亚新获得的如何写作戏剧诗行的恰当感觉:

即使不能办到,我也要这样设想来聊以自慰。(Flattering me with impossibilities.)(143 行;《莎士比亚全集》[三],页744)

第一遍读可能觉得这一行节奏模糊,但很快就可以找到它的清晰结构:

Flatt'ring me with——impossibilities.

介词与名词之间的停顿决定了此行的节奏,也为名词增添了丰富的含义。

下一场戏(玛格莱特王后和华列克在法国国王的宫廷里)普通又乏味,表明莎士比亚的兴趣与他的意志和责任相互矛盾。只有在最后一幕里,当理查开始作为中心人物出现的时候,莎士比亚又焕发活力了。克莱伦斯在这一幕第一场科文特里战役前背弃誓言抛弃华列克、重新加入其兄弟的情节被凸现出来。莎士比亚在为下一部剧和对克莱伦斯的惩罚做准备。

[197]读者们大都会同意,理查的独白既是为下一部剧做准备,也体现了莎士比亚历史剧中刻画人物的一种新方法。这里还有另一种可能的创新,却大概不会得到同样广泛的承认。罗西特发现,前面引用过的莎士比亚表现套顿战役的细致复杂的结构是第一次出现,在该剧后面的部分中这一结构又出现过几次,在《理查三世》里这一结构成为普遍的和重要的形式。他认为这是一个新的起点,

在表现历史题材上从"纪录式的"转变为"仪式化的"方法,从而在四部曲中出现了断层(《杜伦大学学报》,1938,页 44-75)。虽然我不同意这一断层的重要性,对这种仪式化写作的阐释也与罗西特有所不同,但我在很大程度上受益于他的这一发现,并钦佩他对一些重要的"仪式化"段落的细致分析。我完全同意他把这一仪式化技巧与道德剧联系起来,不过我不同意他将道德剧的影响仅仅界定为这一个风格上的问题。仪式的内容不仅仅包括口头上的重复与交替发声。

一般来说,编年史剧将事实与直接陈述替换为道德剧对善与恶刻板的对照和不真实的表现。莎士比亚在一定程度上采用了这种替换。但他利用所涉及的事实表现了对历史的一种阐释,这种阐释既不是他从编年史剧追随的希格登-霍林斯赫德传统中得来,也不是从陈旧的道德剧中得来,而是从霍尔和活跃在他年轻时代的最聪明最有创造性的作家那里获得的。此外,在整个四部曲中,他还借用了仪式化写法这种道德剧技巧,不过他所使用的频率与显性程度与道德剧不同。罗西特同意在《亨利六世》上篇里有一点仪式化元素,不过他的估计过低了。贞德要毁灭塔尔博的三次企图——分别于奥尔良战役、卢昂战役和波尔多战役前——绝不是单纯的纪实,而是对历史的严重背离,并形成了接近仪式的规律性结构。塔尔博死去的高潮戏中使用的节奏的确不如下篇和《理查三世》里某些交替台词的结构那么严整有力,但它也是表现一场非现实灾难的手段。在中篇里,罗西特没有找到任何仪式化元素,但其开场的人物以一种非常严格的平衡分成了不同的派别,就像道德剧中美德与恶行形成的平衡一样。没错,这些派别后来被打破,[198]并重新洗牌,但这并未消除已经建立的形式结构。约克对萨立斯伯雷和华列克说明自己对王位的继承权那场戏像魔咒一样列举了很多意义重大的名字。有点像仪式化地祈祷一位有很多名头的神灵,又像是列举许多神的属性。从现实主义的标准来看,这很荒唐。因此,尽管莎士比亚在下篇引入(或借用)一种他没有用过的仪式技巧,他并没有做彻底的革新，把本来几乎是纪实的东西全部替换为仪式风格，而是发展了另一种一直很重要的仪式化方法。罗西特的发现证实了我的观点，即莎士比亚对他应该做的单纯的纪实不感兴趣，他既然无法避免纪实，便被迫想出其他办法发展出纪实之外的可能。一种办法就是塑造理查的性格（前面已有雏形），另一种办法是发展古代道德剧展示历史的方法（在前两部历史剧中已有所利用）。

最后，罗西特指出最具仪式化风格的片断在理查第一次重要独白之前，爱德华向葛雷夫人求爱，克莱伦斯和理查则在一旁说些讽刺、粗鄙的风凉话。莎士比亚显然想要加重这一幕的分量。此处也表明莎士比亚有些坐不住了，要为他的才能找寻新的出口。厌倦了对于霍尔的历史因果结构长期而严格的效仿，他暂时不这样写，将爱德华四世在约克城前发的假誓做了最小化处理（如前所述），而把他的垮台主要归结于没那么有教化意义但心理上更有意思的动机——他的弱点是女人。

这只是暂时的偏离，因为在《理查三世》里，霍尔的历史结构再次以严肃的面目出现。

5.《理查三世》

如果说莎士比亚在《亨利六世》下篇中表现得有时犹犹豫豫，缺乏耐心，无聊厌烦，解释啰嗦，他在创作《理查三世》时则成功做到了全心投入，这也算是一种弥补。他在成熟时期会做得更好，但在《理查三世》里已经显露出他后来的那些才能。[199]因为尚且不是一位成就卓著的艺术家，他还要花费大量的功夫，而且还无法掩饰这种功夫。但就他所达到的成就来说，其成功是无疑的。

如果说《泰特斯·安德洛尼克斯》《错误的喜剧》和《亨利六世》上篇展示了莎士比亚最早期才能的全部范围，《爱的徒劳》和结合悲剧与历史剧特色的《理查三世》，也有此意义。前一部喜剧是精心之作，和《理查三世》一样庞大，只是方式不同。这两部戏剧还有其他一些共同点。它们都有形式上的平衡性,都包含上一节说过的丰富的仪式化元素。《爱的徒劳》中展示形式上的机智的场景与《理查三世》里复杂的政治场景一样得到了强有力的表现。莎士比亚在两部剧中常常都是从一种更容易的安全的常规形式(虽然更容易,但超出所有他同代人能够达到的丰富与深刻程度)出发,再转为自己独特的语言。于是便有了要杀死克莱伦斯的凶手乙下面这段关于良心的话,其新鲜感可以媲美《爱的徒劳》结尾的春之歌与冬之歌。

> 我不再跟它[良心]打交道了;它叫人缩手缩脚,办不成事;偷不得,一偷,它就来指手画脚;赌不得咒,一赌咒,它就来阻挡你;不能和邻家妻子通奸,一动,它就识破了你;它是个脸会发红、躲躲闪闪的妖精,会钻进人家肚子里造反的家伙;它老是把你的路堵得严严的;有一次我偶尔拾来一袋金子,就是它硬叫我去归还原主的;谁收留了它就会弄得谁颠颠倒倒,一副穷酸相;谁都会把它当做一个倒霉蛋,赶出城去;凡是想生活得好一些的人,都努力使自己站起来,不去靠它过日子。(第一幕第四场,136-148 行;《莎士比亚全集》[四],页 35)

这里的散文与那部喜剧中的抒情诗歌一样精妙又自然。

虽然理查的性格非常重要,这部戏剧的主要任务是完成这一关于国家历史的四部曲,表明上帝使英格兰重归繁盛的计划是如何实现的。

《理查三世》作为四部曲的总结部分,要将前面的进程做个完结,因此作为一部独立的作品难免会受到影响。实际上,如果没有对克莱伦斯在科文特里城前对华列克发假誓的记忆,没有对玛格莱特王后在威克菲尔杀死约克前给他戴纸王冠的记忆,没有在图克斯伯雷爱德华王子遭到三次谋杀的记忆,这部剧是让人迷惑的。[200]这部剧只有作为其他三部剧的续篇才具有自身的价值,它们之间关系紧密,如同我们总会把酒神节与雅典、瓦格纳戏剧节与拜罗伊特联系在一起,这比莎士比亚戏剧节与斯特拉特福德之间的关联更重要。我在仔细考量后将四部剧的讨论都放到这里,因为,虽然要获得对本剧事件的直接理解只需记得《亨利六世》下篇即可,其中还是有很多与其他两部剧的关联之处。《理查三世》在《亨利六世》下篇的暂时沉闷之后重拾中篇对政治阴谋的庞杂场景的强烈兴趣。比如在第一幕第三场,理查出言辱骂王后和她的亲戚,玛格莱特王后出场诅咒了所有人;在第三幕第七场,理查耍手段得到了王位。第一个例子中甚至有一个直接指涉中篇的地方。玛格莱特走到舞台前方,即理查和伊丽莎白王后的亲戚在吵架的地方,说:

> 听我讲,你们这班嚣嚷不已的海盗们,你们洗劫了我,又相互争吵起来!(第一幕第三场,158 – 160 行;《莎士比亚全集》[四],页 24)

这个隐喻在前面引用过的《亨利六世》中篇约克的第一次独白中使用过(本书[186 – 187]页)。只是现在立场变了,变成兰开斯特家族眼看着约克党争抢猎物。《理查三世》与《亨利六世》上篇的关联与此不同,但更紧密,且与情节有关。上篇与《理查三世》里都有一个主要人物以一个法国女人作为主要敌手,其他几部剧则没有。塔尔博代表着秩序,理查则代表混乱,贞德成功地达到了羞辱英格兰的目的,而玛格莱特的诅咒无意中促成了国家的统一,这种统一正是她曾严重破坏掉的。而且,上篇里贵族们被分裂开来,《理查三世》里他们从苦难中吸取教训结成原来不可能结成的联盟。鉴于已经有如此多的证据表明莎士比亚写作四部曲是有计划且有学术兴趣的,而且他深受道德剧传统及其对对应关系的中世纪热情的影响,那么认为莎士比亚在上述四部曲内部的相互指涉是有意为之就不算过分阐释了。

不过,将四部戏剧联结起来的最强联系是稳定的政治主题:秩序与混乱,恰当的政治层级和内战,罪行与惩罚,[201]上帝的仁慈最终调和了他的严厉公正,以及认为这就是上帝对待英格兰的方式的信念。

　　我注意到《亨利六世》每一部分里都有一些对秩序原则的正面的通常是非常正式或风格化的指涉。上篇是塔尔博向国王表示效忠的那场戏，中篇是艾登那无懈可击的行为和对自己生活中位置的心满意足，下篇是亨利对牧羊人精准有序生活的哀伤渴望。莎士比亚在《理查三世》里延续了这一点，在剧中插入了前面提到的三位市民合唱式场景（本书［156］页），结尾完整地宣扬了秩序的原则，由此为这一基本是隐含的，但一直由内驱动四部曲的原则赋予了无可否认的最终形态。他利用的工具，显然也是无可避免地就是里士满。这一工具应该基本是被动的、确实是个工具（因此也可能被现代读者所忽视或轻视）这一点在莎士比亚写作的这种戏剧里也是不可避免的。在上帝计划的宏大进化进程中，性格造成的变故不能将其扰乱。里士满最后一次演说现在被看作是形式上相当出色的片断，其中每一句话都可能让伊丽莎白时期的人们激情澎湃。里士满说的话都非常恰切，涉及他们关注的一切事情。他的虔诚符合常规，他在胜利之后的第一句话是"颂赞上帝和你们的战绩，胜利的朋友们"（《莎士比亚全集》［四］，页127）；就像塔尔博在夺取卢昂后说过"这次的胜利，真是托天之福"（《莎士比亚全集》［三］，页521）。他继而想起了当前的困难，询问牺牲的人们的状况。了解之后，他发表了最后的演说，

　　　　按他们的身份依礼入葬，（《莎士比亚全集》［四］，页128）

这里暗示：在感谢上帝之后，要维护世间的应有层级。这里他重复了塔尔博在那场戏里感谢上帝之后说过的话。塔尔博说的是

　　　　不要忘了新近逝世的培福公爵，我们得把他的丧礼在卢昂举行。（《莎士比亚全集》［三］，页521）

在层级之后，是仁慈：

> 对逃亡的士兵宣布赦免令,让他们前来归顺。(《莎士比亚全集》[四],页128)

最后他发了个誓,誓言极具宗教严肃性,并得到了充分的践行,以治愈内战的伤痛,其中含有一种悄无声息、十分微妙的指涉过渡,从博斯沃思的时代转到了该剧上演之时,从里士满支持者们可能有的情感转到莎士比亚自己的观众对国家健康状况的热切关注。对父子相残的提及一下子让人想起了套顿战役,把观众从玫瑰战争中带到更笼统的一般意义上的内战语境中;带到了以色列、法国、德国;带到了编年史和布道集的作者那里;带到了他们在炉火边或酒馆里总听人讲起的话题那里。

> 然后我们既已向神明发过誓愿,从此红、白玫瑰要合为一家。两王室久结冤仇,有忤神意,愿天公今日转怒为喜,嘉许良盟!我这句话,纵有叛徒听见,谁能不说声阿门?我国人颠沛连年,国土上疮痍满目;兄弟阋墙,闯下流血惨祸,为父者在一怒之间杀死亲生之子,为子者也毫无顾忌,挥刀弑父;凡此种种使得约克与兰开斯特两王族彼此叛离,世代结下深仇,而今两家王室的正统后嗣,里士满与伊丽莎白,凭着神旨,互联姻缘;上帝呀,如蒙您恩许,愿我两人后裔永享太平,国泰民安,愿年兆丰登,昌盛无已!仁慈的主宰,求您莫让叛逆再度猖狂,而使残酷岁月又蹈覆辙,在我国土上血泪重流!愿您永远莫让叛国之徒分享民食!今日国内干戈息,和平再现;欢呼和平万岁,上帝赐万福!(《莎士比亚全集》[四],页128)

伊丽莎白时期的观众将对戏剧家这最后的祈祷感到热切的赞同。

不过里士满最后的演说不仅表达了大众的观点,[203]他与伊丽莎白因为实际政治目的的结合被赋予神秘的宗教意义,也表示莎士比亚对霍尔的借鉴臻至完满。的确,莎士比亚可以说略去了都铎家族的古代英国祖先,但他对这个婚姻的指涉完全符合霍尔作品的题目——《兰开斯特与约克两大高贵典范家族的联合》以及他在前言里说的这一"神圣的联姻"是"所有继承权纷争与论辩的终结"。这也不是这部剧第一次让我们想起霍尔和都铎时期的历史观念。第三幕第一场里有一些奇怪的句子,爱德华五世、理查和勃金汉在讨论口头传统与书写传统。这里是为了显示爱德华早熟的聪慧,同时也让我们知道了当时人们对历史的主流看法。爱德华在伦敦塔前问是否是凯撒建造了它。勃金汉告诉他是由凯撒开始建造的,爱德华又问:

> 他创建的事是载进史册的吗,还是世代口传下来的?
> (72-73 行;《莎士比亚全集》[四],页 58)

勃金汉回答说"史册上是有记载的",爱德华继续问:

> 不过,即使无案可查,我的大人,我想这事迹仍该流传下去,好让它代代相承,传之无穷,直到人类的审判末日为止。
> (75-78 行;同前)

他的话把我们带到熟悉的中世纪和文艺复兴时期对名誉的看法:它的变幻无常,它与一切历史和时间的关系。他接着说到一种更具体的普遍历史观念:

> 这位凯撒是个有名的人物;他的勇气丰富了他的聪明,聪明又为他的勇气栽下了根。死亡并不能征服这位征服者,他的生命虽已结束,可是声名不灭。(84-88 行;《莎士比亚全集》[四],页 59)

这是一种历史讨论中常见的说法,凯撒为其提供了历史素材和纪念物。莎士比亚是在对他的观众说应该将他的四部曲置于其他严肃的历史文献之中看待,他所努力做的是延续波利多尔和霍尔的严正传统。

前面我部分地用上帝的旨意来说明《理查三世》的主题。[204]因为通常是从理查的性格来理解其主题,所以我最好进一步说明我的观点。但这是个敏感的问题。人们是如此喜爱莎士比亚以至于总是竭力让他以他们的方式去思考。《新政治家》的一位书评者对我引用《一报还一报》的一段话证明莎士比亚熟悉基督的苦难和死促成上帝与人和好的观念感到非常不悦——他立即断定我的意思是莎士比亚个人相信这一观念。假如有人说莎士比亚在《理查三世》里描述英格兰在上帝的恩旨下重获秩序,那这个人就要冒着把加尔文的先在的恩典观念加诸莎士比亚个人而被赞扬或是痛骂的风险。因此当我说《理查三世》是一部很有宗教色彩的戏剧时,我希望人们能理解我是在说这部戏剧,而不是莎士比亚本人。基于四部曲尤其是这部剧的写作目的,莎士比亚接受了那种相信是上帝将英格兰引导至都铎王朝的繁盛期的流行观念。他的接受是全心全意的,正如他后来在《亨利五世》里明确表明没有接受那种以为上帝站在英国一边反对法国的假设。里士满在波士委(即博斯沃思)的帐篷里入睡前做的祈祷中没有一丝怀疑。他完全是上帝的牧师,如他自己宣称的那样:

> 呵!上天呀,我自命为您手下的小将领,愿您恩顾,照看着我的战士们;把您那愤怒的刀枪交给他们,让他们好向横暴的敌人猛击,摧毁他们的钢盔!愿您指派我们为您的执法人,好让我们在您的胜利中同声欢颂!我要把我这战栗不安的心魄,趁我睡眼未闭之前,交付给您;呵!望您日夜庇护着我!(第五幕第三场,108–117行;《莎士比亚全集》[四],页118–119)

本着同样的精神,莎士比亚在繁多的复仇中留下了神圣旨意的暗示,这构成了该剧的内核,在看上去无止境的罪与罚链条中留下了一个方向。《亨利六世》下篇中,约克在威克菲尔、小克列福在套顿、华列克在巴纳、爱德华王子在图克斯伯雷都心怀轻蔑、没有悔恨地死去。《理查三世》中伟大的人物死去时都承认自己的罪并会考虑到其他人。克莱伦斯在杀他的人进场前说道：

> [205]上帝呀！如果我真诚祈祷还不够使您息怒，而坚决要惩罚我的错误，那就至少只在我一人头上泄愤吧；呵，千万饶过我那无辜的妻子儿女。(第一幕第四场,69-72行;《莎士比亚全集》[四],页33)

爱德华四世在临死前后悔批准了克莱伦斯的死刑,他虽然也责怪别人没有阻止自己,但最埋怨的还是自己：

> 至于我兄弟冤死,谁都不来提醒半句,我自己更是毫无心肝,未曾稍加思考,呵,可怜的冤魂。你们中间最得意的人都曾经亏他提携,却未见一人肯为他请命。呵,上帝呀！我怕天道无私,你和我,或我们的亲朋,都不免要遭到灾厄了。(第二幕第一场,126-132行;《莎士比亚全集》[四],页45)

约克公爵夫人曾经因其家族兴旺而满怀欣喜,如今谦卑地承认野心勃勃的斗争实在徒劳无益。

> 多少可诅咒的动荡的岁月都打我眼底喧嚷着过去了！我的夫君为了争取王冠而丧命,我的儿辈时起时落不得安顿,他们得意我欢乐,失意我啼哭。萧墙风云曾被吹散,王位得以安定,可是战胜者却又你争我夺,同室操戈,自相残杀。灭天理,绝人性,疯狂的暴行,呵,那弥天的怨氛应可罢休了。(第二幕第四场,55-64行;《莎士比亚全集》[四],页55)

这种忏悔不会是偶然发生的,它是宽恕与重生的序曲。不过这部剧的整体宗教内蕴在最后三分之一部分里的两场重要的戏里才显露出来:理查杀死伦敦塔中的王子们之后三位王后的悲恸,以及在波士委战役前出现在理查和里士满面前的鬼魂。这些就是我前面提到的(本书[197]页)形式化风格的极致例证,这种风格应该被视为四部曲的常规而不是例外。两场戏都具有高度的仪式化和咒语似的特点,暗示着一种神学语境;都或明或暗地表现出虔诚的心态;都具有古风,表现出一种普遍存在于中世纪时期的虔诚。[206] 咒语的形式不仅包括玛格莱特王后的悲伤与伊丽莎白下面的话这样明显的你应我和:

> 我有一个爱德华被一个理查杀害了,我有一个亨利被一个理查杀害了;你有一个爱德华被一个理查杀害了,你有一个理查也被一个理查杀害了。(第四幕第四场,40-43 行;《莎士比亚全集》[四],页 95)

还包括有韵律的词组和有变化的重复等更为复杂的平衡,比如约克公爵夫人对自己说的话:

> 目无光,生无灵,可怜无常的人间鬼魂,一片惨景,世上的耻辱,墓中篡夺了生命,悠久岁月的概略与综述,遍地泛滥着无辜鲜血,我愿在一块干净[合法——本书译者加]的国土上放下这颗放不下的心!(25-29 行;同前)

这场戏中的虔诚暗示多过明示,刚刚引用过的两个段落就是例证。玛格莱特王后想到的是理查的罪行以及由此将导致的复仇,然而通过连续四行(英文原文)重复一个短语,她无意中表达了上帝要从理查对所有人的邪恶中构建一种新的成果丰硕的联盟。公爵夫人提到英格兰"合法"(lawful)的国土就是对秩序原则的表述,和对更公正时代的隐晦祈祷。该剧的中世纪精神及其虔诚的内涵在玛格莱特对伊丽莎白说的一段重要的话里表现出来,这段话也是咒语和交替应和的例证。她提到此前做出的预言现在已成为现实。

> 我曾称你为我的幸运墙上所加的浮雕;称你为可怜的阴影,一个画中王后;你无非把我过去的声势来模仿;为一场大悲剧做了一些动听的剧情说明;哪怕你一时趾高气扬,终究要堕

入尘埃;你枉做了一对伶俐的孩子的母亲;过去的一切都成了梦境、泡影、一块高贵的招牌、一面炫耀的旗帜,突兀招展着供人射击;一国之后做了笑柄,在舞台上不过串演着一个配角。如今你丈夫何在?你兄弟何在?你孩子何在?人生乐趣又何在?谁还来跪求你,高呼着"神佑吾后"?一向对你卑躬屈节的大臣们哪儿去了?[207]追随你的大队人马又哪儿去了?前后对照就看清了你的处境:快乐的妻子成为最不幸的寡妇;幸福的母亲却在因为身为母亲而悲伤;坐听人诉的人反向人哭诉;国后变为愁眉蹙额的贱婢;从前轻慢我而今遭我轻慢;从前人人怕你,如今单怕一人;一向发号施令,如今无人听命。可见天道循环,赏罚分明,你只落得在时间的鹰爪下做个牺牲者;你倘若只顾怀念过去,同时又无法摆脱目前的处境,你的苦难将更难忍受。(82–108 行;《莎士比亚全集》[四],页97)

这段话把我们带回了中世纪,对命运无常的哀叹,经常性的"[他们]哪儿去了"(*Ubi sunt*, where are...[they])的烦扰,以及由此引发的愤世嫉俗。它包含被认为是圣伯纳德(St. Bernard)所写诗歌的内容,下面是伊丽莎白时期其诗歌译本的一个片断:

那位四处征服、赢遍世界因此而享有无比盛名的凯撒,如今哪儿去了?那位于名于实都无比富有、黄金盈库、美食满盘的戴夫斯,如今又哪儿去了?塔利辩论技巧的短暂魅力和亚里士多德那写下智慧与意志的血肉之躯又哪儿去了?①

亨利森(Robert Henryson)笔下克瑞西达的抱怨比这还要贴切,因为它将伟大人物的逝去这种一般状况缩小到一个人财富的失去:

---

① [译注]原文所引英语译文是 1576 年 Richard Edwards 的译文的现代英语修订版。原译文可参见⟨http://www.sourcetext.com/sourcebook/etexts/paradise/01.htm⟩。

> 你那绿草茵茵、鲜花盛开的园子,被花之女王精心描画的园子哪儿去了?你曾经总在五月花季在那里徜徉,日出前把露水接走,聆听众多黑鸟和画眉的啁啾;你曾经总在那里和美丽的姑娘们一起歌唱,看着一群廷臣身着各色亮丽衣裳。①

[208]在前面引用过的里士满的庄重祈祷之后,紧接着就出现了理查杀害的那些人的鬼魂。这场戏的结构是道德剧式的。国家或英格兰是主人公,虽不可见却确实在场,里士满代表的天堂和理查代表的地狱这两种力量在争夺它。每个鬼魂都把票投给了天堂一方,兰开斯特和约克终于达成了一致。上帝在天上观察着这一切。理查在恐惧中惊醒、像道德剧中的叛徒犹大一样咆哮着要吊死自己的情形②延续了该剧的中世纪内蕴。这场戏与里士满的祈祷及其最后的演说一样,都非常动人。它可能直接来自莎士比亚的本心,因为他认同某一明显而质朴阶段的大众观念。这种认同是真心诚意的,这种观点正确而有力,最高雅和最卑微的人都认同。这场戏几乎成了对大众崇拜的展示,结尾是勃金汉的断言:

> 上帝和天使都为里士满作战;而理查却要从他那骄横的高峰上崩坠。(《莎士比亚全集》[四],页121)

正因为他是毫不保留地将自己的思想情感全部投入和展现在作品中,莎士比亚才可以发挥他全部的才能,可以赋予他的语言以他当时独有的特质。他所具有的这种特质并不是通过该剧其他优秀场景里词语的惊人搭配或新鲜意象显示出来,而是在咒语的语境中通

---

① [译注]《克瑞西达的遗嘱》(*The Testament of Cresseid*),第六部分第61小节。参见⟨http://www.britaininprint.net/learning/testament.php?learningSection=6⟩。

② 描述这一情形的英语道德剧有 Towneley Plays 中第三十二部剧(不完整版)。德国巴伐利亚的欧贝拉莫高小镇的传统激情剧(Oberammergau Passion Play)则是描绘这一情形的德语版本。

过微妙的音韵变换得以展示。他看上去的确学到并运用了斯宾塞的经验。与此同时，每个鬼魂说话的主要内容与说话者完全契合，而且通过对四部曲过去事件的指涉也大大巩固了情节的结构。莎士比亚作品中可能还有更好的场景，但这么多场戏中没有一场可与本场戏相比。它在同类型的场景中是最出色的。

虽说该剧的主要目的是表现上帝的意旨在英国历史进程中的地位，这并未影响理查在这一进程中的重要性以及他这个人物的主导性。他的主导性使其成为上帝实现自己目的的手段。其他人的罪行只会产生更多的罪，理查的罪行太庞杂了以至于它们只有吸纳性而不具传染性。他是整个国家的大毒瘤，所有罪恶都排泄到那里，所有国民都联合起来抗击他。[209]这不再是枝节之间的争斗，而是整个有机体对抗一个不再是有机的疾患的战争。毒药这个隐喻常常用来指涉理查，还有野兽隐喻，仿佛这是要从人类标准中剔除的东西。玛格莱特王后称他为"这只口喷毒液的驼背蟾"和众所周知的"毒蛛"时（《莎士比亚全集》[四]，页27），将上述两个隐喻结合了起来。

我虽然认为理查是一种更大的格局的手段，但并不否认多年来这部戏剧的重要吸引力实际在于理查这个人物本身，就像《失乐园》中的撒旦。这种吸引力也不是只有这一部剧里才有。它实际的存在早于这部剧，可以回溯到莫尔的《理查三世的历史》，后者又被稍加改动加进了霍尔的编年史，后来又在霍林斯赫德的作品中出现。因此莎士比亚将理查三世和后来的亨利五世作为单独的对象进行特别的创作并没有离开传统，而是紧紧跟随他在历史哲学上的老师——霍尔。

人们会很愿意莎士比亚将莫尔（通过霍尔）视为灵魂相通的创作者，并把莫尔的魅力当作灵感。实际上，尽管莎士比亚同意莫尔把理查浓墨重彩地刻画成大奸大恶之徒，他却可以平静地去掉莫尔大力渲染的那些事件。他略去了爱德华临死前的精彩台词，以及最动人的场景之一，大主教在圣堂外劝伊丽莎白王后放弃她的小儿子。不过可能是莫尔的丰富幽默感激励莎士比亚给理查增添了一点喜剧色彩,这使他成为一个与众不同的恶人。他跪求母亲祝福时的旁白非常具有莫尔的精髓:

> 公爵夫人:愿神降恩于你! 也愿你存心温良,热情,宽厚,忠顺,真诚尽责。
> 葛罗斯特:阿门;也让我享高年,福德俱增吧! 这该是为母者的祝辞中重心所在哪;我奇怪她竟按下这点未提呢。(第二幕第二场,107-111 行;《莎士比亚全集》[四],页 49)

针对理查这个人物已有很多人发表了很好的看法。一切需要说明的都在不同地方得到了说明。现在要考虑的不是取代已有的看法,而是要考察通常没有包含在内的关于理查这个人物的内容,哪怕这样会牺牲一定的连续性。[210]比如,兰姆在简短提及理查时提出了最关键的问题之一,他想去除理查身上通俗剧的一面:

> 莎士比亚并没有把理查塑造成人们想象中的大恶魔。他表现得恶魔一样的时候,是为了迎合庸俗的观点。其实他在总体上还是一个人。①

其实莎士比亚已经认同庸俗观点,有意把他塑造成恶魔。不过这只是在某一些地方,在其他地方他还是被塑造成人。同样地,我们不必在因为身体残疾而有心理问题的理查和作为纯粹邪恶意志化身的理查之间做出选择,因为二者都是他。正如兰姆(Charles Lamb)注意到的,理查暗示自己的残疾时

> 混杂着……对他的权力和能力的指涉,后者使他能够打败那些细碎的反对声音;能够掌控一种缺陷或将其变成优势的愉

---

① 参见 Lamb 写给 Robert Lloyd 的信(1801 年 7 月 26 日)和"G. F. Cooke in 'Richard III'"(*Morning Post*,1802)。

悦,是他脑中不断想到这些暗示并为此满足的原因。

不过道登(Edward Dowden)像下面这样说理查的时候也是对的:

> 他的主导性格不是聪慧,而是具有恶魔般能量的意志……他属于邪恶之徒……他对恶的投入是全身心的……他有一种残忍的快乐,是个热诚的信徒——对地狱的信条。因此他很强大。他颠倒了事物的道德秩序,试图活在这一颠倒的体系中。他没有成功,他破坏并惹怒了世界法则,被撞成了碎片。(《莎士比亚的思想和艺术》[Shakespeare: His Mind and Art,第九版,London,1889],页182、189。)

可能有人会说上述区分是多余的,因为恶魔般意志的极端表现只会来自补偿一种缺陷的特殊需要这样的有效动机。不过关键是莎士比亚的确做了这样的区分,理查在本剧的范围之内从心理上讲既可信又不可信。这个范围是从一个具备可信动机的恶人,到一个心理上荒诞但戏剧中有效的恶魔象征。

这种转换却不是不合规范的。在前两场戏里,包括他的开场独白、对克莱伦斯的作为、因向安夫人求爱而扰乱亨利六世的葬礼,他主要表现的是作为人的心理。[211]莎士比亚在这里塑造了他的个性。他是个可信的人物,幽默,反讽,以及犯罪时的熟练技术,使他成为一个有区别性特征的个体。在这之后他将这种私下的个性带入公共领域,成为只有玛格莱特王后才能成其对手的人物。他只害怕她一个人。她的诅咒,在刚刚塑造的心理上可信的人物之外,又建立了一个与之抗衡且最终胜出的恶魔形象、国家的替罪羊、整个国家的腐败毒瘤。她既把他变成喜剧性的象征——"扰乱人世的祸首",也变成了半人类——"一只掘土猪""天地造化的贱役,地狱的产儿"(《莎士比亚全集》[四],页26-27)。她诅咒他失眠,后来的确应验了。很明显这并不适用于兴高采烈的反讽的理查——他一定是一直都睡得像个婴儿一样宁静。因此玛格莱特的诅咒是种预期,尽管他继续为建立其恶魔形象而堆积材料,却是那个可信的理查,为自己弥补缺陷的成功和意志感到光荣的理查坚持到了第三幕的最后,获得王冠的一刻。自此之后,除了求伊丽莎白王后将女儿嫁给他时的能量爆发,他不再是那个可信的人物,而成了纯粹的通俗剧恶人与恶魔象征的结合体。他的反讽抛弃了他;他在谋划时不再警惕别人,也不再偷偷进行;他做事不再冷静,而是糊里糊涂,给出指令又将其取消;他确实睡不着觉;他在波士委战斗前夜要了一碗酒,因为他"失去了那种轻松的心情,也不像过去那样兴致勃勃了",他是十九世纪通俗剧里因为事情变糟就要喝威士忌的坏人真正的祖先。接下来,鬼魂出现,他醒来后有一番犹大式的独白,心理上的可信性与通俗剧一般的邪恶融汇成彻底否定性的恶魔象征。他在波士委呼喊马匹时的暂时重生也没有消除这一持久印象。一个人物能够从真实可信的人类变成一个象征,这并不会让熟悉斯宾塞的那一代人感到困扰。理查在这一方面类似于斯宾塞创作的经典形象之一马尔贝克(Malbecco),后者从一个真实的被戴了绿帽子的男人变成了叫做"嫉妒"的寓言形象。

最后,我们不能忘记理查作为一种手段,[212]表达了有关君主的正统观念。对抗正在统治的君主是个可怕的错误,而理查是被加冕的君王。然而,他显然是个篡位者和杀人者,因此可以定性为暴君,针对真正的暴君的造反是合法的。里士满在波士委战斗前对其军队的讲话中把这一点说得很清楚:

> 除了理查而外,他手下的人没有一个不宁愿我们战胜,惟恐他得到胜利。要知道他们所跟从的这个人是个什么样的人呢?弟兄们,他确实是一个杀人如麻的暴君;他在人血中成长,靠流血起家;利用他原有的地位以扩展势力,屠宰他自己的谋士,过河拆桥;一颗卑劣的假宝石,空凭英国的王座来衬托出光芒,其实是装错了地位,满不相称;他始终与上帝为敌。你们既和上帝的敌人交战,做上帝的战士必得天道庇佑;如果你们挥着汗除恶歼暴,功成名遂之后,自可高枕无忧。(第五幕第三

场,243 – 249、252 – 256 行;《莎士比亚全集》[四],页 123)

德比伯爵在战斗结束后将王冠交给亨利时称它为"这一顶久被篡夺的王冠"。(《莎士比亚全集》[四],页 127)

  我纲要性地讲过这部剧的进程:从混乱中且通过混乱出现了联盟,与此同时理查从一个成功的恶人变为绝望的邪恶化身。莎士比亚通过玛格莱特这个强大的几乎非人的形象让这种转变具有了连贯性。玛格莱特是唯一在每部剧里都会出现的人物。作为连接线索,她使终结剧具有结构上的一致性也就是恰当的了。理查的溃败可以回溯到她的诅咒,在剧中死去的大多数人物的命运也都可以回溯到她在第一幕第三场的诅咒或预言。她的诅咒也不仅仅是个人怨恨的爆发,它们符合此前四部曲中一直存在的罪与罚、一报还一报的模式。她一开始回顾了约克因为她的党羽对鲁特兰的残忍而在威克菲尔对她的诅咒以及她受到的惩罚,然后列举了约克家族将遭到的与之完全匹配的惩罚:

  我诅咒你们的君王虽不死于疆场,也将因饮食无度而逝,为的是他杀了我王而称君道帝![213]我子爱德华过去是太子,你子爱德华今天被立为太子,我咒他同样夭亡,死于非命!你是王后,而我也一度是王后,看你荣华享尽,到最后,也和我一样同遭困厄!(第一幕第三场,197 – 203 行;《莎士比亚全集》[四],页 26)

接着是对一些小人物的诅咒,而理查,如他应得的那样,得到了一整段诅咒。对他的特别诅咒是良心的折磨、失眠以及以敌为友、以友为敌的错误。我前面说过失眠,以及这不适用于前三幕中的理查。同样的,直到波士委战斗那以敌为友的诅咒才变成现实。里士满说到前面引用的"他手下的人没有一个不宁愿我们战胜,惟恐他得到胜利"时我们就应该想到这一点。这部剧中最聪明的人结果却成了被骗得最惨的。读者们如要了解各种诅咒变成现实的具体过程,可以参见罗西特对这部剧的研究。不过这里还需提一下玛格莱特离开之前说的最后几句话预告的是这些戏剧的更大的主题。她提到理查时说道：

> 你们每个人都要成为他的眼中钉，你们也会恨他入骨，上帝还要恨你们大家！（302－303 行；《莎士比亚全集》[四]，页 29）

玛格莱特没有意识到把约克党围拢起来对抗理查会让他们与同样反对理查的兰开斯特家族联合起来，连上帝的公正惩罚在那时也让位于他的仁慈了。

在风格上这部剧比前一部要更加一贯。少了许多重复的内容，最出色的片断（不同于最优秀的场景）更有戏剧性。约克公爵夫人最后对理查说的话中那种平静的专注，比其他三部剧中任何地方都更有力：

> 愿天公有眼，你在这一次战争中休想得胜，也不得生还；否则我宁可年迈心碎而死，而不愿再见到你的面。现在要你听取我最凶恶的咒诅，让你在交战之际感到心头沉重，重过你全身的铠甲！我要为你的敌方祈祷，向你攻击，让爱德华孩儿们的小灵魂在你敌人的耳边鼓噪，[214]预祝他们成功，赋予他们胜利。你残杀成性，终究必遭残杀；生前有臭名作伴，臭名还伴随你死亡。（第四幕第四场，182－195 行；《莎士比亚全集》[四]，页 100）

理查与勃金汉策划阴谋、攫取王冠的过程虽是精心安排的，却可能也让莎士比亚感到了厌倦。这个过程的最后一步——当理查出现在各个主教之间时，甚至出现了倦怠的迹象，韵文有些萎靡无力。此后（理查这个人物的性质就是从这里开始改变）剧中的活力渐弱，除了个别段落，直到三位王后一起感伤哀叹的重要场景才改变。理查求伊丽莎白王后嫁女是个重大事件，但在此刻并不恰当。它没有任何指向,因为下一场戏(第四幕第五场)就被告知伊丽莎白愿意将女儿嫁给里士满。难道我们要像钱伯斯那样认为伊丽莎白骗过了理查、她的同意只是为了欺骗吗?(《莎士比亚概览》[*Shakespeare, a Survey*, London, 1925],页 19)这与伊丽莎白简单到几乎是消极的性格完全相反,对于理查来说也过于反讽,我很难相信。更好的解释是伊丽莎白只是软弱而善变,理查在她表示同意并离开后这样评价她:

> 温情的傻子,浅薄易变的妇人!(《莎士比亚全集》[四],页 108)

这比他想象的还要贴切,并预言了后面的变化。理查以别人为代价经常当面一套背后一套,自己偶尔成为事件反讽性的受害者,也是应该的。即使如此,这场戏就其对于整个过程的影响来说还是过于复杂和强调了。我其实在怀疑这可能是莎士比亚后加的想法,是为了重复前面求爱戏的成功而做出的错误决定。更好的处理应该是迅速过渡到鬼魂与波士委的重要终结戏,一次成功,臻至我尝试叫做莎士比亚真正自我的圆满表达。

第三章　约翰王

[215]对《约翰王》的研究(也许还包括欣赏)因为一部流传下来、显然与其相关的戏剧——1591年分为两部分出版的《约翰王的动荡统治》①——而变得复杂。这两部戏剧的结构很接近,但它们的意旨很不相同。语言上的相似处也不多。《动荡统治》是一部编年史剧,表现法国人的轻浮浅薄和背信弃义,把约翰刻画成一位好处多过坏处的国王,他是新教对抗教皇专制的正义卫士,但又没有足够的美德成为进行决定性宗教改革的上帝的使者。这种看法来自霍林斯赫德,他认为约翰的同代人对他的评价很低是源于神职人员的偏见。他最后总结道:

> 约翰内心有一颗君王之心,他只想要忠诚的臣民协助自己向那些带来灾祸的法国国王等人进行报复。(Ⅲ,页196)

莎士比亚的《约翰王》只有较为温和的新教语调,对法国人并没有极端的敌意。在政治方面,该剧探讨的是真正国王的品性,但与霍林斯赫德相反的是他不太认为约翰有一颗君王之心。该剧还探讨了忠诚的理论以及何时反叛现下统治的君主才是合法的。在戏剧艺术方面,它表明莎士比亚爆发了一种崭新的、与历史剧无关的创造力。在结构上《动荡统治》比《约翰王》要更为平衡协调。莎士比亚这部剧中最后三分之一的事件只是聚拢在一起,缺少恰当的连贯

---

① [译注]依照原文此后简称为《动荡统治》,以与莎士比亚的《约翰王》区分。

动机。《动荡统治》里事件的发生规律、匀称,比例恰当。有意思的是它的第一部分与《约翰王》中前三分之二内容相关,而它的整个第二部分又只与《约翰王》的最后三分之一相关。因此《动荡统治》中英国贵族在圣爱德蒙兹伯雷联合起来反对约翰这场近三百行的大规模场景(第二幕第三场),在《约翰王》里被基本略去。尽管《动荡统治》的情节安排很好,[216]它的语言却怪异而飘忽不定。其中有很多出色的严肃韵文,一些令人惊讶的咆哮演说,散文段落流露出杂乱缩减韵文的痕迹,一些想象力丰富的片断,一场与该剧其他部分语气完全不同的、在寺院里的精彩闹剧戏,还有时常出现的听上去既不坏也不完全清晰的韵文被用于表达真实而符合情理的内容。

一般观点认为莎士比亚借用了这部老剧的材料结构,以他自己的语言重新创作,赋予其不同的目的和改造后的人物。亚历山大试图证明是《动荡统治》借用了莎士比亚的灵感(《莎士比亚的生平与艺术》,页85),不过威尔逊已经基本排除了这种可能(Dover Wilson编辑的该剧版本的前言)。不管怎样,《动荡统治》不是一部真正的、前后一贯、完整独立的作品。成熟的结构与混杂的语言颇不相称。有必要考虑再写一部将其替代。

考托普在前面提到的文章里(见本书[134]页)认为莎士比亚是这两部戏剧的作者,这有可能接近真相。根据(常常被遗忘的)结构与人物比语言细节更重要的原则,他认为《动荡统治》与《约克和兰开斯特两大著名家族的争端》(以下略为《争端》)和《约克公爵理查的真实悲剧》(以下略为《真实悲剧》)都是与它们相关且已被接受的由莎士比亚自己创作的原初版本。他认为,除了莎士比亚没有一位戏剧家有足够的才能像在《动荡统治》里那样驾驭其素材:

> 剧中关乎国家的辩论的热情与庄严,事件的生动,人物的丰富与对照,对一种伟大的历史行动的前进路径的思考能力等,这些所包含的戏剧技艺的品质,超出了皮尔、格林甚至马洛

的才能……对精神斗争的再现是《动荡统治》的一个显著特征……如果我们认为莎士比亚是《动荡统治》的唯一作者，我们就是认为他写了一部非常粗糙、结构散乱、充满明显模仿痕迹的戏剧，这正是一位经验较少的剧作家可能给出的作品，但这又是一部比迄今为止英国舞台上任何历史剧都包含更多伟大作品元素的戏剧。(《英国诗歌史》，页466)

[217]如前所述，考托普关于《争端》和《真实悲剧》的看法比当时几乎所有学者都更加接近真相，他对于《动荡统治》的看法很可能也是如此。换句话说，正如《争端》和《真实悲剧》被证明是《亨利六世》中下篇的劣质对开本，《动荡统治》也可能是一种劣质对开本(尽管劣质的原因可能不同)，它不是我们所认为的《约翰王》的劣质版本，而是莎士比亚为同一主题创作的早期剧本。这个剧本可能是《动荡统治》和《约翰王》的共同原初版本：前者总体上延续了原版本的精致结构但是改坏了语言，加入了一场不相容的戏；后者有所减损地保留了原来的结构，改变了原剧的主旨和一些人物刻画。

现在无法证明莎士比亚写过并修改了一个早期版本的《约翰王》，但我觉得这种假设最能够解释现有的事实。如果他写过，那可能是在创作《亨利六世》上篇前后的事情，因为《约翰王》里有很多内容都暗指这部戏剧。两部剧讲的都是法国人的欺骗，都包含较长的在法国战斗、夺城的场面。我发现塔尔博与贞德的有些话特别像庶子的话。莎士比亚对庶子的第一次刻画本来应该具有更单纯的忠诚并接近塔尔博。其性格的细节主要是从霍尔描述的奥尔良的庶子杜诺伊斯(Dunois)而来。现在杜诺伊斯在《亨利六世》上篇里出现，莎士比亚在这部剧里借用了霍尔和霍林斯赫德的材料。他自己的庶子福康勃立琪是从《亨利六世》上篇里提取出来的。从《亨利六世》上篇看来，莎士比亚头脑里似乎已经有了《约翰王》的素材，因为他让塔尔博在卢昂之战前说道：

> 我的誓言就像亨利王好端端地活着、先王是这片国土的征服者、伟大的狮心王理查的遗骸埋葬在这座新近丧失的城池内一样真实……(第三幕第二场,80–83行;《莎士比亚全集》[三],页519)

《动荡统治》和《亨利六世》上篇一样有丰富的古典指涉,那些看上去还不错的韵文部分也可以放在后者当中,比如该剧结尾部分的这几句:

> 因此英格兰的和平始于亨利的统治,流血的战争也因结盟而终止。让英格兰内部真诚相待,[218]那么全世界都不能将她扰乱。路易,你将被当成英雄送回法国,因为法国人曾占据的英国国土从未有你征服的二十分之一。皇太子,再见了!我们将去往华斯特。各位大人,请用最荣光的葬礼将你们的国王安葬。如果英国的贵族和人民结为一体,教皇也好,法国也好,西班牙也罢,都不能损伤她一分一厘。

通常认为《动荡统治》是由一个不讲原则的人分两部分出版的,此人想从买家那里得到双倍利润,便学了《帖木儿》分两部分出版的先例。不过他也可能只是把莎士比亚的原初版本的两个部分重新略简和篡改后的版本出版了。

至此本章所处理的问题并不是我在这样一本书里想要包含的问题,但它们确实可以帮助我们理解为什么《约翰王》的结构比例如此不当。莎士比亚在重写旧材料的时候不可能避免在某些方面进行扩展。因此将一部戏剧的两个部分(每一部分都是一部正常戏剧的长度)成功地紧密结合成一个独立的整体,是非常困难的。他一开始就在处理这个问题,但即便如此还是留下了一大堆素材,他不得不把它们大幅挤压到一起,结果就是散乱而缺少重点,动机严重不足。

接下来我要回到我们现有的《约翰王》,不考虑其前期历史。

莎士比亚留下的版本,大概在 1594 年①被收进《第一对开本》而第一次印刷出版。

尽管《约翰王》在政治兴趣的热情和广度上无法与前面的历史剧四部曲相比,但它对某些具体的政治主题的表现的确具有强烈的效果,这是通过对人物和语言的精彩创新实现的。莎士比亚这次较少表现我所说的他的"正统自我",而是在重写时让其想象力的自发力量更自由地喷薄,虽然可能是间歇性的。

降低的热情的一个讯号是四部曲中丰富的宇宙知识少多了,而其中最主要的例子又有了新的反讽意义。符合一般传统的是对第五幕战场上日落的指涉,它模仿了约翰王患病到死去的过程。彭勃洛克说完"约翰王病得很厉害,已经离开战地了"不久,[219]茂伦便说:

> 就在这一个夜里,它的黑暗的有毒的气息早已吞吐在那衰老无力、厌倦于长昼的夕阳的炽热的脸上……(第五幕第四场,33－35 行;《莎士比亚全集》[二],页 698,有改动)

"有毒的"(暗示患病)与夕阳一起暗示国王现在因为毒药而患病。下一场戏里路易无意中暗示了约翰与死亡的斗争,他第一句话是:

> 太阳仿佛不愿沉默。(第五场,1 行;《莎士比亚全集》[二],页 699)

该剧前面部分安及尔斯战斗之前,约翰拓展了人体与国家之间的对应关系,他把安及尔斯城的不同部分用人体结构词汇来描述,大门代表眼睛,城墙是腰部,城墙因为战斗而颤动是身体因为发烧而抖动。但这些指涉都没有庶子描述"利益"之神(the god Commodity)或自我利益(Self－Interest)及其在世界进程中的作用那样精妙。

---

① 我同意 Dover Wilson 对此日期的推断。

"利益"是个"狡猾的魔鬼",它扰乱了伟大而神圣的秩序原则:

> "利益",这颠倒乾坤的势力;这世界本来是安放得好好的,循着平稳的轨道平稳前进,都是这"利益",这引人作恶的势力,这动摇不定的"利益",使它脱离了不偏不颇的正道,迷失了它正当的方向、鹄的和途径;就是这颠倒乾坤的势力,这"利益",这牵线的淫媒,这掮客,这变化无常的名词……(第二幕第一场,574–582 行;《莎士比亚全集》[二],页 645)

"利益"毁坏了上帝的作品,把他创造的真实的完美世界弄得轨道扭曲、乾坤颠倒。"方向、鹄的和途径"都是"层级"的内涵,并预见了《特洛伊罗斯与克瑞西达》里俄底修斯关于层级的那段话,

> [遵循着]各自的不变的轨道,依照着一定的范围、季候和方式,履行它们经常的职责。(《莎士比亚全集》[四],页 266)

当莎士比亚称"利益"为"这变化无常的名词"时,他的意思与蒲柏在《愚人记》结尾提到"无聊"用她"没有创造力的词语"将灯火熄灭是一样的。[220]因为上帝是通过"词语"、三位一体中的第二体创造了世界,因此"利益"是毁坏伟大创世的邪恶"词语"。这种神学指涉在几行之后庶子提出天使一词兼有硬币与天上侍者的模糊性时得到了进一步加强:

> 并不是当灿烂的金银引诱我的手掌的时候,我会有紧握拳头的力量。(589–590 行;《莎士比亚全集》[二],页 645–646)

"利益"用他的"天使"或金币毁坏上帝的天使努力达成的神圣旨意。至此莎士比亚在使用宇宙知识的时候都表现出传统与正统的严肃性。现在他在保持严肃的同时更加精雕细琢,将其用于更细微的目的。庶子反讽式地为这种与其模糊出生状况相符的模糊信条

欢呼。然而他一直比真正的国王还要像个国王,他是层级这一伟大原则的真正守护者。

与宇宙知识一样少的是对历史伟大动力的思考。约翰最大的罪行——煽动赫伯特杀死亚瑟——似乎还没有他那不稳定的性格更能增加他的羞辱。这与前面的四部曲有很大不同,特别是《理查三世》,后者中罪与罚是紧密关联的。因此在这部剧中当萨立斯伯雷提及历史的伟大进程时让人略为惊讶。他知道约翰命在旦夕时对亨利亲王说:

> 宽心吧,亲王;因为您的天赋的使命,是整顿他所遗留下来的这一个混杂凌乱的局面 。(第五幕第七场,25 – 27 行;《莎士比亚全集》[二],页 702)

当康斯丹丝用当时有关皇家祖辈的罪行会降临到孙辈头上的观点攻击艾莉诺时也是如此。她提及亚瑟时说道:

> 这是你长子的嫡子,他有的是生来的富贵,都是因为你才遭逢这样的不幸。这可怜的孩子头上顶着你的罪恶,因为他和你的淫邪的血液相去只有二代,所以他必须担负你的不祥的戾气。(第二幕第一场,177 – 182 行;《莎士比亚全集》[二],页 633)

[221]这部戏剧要处理的具体政治问题按照重要性递增的排序是继承顺序、反叛的伦理与国王的性格。

继承顺序没有那么重要,尽管它可能是莎士比亚超出霍尔的范围探索英国历史的最初动机。约翰在继承权上缺少优势,他母亲在接近开头的部分直白地对他说:

> 约翰王:我们坚强的据守和合法的权利,便是我们的保障。
> 艾莉诺:你有的是坚强的据守,若指望合法的权利做保障,你和我就要糟糕了。我的良心在你耳边说着这样的话,除了上

天和你我之外,谁也不能让他听见。(第一幕第一场,39－43
行;《莎士比亚全集》[二],页618)

意识到继承权的不足的良心这一主题只是隐约地被再次提及。的
确,约翰被路易攻击的时候内心不安地回避了这一问题,他的回
应是:

英格兰的王冠不能证明我是你们的国王吗?(第二幕第一
场,273行;《莎士比亚全集》[二],页636)

但我们的结论还是,是约翰有缺陷的性格,而不是他有缺陷的继承
权最终毁了他。莎士比亚在长时间关注约克和兰开斯特家族的继
承权后很可能已经厌倦了这个主题。

与此相反的是反叛与冲突的主题,莎士比亚的想象力被它牢牢
抓住,这部剧也因为它而有了一定的统一性。

首先,莎士比亚多次用同一个隐喻赋予该主题以极大的重要
性:河流溢出河岸。这个隐喻并非莎士比亚首创,而是众所周知。
比如,《理查三世的真实悲剧》的作者将国家的灾祸比作尼罗河水
冲垮了它的两岸。有意思的是,《汤玛斯·莫尔爵士》中莎士比亚
写的部分里莫尔说起群氓时讲道:

当他们冲破了服从的河岸,就会同样摧垮一切。(第二幕
第四场,54－55行)

《约翰王》里这个隐喻并不总是代表政治反叛。它代表任何不受约
束的过度行为,不过最终集中代表过度的暴动,具有强大的、终极的
影响。[222]约翰在安及尔斯城前与腓力普争吵时,把他的合法行
动比作一条河流,假如腓力普用非法的障碍将其阻隔就会导致洪水
和灾祸。后来,安及尔斯城的市民促使两位国王结成联盟,描述了
一幅相反的画面,他将他们结盟的前景描绘成两条河流汇聚在一
起,和平地流动,让它们经过的堤岸都共享荣光。康斯丹丝还不相

信这一联盟的成立,还未断绝对亚瑟的希望,询问带来消息的萨立斯伯雷:

> 为什么你的眼睛里噙着满眶的伤心之泪,就像一条涨水的河流,泛滥到它的堤岸之上?(第三幕第一场,23 – 24 行;《莎士比亚全集》[二],页 648)

约翰请求潘杜尔夫阻止这场他发起的内战时把内战称作:

> 这一种人心思乱的危局,(This inundation of mistemper'd humour,)(第五幕第一场,12 行;《莎士比亚全集》[二],页 688)

inundation(洪水)一词和身体的体液都表明莎士比亚想的是滔滔的洪水。因此当反叛的贵族通过萨立斯伯雷之口用同样的隐喻表达要回归国王时,这一隐喻具有了强大的效果,完美地终结了前面的过程:

> 可以让我们从罪恶的歧途上回过身去,重寻我们的旧辙;像一阵势力减弱的退潮一样,让我们离弃我们邪逆反常的故径,俯就为我们所蔑视的堤防,驯顺而安静地归返我们的海洋、我们伟大的约翰王的足前。(第五幕第四场,52 – 57 行;《莎士比亚全集》[二],页 698)

但如果莎士比亚通过这反复出现的隐喻要表达的是,叛乱及悔悟是该剧的中心主题,那么乍一看他把约翰比做海洋并称其为伟大国王犯了前后不一致的粗疏错误,因为约翰的表现一直很卑鄙。在谈论更多有关反叛的观念之前,最好先解释一下这个前后不一的问题,这又意味着需要考察一下约翰的性格。

道登注意到"约翰在这部戏剧前几场中表面上装扮出了国王式的强悍与尊严",并认为这"只不过是对真正皇家力量与荣耀的拙劣假扮"(页170)。[223]不过,当伊丽莎白时期的观众听到约翰通过法国国王的使臣夏提昂表达对法国国王的蔑视——

> 愿你成为法兰西眼中的闪电,因为不等你有时间回去报告,我就要踏上你们的国土,我的巨炮的雷鸣将要被你们所听见。(第一幕第一场,24-26行;《莎士比亚全集》[二],页618)

或是他对福康勃立琪兄弟的公正裁决,又或者是对教皇这一外来干涉力量的反抗时,他们很可能不会认为他是在虚伪地表演。相反,他们可能会像对待描述安东尼在昔特纳斯河上遇见克莉奥佩特拉的爱诺巴勃斯那样对待他(《莎士比亚全集》[六],页35)。爱诺巴勃斯会讲出这么一大段与其本性不符的热情洋溢的韵文,并没有让他们困惑,他们乐意将其视为一种可以说任何话的群声式人物,而且允许他在讲完这段话后恢复到原来作为一个个体的功能。与此相似,约翰在与一个法国人面对面的时候,严格来说不是他自己,而是一位英国国王,而英国国王必须表现出蔑视与反抗,不让英国王冠的尊严有所减损。这也是辛白林的恶王后对待罗马使臣的态度,她对他们讲话的时候不再是一个邪恶的女人和童话里的巫婆,而成了一位英国王后。我发现皮尔的《爱德华一世》(页104)里艾莉诺王后也发生过同样的事。因此我们不必因为约翰有时是位有尊严的常规君主有时则是以现实主义手法表现的卑鄙和背信弃义之徒而感到惊讶。当彭勃洛克后悔反叛之举时,他宣誓效忠的对象不是坏国王约翰而是英格兰的神权国王。英国国王确实是海洋,应当得到所有流入其中的河流的礼赞。

我接下来要说的问题是反叛在何时是被允许的。这是该剧最出色的高潮戏的主题:第四幕第三场,亚瑟在跳下城垛后死去,反叛的贵族、庶子与赫伯特相继发现了他的尸体。贵族和庶子的反应形成显著对照。看到亚瑟已死,彭勃洛克、萨立斯伯雷和俾高特由此便认为是约翰害死了他。他们情感的过度表达反映出这一推断的轻率。

　　萨立斯伯雷:这是突破一切杀人罪案的最高峰,[224]瞠目的愤怒呈献于怜悯的泪眼之前的一场最可耻的惨剧、一件最野蛮的暴行、一个最卑劣的打击。

　　彭勃洛克:过去的一切杀人罪案,在这一件暴行之前都要被赦为无罪,这一件空前无比的暴行,将要使未来的罪恶蒙上圣洁的面目;有了这一件惊人的惨案作为前例,杀人流血都不过是一场儿戏。(第四幕第三场,45-56行;《莎士比亚全集》[二],页683)

对此,庶子带着与贵族肤浅的情感截然相反的克制与理性补充道:

　　　这是一件不可饶恕的残忍的行为;不知哪一个人下这样无情的毒手,要是他果然是遭人毒手的话。(第四幕第三场,57-59行;《莎士比亚全集》[二],页684)

这里 graceless(无情)一词的意思超出了神恩的范围,比起所有贵族的夸张言辞是更加严重的控诉,但讲话的人拒绝在了解真相前就提出这一控诉。贵族们确信约翰是有罪的,因此反叛是符合道德的行动。当赫伯特出现,多亏庶子的介入他们才没有把他当作约翰指派的凶手而杀死。在贵族离开、庶子不再需要平衡他们的轻率之后,他头脑中的挣扎才开始,反叛的问题以最为尖锐和最让人分心的形式提了出来。外在证据都不利于赫伯特,也即不利于他的主人。强烈的怀疑刺激着庶子,让他讲出了充满真诚激情的诗歌,这与前面萨立斯伯雷和彭勃洛克在语词上的过分矫饰形成鲜明对照:

　　　即使你对于这件无比残酷的行为不过表示了你的同意,你也没有得救的希望了。要是你缺少一根绳子,从蜘蛛肚子里抽出来的最细的蛛丝也可以把你绞死;一根灯芯草可以作为吊死你的梁木;要是你愿意投水的话,只要在汤匙里略微放一点水,就可以抵得过整个的大洋,把你这样一个恶人活活溺死。我对于你这个人很有点不放心呢。(第五幕第三场,125–134行;《莎士比亚全集》[二],页686)

[225] 赫伯特声明他是无辜的。但是庶子仍旧深感怀疑,这迫使他在反叛或效忠一位篡位或至少名声很差的国王之间做出可怕的抉择。他指着亚瑟的尸体对赫伯特说:

> 去,把他抱起来。我简直发呆了,在这遍地荆棘的多难的人世之上,我已经迷失我的路程。你把整个英国多么轻易地举了起来!全国的生命、公道和正义已经从这死了的王裔的躯壳里飞到天上去了;英国现在所剩下的,只有一个强大繁荣的国家的无主的权益,供有力者的争持攫夺。为了王权这一根啃剩的肉骨,蛮横的战争已经耸起它的愤怒的羽毛,当着和平的温柔的眼前大肆咆哮;外侮和内患同时并发,广大的混乱正在等候着霸占的威权的迅速崩溃,正像一只饿鸦眈眈注视着濒死的病兽一般。能够束紧腰带,拉住衣襟,冲过这场暴风雨的人是有福的。把这孩子抱着,赶快跟我见王上去。还有无数的事情要干呢,上天也在向这国土蹙紧它的眉头。(139–159行;《莎士比亚全集》[二],页687,有改动)

这些怀疑折磨着一个行动力很强的人,非常触动人心。在此之前庶子只需要忠诚地为主人服务,现在他被迫要考虑亚瑟的整个情形。他承认亚瑟有权继承王位,怀疑约翰是害死亚瑟的主谋,明白这片国土的信誉已经遭到严重破坏。他不得不在反叛之罪与效忠一个坏主人的耻辱之间做出选择。他以超凡的力量和速度作出了果断决绝的选择,从困惑迷惘转而为国王的"无数的事情"而奔忙。

庶子实际想明白的是,尽管约翰不是个好国王,但他不像理查三世那样是个暴君。他的想法是正确的,尽管约翰不是个好国王,但默认他的统治并希望上帝能让他转而向善,明白反叛之罪只会让上帝加重这个国家已在承受的惩罚,这才是更明智的。[226]庶子因为自己的坚守,避免了国家被法国人击垮,上帝通过不久后亨利三世治下的联盟表明了他的宽恕。

庶子在这样重要的场景里没有提到宇宙观念,这在该剧中是很典型的。他本可以很容易地将他自身微观宇宙中的侵扰比作对国家的侵扰,就像《裘力斯·凯撒》的布鲁特斯那样。庶子选择的是不那么体面的狗争骨头的比喻,以及在一个未受管束、仍旧自由生长的英国里容易被理解的平常比喻——一个人在荆棘遍地的野外迷路。

最后一个政治主题是真正的国王。莎士比亚似乎在整个戏剧生涯中都在思考这个主题。我们看到他在《亨利六世》中篇里通过一个想象的交易衡量葛罗斯特公爵亨弗雷和约克公爵,发现他们都有缺陷,而在《辛白林》这部后来的作品里也赋予辛白林的两个儿子古德律斯和阿维拉古斯以不同的特点,哥哥古德律斯是未来的国王,行动力强而个性坚稳,弟弟阿维拉古斯则更有想象力且谈吐优雅。与《亨利六世》中篇一样,《约翰王》里有三个对皇位有野心的人——亚瑟、约翰和庶子,他们都各有缺陷。亚瑟是合法的继承人,但他未经世故,性格也不够成熟。当他告诉赫伯特

> 要是我出了监狱做一个牧羊人,我一定会一天到晚快快乐乐地不知道有什么忧愁,(第四幕第一场,17 – 18 行;《莎士比亚全集》[二],页 669)

他也可以跟他说自己其实是有过同样愿望的亨利六世的后代。约翰只是在表面上和拥有王冠这点上是个国王,在思想上他既轻率又反复无常。庶子是私生子,但在其他方面是莎士比亚笔下最出色的君王类型之一。

梅斯菲尔德因为痛恨莎士比亚的《亨利五世》,并观察到莎士比亚作品中有几个将不成功的理想主义者与粗鄙但成功的凡俗之徒对照的明显例子,所以大力批评庶子这个人物,认为他是亨利五

世的雏形,他的世故与高效和约翰那高雅的理想主义本性形成对照(《威廉·莎士比亚》[*William Shakespeare*, London, 1911])。这是对约翰的过度阐释和对庶子的粗疏理解。约翰不是个好国王,或者说当他不是自己时才是好的。庶子比《亨利五世》里的亨利更像一个完整的人,可能正因为莎士比亚对行动效率高的人及其有限性还没有足够的批判力,所以没想要树立一个理想主义的形象来衡量或者批评庶子。[227]莎士比亚对真正国王的第一次刻画,尽管是简略的几笔,其实是随后不久的特修斯这个人物。

默里对庶子的性格以及塑造他的过程中出现的新的创造方式有过非常精确的阐释(《莎士比亚》[*Shakespeare*, London, 1936],页 159-169),因此我只需说明庶子所体现的莎士比亚的政治观点。在讨论《亨利六世》中篇的君王型人物时我说过,在狮子和狐狸的特点之外,还要加上另一种动物——鹈鹕的特点才能构成真正国王的性格,庶子具有这三种动物的特点。他的掌控力量显而易见,在前面引用的他关于亚瑟尸体的话将这一点突出表现了出来。只有性格特别坚定的人才能在因为如此可怕的迷局感到困扰时还能如此迅速地做出决定。约翰在下一场戏里软弱地将王冠交予潘杜尔夫,这也不是偶然。随后约翰的决心随着庶子的在场或不在场而变得坚定或者犹疑。与决心相关的是行动的速度,他为赫伯特挡住萨立斯伯雷的攻击是瞬间的行动。萨立斯伯雷一拔剑,他就说道:

> 您的剑是很亮的,大人;把它收起来吧。(第四幕第三场,79 行;《莎士比亚全集》[二],页 684)

在该剧末尾他以为法国太子还在追击国王的军队时建议道:

> 让我们赶快去迎击敌人,否则敌人立刻就要找到我们头上来了。(第五幕第七场,79 行;《莎士比亚全集》[二],页 704)

作为一只狐狸,他的狡猾更多的是虚张声势,而不像波林勃洛克那样是个严格意义上的马基雅维利式人物,但结果是一样的。他在圣爱德蒙兹伯雷到法国太子和英国的反叛贵族面前,替约翰编造了一番信心十足的蔑视言论,而实际上英国军队正深陷困境,远不能支持这样的言论。

> 现在听我们英国的国王说话吧,因为我是代表他发言的。他已经准备好了;这是他当然而应有的措置。对于你们这一次猴子学人的无礼的进兵,这一场全武行的化装舞蹈,这一出轻举妄动的把戏,这一种不懂事的放肆,这一支孩子气的军队,我们的王上唯有置之一笑;他已经充分准备好把这场儿戏的战争和这些侏儒的武力扫荡出他的国境以外。(第五幕第二场,128—136行;《莎士比亚全集》[二],页694)

在他第一幕结尾的第一次独白里,承认自己有"向上的精神"(mounting spirit)(《莎士比亚全集》[二],页624),他将研究这个时代的弱点从而使"我升发的路途上"少一些滑倒的危险因素(同前)。[228]但即使他在这里有意表现得只追求私利,但也表示他将学着顺应时世,不为欺骗别人,只求避免上当受骗:

> 虽然我不想有意欺骗世人,可是为了防止受人欺骗起见,我要学习学习这一套手段。(第一幕第一场,214—215行;同前)

在第二幕结尾他关于"利益"的第二次独白里,他再次把自己说得非常糟糕——只因为从未遭到诱惑才没有犯下贪污腐败之罪。

> 为什么我要辱骂这"利益"呢?那只是因为他还没有垂青到我的身上。并不是当灿烂的金银引诱我的手掌的时候,我会有握紧拳头的力量;只是因为我的手还不曾受过引诱,所以才像一个穷苦的乞儿一般,向富人发出他的咒骂。好,当我是一个穷人的时候,我要信口谩骂,说只有富有是唯一的罪恶;要是有了钱,我就要说,只有贫穷才是最大的坏事。既然国王们也

会因"利益"而背弃信义;"利益",做我的君主吧,因为我要崇拜你!(第二幕第一场,577-588行;《莎士比亚全集》[二],页645-646)

实际上,庶子有英国人害怕表现得太严肃或是太正直的心理。这一宣称并不表示他确实腐化了,就如他后来的插入语并不证明他缺乏宗教信仰:

要是我有时也会想起上帝。(《莎士比亚全集》[二],页659)

在实际行动中他既忠诚也自我克制,或者至少有鹈鹕的责任心。他看到约翰的尸体时说的话没有任何不真诚的成分:

您就这样去了吗?我还要留在世上,为您复仇雪恨,然后我的灵魂将要在天上伺候您,正像在地上我是您的仆人一样。(第五幕第七场,70-73行;《莎士比亚全集》[二],页704)

这与一位真正的国王对其臣民充满责任感的精神是一致的,这是特修斯在责怪自己"过分关注自己的事情"——这话不仅表明特修斯作为国王的正当性而且谴责了理查二世这种国王——时表现出的精神,这说明莎士比亚即使在创造喜剧场景时也保持着对政治的一贯兴趣。[229]

在前述三种动物特性的分析中,庶子的性格显得相当刻板。这是因为莎士比亚创造他时充满激情并赋予他一种牢不可破的个性,使得所有君王的特点都有了生命力,而这在本该更出色的人物——该剧中的真正国王亨利五世身上是缺乏的。莎士比亚在庶子这个人物上让人惊讶地从他的"正统自我"中脱离出来,并通过他发展了两个重要的政治主题,使该剧作为一个重要历史剧系列的一部分具有恰当且实在的价值。

康斯丹丝被认为是该剧第二重要的人物,大概部分是因为西登斯夫人表演这一角色时的全情投入。范多伦正确地将她视为早期四部曲最后三部剧里一系列众多服丧女人中的最后一个,但她又不同于前面那些女人。她的哀怨没有仪式化或象征的意味,她的悲伤是个人的而不是与人交相应和的。

她不像庶子那样让人惊异,但也标志着莎士比亚在将人物个性化、特征化的过程中迈进了一大步。我们应该认为她是年轻、漂亮和聪慧的,她那青春的活力与魅力悲剧地汇成一股过度悲伤的洪流。腓力普提到"她这一根根美好的头发"时暗示了她的美丽。她那灵敏的智慧每次都站在了她婆婆的上风,比如她们第一次在法国见面时她用了 will 一词的双关意义——遗嘱/意志:

> 艾莉诺:你这狂妄的悍妇,我可以给你看一张遗嘱,上面载明取消亚瑟继承的权利。
> 康斯丹丝:嗯,那是谁也不能怀疑的。一张遗嘱!一张奸恶的遗嘱!一张妇人的遗嘱!一张坏心肠的祖母的遗嘱!(第二幕第一场,191–194 行;《莎士比亚全集》[二],页 633)

再比如她模仿对幼儿说话的口吻:

> 艾莉诺:到你祖母身边来,孩子。
> 康斯丹丝:去吧,孩子,到你祖母的身边去,孩子;把王国送给祖母,祖母会赏给你一颗梅子、一粒樱桃和一枚无花果。好一位祖母!(159–163 行;《莎士比亚全集》[二],页 632)

即使在最悲痛的时候她也很机智,比如在痛斥曾信誓旦旦要战斗到亚瑟登上王位为止的奥地利公爵时。[230]她提及他穿着的狮皮外套时说道:

> 啊,利摩琪斯!啊,奥地利!你披着这一件战利品的血袍,不觉得惭愧吗?你这奴才,你这贱汉,你这懦夫!你怯于明枪、勇于暗箭的奸贼!你这借他人声势长自己威风的恶徒!你这

投机取巧、助强凌弱的小人！你只知道趋炎附势，你也是个背信的家伙。好一个傻瓜，一个激昂慷慨的傻瓜，居然也会向我大言不惭，举手顿足，指天誓日地愿意为我尽力！你这冷血的奴才，你不是曾经用怒雷一般的音调慷慨声言，站在我这一方面吗？你不是发誓做我的兵士吗？你不是叫我信赖你的星宿、你的命运和你的力量吗？现在你却转到我的敌人那边去了？你披着雄狮的毛皮！羞啊！把它剥下来，套一张小牛皮在你那卑怯的肢体上吧！（第三幕第一场，114 - 129 行；《莎士比亚全集》[二]，页 651）

当痛苦快让她发疯的时候，她说话时表现出的敏捷的想象力可以媲美莎士比亚后来塑造的比阿特丽斯和罗莎琳德身上的女性光辉。

死，死。啊，和蔼可爱的死！你芬芳的恶臭！健全的腐败！从那永恒之夜的卧榻上起来吧，你幸运者的憎恨和恐怖！我要吻你丑恶的尸骨，把我的眼球嵌在你那空洞的眼眶里，让蛆虫绕在我的手指上，用污秽的泥土塞住这呼吸的门户，使我自己成为一个和你同样腐臭的怪物。来，向我狞笑吧；我要认为你在微笑，像你的妻子一样吻你！（第三幕第四场，25 - 35 行；《莎士比亚全集》[二]，页 662 - 663）

范多伦对这部戏剧的主要风格有过精彩的分析。① 他选取画百合的著名段落，认为这里表现出的表述过度在整部剧里有典型性。这种过度尽管在语言上不经济，却并非没有效果。这是一种活力的崭新爆发的标志，正如庶子对该剧风格的批评是进一步的爆发，只不过是朝另外一个方向，以高度的复杂性概述已经实现的过

---

① Mark Van Doren 在《莎士比亚》(*Shakespeare*, New York, 1939) 一书中对莎士比亚的戏剧作了分别的论述，我文中涉及的引述均来自该书的相关部分。

程。[231]安及尔斯市民建议路易与白兰绮之间的联姻时最后说道:

> 因为这段婚姻实现以后,无须弹药的威力,我们就会迅速大开我们的门户,欢迎你们进来。要是没有这一段婚姻,我们就要固守我们的城市;怒海不及我们顽强,雄狮不及我们自信,山岩不及我们坚定,不,残暴的死神也不及我们果决。(第二幕第一场,447-455 行;《莎士比亚全集》[二],页 641)

不论这段话有多么言过其实,它的确是触动人心的修辞,但是庶子(他自己有时也颇善辞令)恶狠狠地批驳了它:

> 好可怕的一个故事,它把死神腐烂的尸骸上披着的破碎的衣服都吓得掉下来了! 好大的一张嘴;死、山岳、岩石、海水,都被它一口气喷了出来,它讲起怒吼的雄狮,就像十三岁的小姑娘谈到小狗一样熟悉。(456-461 行;《莎士比亚全集》[二],页 641-642,有改动)

这样的批评不仅限于庶子。这其实是反复出现的证据的一部分,证明莎士比亚在这部戏剧里需要(即便没有成功地)协调私下的自我与正统自我。第二幕前面夏提昂向腓力普国王汇报英国远征军的语言十分讲究,不过在描述年轻的英国志愿军人的话里已经包含了自我批评:

> 他们有的是妇女的容貌和猛龙的性情。(68 行;《莎士比亚全集》[二],页 629)

这里出现了一瞬的现实主义。莎士比亚想到的是伊丽莎白时期聪明年轻的亡命徒,他们志愿加入穿越大西洋的航行或是远征西班牙港口的战斗。这种现实主义令人惊讶地出现在一处对艾莉诺的描述中:

一个复仇的女神,怂恿他从事这一场流血和争斗。(63行;《莎士比亚全集》[二],页 629)

在如此坚决地转向人的语言之后,莎士比亚放弃了《约翰王》中的仪式化语言这一点就并不奇怪。尽管有一些修辞上的重复,比如前面引过的康斯丹丝关于死亡的话里就没有交互应答的内容。[232]这一缺失与正式的宇宙知识的相对缺失是相对应的。

在结构上这部戏剧缺少整体性。前三幕的确是清晰条理地描述了复杂的政治行动、追求自我利益的野心家们变换的动机,康斯丹丝和庶子这两个最聪明的参与者做出的批评言论使其更加富有活力。涵盖安及尔斯之战前所有事情的第二幕,是莎士比亚笔下最大的同时也是最活泼、丰富和有娱乐性的战争戏之一。作为一场政治戏而不是真正的战争场面,潘杜尔夫劝说法国太子坚持入侵英国的计划时(第三幕第四场)非常精彩。该剧开头约翰对夏提昂的蔑视也很精彩,它们的表达都很迅捷,对安及尔斯之战前事态的广阔程度是一种完美的铺垫。但在最后两幕里,政治行动失去了原有的广度和强度:要么缩减为更个人化的处理,比如亚瑟被威胁要弄瞎他和庶子面对亚瑟尸体的困惑两个场景;要么被弱化或是草率处理,比如约翰把王冠交给潘杜尔夫和他在庵院死去两个场景。即使不考虑最后两幕在内容范围上的变化,其中各场戏之间亦缺少有机的联系。亚瑟尸体事件本身意义非凡,但它的能量和新的自由风格与亚瑟恳求赫伯特别弄瞎自己的部分差异很大。通常的看法要么称赞这一恳求非常动人,要么批评它做作得不可忍受。它确实有些做作,但对于伊丽莎白时期的观众来说并非不可忍受。他们很可能把它当作修辞的展示,而它在这方面是精雕细琢的,将词语游戏玩得非常优雅,和莎士比亚其他许多场戏一样。然而,它与本章早前说到的语言上更有活力的过度表达没有保持一致——实际上这部分很难自然地融入这部剧里。反叛的主题在最后两幕里可能是首要的,并对本剧的题材提供了某种连贯性,但它并不是从前三幕的特有价值中自然生发出来的,它是作为一种个人的困境出现,而不是作为主导性动机影响成千上万人的情感和命运。它也没有把最后两幕与该剧前面的重要场景连接起来。我们看到安及尔斯战斗前的军队时就想不到这个片断。

同时在该剧背景中也没有任何道德动机赋予该剧一种虽无法界定但感受得到的统一性。[233]被庶子拟人化的"利益"确实让人们想起诸如《国家》(*Respublica*)里的"披斗篷的共谋"这样的形象,但这只是一处细节。英格兰或国家本身很难说在这部剧里出现过。在他关于亚瑟尸体说的最后一段话里庶子把英国比作狗抢夺的一块骨头,该剧末尾他表明了只要英格兰内部团结一致便坚不可摧的重要观念。但该剧其他部分并未强化这种观点。比如剧中很少展现社会的不同等级,很少有能与《亨利六世》中篇里的卑微人物相对应的人物,他们代表的是英国一个阶层的样态。赫伯特对普通大众听到并散播亚瑟之死消息的描述似乎是个例外:

> 我看见一个铁匠提着锤这样站着不动,他的铁已经在砧上冷了,他却张开了嘴恨不得把一个裁缝所说的消息一口吞咽下去;那裁缝手里拿着剪刀尺子,脚上趿着一双拖鞋,因为一时匆忙,把它们左右反穿了,他说起好几千善战的法国人已经在肯特安营立寨;这时候旁边就有一个瘦瘦的肮脏的工匠打断他的话头,提到亚瑟的死。(第四幕第二场,193 – 202 行;《莎士比亚全集》[二],页 679)

但我们读到这段话的时候关注更多的是其描述性的韵文,它让我们愉快地看到莎士比亚在建立大的政治动机之外的真正(在本剧中是崭新的)才能。我们不认为艺匠们是国家的成员。

总而言之,尽管这部戏剧是个出色的作品,充满了新的可能和新的活力,在总体上却缺少确定的内涵。莎士比亚在接下来的创作中将实现这一可能,并达到新的确定性。

第四章　第二个历史剧四部曲

1. 引言

[234]无论理查二世与亨利四世之间在风格上有多么明显的差异,这些戏剧通过相互指涉的一种网络联结起来。另一方面,尽管《理查二世》可能写于《约翰王》完成后不久,①二者之间的联系却是断断续续、不重要的。《理查二世》是部向前看的作品,莎士比亚的第二个四部曲是一个成功的整体。

这个问题很重要,需要详加论证。

首先,最重要的是,理查和哈尔亲王(Prince Hal)是有意形成对照的两个人物。理查是表面上而非实际上的王子,哈尔是一开始表象掩盖真实的实际上的王子。理查的徽章是忠诚的太阳从云中显露,这是理查出现在弗林特堡城墙上时波林勃洛克提及的一个象征:

> 瞧,瞧,理查王亲自出来了,正像那赧颜而含愠的太阳,因为看见嫉妒的浮云要来侵蚀他的荣耀,污毁他那到西天去的光明的道路,所以从东方的火门里探出脸来一般。(《莎士比亚全集》[三],页 59–60)②

---

① Dover Wilson 在《理查二世》的前言里认为该剧写于《约翰王》之后,我赞同他的观点。

② [译注]《莎士比亚全集》里朱生豪的译文把这段话错认为是亨利·潘西说的。

但是理查并没有践行他的徽章,因为他让那些"浮云"即邪恶的顾问遮蔽了他应有的荣耀。哈尔亲王接受并亲身证明了这一徽章的意义,他在《亨利四世》上篇第二场戏末尾的宣言中表明了这一点:

> 可是我正在效法着太阳,它容忍污浊的浮云遮蔽它的庄严的宝相,然而当它一旦穿破丑恶的雾障,大放光明的时候,人们因为仰望已久,将要格外对它惊奇赞叹。(《莎士比亚全集》[三],页116-117)

[235]假如这是《理查二世》和《亨利四世》上篇之间的唯一一处可能的关联指涉,那么我们可以怀疑它是否存在,但它实际是诸多关联指涉中的一个,那就不能不说这是作者有意为之的了。

其次,叛乱与内战的整个主题在这部剧里的发展是持续的,仿佛在创作之初就是作为整体来看的。比如,卡莱尔主教在韦斯特敏斯特大厅讲的一段话中预言,如果波林勃洛克当上国王就会发生内战,这宣告了将来的续篇:

> 这位被你们称为国王的海瑞福德公爵是一个欺君罔上的奸恶的叛徒;要是你们把王冠加在他的头上,让我预言英国人的血将要滋润英国的土壤,后世的子孙将要为这件罪行而痛苦呻吟;和平将要安睡在土耳其和异教徒的国内,扰攘的战争将要破坏我们这和平的乐土,造成骨肉至亲自相残杀的局面;混乱、恐怖、惊慌和暴动将要在这里驻留,我们的国土将要被称为各各他①,堆积骷髅的荒场。(第四幕第一场,134-144行;《莎士比亚全集》[三],页73-74)

如果说这个四部曲第一部剧的这些话指向将来,那么上部剧里亨利在阿金库特战役前祈祷上帝不会把理查的死迁怒于他的那些话就

---

① [原译注]各各他(Golgotha),耶稣被钉于十字架之处,意为骷髅地。

指向过去。

第三,《理查二世》里潘西一家的出现方式暗示他们将来会以更重的分量出现。诺森伯兰是帮助亨利得势的主要执行人,诺森伯兰告诉理查他必须去邦弗雷特,理查警告前者总有一天他会认为没有任何报酬能够抵得上他的功劳:

> 诺森伯兰,你是野心的波林勃洛克升上我的御座的阶梯,你们的罪恶早已贯盈,不久就要在你们中间造成分化的现象。你的心里将要这样想,虽然他把国土一分为二,把一半给了你,可是你有帮助他君临全国的大功,这样的报酬还嫌太轻;他的心里确是这样想,你既然知道怎样扶立非法的君王,当然也知道怎样从僭窃的御座上把他推倒。(第五幕第一场,55-65行;《莎士比亚全集》[三],页83)

[236]当霍茨波在索鲁斯伯雷战斗前对勃伦特讲述他的痛苦时,他说起放逐归来的波林勃洛克曾承诺只谋求兰开斯特公爵的领地。这是前一部剧里弗林特堡前诺森伯兰对理查的承诺:

> 他宣誓此来的目的,不过是希望归还他的先人的遗产,并且向您长跪请求立刻撤销对他的放逐的处分;王上要是能够答应他这两项条件,他愿意收起他的辉煌的武器,让他们生起锈来。(第三幕第三场,112-116行;《莎士比亚全集》[三],页61)

格林对王后提及华斯特(诺森伯兰的兄弟,并未在《理查二世》中出现)折断他的指挥杖,辞去内府总管的职位(《莎士比亚全集》[三],页39),这在《亨利四世》上篇里再被提及,索鲁斯伯雷战斗前华斯特对亨利四世说:

> 在理查的时候,我为了您的缘故,折弃我的官杖。(第五幕第一场,4-5行;《莎士比亚全集》[三],页197)

最后，长话短说，《亨利四世》下篇里亨利国王实际上直接引用了《理查二世》里的话(《莎士比亚全集》[三]，页83)。他提醒华列克理查在被带到邦弗雷特前对诺森伯兰说的话，并引用了其中的一部分：

> "诺森伯兰，"他说，"你是一道阶梯，我的族弟波林勃洛克凭着你升上我的王座；"虽然那时候上帝知道，我实在没有那样的存心，可是形势上的必要使我不得不接受这一个尊荣的地位。"总有一天，"他接着说，"总有一天卑劣的罪恶将会化脓而溃烂。"这样他继续说下去，预言着今天的局面和我们两人友谊的破裂。(第三幕第一场，70－79行；《莎士比亚全集》[三]，页274)

莎士比亚此前从未引用过以前创作的历史剧，除非他把这个序列当作一个有机的整体。他在引用时的一些错误(对照《理查二世》的原文可以看出)表明他更注重的是大的方面而非细节问题。

那么如果说第二个四部曲的戏剧是紧密相关的，我们就必须把它们视为一个有机整体。[237]面对《理查二世》与《亨利四世》的不同风格，我们也不能说前者陈旧老套而后者突然神奇地成熟起来，我们只能认为莎士比亚从一开始就知道他要做什么并有意谋划了这种风格上的对照。我们一旦接受这一想法，就收获颇丰，发现这些戏剧形成了一种了不起的交响乐式的架构。前三部戏剧不仅变得容易理解，而且成为精美的艺术作品。我将在后面以个别戏剧为题的章节对此展开讨论。

莎士比亚写第一个四部曲的时候，在过去的文学作品中寻找智性的支持：霍尔的作品、《布道集》《高布达克》和《为官之鉴》。他所处时代的文学却没有如此有用。编年史剧的作者在智性方面比他要弱，斯宾塞、锡德尼和莱利尽管有同样的智性关怀，却以其他的方式表达出来，与编年史剧距离很远。但是在他创作第二个四部曲时期，有些作品虽与各种影响没有关系，却与莎士比亚有非常紧密的智性同源关系。对此稍作说明可以看到莎士比亚对于其时代的智性氛围有多么敏感，他首先发出的是其时代的声音并由此发出人性的声音这一点是多么正确。此外，他也可能因为别人也在尝试表达同样的东西而受到特别的鼓舞。这里我所指的作者包括丹尼尔和海沃德爵士。

在说明这个问题前我先要指出这两位作者的历史作品与莎士比亚的历史剧十分接近，它们不是孤立的作品，而是对英国历史如何发展表达了有力、严肃和广为接受的观点。这些观点在伊丽莎白时期过后还持续存在多年。只需一例即可证实。古德曼在 1616 年出版的神学作品《人的堕落》的书信致词中对亨利七世的光荣事迹及其与现今英国皇室的祥和之间的关系做了长篇的记述。他记述了上帝如何使他强大到结束理查三世的暴政；他结合了亨利四世、亨利五世和亨利六世的（或者用我前面的说法是狐狸、狮子与鹈鹕的）美德；他让遭遇不公正压迫的他的先辈坎勃－不列颠人（Cambro－Britons）效忠于自己；[238]他为纪念祖先给长子取名为亚瑟；他通过与约克女继承人的婚姻弥合了英格兰王国的分裂；他明智地将长女嫁给苏格兰王子而不是法国王子，从而最终促成了英格兰与苏格兰两个王国的联合。实际上，我们发现在 1616 年弗吉尔和霍尔笔下的都铎王朝神话都充满活力，只是通过把斯图亚特家族包含进来而有了新的转向。

丹尼尔①比莎士比亚大两岁。他来自中产阶级家庭，在牛津上过学，依靠贵族的赞助生活，有段时间还做过贵族孩子的家教。他在 16 世纪 90 年代早期做过彭布罗克家族（the Pembroke family）的家教，得到过芒乔伊勋爵（Lord Mountjoy）的赞助，后者在困难时期给他的帮助他后来心怀感激地说过。在莎士比亚开始写第二个历史剧四部曲之前他已经声名赫赫，人们对他的尊崇应该是因为其严

---

① 有关丹尼尔和莎士比亚之间的关系的研究相当丰富。我同意 Dover Wilson 在其编辑的《理查二世》里对有关文献的评述。

格的形式主义风格。在某些方面他是最早的英国新古典主义作家。莎士比亚很可能是通过彭布罗克家族认识他,且不太可能不知道他的诗歌。相反,丹尼尔不可能不知道,至少是听说过莎士比亚的第一个历史剧四部曲。

丹尼尔于 1595 年出版了《约克与兰开斯特家族的内战历史》第一部分。在他的计划中这部作品采取的是关于历史主题的一部长篇史诗这一极具野心的形式,以卢坎(Lucan)的《法尔萨利亚》(*Pharsalia*)为仿效的典范。这部作品从 1594 年开始有记录,因为丹尼尔是个写作很慢且费力很多的作者,因此其中的部分手稿应该写于一段时间以前。《内战》与《理查二世》或《亨利四世》之间的任何明确相似性(这些戏剧的主要内容在丹尼尔该作品的第一部分里都已涉及)都暗示莎士比亚抄袭了丹尼尔而不是丹尼尔抄袭了莎士比亚。除非能够证明莎士比亚的第二个四部曲写在第一个四部曲之前,如果是这样的话那其中的影响就是反过来的。不过,与计划中的一部野心勃勃的诗歌(不幸没有完成)正好涵盖了莎士比亚两个四部曲的内容并且关注同样的宇宙概念和历史观念比起来,影响的问题微不足道。丹尼尔的史诗开始讲述的地方正是莎士比亚的历史剧开始的地方,但他在一个地方停下来,这个地方对应的是《亨利六世》下篇接近尾声处,[239]历史上的位置是华列克因为爱德华四世与法国联合的失败从约克党转而投向兰开斯特党。但在 1609 年版本的书信致词中他告诉读者他计划在莎士比亚结束的地方结束,这表明他是从莎士比亚那里获取的素材。他的计划是:

> 表现内战纷乱的畸态、叛乱的悲惨结果、阴谋诡计、血腥的复仇,这些是(像在一个循环中一样)接续在亨利四世篡位打破了正常进程之后,因此使得和平的幸运与按顺序继承形成稳固政府的幸福显得更加美好。我相信我会为我的国家做出让人愉快的贡献,为亨利七世的光荣联盟,也即我们如今能够幸福的根源给以同样的表现。

这也是霍尔在其作品序言里的语调。当丹尼尔(像莎士比亚那样)从英格兰在爱德华三世治下的繁荣和他的七个儿子开始讲述历史的进程,他对霍尔的依赖愈发明显。因此丹尼尔在《内战》中的目的正是莎士比亚在其历史剧中的意旨。

在政治哲学方面丹尼尔和莎士比亚是一致的,尽管他们在不同部分有不太一样的侧重点。比如,莎士比亚作品里有更多的宇宙知识,而下面这节诗行中将人的身体疾病与国家的疾患对应起来,表明丹尼尔也有同样的意识:

> 啊战争,因为骄傲与奢靡产生,
> 是邪恶与仇恨之子,
> 你那不虔诚的好处与有益的不虔诚,
> 你是一个国家唯一的挽救者:
> 用不公正-公正惩罚人类的邪恶,
> 用激烈的方式扫除嚣张的腐败,
> 除了让这只掀起狂风暴雨的手为这片罪恶滔天的土地
> 放血治疗,还有其他的办法吗?(IV,第46诗节)

另一方面,丹尼尔用叙事的方式可以更加自由地思考政治事件并进行道德说教。因此他可以为一个人的行为提出不同的动机,比如他猜想波林勃洛克在回到英国时发誓不谋求王位是否是真诚的,他认为历史学家们在寻找因果关联时太过死板(I,第93-99诗节)。除了这些不同,[240]两位作家都认为历史在重复自身,历史通过先例可以教育后世,一桩罪行会导致另一桩罪行。丹尼尔下面的这一诗节评价理查二世统治的严肃语调与《理查二世》里葛罗斯特夫人对刚特讲到爱德华三世儿子们的命运时的语调一模一样:

> 这个人统治期间开始了这一场致命的纷争,
> (这就是我们要讲述的血腥争议)
> 它夺取了多位王子的生命,

摧毁了弱者,还耗尽了强者;

在那里各种混乱此起彼伏,
回想起来就让人痛不能言。
将来可能会忘记这一教训,
最好还是从别人的伤痛中学习。(I,第23诗节)

与莎士比亚一样,丹尼尔把这所有不幸,无论它们有多么可怕,都看作是都铎王朝伟大时代的序曲:

但是我们现在有什么理由抱怨呢,
从那以后我们享有的是安宁祥和与快乐,
是天赐给你的幸福吧,伊丽莎白?
经历诸多逝去的,重获幸福,天堂
也找不到其他方法将决裂的家族
重新联合起来:他们成为你的铺垫;
在你治下的和平时期,荣耀将是无可比拟。(I,第3诗节)

最后,丹尼尔和莎士比亚一样采用了道德剧的"国家"主题,他加入了寓言式的女性形象——英格兰的天才,她在波林勃洛克到达约克郡的第一晚在睡梦中谴责他。他在细节上也有与莎士比亚一样的地方,比如将国王(此处是波林勃洛克)接受臣民的效忠比作海洋接受河水的贡献:

看那泰晤士河,因为多次洪水
和多条美丽的河流而丰盈,而洪水与河流
在泰晤士河中葬身埋名,将一切美好
融入他的伟大,增强他的浪潮,
让他带着宏伟的水流滚滚前行,无法阻挡,
涌入海洋,这是为他奉献的河流的渴望,
将他所有的财富融入这力量,

海洋将所有这一切都吞噬；
[241]强者带着跟随他们的队伍,
也是这样涌向接收一切的波林勃洛克。（Ⅱ,第3-4诗节）

丹尼尔对事件的选择非常接近莎士比亚。主要的区别是丹尼尔坚持贴近其内战的主题,而较少在愉快的事情上花费笔墨。他一定对此有所意识,因为他让亨利五世的灵魂抗议说这诗歌里灌输的教训都是要避免的错误,并叹息道他的事迹很快就会湮灭,因为没有有才之士来记录它们。丹尼尔也更加忠实于历史,没有让哈尔王子杀死霍茨波,略去了将它粗略变形的结果,比如《亨利四世》上篇里塔尔博擒拿奥尔良的片段。比起莎士比亚,他有意识地记录了玫瑰战争中更多的战斗。另一方面,他们之间的相似性非常惊人。比如塔尔博及其儿子的死在两位诗人的笔下都场面宏大,二人都选择套顿来表现战争的终极恐怖,都让亨利从一座小山上观察下面的争斗。

在处理方法上丹尼尔的确非常不同。他是一个喜欢沉思、不擅长描述行动的诗人。他那些分析动机的台词可以说十分出色,他也善于为行动的展开作铺垫。但他在行动高潮时是失败的。比如在第三卷反对亨利四世的第一次叛乱由韦斯特敏斯特修道院院长发起,开头很出色,有一段勃伦特的精彩演说,他警告反叛者他们这次行动将带来的真正后果。这一演说是如此重要和具有古典主义风格,以至于暗示莎士比亚在构思和创作《裘力斯·凯撒》时受到丹尼尔很多影响。但当丹尼尔一旦要展开行动,就变得平淡无趣：

的确,他们继续前行,但是,啊,却未走远：
一次致命的截断横在他们前行的路途上；
他们的去向被知晓,他们被发现了：
其中有些人就成了暴利的牺牲品。
奥默来成了损毁一切的人,

不论是因为轻率、机缘还是其他更坏的原因：
他拿别人的鲜血换取自己的和平，
向国王表明一切事情应如何成就。（Ⅲ，第49诗节）

不过丹尼尔是一个比莎士比亚声名小的诗人并不意味着他对莎士比亚或是我们欣赏莎士比亚没有帮助。[242]当我们想着丹尼尔这部受到推崇的精美的诗歌时，会认为莎士比亚历史剧表达的是一种更为丰富、权威和真实的民族的声音。关于他对莎士比亚的影响，我们必须考虑两件事：当时关于史诗的观念，以及当时作家们试图创作史诗的努力。首先，尽管亚里士多德有不同看法，但史诗相对于其他文学形式的优越性在文艺复兴时期是不言自明的。莎士比亚不会不了解这一观念，就如同他不会不了解天上的太阳与地上的国王之间的对应观念一样。其次，史诗的观念与爱国主义观念是联系在一起的。以自己国家的历史为一部史诗的主题是正确的做法；以自己民族的语言创作一部史诗是为这一语言以及讲这种语言的土地增添荣耀。龙萨（Pierre de Ronsard）的《法兰西之歌》（*Franciade*）和凯米翁的《卢济塔尼亚之歌》结合了两种功能。假定莎士比亚不是一个怪人并和其他伟大的诗人一样，他就应该具有正常的野心，那么他就应该希望能写出优秀的史诗。在他写第二个四部曲之前以及过程中的几年里，伊丽莎白时期的史诗正处于兴盛的发展阶段。1590年锡德尼的《阿卡迪亚》以改写后的形式出版——作者已经去世，该作品尚未完成。这部作品模仿的对象是赫利俄多洛斯（Heliodorus）的《埃塞俄比亚人》（*Aethiopica*），后者在文艺复兴时期是一部重要的作品，真正的散文体史诗。同一年还出现了斯宾塞的《仙后》前三卷，前六卷于1596年面世。斯宾塞公开称自己为伊丽莎白时期的维吉尔。最后就是丹尼尔的《内战》，1595年出版了一部分，据推测后来的部分是在莎士比亚写第二个四部曲的同一时期增补的。这些就是与莎士比亚具有共同观念的人，莎士比亚只是用与他们不同的体裁写作。他很可能想成为他们其中的一位，与他们竞争。他们也可能会欢迎这种竞争，不过丹尼尔的诗歌使用的是莎士比亚最重要的素材——霍尔的编年史,写的是同样的内容,一定让莎士比亚有一种想法要用他自己的体裁实现上述三部优秀的不完整作品中呈现的史诗的题旨。此外,丹尼尔没能从头至尾生动地处理他的内容也促使莎士比亚要做得更好。

在第一个四部曲中,都铎王朝的神话和道德剧关于国家的观念是重要的整体化动机。第二个四部曲中加入了史诗的观念。在目标上有了如此宏大的拓展,我们应该在其中找寻非同一般的东西,我们也必然会找到这样的东西。

[243]海沃德的《亨利四世的历史》于1599年出版并附有向埃塞克斯伯爵的献词,这部作品为普通读者所知正是由于这篇献词给他带去的麻烦。这部作品应该得到更多的认可,因为作为历史著作它延续了莫尔和卡文迪什的生动形象的风格,并预期了克拉伦登(Clarendon)的作品。海沃德比这些人在时间上距离其主题更远,但通过发挥其想象力,把事情描述得仿佛真的发生过一样,他能够表达得非常接近真实。其献词导致的麻烦在这里无关紧要。不管怎样历史本身与教唆叛乱毫无关系。唯一属于例外的段落是坎特伯雷大主教敦促亨利从法国流放地返回的一段话里,他引用了多个废弃国王的先例。但上下文表明作者并不赞同这些先例,因为他让亨利自圆其说的依据不是这些先例而是"迫切性,暴君的恳求"。

> 而且,在迫切性起作用的地方,用可行性或正当性的语言来表达都是多余的。迫切性将穿破铜墙铁壁,没有任何法律可以将其限制。(页144)

另外,海沃德认为亨利是个篡位者的观点非常正统。

海沃德的《亨利四世的历史》在这里的重要性是,它是一位有学识有文化之人的作品,它对历史的处理与莎士比亚一模一样。并不是说莎士比亚是海沃德模仿的对象,尽管前者的确直接促成了后者的一些段落。两位作者都表达了有关历史的总体观念以及一小段英国历史的特殊观念,这些观念在伊丽莎白时期的贵族间十分流行。下面这个段落既说明了严格的历史因果关系的观念,也表明伊丽莎白时期的人们如何看待亨利四世到亨利七世统治期间发生的事件。它的前文是理查在临死前对自己不幸的原因做了些猜想。他认为祖父爱德华三世因为对爱德华二世实施的暴力而获罪,他作为孙子承担了后果。提到亨利四世对理查二世的处置,海沃德说道:

> 亨利国王统治王国期间一直心存强烈的不满与烦扰,他的儿子亨利五世也是如此,因为对法国的持续战争使得血液质中的恶意得到施行和释放。但他的第二位继承者[244]亨利六世及其儿子被夺位并囚禁起来,最后被杀害,指示者或共谋者就是爱德华四世。他也没能幸免,有很多可疑迹象表明他死于毒药。他死后两个儿子被残忍的叔叔葛罗斯特公爵剥夺继承权、囚禁起来并最终杀害。后者作为一个暴君和篡位者罪有应得地被杀死在战场上。因为他没有儿子,悲剧到这里就止住了。这些是少见但优秀的例子,说明上帝在秘密的审判中不一定只是保障我们的安全,也会为我们受到的伤害复仇,我们所有不正当的行为都有遭到报应的一天,很多时候是以犯罪时同样的方式和程度报复到我们身上,这对于受到压迫的人们来说是种安慰,对暴力的施行者来说是可怕的警告。(页287-288)

这些想法在本书前面出现过。这里没有必要再多余地引用类似观念的其他例证。我只提一个与莎士比亚和霍尔并行的例子,海沃德严正地讲述了爱德华三世的繁荣统治和他的七个儿子。这是其作品的开头:

> 爱德华三世,这位尊贵的胜利的国王,天赐幸运,英格兰王国在其治下拥有了长期的繁荣,由于自然的恩赐——七个优秀的儿子,又让他的统治更加强大和美好。

这个片断正好引入下一个部分对《理查二世》的讨论,其中真正的行动是以类似的阐述开始的。

2.《理查二世》

《理查二世》的完成并不完美,不过,即使如此,它的谋划也是一个伟大构架的完美组成部分。它在形式和风格上极端的形式主义与《亨利四世》更微妙和灵活的本质形成明显对照。但这是一种必要的和有意的对照,这就好像创作一首呆板的背诵调为的是引出一首音韵婉转、灵活多变的咏叹调。这部剧如果在《约翰王》之后出现就会成为表现莎士比亚逐渐抛弃的正统自我的一种奇怪的退步;与《亨利四世》放在一起则表明,莎士比亚在保留和利用正统自我的同时,[244]还可以相当成功地发展出庶子所表现出来的崭新的人物与风格。因此《理查二世》不代表任何退步,它是莎士比亚一项重要成就中的有机组成部分。

不过其中的缺憾也是可以肯定且必须面对的。作为一部独立的戏剧,《理查二世》缺少《理查三世》那种持续的活力,不那么有趣,结构上也不那么严谨,还有大量的韵文如果依照莎士比亚最高的标准来看只能称其为平庸之作。它的结构与《亨利六世》中篇类似,表现一个伟大的人以另一个人为代价谋得权势,这种结构并非有什么问题,它只是比较简单,比较适合开篇的部分,变化程度不足以充分调动这位作者的能力。为说明其韵文平庸我只需指出那些大段大段的双韵体和不时出现的四行体,这与《亨利四世》的韵文对比明显。并不是说这些形式没有作用,这留到后面再说,但作为诗歌来说它们实在是很一般。它们的必要性与《亨利六世》下篇杀死儿子的父亲和杀死父亲的儿子所说的韵律严格的诗行一样,不过在诗的意义上它们还要高明些。对于此处的论述来说,它们是否是一部老戏剧的遗迹,这部老戏剧是莎士比亚还是别人写的,莎士比亚是否和其他戏剧一起写了这一部,这些都不重要。这部剧里到处都有这种韵文,或许除了两个对句以外第五幕比其他地方也并不差到哪里。没有必要认为这一幕是莎士比亚为了节省时间从以前的戏剧里抄来一大块儿内容。除非有决定性的证据,最简单的是认为莎士比亚是与其他内容一起写的这些对句,为的是形成对照。他在《亨利六世》上篇以同样的方式处理了塔尔博的死,另一方面,要回答韵文何以质量不高,我们应该记得莎士比亚从来就不擅长写双韵体。《仲夏夜之梦》里最好的双韵体诗行比该剧中最好的白体诗要弱,他的十四行诗最后的对句里只有少数可以算是对前面精彩韵文的美好结句。

我现在要说的是这部戏剧的一个大的特点,对句是它的表征之一。

在所有莎士比亚的戏剧中,《理查二世》是形式主义和仪式化的。不仅因为理查本人在很多方面是位真正的国王,[246]外表最具君主威仪,懂得掌控王权的圈套计谋,虽然缺少作为统治者的坚实美德。这是常识;该剧的仪式化人物超越了理查自己的本性及其诗意台词的精美结构。

首先,剧中行动的象征意义多过其真实性。没有两位武装好的骑士的实际会面,却展示了一场比武的盛况。一大拨威尔士人的军队集合起来支持理查,但他们从未真正战斗。波林勃洛克在弗林特堡前说,他与理查相遇时肯定会有一场可怕的交锋:

> 我想理查王跟我上阵的时候,将要像水火的交攻一样骇人,那彼此接触时的雷鸣巨响,可以把天空震破。(第三幕第三场,34-37行;《莎士比亚全集》[三],页59)

不过,这一交锋被一场相当仪式化的见面所替代,并继以理查轻易的投降。韦斯特敏斯特大厅里亨利面前有非常激烈的争论,但争论的问题被押后了。该剧的高潮是庆祝理查被废黜。最后,理查被囚禁在邦弗雷特将他自己的孤寡无靠与痛苦变成一种盛大的庆典。他把自己的思想与人在真实生活中的位置对应整理成不同的阶级:国王与乞丐,牧师,士兵,中间人。他自己的叹息像钟表一样维持着

一种仪式化的秩序:

> 那叩击我的心铃的沉重的叹息,便是报告时辰的钟声。这样我用叹息、眼泪和呻吟代表一分钟一点钟的时间。(第五幕第五场,35-38 行;《莎士比亚全集》[三],页 97)

第二,在情感生发的地方和有强大精神行动的地方,莎士比亚避免直接或自然主义的表现方式,而选择惯例和比喻。他在《约翰王》里亚瑟恳求赫伯特不要弄瞎自己的眼睛这一场景中采用的是同样的方式,但这在那部表现了康斯丹丝的痛苦与庶子面对亚瑟尸体的困惑的戏剧里只是个例外。理查与王后分开在情感上本可能是这部戏剧的一个重要场景:实际上它就是一些严格而精巧的对句的交替出现。

> 理查王:[……]去,用叹息计算你的路程,我将用痛苦的呻吟计算我的路程。
> 王后:那么最长的路程将要听到最长的呻吟。
> [247]理查王:我的路是短的,每一步我将要呻吟两次,再用一颗沉重的心补充它的不足。(第五幕第一场,89-92 行;《莎士比亚全集》[三],页 84)

这的确是仪式而非情感的语言。约克公爵夫人恳求亨利不要听从她丈夫的并且不要杀死她儿子奥墨尔。高潮之前,当约克说出他儿子叛变的事时,有一番情感的表现;但公爵夫人一进来,本来情感应该达到高潮,一切却变成了漂亮而形式化的交替轮唱。下面是公爵夫人对比她自己的恳求和她丈夫的恳求:

> 他的请求是真心的吗? 瞧他的脸吧;他的眼睛里没有流出一滴泪,他的祈祷是没有诚意的。他的话从他的嘴里出来,我们的话却发自我们的衷心;他的请求不过是虚应故事,心里但愿您把它拒绝,我们却用整个的心灵和一切向您祈求;我知道

他的疲劳的双膝巴不得早些立起,我们却甘心长跪不起,直到我们的膝盖在地上生了根。我们真诚热烈的祈求胜过他的假惺惺的作态。(第五幕第三场,100-108行;《莎士比亚全集》[三],页93)

为了给这场戏"框边",使它确切地成为一种有计划的仪式,波林勃洛克在原谅奥墨尔后发誓惩罚其他图谋叛乱的人时说起了戏剧的惯常语言:

> 可是对于我们那位忠实的姻兄和那位长老,以及一切他们的同党,灭亡的命运将要立刻追踪在他们的背后。(137-139行;《莎士比亚全集》[三],页94-95)

刚特的情况与此不同,更加复杂。当他想到英格兰的状况而批评理查的时候,尽管他也善用修辞和词语游戏,他讲的还是情感的语言:

> 那造下我来的上帝知道我看见你的病状多么险恶。我的眼力虽然因久病而衰弱,但我看得出你已走上邪途。你负着你的重创的名声躺在你的国土之上,你的国土就是你的毕命的卧床;像一个过分粗心的病人,你把你那仰蒙圣恩膏沐的身体交给那些最初伤害你的庸医诊治;在你那仅堪复顶的王冠之内,坐着一千个谄媚的佞人。(第二幕第一场,194、96-101行;《莎士比亚全集》[三],页30)

[248]但在他离开被放逐的儿子时表达个人情感的场景里,两个说话者都不再是他们自己,说出的话都是依照传统适合于这种场合的最精致的形式化常规语言。

> 去吧,就算这一次是我叫你出去追寻荣誉,不是国王把你放逐,或者你可以假想噬人的疫疠弥漫在我们的空气之中,你是要逃到一个健康的国土里去。凡是你的灵魂所珍重宝爱的

事物,你应该想象它们是在你的未来的前途,不是在你离开的本土;想象鸣鸟在为你奏着音乐,芳草为你铺起地毯,鲜花是向你巧笑的美人,你的行步都是愉快的舞蹈;谁要是能够把悲哀一笑置之,悲哀也会减弱它的咬人的力量。(第一幕第三场,282—293行;《莎士比亚全集》[三],页23)

表面上这可能比前面引用的对句更为成熟,但实际是一样的形式化、注重规矩而不重视理查与王后分别时的自然反应。理查被凶手攻击时突然采取行动的场面与众不同,为的是对照出普遍的缺乏行动并将这部剧与该系列的下一部联系起来。出现在同一场戏里的他的马夫是个现实主义人物,与该剧其余部分不同,其功能与行动中的理查相同。

第三,剧中与宇宙相关的指涉有一种莎士比亚其他作品里少见的精致复杂与形式主义。这些指涉常常是偶然提出的,而且很简短,实际上表明了它们是莎士比亚的头脑中既定的熟悉的思想的一部分。但在《理查二世》里它们被明确地展示出来。理查在邦弗雷堡的重要台词是其中一例:首先用他的思想装满他的牢狱,让这一微观世界与国家的秩序对应起来;接着是把宇宙的观念视为一种音乐和声;然后是想象他自己的痛苦就像是钟表的运行一样,而钟表是与混乱相反的秩序的象征;最后,疯狂对应的是人的精神王国中的无序或混乱。在整部剧里地上的国王对应着天上的太阳这一常识得到了莎士比亚作品中其他地方所没有的反复利用。最后(我略去了对宇宙知识的琐碎指涉),[249]还有第三幕第四场里园丁们将国家与花园里的植物小世界做了细致的比较。但这场戏在整部戏剧里非常典型,因此我将从一般的意义上加以说明,而不是仅仅作为传统对应关系的又一个例证。

这场戏的开头是几行非常具有音乐性的对话,说话人是王后与两个宫女。

宫女:娘娘,那么我们来讲故事好不好?

王后:悲哀的还是快乐的?

宫女甲:娘娘,悲哀的也要讲,快乐的也要讲。

王后:悲哀的我也不要听,快乐的我也不要听;因为假如是快乐的故事,我是一个全然没有快乐的人,它会格外引起我的悲哀;假如是悲哀的故事,我的悲哀已经太多了,它会使我在悲哀之上再加悲哀。我已经有的,我无须反复絮说;我所缺少的,抱怨也没有用处。(《莎士比亚全集》[三],页65)

莎士比亚在这里像一位成熟的音乐家在小提琴的整个音域里做练习一样地使用语言。接着进来一个园丁和两个仆人,显然是为了对应王后与宫女,这种对应暗示用墙围起来的这片小土地里园丁就是国王。要区分一位现代观众与一位伊丽莎白时期的观众最好的办法就是比较他们对园丁下面这段开场白的理解:

去,你把那边垂下来的杏子扎起来,它们像顽劣的子女一般,使它们的老父因为不胜重负而弯腰曲背;那些弯曲的树枝你要把它们支撑住了。(《莎士比亚全集》[三],页65)

一位现代观众由此产生的第一个想法是:一个园丁这样说话太荒唐了。一位伊丽莎白时期观众的第一个想法则会是:花园里这位国王说这些话的象征意义是什么,对这部剧有什么意义?这位观众很快便会得出结论说:杏树在皇家宠爱的阳光下长得过于茂盛了;对它们的限制有实际的和政治上的涵义;杏树如果不受约束,[250]会扰乱母树与其后代间的恰当关系,进而违背秩序的重要原则。园丁剩余的话证实了这种阐释。

你去做一个刽子手,斩下那些长得太快的小枝的头,它们在咱们的共和国里太显得高傲了,咱们国里一切都应该平等的。你们去做各人的事,我要去割下那些有害的莠草,它们本身没有一点用处,却会吸收土壤中的肥料,阻碍鲜花的生长。(《莎士比亚全集》[三],页65-66)

实际上这场戏是一个精心安排的政治寓言,威尔特郡伯爵、布希和格林代表有毒的莠草,亨利这位新园丁将它们连根拔起了。末了王后走上前来加入谈话。她称园丁是"地上的亚当",从而确定了他的皇家与道德方面的象征功能,不过她因为他说出了理查与波林勃洛克的坏消息而咒骂他。园丁最后提议在王后流泪的地方种一列芸香作为纪念进一步肯定了这场戏极富象征含义的人物设定:

> 这象征着忧愁的芳草不久将要发芽长叶,纪念一位哭泣的王后。(《莎士比亚全集》[三],页68)

顺带提一下,因为这不是我直接关注的内容:园丁说出了这部戏剧的结构与道德内涵。这一结构是对理查与波林勃洛克的命运的考量:

> 他们两人的命运已经称量过了:在您的主上这一方面,除了他自己本身以外一无所有,只有他那一些随身的虚骄的习气,使他显得格外轻浮;可是在伟大的波林勃洛克这一方面,除了他自己以外,有的是全英国的贵族;这样两相比较,就显得轻重悬殊,把理查王的声势压下去了。(《莎士比亚全集》[三],页67)

关于道德原则,尽管园丁批评了理查的不足,但他还是把理查的倒台消息称作"很坏的消息",并对王后的哀伤表示同情。而且他在自己的小世界里是真正的国王,不是篡位者,[251]是恶的公正镇压者,是让"国里一切都平等的"人,这是理查和波林勃洛克都不具备的。

  与这个园丁类似的莎士比亚作品中的人物是艾登,《亨利六世》中篇里那位代表"层级"、在自己的肯特郡花园里安于现状的绅士。不过他明显是作为陪衬存在,为的是突出凯德的叛乱所展示的真实的混乱无序。为什么在他已经成熟很多、在《约翰王》里已经显露出出色的现实主义手段足以让园丁与《哈姆雷特》里的掘墓人一样鲜活有趣的时候,还要在《理查二世》里用别处都没有的形式主义方法来表现园丁?这与我在讨论该剧另一种形式主义或是仪式化特点时所指的问题是一样的,只是换了一种形式提出。也即,莎士比亚为什么在《理查二世》里使仪式化的写作风格不仅成为其首要的表达方式而且是该剧的精华,而这种风格的写作在《亨利六世》系列和《理查三世》里有不同程度的使用?

我们如果要理解《理查二世》的根本性质,首先必须回答这些问题。在此我要再次指出,虽然理查本身是这部戏剧仪式化内容的重要部分,这一内容却比理查要广大和重要得多。带着这一提醒,我将试图解释仪式化元素在《理查二世》里与早期历史剧里有什么不同,并由此推想对该剧的一种新阐释。最好的仪式化写作例子莫过于《理查三世》末尾鬼魂的那场戏。不过它附属于整个戏剧行动的一部分,即博斯沃思战役推翻一个暴君、一位正义的国王取得胜利。它的任务是让这部分行动有更高级的、神秘的宗教内涵。这里并不是要我们像在安眠地那样思考仪式化的过程,当戏剧行动结束时由此获得的想法便留驻在脑海里。但是在《理查二世》里,所有重点和意义从行动中脱离,我们一再被导向对不同情形中仪式本身的思考。波林勃洛克与毛勃雷决斗的主要意义在于这个过程采取的方式;刚特与波林勃洛克分别的意义在于他们所表达情感的恰当性;那些预兆由一个威尔士人如此恰切地说出来会更加刺激,是因为它们的恰到好处,而不是因为它们预示了一个事件;[252]理查对于自己的举止表现、行为是否符合情形的关注比他实际做的事情更为关注;园丁可以是理查将被废黜的预言者,但他作为秩序的稳定原则的代表更有意思;当理查被废时,首先突出的就是下面这种态度——

> 我用自己的泪洗去我的圣油,用自己的手送掉我的王冠,用自己的舌头否认我的神圣的地位,用自己的嘴唇免除一切臣下的敬礼。(第四幕第一场,207—210行;《莎士比亚全集》[三],页76)

这实际上是一个方法比目的重要的世界,严格遵守一个复杂游戏的规则比赢得或输掉这个游戏更为重要。

尽管与我们相比伊丽莎白时期的人们对方法的重视多过目的,但他们也没有走向另一个极端。中世纪时期的方法十分讲究和复杂,对生活这场游戏建立了相当丰富与精细的规则。《理查二世》就是莎士比亚对这种生活的描绘。

自然不能荒唐地认为莎士比亚是按照现代历史学家的方式描绘理查二世的时代。不过莎士比亚作品里其他地方有迹象表明他至少在追求历史的真实,而且理查二世的时代能够激发伊丽莎白时期观众的想象力,是有特殊原因的。

我在前面(本书[188]页)提到《亨利六世》中篇末尾互为敌人的克列福德和约克表达了与中世纪战争相符的某些具有骑士风度的情感。这样的情感在《亨利六世》下篇里没有出现,取而代之的是威克菲尔和套顿战场上残暴至极的场景。莎士比亚很可能是在记录一种历史的事实,即骑士规范中的礼仪在内部相互残杀的逼迫下衰落了。不过真正让人信服地可与《理查二世》相类比的戏剧是《裘力斯·凯撒》。不论莎士比亚作为历史学家的条件有多少不足,不论他见缝插针地加入了多少他自己时代的思想,他的确成功地刻画了古老的罗马、罗马政府的尊严以及她那些伟大人物的禁欲信条。T. S. 艾略特正确地指出莎士比亚从普鲁塔克那里获取很多重要的历史知识。如果他在普鲁塔克那里学到这么多,那为什么不能也从傅华萨那里学习呢?

直到最近之前,莎士比亚受到伯纳斯翻译的傅华萨编年史的影响这一点一直被无视,[253]不过现在学界已经承认这一影响是相当大的。① 认可这一影响有助于我们理解这部戏剧。比如,如果我们认为莎士比亚熟悉傅华萨,那么该剧中一些小的困惑就迎刃而解

---

① 有关傅华萨对莎士比亚的影响,见前文第[129]页和第[158]页的注释。

了。约克因看到理查在刚特死后马上没收其财产而感到可怕,他列举了理查的所有罪行,提到"可怜的波林勃洛克在婚事上遭到的阻挠"。该剧对此并没有任何说明,但傅华萨的编年史里有大量的记述——理查对流放的波林勃洛克提出多项指控,使得法国国王终止了他与自己堂兄弟贝里公爵的女儿之间的婚约。如果莎士比亚在创作《理查二世》时非常熟悉傅华萨,那么他就很容易加入这一处单独的指涉。除了可以看到的模仿痕迹之外,很难想象莎士比亚会没有读过伯纳斯译的傅华萨编年史这样著名的作品,或者是他读过之后不会记得该作品中骑士生活的美妙图景。在莎士比亚的历史剧中,《理查二世》是唯一处于傅华萨作品所覆盖时间段之内的。这更使得他有理由因为这一独特的机会关注到这部精彩的历史著作。尽管傅华萨对动机很感兴趣,他观察外部事物的热切眼光,和他对恰如其分地安排事物赋予高贵价值的头脑,在编年史家里也是无出其右的。实际上,他表现出对仪式和纹章恰当性的热诚信念,这与伊丽莎白时期人们的信念接近,但与中世纪流行观念的总体架构联系更为紧密。莎士比亚的高超智慧一定能够将其掌握,《理查二世》可能是他凭直觉对傅华萨的中世纪风格的再创造。

但理查二世的统治时期之所以重要还有其他原因。斯蒂尔(A. B. Steel)这位最近研究这位国王的历史学家,在著作开头提到理查是古老的中世纪秩序的最后一位国王:

> 最后一位通过继承权进行统治的国王,从"征服者"那里直接继位,没有争议。接下来一百一十年里的国王们……基本都是"事实上的"国王,而不是"法理上的"国王,是在篡位成功之后有条件地被其他权贵或议会所认可的。[《理查二世》(*Richard II*, Cambridge),1941]

[254]莎士比亚在其早期历史剧中表现出对继承权问题的高度兴趣,因而也一定对此十分了解。如果不知道这一点,就不能很好地理解刚特有关英格兰的下面这段著名的话。他把英格兰称作

这一个保姆,这一个繁育着明君贤主的母体(他们的诞生为世人所瞩目,他们仗义卫道的功业远震寰宇),像救世主的圣墓一样驰名。(第二幕第一场,51—56页;《莎士比亚全集》[三],页28)

理查不是十字军战士,但他是十字军东征的金雀花家族的正宗后裔。亨利则是个篡位者,我们在读到《理查二世》和《亨利四世》中记述他渴望到巴勒斯坦去但又没能去时,应该想到这个段落。这种荣誉是留给真正的金雀花家族的国王们的。因此理查具有中世纪国王的全部神圣性,而且作为最后一位这样的国王充满了悲情色彩。莎士比亚很可能意识到,无论都铎家族如何强大并拥有对英国教会毫无争议的掌控权力,他们都没有中世纪国王那样的神圣性。因此他乐于从反对兰开斯特家族的某些法国作品中学习,把理查刻画成一个殉道者、一个耶稣式的人物,谴责他的人则成了把他交给伦敦暴徒们的彼拉多们。莎士比亚笔下的理查在被废黜时说道:

虽然你们中间有些人和彼拉多①一同洗过手,表示你们表面上的慈悲,可是你们这些彼拉多们已经在这儿把我送上了苦痛的十字架,没有水可以洗去你们的罪恶。(第四幕第一场,239—242行;《莎士比亚全集》[三],页77)

《理查三世》里就算是像里士满伯爵这样圣洁而高尚的人也没有装作可以具有理查二世这样的君主神圣性。这种神圣性属于一种更为古老和特异的仪式化世界。莎士比亚依此创作了这部戏剧。

不仅理查本人在英国国王中具有特殊的位置,他还维持着一种壮观宏伟的宫廷生活。傅华萨在其编年史最后写道:

理查国王统治了英国二十二年,在此期间,国家繁荣昌盛,

---

① [译注]彼拉多(Pilate),将耶稣钉死于十字架之罗马总督。

拥有丰厚的财产和广阔的领地。[255]此前没有一位英国国王像他这样每年花费十万弗罗林装点其宫廷。因为我,约翰·傅华萨爵士,作为希迈的司铎和司库,非常了解这一点。我一年有超过三个月的时间是在他的宫廷里度过的,他让我非常愉快……我离开他的时候是在温莎;国王当时派他的一位骑士约翰·高乐夫爵士送给我一只银质镀金高脚杯,重两银标,里面有一百个金币,有了这些我有生之年都能过得更好;因此我也必须祈祷上帝保佑他的灵魂,我满怀悲伤地记叙他的逝去。

不过莎士比亚不是只能在傅华萨那里得到这一信息。在一个既高度崇尚皇家气派又比现在对传统记忆犹新的时代,理查宫廷的荣耀一定是个流传很久的传奇。不管怎样,从理查对镜子里的自己所说的话就可以明显看出莎士比亚对此是了解的:

这就是每天有一万个人托庇于他的广厦之下的那张脸吗?
(第四幕第一场,281-283 行;《莎士比亚全集》[三],页 78)

这一传奇一定包含着他的宫廷那欧陆式的典雅,其服饰的新奇,像波希米亚的安妮引进侧骑马习惯那样的事,以及理查开始的用手帕擦鼻子的发明,还有那些诗人。莎士比亚应该是把英国诗歌的开端与乔叟和高尔联系起来了。他们主要是在理查统治期间进行创作的。一定还有比现在流传下来的多得多的中世纪艺术,出现在伊丽莎白时期的大家族里,包括有插图的书和织毯,一般会将它们与中世纪最成功的统治时期联系起来。最后,在理查统治时期一个尚且完整的贵族阶级还有其魅力——在仍旧信奉纹章的伊丽莎白时期这是一种强大的魅力,这一时期的贵族与理查时期那些贵族相比是暴发户。

所有这些事实都会对莎士比亚产生强烈的影响,哪怕是无意识的影响,促使他把理查的时代用一种美妙但遥远和非现实的方式表现出来。此时他已经熟练掌握了某种古老的传说和某种仪式化的写作，他很自然地用到了它们，[256]不过针对这部作品做了相应的变动。于是他将宇宙中的对应关系与骑士决斗的程序这些传统观念表现得更为庄重与细致，使得仪式化风格居于该剧的中心而非边缘地位。因此便有了园丁预示未来的严肃说教，对芸香树这个单独象征的着力强调，波林勃洛克与毛勃雷决斗的繁复情形，以及理查那些重要台词的独特技艺——这些台词是该剧真正的中心，但其主要的指涉超越了理查本人的性格。

我在提到中世纪插图书与织毯的时候，不是指这些具体的东西，即莎士比亚在写《理查二世》的时候想到了这些实物。但是这部剧里有很多段落会让人想到它们，对它们的无意识记忆有可能是莎士比亚这样写的一个原因。比如下面这个段落出自理查最著名的一段话。

> 为了上帝的缘故，让我们坐在地上，讲些关于国王们的死亡的悲惨的故事；有些是被人废黜的，有些是在战场上阵亡的，有些是被他们的妻子所毒毙的，有些是在睡梦中被杀的，全都不得善终；因为在那围绕着一个凡世的国王头上的这顶空洞的王冠之内，正是死神驻节的宫廷，这妖魔高坐在里边，揶揄他的尊严，讪笑他的荣华，给他一段短短的呼吸的时间，让他在舞台上露一露脸，使他君临万民，受尽众人的敬畏，一眨眼就可以置人于死命，把妄自尊大的思想灌注在他的心头，仿佛这包藏着我们生命的血肉的皮囊，是一堵不可摧毁的铜墙铁壁一样；当他这样志得意满的时候，却不知道他的末日已经临近眼前，一枚小小的针就可以刺破它的壁垒，于是再会吧，国王！（第三幕第二场，155－170行；《莎士比亚全集》[三]，页55－56。[译按]此处对所引中译文有改动）

论者们从中看到了对《为官之鉴》的一处指涉，不过乔叟的《僧侣的故事》更与此契合。死神占据其宫廷是一个纯粹中世纪的主题。不过，这些主题都是从过去继承而来，没有什么不寻常的含义。但是死神这具骸骨在国王受困的时候看着他讥讽他,这一清晰而具体的意象让人想起某一视觉艺术作品——在这些精致的细节之外,[257]某人用一枚小针刺破其壁垒后实际会发生什么,这种距离遥远的想象恰好重现了中世纪彩饰的技巧。在决斗前波林勃洛克向上帝祈祷:

> [愿您]用祝福加强我的枪尖的锋锐,让它突入毛勃雷的蜡制的战袍之内。(第一幕第三场,74-75行;《莎士比亚全集》[三],页16)

这也与中世纪彩饰相像。中世纪艺术中表现伤痕时,打击的东西与被打的东西之间没有融合点、打击是落在一处已经存在的空洞上,溅出的血渍自然也是早在上面了。这就是毛勃雷的"蜡制的战袍"让人联想到的画面。或者再作一比较。我们在《亨利四世》里可能会期待发现中世纪风格的地方就是对王子表演最引人注目的骑士动作的表述:全副武装登上马背。

> 我看见年轻的哈利套着脸甲,他的腿甲遮住他的两股,全身披戴着壮丽的戎装,有如插翼的麦鸠利从地上升起,悠然地跃登马背,仿佛一个从云中下降的天使,驯伏一头倔强的天马,用他超人的骑术眩惑世人的眼目一般。(上篇第四幕第二场,104-110行;《莎士比亚全集》[三],页185)

这里并没有中世纪的影子。这里的描述让人想起文艺复兴高潮时期的艺术那种融混的色彩与微妙的过渡。我们同时来看看刚特对将要流放的波林勃洛克的建议:

> 想像鸣鸟在为你奏着音乐,芳草为你铺起地毯,鲜花是向你巧笑的美人,你的行步都是愉快的舞蹈。(《理查二世》第一幕第三场,288-291行;《莎士比亚全集》[三],页23)

此处每一个意象都是分明的,这几行让人想到以花鸟为底的中世纪装饰毯中的分块形象。

当我们看到《理查二世》并没有用表现理查及其宫廷的那种仪式化风格来表现那些策划阴谋的人,就更能确定中世纪风格在该剧的中心地位了。对这样一种差异的通常解释太过狭隘。将理查的"诗"与波林勃洛克注重实际的常识对照起来已经成为一种惯例。[258]然而,理查的"诗"是华丽的决斗、依照传统哀悼的王后、异常喜欢说教的园丁所构成世界的一部分,而波林勃洛克的常识也适用于他的支持者们,特别是最重要的人物诺森伯兰。实际上我们所看到的不是两个人物的对比,而是两种生活方式的对照。

两种不同生活方式的对照已经出现过一个例子:约克公爵夫人循规据礼地为奥墨尔的性命恳求,与亨利在那之后信誓旦旦地要惩罚谋反者。公爵夫人及其家庭属于旧的秩序,方法、方式、修饰比他们所促进或表达的东西更为重要。亨利则属于新的秩序,行动迅捷且有结果。不过还需要其他例子来支持这对于许多读者来说很可能是一种对该剧意义的危险而强加的论点。首先,一种新的活力,强大而迅捷的行动产生的活力,在该剧第二幕第一场的一段韵文中显露出来,此处是理查夺取了刚特的财产并宣布他要去爱尔兰之后,诺森伯兰、洛斯和威罗比留下来酝酿着他们的阴谋。诺森伯兰最后一段话所具有的活力与此前任何活力充沛的台词都不同,不论是决斗者对彼此的挑衅还是约克对国王违背道德的愤怒。在列举了波林勃洛克在布列塔尼的支持者之后,他继续说道:

> 他们率领着所部人众,由布列塔尼公爵供给巨船八艘,战士三千,向这儿迅速开进,准备在短时间内登上我们北方的海岸。他们有心等候国王到爱尔兰去了,然后伺隙进犯,否则也许这时候早已登陆了。要是我们决心摆脱奴隶的桎梏,用新的羽毛补葺我们祖国残破的肢翼,把受污的王冠从当铺里赎出,拭去那遮掩我们御杖上的金光的尘埃,使庄严的王座恢复它旧日的光荣,那么赶快跟我到雷文斯泊去吧。(《莎士比亚全集》

[三],页36）

用各种隐喻描述如何恢复国土的几句话并未采用仪式化的风格,而是莎士比亚惯常使用的伊丽莎白时期的生动语言。紧接着下一场戏就出现王后与布希和格林用优雅的比喻表达理查不在她感到的悲伤,这并非无意义的安排。[259]不过最主要的对照出现在第三幕的开头。波林勃洛克在布希和格林被处死之前历数他们的罪行,这段话非常精彩。它的语调完全属于那个敏于行动的世界,在那里人们想要获得东西,并会在获取的过程中激情澎湃:

> 把这两人带上来。布希、格林,你们的灵魂不久就要和你们的身体分别了,我不愿过分揭露你们生平的罪恶,使你们的灵魂痛苦,因为这是不人道的。(《莎士比亚全集》[三],页49）

这是开头,他接着说到事情本身,而不是它们是如何做的或是如何修饰的。当波林勃洛克最后说到他自己受的伤,他的激动显而易见且容易理解:

> 我自己是国王近支的天潢贵胄,都是因为你们的离间中伤、挑拨是非,才使我失去他的眷宠,忍受着难堪的屈辱,在异邦的天空之下吐出我的英国人的叹息,咀嚼那流亡生活的苦味。(《莎士比亚全集》[三],页49）

这场戏接下来是理查到达威尔士,他没有能力行动,可怜兮兮,并做了一番华丽的自我表演。作为对外部因素的展示以及对方法重于目的的赞颂(此处表达得有些浮夸),这段话是精彩的,不过它却远没有波林勃洛克的一句"咀嚼那流亡生活的苦味"所包含的深厚而真诚的情感。波林勃洛克所代表的世界尽管是个篡夺的世界,但却表达了更为真诚的个人感情。

因此,《理查二世》尽管被认为是一部简单的、内容单一的戏剧,其实是建立在对比之上的。实际上它所表现的主要对象是中世纪优雅考究的世界,不过这个世界受到了威胁,最后被当下这个更熟悉的世界所取代。

莎士比亚在表现这个对象时,用最出色的技艺把重点始终放在理查身上,同时暗示在波林勃洛克的世界有一种向前发展的可能性。[260]换句话说,在他的笔下,波林勃洛克的世界与其说是有缺陷的,不如说是处于萌芽状态。这个世界没能与理查的世界相抗衡,但已经准备好在后面的戏剧里充分发展。那些谋反者的人物性格尤其是这样。比如,霍茨波这个人物刻画得比较模糊,但有一个地方他热诚而鲁莽的讲话表明其创作者已经对这个人物胸有成竹。这就是霍茨波在勃克雷城堡第一次遇见波林勃洛克的时候。诺森伯兰问他是否忘了海瑞福德公爵,霍茨波回答道:

> 不,父亲;我的记忆中要是不曾有过他的印象,那就说不上忘记,我生平还没有见过他一面。(第一幕第三场,37 – 39行;《莎士比亚全集》[三],页43)

这场戏开头诺森伯兰对波林勃洛克的精心赞美表现了他的政治本质——这就是那个在《亨利四世》下篇开头"诈病"的人。波林勃洛克也与后来的他相一致,不过我们只看到他性格中的某些成分。突显在后来的波林勃洛克身上并使他成为一个让人同情的人物的,是他的迷惘。尽管他在政治上很敏锐,他并不完全了解自己或是他对待世界的方式,原因是他一直以来过于依赖命运。威尔逊在《理查二世》里对他有过正确的评价,认为尽管他的行动是强有力的,但他似乎是被一种超越其意志的力量给抬上去的。他在决斗一事上是始作俑者,他想为伍德斯托克的死做点什么,但却没有稳固的策略,一旦推动了事件的发展,他就成了命运的仆人。因此他并没有对事件的控制力,虽然他凭着自己的精明能干可以处理出乎意料的事件。缺少稳固策略却展开了一项行动的这样一个人,会使用《亨利四世》下篇里亨利对其儿子所说的那些"诡诈的手段"(《莎士比亚全集》[三],页312)。莎士比亚在《理查二世》里没有任何对这些手段的说明,但它们却是该剧所表现的亨利的性格的必然结果。哈尔王子与其父亲不同,对自己以及周围的世界有着完美的认识,这一点是值得期待和肯定的。在各个类型的人当中,他是最不容易被命运摆布的人。

另一种只表现其萌芽状态的特点是幽默,这在该剧中几乎不存在,但还是表现在一处地方——足以让我们确定莎士比亚一直就具有这种能力。[261]它出现在奥墨尔向理查表述他与波林勃洛克如何分别的场景里。

> 理查王:说,你们流了多少临别的眼泪?
> 奥墨尔:说老实话,我流不出什么眼泪来;只有向我们迎面狂吹的东北风,偶或刺激我们的眼膜,逼出一两滴无心之泪,点缀我们漠然的离别。(第一幕第四场,5-9行;《莎士比亚全集》[三],页24)

《理查二世》因此同时包含一种主导性的主题,和将成为其后继者的主题的那些不同成分。

但是不能因为莎士比亚如前所述以一种新的方式创作历史题材,就认为他对过去的主题不感兴趣了。相反地,他还是和从前一样对内战、国王的类型以及英格兰的总体命运等主题非常关注。在试图总结该剧在所属四部曲系列中的意义之前,我先对这几个主题分别做一说明。

《理查二世》实际宣告了莎士比亚历史剧整个时间周期的重大主题:初始的繁荣,一项罪行打破了这种繁荣,内战,最终重新获得繁荣的局面。最后一个阶段超出了这部剧的范围,但是该剧第二场戏里葛罗斯特公爵夫人列数爱德华三世的七个儿子、葛罗斯特的死以及她要复仇的意愿是为整个周期做了合适的简介。本章前面引用过的卡莱尔主教的话和理查对诺森伯兰说的话(本书[235]页)是对合法国王被废黜后所导致的混乱的恰当评论。这部戏剧在观念上完全符合正统。莎士比亚知道理查的罪行从没有到达暴政的地步,因此直接反叛他是有罪的。他没有说明是谁杀死了伍德斯托克,也没有说理查本人有责任。国王的叔叔们表达的都是正确的观点。刚特拒绝了葛罗斯特公爵夫人复仇的要求,认为这件事应该由上帝决定。甚至在他临死前,在哀悼王国的境况、把理查称作地主而非英格兰国王的时候,他也没有教唆谋反。他提到废黜时的意思仅限于理查自己的行为,实际是在废黜他自己。约克表达的都是最为正统的情感,他与庶子一样主张支持现有政府。[262]尽管他的忠诚对象有变化,但却从不支持反叛。如前所述,园丁也反对废黜理查。

理查这个人物既是莎士比亚对中世纪风格的一种研究结果,也是他对国王本性的众多研讨之一。他有无可置疑的王位继承权以及外在的优雅魅力。对于理查的性格已有很多精彩论述,我在此不再赘述。

最后,关于政治主题,还有国家这个古老的道德剧主题。莎士比亚写作《理查二世》所借助的资源之一是《伍德斯托克》,这部剧的结构明显采用的是道德剧的模式,以伍德斯托克为首的国王的三个叔叔将其导向美德,特雷西林、布希和格林则将其引向恶行。《理查二世》里有点这一主题的痕迹,但伍德斯托克在行动开始之前就死了,刚特也早早死去,善恶影响之间的平衡便被打破。不过,布希、格林和巴各特明显还是道德剧式的人物,很可能还会通过他们的装束表现为抽象的恶。假如莎士比亚确实混淆了巴各特与威尔特郡伯爵(这是威尔逊的猜测),他不一定是没有仔细地学习那部老剧。不管怎样他都会把这些人看作是一伙坏家伙,他们作为一伙人比作为个体更重要,所以不值得分别加以细致研究。又如前一个四部曲那样,英格兰是该剧的中心,而不是主人公。刚特赞美英格兰,园丁在描述有象征意义的花园时想的也是她。作为霍尔的编年史所涵盖的英国历史这一伟大周期的一部分,理查二世时期的事件有其恰当的位置。不过这里发生了一些新鲜的事情。前一个四部曲在表现那段让人激动和受益的历史时最关注的是英格兰的命运。在《理查二世》里则是具有真正继承权的最后的金雀花家族这一段辉煌的中世纪英格兰时期。在《亨利四世》里将不再是中世纪的英格兰,而是莎士比亚自己的英格兰。由此可见史诗元素是何时进入戏剧,《理查二世》是如何产生史诗般的效果。那些我们尊称为史诗的作品总是会表达一个庞大群体的人(常常是一个民族)的情感或习性。无论一部作品的核心多么贴近人性,多么震撼人心,我们都不能仅仅因为这些特点称之为史诗。[263]使《伊利亚特》成为史诗的原因不是赫克特与安德洛玛刻的分别或是赫克特尸体的赎回,而是它表达了一整套生活方式。而莎士比亚除了探究最重要的世事人情,比如他在悲剧中所做的,似乎还渴望通过戏剧实现史诗通过叙事所实现的功能。他可能是受到丹尼尔的影响,自然也是因为自身的才能,而将他对英格兰本质的史诗般描绘与对遭受可怕内战折磨的英格兰命运的冷酷而教化式的说明相融合。

　　历史剧的这种新变化是莎士比亚的天才中重要的一笔。这使得他超越了霍尔、丹尼尔甚至斯宾塞。霍尔和丹尼尔是以严肃的道德的眼光看待英国历史,他们的写作很有表现力。斯宾塞是一位出色的哲学诗人,集中表现了伊丽莎白时代的精神气质。但这些都不能真实地描绘英格兰。史诗作家里锡德尼在《阿卡迪亚》里几乎做到了。实际上只有在部分片段里真实的英格兰才显现在神秘的阿卡迪亚背后,不过出自该作品第二章的下面这段对卡兰德大宅的描写足以说明英格兰确实得到了真实再现:

　　　　大宅本身是用坚实而漂亮的石头建成,它没有故作优雅至极的样子,而是光荣地表现了一种坚实的高贵:灯、门和楼梯均为客人的方便着想,而不只是取悦匠人的眼光,不过,在注意前者的同时,后者也没有被完全忽略;每一处地方都既美观,又不怪异,既舒适又不让人厌烦;既没有娇贵到不能踏足,又不会因为友朋众多而遭到污损;所有一切与其说是漂亮,不如说更为持久,但是对超乎寻常的耐久性的考虑让观者相信它超乎寻常的美丽。

这段话表达了英国家庭建筑的精髓。

《理查二世》只是这种新的有关史诗的重要尝试的序曲。该剧所描绘的英国不仅是古老的,而且是不完整的,只包含中世纪宫廷阶层这个有限的世界。莎士比亚在接下来的戏剧中将(用更多其他方法)描绘如他所了解的、他所处时代的整个国家,包括社会的各个方面与各种形态的生活方式。

3.《亨利四世》

[264] R. A. 劳(R. A. Law)在其文章《〈亨利四世〉上下篇的结构统一性》("The Structural Unity in the Two Parts of *Henry IV*", *Studies in Philology*, 1927)里认为下篇用的是一种新的结构,是预先没有想到的增补。我的观点正好相反,我把这两部分看作一部戏剧(威尔逊在《福斯塔夫的命运》[*The Fortunes of Falstaff*, Cambridge, 1943]里也是如此)。实际上莎士比亚在上篇结尾故意让行动没有完结,这几乎是在特意宣传这一连续性。在第四幕第四场里约克大主教在准备谋反行动,这是下篇的主要政治主题,但与上篇几乎没有关系。第五幕第二场里有一处地方很可能是对下篇的预示。华斯特拒绝告诉霍茨波国王大方地同意把战争限制在霍茨波与王子之间的决斗并且赦免所有叛乱者。华斯特不相信亨利,这可能是毫无理由的。莎士比亚想到的可能是与此正相反的情形,下篇里兰开斯特的约翰提出赦免其他叛乱者,他并非真心,却得到了信任。上篇结尾处亨利让约翰王子和威斯摩兰对付诺森伯兰和斯克鲁普大主教,这一行动在下篇随即展开。最后,表明这是莎士比亚事先仔细计划的结果的最引人注目的预示是,福斯塔夫和王子第一次出现时有关公正的对话。王子在说到月光下的抢劫时提到让人难受的绞架。福斯塔夫不愿多说,试图转换话题:

> 咱们那位酒店里的老板娘不是一个最甜蜜的女人吗？（《莎士比亚全集》[三]，页111）

但王子又回到了那个让人难受的话题。福斯塔夫再次试图转换它；但绞架这个意象对他来说太强烈了，他忍不住问道：

> 等你做了国王以后，英国是不是照样有绞架，老朽的法律会不会照样百般刁难刚勇的好汉？（《莎士比亚全集》[三]，页112）

王子没有否认。但这些问题直到下篇结尾才得到回答——在上篇的确无法将它们再次提出，[265]因为王子还没有成为国王——不过，"好汉"，即福斯塔夫及其同伴，确实遇到了大法官或老旧的法律的百般刁难。

R. A. 劳想要把这两部分分开的原因是他认为它们的主题不同。他认为上篇表现了王子与霍茨波的斗争在索鲁斯伯雷战斗中达到顶点，而下篇与前面形成强烈对比，表现王子自己没有参加战斗，而是有别人为其而战，就如在道德剧中一样，一方是皇族与大法官爵士，另一方则是福斯塔夫这个七宗罪的化身。R. A. 劳看到下篇的道德剧结构是没有错的，但他错在没有看到上篇也是如此。王子与霍茨波之间的斗争从属于一个更大的规划。①

这两部分的结构其实是我们十分熟悉的。上篇里王子（我们知道他就要成为国王了）在军事或骑士精神方面的美德在经受考验。像道德剧那样，他必须在懒惰或虚荣与骑士精神之间作出选择，坏同伴将他引向前者，父亲和兄弟则把他导向后者。他选择了骑士精神。这一行动因为霍茨波和福斯塔夫而变得复杂，他们代表了军事精神的过度和缺陷，以及夸大后的荣誉和耻辱。由此，王子不仅是

---

① Dover Wilson 在《福斯塔夫的命运》里认为道德剧的主题在《亨利四世》上下篇里有重要的意义，我同意他的观点。

道德剧中的"富丽堂皇"(Magnificence),也是亚里士多德所说的两种极端之间的中间品质。这种结合对于伊丽莎白时期的人来说本就是很自然的,尤其它还出现在《仙后》的第二卷里。盖恩(Guyon)既是帕莫(Palmer)和财神(Mammon)争夺的道德剧人物,也是观看佩利莎(Perissa)、梅迪纳(Medina)和艾莉莎(Elissa)代表的过度、平衡与缺乏这一亚里士多德寓言的人。上篇末尾王子谎称杀死霍茨波的功劳应该归于福斯塔夫,由此告别了军事武装的世界,为下篇的主题做准备。这里他再次受到考验,不过是在处理国内事务方面。他不得不以道德剧的方式要么选择那些坏同伴引向的混乱和暴政,要么选择父亲及其代表大法官所导向的秩序与公正(这是国王最高的美德),他选择了公正。和上篇一样,亚里士多德主题也出现了,但只是一笔带过。在福斯塔夫与兰开斯特的约翰为俘虏约翰·科尔维尔爵士争吵之后,他留在台上有一段独白。[266]他管约翰叫"冷静的孩子",怪他不喝烈性酒。因此约翰是冷血的,好喝淡酒;福斯塔夫自己则是热血的,喜好烈酒。王子居于中间,继承了冷血,但因为"他极大的努力,喝下很多很好的白葡萄酒"而变得热烈。在气质上他在约翰的小气吝啬与福斯塔夫的过度奢侈之间取得了平衡。他在有关公正的裁断中也是如此。兰开斯特的约翰对叛乱分子的冷血审判近乎严酷;福斯塔夫根本就没有公正的一般性标准;亨利五世在对待旧同伴的公正问题时非常适度——至少以伊丽莎白时期的标准来看是这样。

我将更为详细地说明《亨利四世》的结构。上篇的行动以十字军东征、骑士精神和内战的严肃主题开端。但王子并不在那里,他父亲对霍茨波不是自己的儿子感到可惜。不久我们就看到王子在福斯塔夫的陪伴下至少表面上显示出懒惰而虚荣的品性。当他们谋划一场抢劫时,他的品性似乎得到了确认,然而他又与波因斯一道谋划了一个针对福斯塔夫的玩笑。接下来潘西一家与国王发生争吵,此时另一场行动处于谋划中,这就是叛乱。霍茨波位于情节的中心,而王子则不同,他只处在边缘,霍茨波还表白了他的极度膨胀的情感。随即两场行动各自展开,并不时交汇。王子保持着他懒散的冷漠态度,霍茨波则越来越投入到他的行动中。盖兹山的抢劫行动结束时,王子听说了叛乱一事,决定加入其中,但我们很难判断他对此有多认真。他决心要让福斯塔夫骑不成马、徒步走路来为自己取乐,这就表明他不是完全严肃的。虚荣已经嚣张了很久,现在是时候让骑士精神在王子身上表现出来了。他父亲斥责了他,他许诺会痛改前非并决心夺取霍茨波在叛乱中获得的所有荣耀。但不久后在依斯特溪泊的酒馆他和皮多"作行军步伐上;福斯塔夫以木棍横举口旁作吹笛状迎接二人"又表明他的决心有多少价值呢?(《莎士比亚全集》[三],页176)①叛乱的事态还在发展,叛乱者们集结人马,福斯塔夫也集合了他的狐朋狗党,直到两方的军队在索鲁斯伯雷扎营对阵。危机发生在第五幕第一场,华斯特作为叛乱者的使者来到国王的营地。福斯塔夫的在场很重要,当着他的面王子要选择骑士精神(他自己说自己曾经是个不长进的),请缨通过与霍茨波的个人决斗来解决整件事。这场戏最后福斯塔夫关于荣誉的一段话,综述了该剧的主要情节,除了其他意义,它其实还是记录他自己失败的墓志铭。这里没有索鲁斯伯雷战斗的激烈情景,因为这已经通过王子的决定得到了解决。但它让福斯塔夫这个人物再次生动起来,还有了一种伪军事的名声,这将是下篇里一个重要的主题。王子尽管做出了选择,但还是觉得福斯塔夫很有趣,并为他声称自己杀死霍茨波的谎言撑腰。他应该和观众一样,能够察觉到索鲁斯伯雷战斗与盖兹山那场戏的情节正好相反。在盖兹山王子抢走了福斯塔夫从旅行者手里抢来的钱,在索鲁斯伯雷福斯塔夫夺去了王子打败霍茨波的荣誉。

下篇里叛乱这个军事主题得到延续,不过王子退居幕后,让他的兄弟约翰走到台前。他已经证明了自己作为骑士的价值,现在要证明自己在国内生活中的价值。和上篇一样,他先是在表面上做出

---

① [译注]所引中译文误将皮多写作波因斯。

相反的表现。他放纵自己的虚荣心，为福斯塔夫配了一个侍童，并将军事手段用于宫廷生活（同时也放任自己的激情），出手打了大法官。但这些我们只是听说而已。在他逐渐登上王位的时候，王子一定是越来越少耽于恶作剧了。作为补偿，他不得不从中做出选择的对立原则更加直接地出现在他的面前，这在上篇中是没有的。因此有两场福斯塔夫和大法官争吵的戏。第一场里大法官向国王建议把福斯塔夫调到约翰·兰开斯特的军队里，分开他和王子，由此而赢得一分。该剧中间道德剧主题暂时中止。其他重要的事务继续进行。主要行动把英国国内的许多阶层都囊括进来；福斯塔夫沉溺于跟王子无关的冒险当中；有关亨利四世的众多麻烦的政治主题也逐渐告终。莎士比亚很自然地让我们相信主要行动只是暂时中止。比如和福斯塔夫与桃儿·贴席在酒馆的那场戏里，[268]王子想起了自己的责任，这时皮多进来告诉他，国王已回到韦斯特敏斯特，在等候约克郡叛乱者的消息。危机就在国王死前发生了，当时王子正在劝父亲相信他是无意中从其床侧拿走了王冠，而不是无耻地要赶紧登上王位，施行暴政。我们也相信了他，明白他将接受把自己送进监狱的大法官的管理，并断绝与老同伴的来往。莎士比亚让结尾不仅与下篇的开端紧密联系起来，而且与整部剧成为一体。比如，福斯塔夫回想起他与主要劲敌的对抗，因此他离开葛罗斯特郡、向新国王致敬时的最后一句话里有道德剧的结构："咱们那位大法官老爷这回却要大倒其霉！"（《莎士比亚全集》[三]，页328）不过，是亨利五世弃绝福斯塔夫的话最后将这些主题汇结在一起。亨利不仅对福斯塔夫进行说教，他所说的每一句狠话和每一条道德上的建议都与对福斯塔夫说的或福斯塔夫自己说的话相呼应。亨利说，"跪下来向上天祈祷吧"（《莎士比亚全集》[三]，页331）；上篇第一幕第二场戏里他对福斯塔夫说过，"好一个悔过自新！祷告方罢，又要打算做贼了"（《莎士比亚全集》[三]，页113）；在索鲁斯伯雷战斗前以不同的语调又说过，"念你的祷告去，再会吧"（《莎士比亚全集》[三]，页199）。当亨利说：

苍苍的白发罩在一个弄人小丑的头上,是多么不称它的庄严!(《莎士比亚全集》[三],页331)

我们应该想到(福斯塔夫也应该想到)大法官说过,"您头上每一根白发都应该提醒您做一个老成持重的人"(《莎士比亚全集》[三],页236)。当亨利提到坟墓张着嘴在等他,我们应想到桃儿对福斯塔夫说过"收起你的老皮囊来归田去",而福斯塔夫的回答是"闭嘴,好桃儿!不要讲这种丧气话,不要向我提醒我的结局"(《莎士比亚全集》[三],页266)。这些应和没有让亨利五世的话变得更好听,但却赋予它很多意义。

通过公正的治理和与骑士相称的行动所确定的王子的两个选择,是下一部戏剧的主题。

尽管《亨利四世》建立在道德剧的结构上,它却没有这一结构常有的诸如《浮士德博士》那样的内心挣扎。行动始于最后的阶段,如同《力士参孙》和《暴风雨》一样。王子尽管常受心理压力的折磨,但从一开始就下定了决心,他每次延迟将决心付诸行动时感到的良心不安,都是小事情。与参孙不同,他明白自己已下决心,[269]也没有像参孙那样对于最后的结果疑虑重重。换句话说,主要行动中没有任何悲剧因素。当我们想到莎士比亚在表现庶子福康勃立琪的内心挣扎时多么生动有力,就可以断定他是特意没有加入悲剧因素,而不是因为他在这个阶段没有能力这样做。前面把一部表面上极为不同的《暴风雨》与之类比是有些奇怪,不过还是可以说得通。普洛斯彼罗与王子一样已经做出了选择:在理性与情感之间,在宽恕与复仇之间。两部戏剧都是通过对不同线索的微妙联结达到一种难以分析的统一性。

假如《亨利四世》的主人公是个不重要的人物,那么它的道德剧结构就主要是形式上或历史上的意义。假如我们一直观看的是福斯塔夫和霍茨波这左右两派,那么还有什么必要把王子放在中间呢?王子作为一个人物没有让人感到非常愉快,因为他不像霍茨波或安东尼那样能激起温柔的情感,而他传说中的马基雅维利主义又不像理查三世这样彻底的坏人那样锋芒四射。不过我认为流行的观点是错误的,他能够掌控《亨利四世》里的任何一个人物。我要感谢威尔逊的《福斯塔夫的命运》帮助我修正王子与福斯塔夫两个人物之间的平衡。不过因为我对王子的看法与他不尽相同,我将在下面提出我的观点。

《亨利四世》中描绘的王子(下面并不涉及剧中作为国王的亨利五世)是个很有能力的人,奥林匹斯式的高深莫测,精明老练,对他自身和其他人的人性有着深刻的认识。他是莎士比亚对国王类型深思熟虑后刻画的形象,这个形象是前面诸多不完美国王类型引向的结果,是他多年思考和试笔的成果。莎士比亚精心设计和表现了他的性格,包括直接描写和通过言行对自我的揭示。虽然所有的微妙之处都体现在第二种表现方法,但是两种表现方法之间没有什么出入。首先要说的是对王子性格的外部描写。

[270]在王子出现的第一场戏结尾,他用合唱的方式对自己做出评价,即以"我完全知道你们"开头的独白。(《莎士比亚全集》[三],页116)他宣讲了对现有同伴及其价值的认识,还有自己是故意做出现有行为的事实。关于他的国王风格,凡农在霍茨波面前对他有过这样的描述:

> [他们]像五月天一般精神抖擞,像仲夏的太阳一般意态轩昂。(《莎士比亚全集》[三],页185)

还说他带着神一般的悠然、"有如插翼的麦鸠利"、全身武装地登上马背。在该剧下篇第四幕第四场当亨利四世劝儿子托马斯·克莱伦斯公爵珍惜王子对他的喜爱,说这样他才能在王子的"尊荣地位"和他的其他兄弟之间"尽你调和沟通的责任",在这里他认可了王子在思想与情感上的广泛能力:

> 只要他的意志被人尊重,他就是一个宽仁慈爱的人,他有为怜悯而流的眼泪,也有济弱扶困的慷慨的手。可是谁要是激

怒了他，他就会变成一块燧石，像严冬一般阴沉，像春朝的冰雪一般翻脸无情。所以你必须留心看准他的脾气。当他心里高兴的时候，你可以用诚恳的态度支持他的过失；可是在他心情恶劣的时候，你就该让他逞意而行，直到他的怒气发泄完毕，正像一条离水的鲸鱼在狂跳怒跃以后，终于颓然倒卧一样。（第四幕第四场，30－41行；《莎士比亚全集》[三]，页304）

不过国王的态度是悲观的。王子本性中的丰富性极可能被邪恶利用，也可能为善引导：

最肥沃的土壤上最容易生长莠草。（《莎士比亚全集》[三]，页305）

他认为现有的迹象表明邪恶可能会占了上风。但是华列克并不这样想，他认为王子审慎、达理的本性和对知识的渴求给了他力量：

亲王跟那些人在一起，不过是要观察观察他们的性格行为，正像研究一种外国话一样，为了精通博谙起见，即使最秽亵的字眼也要寻求出它的意义，[271]可是一朝通晓以后，就会把它深恶痛绝，不再需用它，这点陛下当然明白。正像一些粗俗的名词那样，亲王到了适当的时候，一定会摈弃他手下的那些人；他们的记忆将要成为一种活的标准和量尺，凭着它他可以评断世人的优劣，把以往的过失作为有益的借镜。（77－88行；同前）

对王子性格的这么多证言里的确有需要考虑的成分。王子在对自己群声式的评价里首先注重的是向伊丽莎白时期的观众说明他表面上为什么会丢皇家的脸——因此才有了对充分补偿这一羞耻的着力强调——

我的改变因为被我往日的过失所衬托，将要格外耀人眼

目,格外容易博取国人的好感。(《莎士比亚全集》[三],页117)

亨利不仅说的是他的儿子,而且是一般性地描述一位王子的本性。我们把他的话与《辛白林》里培拉律斯描述两位王子的话一比较就可以看出这一点:

> 神圣的造化女神啊,你在这两个王子的身上多么神奇地表现了你自己!他们是像微风一般温柔,在紫罗兰花下轻轻拂过,不敢惊动那芬芳的花瓣;可是他们高贵的血液受到激怒以后,就会像最粗暴的狂风一般凶猛,他们的威力可以拔起岭上的松柏,使它向山谷弯腰。(第四幕第二场,170—176行;《莎士比亚全集》[六],页218)

华列克除了描述王子的性格以外,也是为王子拒斥福斯塔夫埋下伏笔。尽管有一些对王子的保留意见,这些说话者总体还是证明了王子思想上的成熟与行动上的审慎。

不过,外部证明远没有其自身言行所揭示的内容重要,我们现在要考察的是王子究竟表现为哪一种人。这意味着要说明他与其他人物之间的关系,特别是福斯塔夫。那些反感他弃绝福斯塔夫的人是以为王子在某些方面的作为不诚实,他与福斯塔夫交了朋友,后又欺骗了他,在充分利用他之后又否认受益于他。这种想法是错误的。王子从一开始就是疏远和超然的,[272]对待福斯塔夫总是比对他的狗还不如,他有一次屈尊只是为了玩个游戏。骗人的不是王子,而是福斯塔夫一厢情愿的自我欺骗。王子最多是没有用激烈的手段让福斯塔夫清醒一点,他一直在不断地告诉后者那些冷酷的事实。他对福斯塔夫说的第一段话——"你让油脂蒙住了心……"(《莎士比亚全集》[三],页110)和大多数其他的话一样,是对后者看法的冷冰冰的陈述。"油脂蒙住了心"的说法,用在大多数地方显然是与事实相反的,但在这里却一针见血地指出了福斯塔夫自我欺骗的事实。以王子的智慧不会看不到福斯塔夫的局限性。在同一场戏里他提到绞架的时候，戏弄了福斯塔夫（其冷酷的态度与最后的弃绝是一致的）。福斯塔夫不喜欢这个话题，但王子不肯就此放过。后来当福斯塔夫试图用"但愿上帝指示我们什么地方有好名誉出卖"（《莎士比亚全集》[三]，页113）将王子与自己联系起来，他却没有得到一点儿鼓励。王子只是看着，并说出了事实。不仅是这一个地方如此——这是他的习惯。他还喜欢被人确信是欺骗实际却是讲真话的反讽行为：他有一次冒了很大的风险说的话，要是知道会被当真他原本因为骄傲根本就不会说出来。我指的是下篇第二幕第二场的开头。这部分对王子的揭示非常深刻，因此要详细说明。

要理解这场戏，首先要记住王子自索鲁斯伯雷战斗以来就没有出场，不过有消息说他打了大法官：在宫廷里要履行的骑士礼仪太繁重了。因此当他开头说到"当着上帝的面前起誓，我真是疲乏极了"，我们很自然地认为他厌倦的是宫廷的事务。个性简单的波因斯认为王子的疲倦只是身体上的，便以相当了得的聪明劲儿（对他自己而言）回答说，

> 会有那样的事吗？我还以为疲乏是不敢侵犯像您这样一位血统高贵的人的。（《莎士比亚全集》[三]，页250）

王子马上说出他的真实情况，虽然他明知道波因斯不会明白也不会相信：

> 真的，它侵犯到我的身上了，虽然承认这一件事是会损害我的尊严的。（同前）

[273]换句话说，他确实觉得宫廷事务太累人了，但又不愿意承认。他接着补充道，

> 要是我现在想喝一点儿淡啤酒，算不算有失身份？（同前）

"淡啤酒"指的是波因斯这样容易哄骗的人。波因斯再次误解,以为王子说的是酒,并又带着(他自认为)了得的小聪明回答道,

> 一个王子不应该这样自习下流,想起这种淡而无味的贱物。(同前)

在这样的误解之后,王子更加愿意说出真实的想法,并告诉波因斯自己对他的看法。

> 那么多半我有一副下贱的口味,因为凭良心说,我现在的确想起这贱东西淡啤酒。可是这种卑贱的思想,真的已经使我厌倦于我的高贵的地位了。记住你的名字,或是到明天还认识你的脸,这对于我是多么丢脸的事!还要记得你有几双丝袜:一双是你现在穿的,还有一双本来是桃红色的;或者你有几件衬衫:哪一件是穿着出风头的,哪一件是家常穿的!(《莎士比亚全集》[三],页250)

王子的意思是他确实不喜欢履行皇家的责任,而更乐于研究淡啤酒或波因斯这类人的人性。他继续说到波因斯的生活习惯和他的私生子们。波因斯头脑简单地认为王子对责任的厌倦跟自己简单生活的实质是一样的,便问道有几个孝顺的少年王子会在他们的父亲"现在病得这样厉害"的时候讲起这些无聊的话(《莎士比亚全集》[三],页251)。话题由此有了一个转折,让王子有机会坦白他确信波因斯不会相信或理解的心里话:

> 亲王:我要不要告诉你一件事,波因斯?
> 波因斯:您说吧,我希望它是一件很好的事情。
> 亲王:对你这样低级的头脑来说,就得算不错了。(同前)

王子的意思是他愿意对头脑迟钝如波因斯这样的人说他想说的话。波因斯对此不高兴,抗议说他能招架王子要讲的任何事。于是王子

毫无保留地告诉他自己对父亲的看法。[274]他为父亲感到哀痛，但因为已经得了个坏名声，任何悲哀的表示都会被人们理解为纯粹的虚伪。说到这里他问波因斯自己对舆论的判断是否正确。

> 亲王：要是我流着眼泪，你会觉得我是一个何等之人？
> 波因斯：我要说您是一个最高贵的伪君子。（同前）

王子很高兴波因斯没有相信自己对哀伤心情的坦白，继续说道：

> 每一个人都会这样想，你是一个有福的人，能够和众人思想一致；世上再没有人比你更善于随波逐流了。真的谁都要说我是个伪君子。（《莎士比亚全集》[三]，页252）

他一方面鄙视波因斯的观察力——波因斯一直与他在一起，和对他一无所知的一般大众不同——着迷于人性的展现，另一方面又因为向某个人坦诚感到舒心，尽管他的坦诚让这个人更加迷惑了。

王子反讽式的疏离就说到这里，这是他精心蓄谋的行为最具特色和最吸引人的地方。他内涵丰富的本性在一个通常认为无关紧要甚至让人不悦的片段里有最为精彩的表现：在福斯塔夫结束盖兹山的抢劫一事到来之前，王子和波因斯在依斯特溪泊的酒馆里和弗兰西斯等酒保们做的蠢事（上篇第二幕第四场，1-125行）。这场戏比较难，因为编辑们一直没能发现其中有任何丰富该剧的意义，而且有一两句话的意思也模糊不清。不过从末尾王子对霍茨波"在一顿早餐的时间"杀了"七八十个苏格兰人"的讽刺话和他在开头对"荣誉"的指涉，还是可以看出这个片断的基本走向。霍茨波在该剧前面提到过荣誉，因此在这里肯定也会把他和荣誉关联起来。王子一直在喝酒，跟酒馆的酒保交朋友。他赢得了他们的心，学会了他们的谈话方式：

> 总而言之，我在一刻钟之内，跟他们混得烂熟，现在我已经可以陪着无论哪一个修锅补镬的在一块儿喝酒，用他们自己的

语言跟他们谈话了。[275]我告诉你,奈德,你刚才不跟我在一起真是失去了一个得到荣誉的好机会。(《莎士比亚全集》[三],页 139–140)

也就是说,王子因为学得特别快而赢得了标志性的胜利和荣誉。约翰逊看到了王子对霍茨波的讽刺在逻辑上与前面的联系,而不是一种没有来由的冲动。① 但后来的论者们没有认可这一观察的重要性。波因斯和王子刚刚耍弄了弗兰西斯,弗兰西斯和前面刚分析过的部分里一样,不明白王子的真实意图。

> 波因斯:可是我说,你对这酒保开这场玩笑,又没有什么巧妙的用意? 来,告诉我。
> 亲王:我现在充满了自从老祖宗亚当的时代以来直到目前夜半十二点钟为止所有各色各样的奇思异想。(弗兰西斯再次上台)几点钟了,弗兰西斯?
> 弗兰西斯:就来,就来,先生。(下)
> 亲王:这家伙会讲的话,还不及一只鹦鹉那么多,可是他居然也算是一个妇人的儿子! 他的工作就是上楼下楼,他的口才就是算账报账。我还不能抱着像潘西、那北方的霍茨波那样的

---

① 由于约翰逊对这段话("我还不能抱着像潘西、那北方的霍茨波那样的心理……")的评论在最容易见到的约翰逊对莎士比亚作品的评论合集 Walter Raleigh 的《约翰逊评莎士比亚》(*Johnson on Shakespeare*, London, 1916)里被略去了,我将约翰逊的原文补充在此:

> 酒保的回答打断了王子讲话的理路。王子是这样说的,"我现在充满了[……]所有各色各样的奇思异想"——"我还不能抱着像潘西[……]那样的心理",意思是,我愿意沉浸在嬉闹作乐中,尝试人间所有不同的生活。"我还不能抱着像潘西[……]那样的心理"——他认为没有流血斗争的时间都是浪费生命,他忘记了文雅和文明,只能像一个残暴的士兵那样说些干巴巴的话。

心理［……］(《莎士比亚全集》［三］,页 142–143,［译按］此处所引中译文有改动)

约翰逊看到对霍茨波的指涉与王子宣称他"现在有各色各样的奇思异想"之间的关联,弗兰西斯的入场与退场以及王子的评论只是打了个岔。王子各种思想的丰富与霍茨波的单一思想形成对照。王子再次说出了真实的想法,但他的话可能有另一重意思。表面上的意思是,因为所有存在的人类动机同时将他掌控他感到很兴奋;另一种意思是学会理解酒保之后他掌握了人类行为的所有可能,他在此时完成了对人的认知。我们现在可以理解他早先对荣誉的说法:他所赢得的行动比霍茨波粗暴地屠杀苏格兰人的行为要困难得多。记住这一点,我们就可能察觉到这个片段开头很容易被忽视的内容。[276]波因斯问他去哪儿了,王子是这样回答的:

> 我在七八十只酒桶之间,跟三四个蠢虫在一起。我已经弄响最卑微的音弦。小子,我跟一根绳儿拴着的几个酒保认了把兄弟啦;我能够叫得出他们的小名,什么汤姆、狄克和弗兰西斯。他们已经凭着他们灵魂的得救起誓,说我虽然不过是一个威尔士亲王,却是世上最有礼貌的人。(《莎士比亚全集》［三］,页 139,有改动)

当王子说"弄响最卑微的音弦"时,用了一个音乐的隐喻。其中一个意思是自己已经触及了卑躬屈节的底线。还有一个意思更重要:他作为一把弓,从乐器最低的音弦上得到了回音,也就是指酒保们。我们应想到他已经弄响了所有其他的人类音弦——此时他奏响了人类的全部音域,他是从亚当以来充满所有奇思异想的人。这个时候把世界看作一种复杂的音乐和声是一种普遍的宇宙观念。酒保们不仅是乐器最卑微和最低的音弦,他们是存在之链的人类部分里最卑微的部分,最接近兽类。这就是王子把他们比作狗之后又叫他们"一根绳儿拴着的几个酒保"(a leash of drawers)。虽然可能会有人认为是太过别出心裁,但我还是要补充一点,"弄响"和"卑微"不仅指演奏一种弦乐器而且暗示探索海洋深处,并指涉霍茨波早先的话——他将

> 跃入深不可测的海底,揪住溺死的荣誉的头发,把它拉出水面。(《莎士比亚全集》[三],页123)

王子说酒保们认为他是世上最有礼貌的人也有特别的意义。我后面会指出,这就是莎士比亚塑造的他,一个完美的宫廷之人(cortegiano),一个全面发展的人,与霍茨波相反,后者粗鄙、狭隘,在某些方面很投入,但头脑单一。

还有一个谜。王子在弗兰西斯向他交心(标志是他给了王子一块一便士的糖,还希望它要是值两便士就好了)之后,为什么还和波因斯一起让他经历残忍的恶作剧?梅斯菲尔德痛批王子的这种残忍难道不对吗?[277]我的回答是,首先,王子想试试看弗兰西斯的脑子到底有多笨,其次,我们不能以二十世纪的人道主义标准评判莎士比亚在人性问题上的态度。在一个把疯子的滑稽和动物的痛苦当作消遣的时代,我们不能要求太多。此外,我们还要想到层级的原则。在围困拉罗歇尔的战斗中,昂贵的餐具在停战旗帜的护送下进城供给天主教贵族的俘虏享用,而城里大批居民死于饥饿。这种阶级之间的不公正待遇那时是理所当然的。莎士比亚在一部剧里表现忒修斯对待波顿及其同伴的美妙机智,在另一部剧里则让世上最有礼貌的人冷酷和残忍地对待弗兰西斯。不过弗兰西斯是一根低音弦,波顿是根高音弦,他有自己的聪慧和思想。弗兰西斯则得不到同样的待遇。平民大众地位低于"人"的部分在莎士比亚的时代一定是相当多的,人们想当然地像对待兽类一样对待这部分人。

至此可以看出,王子绝不是一个放荡的粗野年轻人等着发生奇迹般的改造,他实际从一开始就是一个掌控自己的人物,在行为和判断上非常慎重,熟悉人性的每个部分。但他又不仅如此。当酒保们认为他是"世上最有礼貌的人"时,他们对王子的理解比他的敌

人霍茨波和他的父亲都要多。当莎士比亚让他们说出这个评价时，他心里想的是文艺复兴时期完美统治者的概念。接下来我要说明这一概念是如何进入并影响这部戏剧的。

首先，埃利奥特的《管理者》为莎士比亚提供了王子被大法官判罪的故事（第 2 卷第 6 部分，Everyman Edition，页 139 – 140），这一点不是没有意义的。莎士比亚的确改造了这个故事以适用于戏剧的目的，但他应该知道埃利奥特甚至在王子的父亲在世时就力撑哈尔王子，认为他能用理智控制自己的强烈情感。假如莎士比亚是从《管理者》知悉这个有关王子的故事，那么他很可能在塑造王子的时候也注意到这部作品所属的宫廷手册文献，这些文献中以卡斯蒂略内（Baldassare Castiglione）的《宫廷人之书》（Cortegiano, Book of the Courtier）最为著名。《尤弗伊斯》里某些段落也适用于对王子的塑造。[278] 我不是说莎士比亚直接用了这些内容，而是因为它们出现在一部关于典范绅士的传统教化作品里。莎士比亚如要按照人们的期待刻画完美的王子，就必须考虑到这些内容所代表的前提和假定。下面是尤弗伊斯描述的拒绝那不勒斯邪恶力量腐蚀的自己，正如王子不被伦敦的恶所诱惑一样：

> 想象一下那不勒斯是个聚集各种纷争的烂仓库，所有妓女的大烩菜，充满羞耻的污水坑，一切罪行的护育人，那么结果必然是一切对爱的渴求都与欲望相连吗？后果是每个到这里来的人都会受到诱惑而变得愚蠢并陷入困境吗？不，不是的，是思想的倾向改变了事情的本质。太阳即使照在粪堆上也不会被腐化；钻石即使落在火里也不会被焚化；水晶触到了蟾蜍也不会被污染；鳄鱼鸟活在鳄鱼的嘴边也不会被掠去；完美的智慧永远也不会被邪恶所迷惑，或被淫邪所诱惑。（I, 页 193）

下面是莱利所描述的文艺复兴时期有关全面发展之人的主要观念，用老菲杜斯的嘴说了出来：

> 虽然不一定精确,但我认为在完成战斗和行动的绩业中必须使用身体,就像在学习中要耗费脑力。不过一个人的身体和头脑应该相互调和,否则只有勇敢和合乎礼节的行为而没有学识,或者只是用功学习和读书而缺少英勇气概,都是很大的遗憾。(II,页50)

王子除了具备战斗的技艺,还非常聪颖并受过良好的教育,在他与福斯塔夫的对话里可以看出来,他的超凡性格中良好的教育是很重要的部分。不过王子从不有意展示他自己也没有意识到的这种聪慧。这又引出另一个宫廷之人的特点。这就是漠不经心(sprezzatura)①,卡斯蒂略内认为这是宫廷之人的最高特点,与其相反的是好奇心(affecttazione):

> 我发现一条常见的规律,在这一部分里,它适用于一个人的所有的言行举止。这就是尽其所能避免一切好奇心的驱使,仿佛它是一块尖锐而危险的石头,使用某种丢脸的方式掩盖内在的技能,做任何事说任何话都表现得毫无痛苦,就好像毫不介意一样。(霍比译)(第1卷第26部分)

[279]漠不经心是亚里士多德所推崇的道德品质——介于沉重而做作的细致精心与彻底疏忽之间。正是在这种宫廷之人的最高品质上王子比霍茨波出色得多。他以表面的轻松态度对待潘西家族的反叛,而实际上他是这场战斗中的英雄。他在酒馆那场戏里听福斯塔夫在盖兹山抢劫事件后说起这个消息。"外边消息不大好",福斯塔夫说,并继续说起各个叛乱者。王子表面上不为所动,说了几句关于道格拉斯的闲话,就接着玩让福斯塔夫扮演他父亲的游戏。然而,在这场戏结尾,他用一句不经意的话表明了真实心迹,"我一

---

① 霍比爵士(Sir Thomas Hoby)译为"丢脸"(disgracing)或"鲁莽"(recklessness),"漠不经心"(nonchalance)可能接近现代的意思。

早就要到宫里去"。和父亲单独在宫里的时候,他因为父亲的责骂而不再表现得漠不经心,而是表明自己严肃的真实意图。但在下一场戏里他再次恢复表面上的轻浮态度:

> 王子和皮多作行军步伐上;福斯塔夫以木棍横举口旁作吹笛状迎接二人。(《莎士比亚全集》[三],页 176)

这对于卡斯蒂略内的意大利宫廷礼仪来说可能过于轻浮,但凡农对王子优雅跃登上马的描述(见本书[257]页)则与之完美契合。最后,还有王子对福斯塔夫声称杀死霍茨波的漠不经心的认可,以及他支持这个谎言的言语温和但充满讽刺的意愿表达:

> 要是一句谎话可以使你得到荣誉,我是很愿意用最巧妙的字句替你装点门面的。(第五幕第四场,161-162 行;《莎士比亚全集》[三],页 212)

霍茨波对荣誉的公开追求违反了漠不经心的原则,[280]此外,在王子冷静对待叛乱消息的那场戏里,王子还讽刺他假装无所谓却漏洞百出的窘态。

> 我还不能抱着像潘西、那北方的霍茨波那样的心理;他会在一顿早餐的时间杀了七八十个苏格兰人,洗了洗他的手,对他的妻子说:"这种生活太平静啦!我要的是活动。""啊,我的亲爱的哈利,"她说,"你今天杀了多少人啦?""给我的斑马喝点儿水,"他说,"不过十四个人;"这样沉默了一小时,他又接着说,"不算数,不算数。"(《莎士比亚全集》[三],页 143)

此处是完美、老练、受过国际教育的宫廷之人王子讽刺狭隘的乡巴佬潘西,即北方的霍茨波,就像是复辟时期喜剧里的一个人物讽刺乡下土包子。

这不是说霍茨波不是一个特别有意思的野蛮人。他的坦诚让人喜欢,过度的情感也很简单,活力四射有感染性,乡土幽默也颇有趣味。他身上的孩子气直捣女人的心窝,尽管他恣意任性,他的妻子还是爱他到神魂颠倒,这一点完全可信。

回到王子身上,莎士比亚不仅依据国王人物的理论性原则来塑造他,而且在他的思想中引入了一种微妙的动机,假如单独分离出这一动机是合理的,那么我们就可以接受十九世纪评论者们致力于搜寻动机的习惯了。

这里我要插入说明一种莎士比亚现代批评者们的危险。学者们在了解到莎士比亚十分熟悉当时的心理学理论之后,一直试图用这种理论来理解他笔下人物的本性,而不是用今天所理解的人性的可能性。比如,坎贝尔女士认为李尔王是老年愤怒的化身(《莎士比亚的悲剧英雄》[Shakespeare's Tragic Heroes],关于《李尔王》的一章),他可能是。但是,你一旦这么描述他,就很容易认为这个新的真相取代了一个旧的错误,而实际上只是对现有的或对或错的各种认识的总体做出了修正。伊丽莎白时期人们将人物建立在严格的、学院式的先在假定之上,这并不是说他们没有能力亲身去观察和感知,奇怪的是他们用以结合两种方法或是由一种方法跳至另一种方法的方式。[281]斯宾塞的作品里也出现过这一情况。他在同一首诗里可以既有最远离人性的寓言式抽象概念,又能够描绘气愤的布里托马特骑马营救亚马逊人抓住的阿特格尔时眼神向下,为的是掩盖"她凶狠的心"这样一幅可怕而真实的画面。我们思考《约翰王》里的庶子福康勃立琪的心理真实与复杂性以及《理查二世》里园丁的非人特性时,如果在同一个人物身上发现有极端的现实主义或者正好相反的写法或者是二者的杂糅,都不应该感到惊奇。

对王子的性格在心理上的探究主要围绕他与父亲之间以及与少年时对什么是国王的认识之间的关系。莎士比亚除了按照伊丽莎白时期对王子的期待来塑造哈尔以外,还充分想象了他作为一个篡夺王位且为守住这个位子心力交瘁之人的后继者所处的艰难境地。莎士比亚知道并借用了有关王子野性难驯的传说,不过他把这些传说与王子成长的情形联系在一起并做出了心理上的解释和辩护。王子有着生动的领悟能力和坚强的本性,因此会理解父亲的困境并面对国王责任的可怕事实。除此而外还有父亲对他的期望也形成一种负担。像他这样有洞察力的年轻人,这个负担太重了,他不得不通过躲避和反叛竭力逃避。不过尽管他躲避着宫廷的庄严肃穆,他所做的也不过是拖延责任,但他本质上是了解并接受这一责任的。无法在父亲眼前做一个完美的王子,他在那些地位低下的人面前练习皇家特性,让自己成为世上最有礼貌的人。虽然是用在卑微如波因斯这样的人身上,但他的反讽来自于他的意识——认真尽责的统治者应该一直保持疏离和独立。他与福斯塔夫混在一起既是逃避他不愿面对的现实,也是酝酿他将明确掌控的未来。国王与儿子之间的关系从他提到霍茨波的话以及他对不能把他们俩换个位置表示的遗憾中可以看出来。亨利不明白他儿子的丰富性格,错误地以为霍茨波是个更好的人。亨利看到他儿子的行为时非常迷惑,[282]试图把它解释为上天对自己罪责的惩罚,这种对人的思想过程的表现太贴切了。

> 我不知道这是不是上帝的意思,因为我干了些使他不快的事情,他才给我这种秘密的处分,使我用自己的血液培养我的痛苦的祸根;你的一生的行事,使我相信你是上天注定惩罚我的过失的灾殃。否则像这种放纵的下流的贪欲,这种卑鄙荒唐、恶劣不堪的行动,这种无聊的娱乐、粗俗的伴侣,怎么会跟你的伟大的血统结合起来,使你尊贵的心成为所有这一切的同侪呢?(第三幕第二场,1-17行;《莎士比亚全集》[三],页169)

亨利说,告诉我其他的。他没有思量一下明显的人类理智是什么,就开始痛批儿子表面上的行为。他接着反复说到霍茨波的完美,称他为"襁褓中的战神",绘声绘色地描述他和道格拉斯的鏖战。王子虽然敬慕和同情父亲,但讨厌他把霍茨波当作典范。这就是他如此讽刺霍茨波的原因,直到打败他,他才能流露宽容的本性。当我们思考莎士比亚在《科利奥兰纳斯》(Coriolanus)里所表现的母女关系有多么出色,我们就可以毫不犹疑地去搜寻亨利四世与哈尔王子之间关系里的上述动因。

关于王子就说到这里。为了说明这个人物,我不得不引入许多不同的话题,因为他涉及这部戏剧的方方面面。现在我要对这些话题做进一步的说明。首先是其他两个主要人物——霍茨波和福斯塔夫,这二人有时会超越自己恰当的范围(而且是十分明显的),侵害到王子而破坏了该剧的平衡。

我猜想有很多人可能还以为霍茨波是该剧上篇的主人公。这是错误的,出现这个错误可能有两个原因。其一,他们可能继承了一种对纯粹的强烈情感的浪漫主义偏爱。其二,[283]他们可能以为用莎士比亚最出色的韵文讲话的任何人物都有莎士比亚在背后撑腰。其一的错误是,我们总是习惯于把下面这段霍茨波关于荣誉的话视为让人为之倾倒的美妙韵文:

> 凭着上天起誓,我觉得从脸色苍白的月亮上摘下光明的荣誉,或是跃入深不可测的海底,揪住溺死的荣誉的头发,把它拉出水面,这并不算是一件难事。(《莎士比亚全集》[三],页123)

这段话自然是有一点讥讽霍茨波的意思。《燃烧铁杵的骑士》(Knight of the Burning Pestle)里的拉尔夫被要求讲一段怒气冲冲的台词时背诵了这段话,这说明这也是当时人们的感觉。不论霍茨波的活力有多么引人注目,他从一开始就因为像孩子一样难以控制情感而显得近乎荒唐可笑。他首次出场时华丽、生动而幽默地描述"一个衣冠楚楚的大臣,打扮得十分整洁华丽",在战场上要求他交出战俘,描述时控制了自己的感情,发挥了天生的聪明,但紧跟着却是对葛兰道厄与摩提默交战的一番情感激烈的描述,过度的激情奇特地膨胀起来。从第二段描述中(膨胀的激情在随后以及上篇其余部分里变得更加确定)可以明显看出莎士比亚有意让霍茨波的过分情感显得荒唐,且丝毫未把他当作主人公。的确,霍茨波有些韵文台词是该剧中最精彩的。比如,最优美的一段话是霍茨波在索鲁斯伯雷战斗前对勃伦特说起亨利的过去,从他曾是个

  被人遗忘的亡命之徒;那时候他偷偷溜回国内(《莎士比亚全集》[三],页192)。

一直说到现在与潘西家族的纷争(第四幕第三场,52－105行)。不过把优美韵文理解为莎士比亚对霍茨波表示同情则是错误的,这就如同猜测莎士比亚赞同克莉奥佩特拉对安东尼性格的影响是因为她的嘴里说出了优美的韵文台词。韵文能够说明的是莎士比亚对这些人物的浓厚兴趣,以及他想通过他们表达一些重要的内容。

  当一个稍微简单些的人物便足以依照该剧结构的需要象征对荣誉的过度追求会导致荒谬时,莎士比亚为什么还要如此注重发展霍茨波的性格并让他说出这么美的台词呢?[284]原因是他通过霍茨波这个重要的手段来描绘英国的图景,用新的微妙的方法实现"国家"的旧主题。尽管如前所述霍茨波作为北方乡巴佬遭到讥讽,被拿来跟王子这个完美的文艺复兴绅士相对照,他还是表现出一些英国的优秀品质,并因而在莎士比亚构建的重大综合性图景中有一席之地。霍茨波虽然情感激烈,有时候还是非常贴近生活,并带着像《约翰王》里庶子那种幽默的热诚看待生活最具体实际的表现。他不时流露的英国式情感与葛兰道厄的威尔士梦一样的世界完全相反,但是葛兰道厄致力于诗歌和音乐艺术的庄严宣告刺激他大肆批判艺术,这与他的本性并非一致:

  我宁愿做一只小猫,向人发出喵喵的叫声;我可不愿做这种吟风弄月的卖唱者。我宁愿听一只黄铜烛台的转动声或是一只干燥的车轮在轮轴上吱轧吱轧地磨擦;那些扭扭捏捏的诗歌,是比它更会使我的牙齿发痒的。(第三幕第一场,128－134行;《莎士比亚全集》[三],页164,有改动)

小猫、卖唱者、烛台和车轮尽管不是只有英国才有,但的确是英国生活的一部分。霍茨波注意到这些和其他很多细节,他因为热爱日常世界里各种实在而积极的活动而具有了敏锐的眼光。直爽的英国人一直是戏剧中的俗套角色,与柔弱的法国人形成对照。《亨利六世》上篇里有塔尔博,中篇里有葛罗斯特公爵亨弗雷,以及他的后裔、《伍德斯托克》里的"率直的汤玛斯"。霍茨波这个人物十分鲜活,似乎不太像他们的同类,不过他还是具备——尽管有所改造——那些人物所特有的英国特色。莎士比亚没有掩盖这个英国人的"所有缺点",但他让我们"仍旧喜爱他"。同样地,尽管霍茨波特别过分地戏弄自己的妻子,骂得她快要哭出来,总是临时起意而让她抓狂,不过在他的内心深处还会显示出英国人粗糙而朴素的友善。他的粗鄙中没有真正的残忍。当他骂她"从哪一个糖果商的妻子学会了这些口头禅",他是以自己的方式(也没有不文雅地)向她示爱,[285]也表明他是睁大了眼睛观察这片土地,他在这部戏剧里是表现英国的一个重要人物。

> 霍茨波:来,凯蒂,我也要听你唱歌。
> 潘西夫人:我不会,真的不骗你。
> 霍茨波:你不会,"真的不骗你"!心肝!你从哪一个糖果商的妻子学会了这些口头禅?你不会用"真的不骗你"、"死人在说谎"、"上帝在我的头上"、"天日为证",你总是用这些软绵绵的字句作为你所发的誓,好像你从来没有走过一部远路似的。凯蒂,你是一个堂堂的贵妇,就应该像一个贵妇的样子,发几个响响亮亮痛痛快快的誓。让那些穿着天鹅绒衬衣的人和在星期日出风头的市民去说什么"真的"不"真的",以及这一类胡椒姜糖片似的辣不死人的言语吧。来,唱呀。(252-262行;《莎士比亚全集》[三],页168)

如果说霍茨波是个极具英国特色的地方性人物,并因为让我们想到伊丽莎白时期而不是中世纪英国而具有一定的当代性,那么福斯塔夫就将该剧扩展至没有时代限制的原型层面上,至此莎士比亚的其他戏剧还没有得到过如此的扩展。尽管关于他的细节丰富而充足,尽管他在伊丽莎白时期的伦敦从宫廷到妓院都如鱼得水、自在得很,他本质上是跨越时代和国别的。莎士比亚作为福斯塔夫的创造者可以用下面的话来描述,这段话出自华兹华斯的《抒情歌谣集》序言中最得人心的地方:

> 虽然有不同的土壤和气候、不同的语言与礼仪、不同的法律与习俗,尽管有悄无声息被遗忘的事物、有惨遭摧毁的事物,诗人用情感和知识将散布于整个世界和所有时代的人类社会这个庞大的王国联结在一起。

有人可能会说福斯塔夫说出第一句轻佻话和第一个下流玩笑时是在人类堕落后悄悄照看伊甸园的撒旦。奇怪的是博德金夫人(Mrs. Bodkin)没有利用他来构建自己的原型结构。

这不是说福斯塔夫只是人性中下流部分的象征。他是一个集合了多种功能的复杂形象,这些功能连最伟大的作者可能都需要分别放置在不同的人身上表现。

首先(这与他的下流和违法无关),他代表着纯粹的生命力,以及乐于进行任何冒险活动的年轻活力。[286]他像是现实中的约翰逊博士,如果下半夜被博克莱尔(Topham Beauclerk)和兰顿(Bennet Langton)叫醒就会开心地起来和他们还有虚构的匹克威克一起"娱乐一番"。三人中,老年、中年或粗鄙肥胖的身体使得年轻的活力特别惊人,就像亨利·詹姆斯从《驯悍记》在孩子们的头脑中表现邪恶的力量学到了很多,而这正是最不应该看到邪恶的地方。莎士比亚在塑造李尔王时也是这样做的——那是个有着孩子般激情的老人。但李尔王受到了教育,福斯塔夫在其他方面的本质就是他是不可救药的。

福斯塔夫除了是个永远的孩子,还是一个傻瓜。对于这个话题最好的说明就是威尔什福德女士(Enid Welsford)的著作《愚人》

(*The Fool*,London,1935)的最后一章。他在盖兹山惊慌呼喊,索鲁斯伯雷战斗中又在道格拉斯面前像死了一样地倒下,完成了愚人"作为欺凌者压抑自身本能的安全阀门"的简单功能,这种本能是每位观众都有的。不过他更常见的是用他的修复力量为受压迫者提供"一种治疗恐惧和伤害的温柔软膏"这一更复杂和更特别的功能。他与兄弟兔(Brer Rabbit)①和傻子帅克(Fool Schweik)②是同类型人物。莎士比亚并没有过度利用他的这一功能,该剧两个部分里各有一次他处于被攻击的地位因而不得不求助于自己的聪明。上篇里当王子说出穿着麻布衣服的人就是自己和波因斯一伙的时候,下篇里王子和波因斯听到他称王子是"一个浅薄无聊的好小子"(《莎士比亚全集》[三],页266)因而当面质问他。除了让福斯塔夫发挥这所有功能,莎士比亚还给了他一项重大任务。

福斯塔夫不仅是个受到压迫会逃开的被动角色,他也是一个积极的骗子和冒险者:不仅是帅克,也是狐狸(Volpone)③;不仅是兄弟兔,也是《吹牛军人》(*Miles Gloriosus*)④。当然,福斯塔夫因为有马洛的血统和较多的阴冷与痛苦,而产生与狐狸不同的印象。不过他的一生和狐狸一样就是各种愚弄和赌博,在屡屡得逞之后却最终栽了跟头。他完成了盖兹山的抢劫,假装杀死了霍茨波。当他在下篇里穿着新衣服衬托虚假的军事名声,让新配的侍童带着他的剑和盾时,他是个冒险家,而不是傻子。[287]他没有理会桂嫂告诉他有

---

① [译注]即 Brother Rabbit,非洲和切罗基族的传统故事中的主角,是个用智慧挑战权威和社会道德准则的骗子。

② [译注]即"好兵帅克",是捷克作家哈谢克(Jaroslav Hasak)著名的同名长篇讽刺小说主人公,他貌似愚蠢,有点可笑,实际用智慧和勇敢反抗统治者。

③ [译注]又译福尔蓬奈,本·琼森的同名讽刺戏剧中的主人公,装病欺骗要骗其财产的贪婪者们。

④ [译注]古罗马剧作家普劳图斯的喜剧,讲述一个自我陶醉的军人在遭到众人愚弄之后才醒悟的故事。

人来抓他的提醒,要她管饭。晚饭结束后,桂嫂和桃儿都对他死心塌地,我们有理由相信他会摆脱那十二位搜捕他的军官,而不会"辜负这一夜中间最可爱的一段时光"(《莎士比亚全集》[三],页 271,原文在引用时有改动)。他的经济事务都属于冒险家的范畴,这一冒险的顶峰是他从夏禄迫使来当兵的人那里收受贿赂,从夏禄那里又借了一千镑。冒险家和愚人一样都是常规形象,我们会暂时站在他一边,但最终都会反对他。我们希望他有风光的时候,但依旧认为,即使有点遗憾,他的好日子总会到头的。

不过,福斯塔夫所代表的是比冒险家还要宽泛一些的抽象意义。如果说他从帅克转为狐狸,他还从无害而可笑的"恶"转为与法律和秩序作战的"七宗罪"的缩影。他不仅通过愉快的行动而且通过明确的学院派的象征手法实现了最后这个功能。这种既是传统的也是学院派的象征手法很重要,它颇具古风,使福斯塔夫作为一种原型人物的本质显露出来。莎士比亚在一开始就非常明显地把福斯塔夫作为暴政的象征。福斯塔夫的第一句话就是问王子时间,王子的回答是:

> 见什么鬼你要问起时候来了?除非每一点钟是一杯白葡萄酒,每一分钟是一只阉鸡,时钟是鸨妇们的舌头,日晷是妓院前的招牌,那光明的太阳自己是一个穿着火焰色软缎的风流热情的姑娘,我不知道为什么你会这样多事,问起现在是什么时候来。(《亨利四世》上篇第一幕第二场,1 行等;《莎士比亚全集》[三],页 110)

我们因为这段散文体台词的特殊魅力而忘记莎士比亚笔下对时钟和时间分区的其他指涉,比如亨利六世渴望的牧羊人的秩序井然的生活——

> 多少时间用于畜牧,多少时间用于休息,多少时间用于沉思,多少时间用于嬉乐。(《亨利六世》下篇第二幕第四场,

31 – 34 行;《莎士比亚全集》[三],页 727)

[288]再如理查二世在监狱里想象可怜的自己就像钟表一样被时间推动——

> 我曾经消耗时间,现在时间却在消耗着我;时间已经使我成为他的计时的钟;我的每一个思想代表着每一分钟,它的叹息代替了嘀嗒的声音,一声声打进我的眼里;那不断地揩拭着眼泪的我的手指,正像钟面上的时针,指示着时间的进展。(《理查二世》第五幕第五场,49 – 54 行;《莎士比亚全集》[三],页 97)

亨利六世表达的是牧羊人生活的规律,理查表达的是痛苦让人难以忍受的持久单调。王子告诉福斯塔夫他关心的是无序和暴政而不是秩序与规律。福斯塔夫痛快地承认了,并试图把王子拉到自己这一边,他回答说:

> 真的,你说中我的心病啦,哈尔;因为我们这种靠着偷盗过日子的人,总是在月亮和七星之下出现,从来不会在福玻斯[……](《亨利四世》上篇第一幕第二场,13 – 15 行;《莎士比亚全集》[三],页 110)

福斯塔夫在这里象征着无序,伊丽莎白时期的观众会认为王子象征的是福玻斯,并明白福斯塔夫在试图改变王子在白天发光的皇家能力。福斯塔夫后来在酒馆里假装是亨利四世批评自己的儿子,呼应了这段对话:

> 天上光明的太阳会不会变成一个游手好闲之徒,吃起乌莓子来?这是一个不必问的问题。英格兰的亲王会不会做贼,偷起人家的钱袋来?这是一个值得问的问题。(上篇第二幕第四场,449 – 453 行;《莎士比亚全集》[三],页 154)

福斯塔夫如此有趣且貌似学究并不只此一处。他和国王一样经常说出一些宇宙或科学的知识。比如，他有关白葡萄酒的长篇大论就是完全正确地戏仿了微观世界的结构及其与另一种存在空间即身体的对应关系：

> 一杯上好的白葡萄酒有两重的作用。它升上头脑，把包围在头脑四周的一切愚蠢沉闷混浊的乌烟瘴气一起驱散，使它变得敏悟机灵，才思奋发，充满了活泼热烈而有趣的意象，把这种意象形之唇舌，便是绝妙的词锋。好白葡萄酒的第二重作用，就是使血液温暖；一个人的血液本来是冰冷而静止的，他的肝脏显著苍白的颜色，那正是孱弱和怯懦的标记；[289]可是白葡萄酒会使血液发生热力，使它从内部畅流到全身各处。它会叫一个人的脸上发出光来，那就像一把烽火一样，通知他全身这一个小小的王国里的所有人民武装起来；那时候分散在各部分的群众，无论是适处要冲的或者是深居内地的细民、贱隶，都会集合在他们的主帅心灵的麾下，那主帅拥有这样雄厚的军力，立刻精神百倍，什么勇敢的事情都做得出来；而这一种勇气却是从白葡萄酒得来的。（下篇第四幕第三场，52–122行；《莎士比亚全集》[三]，页301–302）

此处福斯塔夫对白葡萄酒的说明与体液的理论类似，它以汽态的形式（例外的情况下）直接到达头脑（让头脑混乱），或是（正常的情况下）通过肝脏进入血液，又以血液的热力这一中介创造出三种精神：自然的，生气勃勃的，兽性的。福斯塔夫还提及人的身体与王国人民之间的传统对应关系，特别是——用斯塔基（Thomas Starkey）的话说：

> 就像所有智慧、理智和感觉，对生活的感受和所有自然力量，都是从心灵中迸发出来的一样，一切法律、秩序和政策，一切公正、美德和诚实，也是从一个国家的君主和统治者到达这

个国家的其他地方。①

当然,福斯塔夫有知识的这一面有不止一种功能。这让他的滑稽举动更加有趣,如同彭斯(Robert Burns)诗歌中女人的温柔(不考虑创作过程)给了她衣服上的虱子一半的趣味性(另一半来自他在教堂里对它的注意)。② 不过这一知识的直接作用是把福斯塔夫提升到乱政或无序的这一重要的象征形象上来。要达到有效的无序,他必须对无序的反面有深刻了解。

作为这样一种象征,福斯塔夫不仅仅是传统乱政形象的延伸;他代表了一种永恒的、为人们接受的人性原则。奥威尔(George Orwell)发表于《视界》(*Horizon*,1941 年 9 月)的《唐纳德·麦克吉尔的艺术》(The Art of Donald McGill)里对这一原则有过恰当的表达(对我这里的论述而言还有指导意义)。唐纳德·麦克吉尔署名的那些漫画明信片典型地代表了人对道德自我和正统法律与秩序的永恒反叛。它们是诸如堂吉诃德和桑丘这类形象所代表的反抗的现代流行版本。奥威尔还认为:

> 假如你扪心自问,我是堂吉诃德还是桑丘?[290]几乎可以肯定,你两者都是。部分的你想做英雄或圣人,另一部分的你却是一个矮胖男人,十分清楚体肤完整地活着的好处。他就是你非正统的自我,肚子里的声音在对抗灵魂。就是他总破坏你优雅的举止,敦促你总是考虑自己的利益,让你对妻子不忠、抵赖欠账。

这个非正统的自我是文学里的常规形象,尽管他在现实中很少有发表意见的机会。他主要通过下流话赢得听众。

---

① 《斯塔基的生平与书信》(*Starkey's Life and Letters*, Early English Text Society, 1878),页 48。

② [译注]此处指的是彭斯的诗歌《致虱子:于教堂见其于一妇女的帽子之上》(To a Louse: On Seeing One on a Lady's Bonnet at Church)。

当然，黄色笑话不是对道德的严肃批判，但却是一种精神上的反叛，期望事情不是这样的暂时愿望。和其他笑话一样，它总是围绕懦弱、懒惰、不诚实或其他社会不能鼓励的品性。高尚的情感最终总是获胜，让追随者们付出鲜血、劳作、眼泪和汗水的领导者总是比那些提供安全和愉悦的领导者能够获得更多支持。在苦痛的问题上，人类总是有英雄情怀。女人们辛苦分娩，奋力刷洗，革命者们在遭受折磨时紧闭双唇，战舰的甲板被淹没时枪炮仍在开火。只不过人性中的另一个元素——我们所有人内在都有的懒惰、懦弱、赖账的通奸者——永远不会被完全压抑，它时不时也需要听众。

奥威尔此处的描述让我们能够更理解福斯塔夫这个人物，尽管他代表无序，但毕竟是个喜剧形象，不足以严肃地表现伊丽莎白时期有关大混乱的观念。大混乱是假如王子做出了错误的选择才能表现的概念。当王子叫福斯塔夫是"那邪恶而可憎的诱惑青年的福斯塔夫，那白须的老撒旦"（《莎士比亚全集》[三]，页156）时，说的正是对自己而言。福斯塔夫对自己性格的精美谎言给了我们一般性的真相：

如其喝几杯搀糖的甜酒算是一件过失，愿上帝拯救罪人！如其老年人寻欢作乐是一件罪恶，那么我所认识的许多老人家都要下地狱了；如其胖子是应该被人憎恶的，那么法老王的瘦牛才是应该被人喜爱的了。不，我的好陛下；撵走皮多，撵走巴道夫，撵走波因斯；可是讲到可爱的杰克·福斯塔夫，善良的杰克·福斯塔夫，忠实的杰克·福斯塔夫，勇敢的杰克·福斯塔夫，老当益壮的杰克·福斯塔夫，[291]千万不要让他离开你的哈利的身边；撵走了肥胖的杰克，就是撵走了整个的世界。（上篇第二幕第四场，516–527行；同前）

依据高尚的自我我们判断他是在撒谎；依据我们非正统的自我就会

支持他的谎言,愿意叫这个误导年轻人的人胖杰克。但这只是暂时的,我们最后会驱逐他。不过这并不是最后,因为一旦他遭到抛弃,胖杰克就带着"我们又见面了"再次出现。不过每当他成为较大的威胁时,就又会遭到驱逐。因此没有必要因为喜欢福斯塔夫而感到羞愧,只要我们承认还是必须将他驱逐。认为他心地温柔而谴责王子残忍地弃绝他的评论者们是被他迷惑了。这种迷惑在后来通过历史的事实可能会得到解释。在十九世纪,英国凭借大不列颠海军的霸权地位产生的安全感使得人们以为这种安全得来容易,并赞颂反叛的本能,而非合法的状态。他们忘记了无序的威胁,而伊丽莎白时期的人一直处于这种威胁之中。鉴于最近发生的事件,我们应该更容易像伊丽莎白时期的人一样看待福斯塔夫。

至此我在本章里讨论的内容与《亨利四世》作为重要的历史剧系列中的两部这一点几乎没有关系,我所探讨的都是该剧的创新部分。唯一的例外是,莎士比亚在王子身上最终完成了他要界定完美统治者的诸多尝试。不过除此之外还有很多政治内涵。莎士比亚还继续探究了本书至此所阐释的整套历史观念(他对这些观念的强调使它们在政治不是主题的时候处于戏剧行动的背景当中),以及将理查二世到亨利七世统治时期的八部戏剧作为一个系列有机地连为一体的具体历史主题(因为谋害伍德斯托克即爱德华三世七个儿子中的一个而引发的诅咒,又因为理查被害死不仅被延续而且极大地增强了威力)。

首先举几个表达总体历史观念的例子。对历史重复自身的原则以及根据过去可以预测未来事件最好的说明是在该剧的下篇。[292]在亨利作了一番有关睡眠的独白之后,萨立和华列克上场,亨利对他们抱怨世界波动起伏的命运,并说一个人看到这些会对任何行为可能带来的惩罚感到恐惧。

> 上帝啊!要是一个人可以展读命运的秘籍,预知时序的变迁将会使高山夷为平地,使大陆化为沧海!要是他知道时间同样会使环绕大洋的沙滩成为一条太宽的带子,束不紧海神消瘦

的腰身！要是他知道机会将要怎样把人玩弄,生命之杯里满注着多少不同的酒液！啊！要是这一切能够预先见到,当他遍阅他自己的一生经历,知道他过去有过什么艰险,将来又要遭遇什么挫折,一个最幸福的青年也会阖上这一本书卷,坐下来安心等死的。(第三幕第一场,45—53行;《莎士比亚全集》[三],页273—274)

他接着说到诺森伯兰的两次转变或者说变节。华列克随之表达了他对于学习历史经验的看法,其韵律预示了《裘力斯·凯撒》里最优美的段落之一,"世事的起伏本来是波浪式的"(《莎士比亚全集》[五],页170):

各人的生命中都有一段历史,观察他以往的行为的性质,便可以用近似的猜测,预断他此后的变化,那变化的萌芽虽然尚未显露,却已经潜伏在它的胚胎之中。(80—86行;《莎士比亚全集》[三],页274)

华列克的意思是一个人过去的生活里有种结构或是因果序列会显示出支配过去生活中事件的原则。假如他发现了这种结构,那么就可据此预测未来会发生的事件。此外,仿佛是为了表明这些段落的严肃理论化的口吻,亨利在这组对话之前还用人的身体部位来说明过国家的状况:

那么你们已经知道我们国内的情形是多么恶劣;这一个王国正在害着多么危险的疾病,那毒气已经逼近它的心脏了。(38—40行;《莎士比亚全集》[三],页273)

王子在成为亨利五世之后使用了将国王比作海洋的传统观念。[293]他说道,到现在为止他的浪潮一直在无聊的涨落中浪费能量(让我们想到它徒劳地拍打着光秃秃的海岸),但现在要在壮观的国王的海洋里找到恰当的位置,带着仪式化的最高威仪前行:

> 今日以前,我的热血的浪潮是轻浮而躁进的;现在它已经退归大海,和浩浩的巨浸合流,从此以后,它的动荡起伏,都要按着正大庄严的节奏。(第五幕第二场,129-133行;《莎士比亚全集》[三],页322)

说到内战时,莎士比亚用了天空与国家之间、离开轨道的流星与叛乱贵族之间的传统对应关系。在索鲁斯伯雷战斗前,亨利劝诫叛军营的一个使者华斯特:

> 你愿意重新解开这可憎的战祸的纽结,归返臣子的正道,做一颗拱卫主曜的列宿,射放你温和而自然的光辉,不再做一颗出了轨道的流星[……]吗?(上篇第五幕第一场,15-19行;《莎士比亚全集》[三],页196-197)

他让华斯特别再做一颗打破秩序的流星或彗星,再次成为一颗围绕太阳——国王转动的行星,一切行动都井然有序并可以预知。

有关诅咒的内容出现在该剧第一场戏里,并一直存在于该剧的上下篇里,直到亨利死去。亨利在该剧开篇对最近的纷争表达了哀伤,并建议开始一场新的圣战。圣战虽然是个策略问题,但也是对理查之死的赎罪,延续了亨利在《理查二世》最后的话:

> 我还要参诣圣地,洗去我这罪恶的手上的血迹。(《莎士比亚全集》[三],页102)

每当提起圣战(这在上下篇里有过多次),就让人想起那个诅咒以及亨利对赎罪的不懈努力。第一场戏还建立了诅咒持续出现的结构。亨利一说到圣战,就

> 出人意外地从威尔士来了一个急使,带来许多不幸的消息。(《莎士比亚全集》[三],页108)

[294]这个结构就是:在亨利产生希望和实现它们之间不断遭到残

忍的干预。不过亨利是个好君主,在上帝面前保持着谦卑,坦承了自己获取王位的不正当手段。因此与谦卑的亚哈一样,他没有让诅咒的极致噩运降临到自己头上。上帝将对他的惩罚限定为永久的忧虑与自我欺骗的厄运。亨利明白他会死在耶路撒冷,他认为这是圣地,诅咒会随着自己而消失:

> 因为一切篡窃攘夺的污点,都将随着我一起埋葬。(下篇第四幕第五场,190 – 191 行;《莎士比亚全集》[三],页 313)

实际上耶路撒冷成了韦斯特敏斯特的一个房间,那个诅咒甚至还没有展开它的全部进程。此外,亨利被他儿子的假象蒙骗,以为上天把对他的惩罚导向了他儿子的放肆行径。由此大混乱将再次来到:

> 因为第五代的哈利将要松开奢淫这条野犬的羁勒,让它向每一个无辜的人张牙舞爪了。啊,我的疮痍未复的可怜的王国!我用尽心力,还不能勘定你的祸乱;在朝纲败坏、法纪荡然的时候,你又将怎样呢?啊!你将要重新变成一片荒野,豺狼将要归返它们的故居。(131 – 138 行;《莎士比亚全集》[三],页 311)

当亨利确信他儿子是真心忏悔之后,便走到另一个极端,相信一切都会顺利。但莎士比亚让我们知道诅咒不会这么轻易就被驱除,它只是暂时蛰伏起来而已。他让大主教用理查身上的血来宣扬反叛。下篇第一场戏里毛顿是这样说的:

> 可是现在这位大主教却把叛乱变成了宗教的正义;[⋯⋯]他从邦弗雷特的石块上刮下理查王的血,加强他起兵的理由。(第一幕第一场,200 – 203 行;《莎士比亚全集》[三],页 229)

在同一场戏里莎士比亚通过诺森伯兰对这个坏消息的愤怒表达了

混乱无序的原则是扎根在反叛者之中的。

> [295]让苍天和大地接吻!让造化的巨手放任洪水泛滥!让秩序归于毁灭!让这世界不要再成为一个相持不下的战场!让该隐的精神统治着全人类的心,使每个人成为嗜血的凶徒,这样也许可以提早结束这残暴的戏剧!让黑暗埋葬了死亡!
> (153–160 行;《莎士比亚全集》[三],页 228)

这些激烈的言辞超越了当前的局部叛乱,指向玫瑰战争。我们可以想到威克菲尔和套顿的恐怖景象、玛格莱特谋害约克以及父子相残的暴虐。

我还要论证莎士比亚在《亨利四世》里描绘了他眼中的当代英格兰,这把他和史诗作者们联系在一起。

因为悲剧的风格特征是情感的强烈,而史诗尽管也可能出现悲剧的强烈情感,主要特征还是其广度和丰富性。《亨利四世》里风格多样,技巧娴熟,这在此前莎士比亚的作品中也是没有过的,连他随后的作品也难以与其匹敌。我认为这种丰富性是有意与《理查二世》的单一性形成对照。我将举出几例说明莎士比亚在该剧中使用的风格技巧。

作为该剧的框架并且与其严肃政治主题相对应的,是庄重但不呆板的白体诗,莎士比亚用它描述那些关涉重要主题的事件。这是莎士比亚从他已经完成的历史剧系列延用的标准风格,而此时这种风格已经完全由他掌控。我们可以称之为莎士比亚的正统风格,不过他在使用这一风格时给人的感觉完全是因为他乐意而不是他应该才这样写。与之密不可分的是莎士比亚对庞大而有训诫意义的历史演变保持真诚而严肃的关注。比如,下篇的楔子是谣言讲述它传播的假消息。这段话的修辞极为高亢,隐喻意义很强甚至有些猛烈,韵律既有仪式化的庄严节奏,又充满了敏捷的动感:

> 张开你们的耳朵;当谣言高声讲话的时候,你们有谁肯掩

住自己的耳朵呢？我从东方到西方,借着天风做我的驿马,到处宣扬这地球上所发生的种种事情;我的舌头永远为诽谤所驾驭,我用每一种语言把它向世间公布,使每个人的耳朵里充满着虚伪的消息。当隐藏的敌意伴装着安全的笑容,在暗中伤害这世界的时候,我却在高谈和平;当人心惶惶的多事之秋、大家恐惧着战祸临头、实际却并没有这么一回事的时候,除了谣言,除了我,还有谁在那儿煽动他们招兵买马,设防备战?(《莎士比亚全集》[三],页221)

这段话是很多精彩段落效仿的标准。比如索鲁斯伯雷战斗结束后毛顿进场时诺森伯兰猜到有坏消息时说道:

> 我的儿子和弟弟怎么样了?你在发抖,你脸上惨白的颜色,已经代替你的舌头说明了你的来意。正是这样一个人,这样没精打采,这样垂头丧气,这样脸如死灰,这样满心忧伤,在沉寂的深宵揭开普里阿摩斯的帐子,想要告诉他他的半个特洛亚已经烧去;可是他还没有开口,普里阿摩斯已经看见火光了;你还没有告诉我你的消息,我已经知道我的潘西死了。(第一幕第一场,67-75行;《莎士比亚全集》[三],页225-226)

再如亨利五世温和而超然但又十分有力地宣称他将从此全心投入自己的责任:

> 今日以前,我的热血的浪潮是轻浮而躁进的;现在它已经退归大海,和浩浩的巨浸合流,从此以后,它的动荡起伏,都要按着正大庄严的节奏。现在我们要召集最高议会,让我们选择几个老成谋国的枢辅,使我们这伟大的国家可以和并世朝政清明的列邦媲美。(第五幕第二场,129-137行;《莎士比亚全集》[三],页322)

也有很多段落与标准不同,但它们各异的风格也是因为与这些标准段落放在一起才显示出价值。霍茨波朴实的真诚因为与莎士比亚正统风格的对照而愈发显著。[297]比如把下面这段话与前面刚引的那段并放在一起感受一下：

> 啊！他正像一匹疲乏的马、一个长舌的妻子一般令人厌倦，比一间烟熏的屋子还要闷人。我宁愿住在风磨里吃些干酪大蒜过活，也不愿在无论哪一所贵人的别墅里饱啖着美味的佳肴，听他刺刺不休的谈话。（上篇第三幕第一场，159－164行；《莎士比亚全集》[三]，页165）

此外，与该剧普遍的白体韵文相比，霍茨波的台词都有较快的节奏和较为突兀的重点。因为与标准形成对照而显得更精彩的还有优美的抒情段落。摩提默描述他妻子的话有一种济慈式的悦耳甜美：

> 我懂得你的吻，你也懂得我的吻，那是一场感情的辩论。可是爱人，我一定要做一个发愤的学生，直到我学会你的语言；因为你的妙舌使威尔士语仿佛就像一位美貌的女王在夏日的园亭里弹弄丝弦，用抑扬婉转的音调，歌唱着词藻雅丽的小曲一般美妙动听。（205－211行；《莎士比亚全集》[三]，页166）

而潘西夫人赞美霍茨波时充盈的热烈情感预示了《安东尼与克莉奥佩特拉》里对安东尼的赞美。她这样描述霍茨波的荣誉：

> 他的荣誉却是和他不可分的，正像太阳永远高悬在苍苍的天宇之上一样；全英国的骑士都在他的光辉鼓舞之下，表现了他们英雄的身手。他的确是高贵的青年们的一面立身的明镜；谁不曾学会他的步行的姿态，等于白生了两条腿；说话急速不清本来是他天生的缺点，现在却成为勇士们应有的语调，那些能够用低声而迂缓的调子讲话的人，都宁愿放弃他们自己的特长，模拟他这一种缺点；这样无论在语音上，在步态上，在饮食娱乐上，在性情气质上，在治军作战上，他的一言一动，都是他

人效法的规范。(下篇第二幕第三场,18－32行;《莎士比亚全集》[三],页256－257)

不过,莎士比亚是通过散文体、特别是富于变化的散文体创造了与其标准白体韵文的完整对比。①[298]实际上,有些散文的精湛品质甚至超越韵文。散文台词属于王子和福斯塔夫,它源自莱利戏剧中最优秀的部分,并影响到康格里夫(William Congreve)的优雅风格。如同它的前辈与后继者,它的基础是最具智慧、受过最好教育的贵族阶层的正常语流。它很简洁,但讲究节奏,缓慢而审慎,用词高度精准,连一个音节都不能随意改动。下面这个例子是王子评论他和波因斯假扮酒保偷听福斯塔夫说话的计划:

> 朱庇特曾经以天神之尊化为公牛,一个重大的堕落!我现在从王子降为侍者,一个卑微的变化!这正是所谓但问目的,不择手段。跟我来,奈德。(下篇第二幕第二场结尾;《莎士比亚全集》[三],页255)

下面这段福斯塔夫的话有同样的特点:

> 可是,哈尔,请你不要再跟我多说废话了吧。但愿上帝指示我们什么地方有好名誉出卖。一个政府里的老大臣前天在街上当着我的面前骂你,可是我听也没有听他;然而他讲的话倒是很有理的,我就是没有理他;虽然他的话讲得很有理,而且是在街上讲的。(上篇第一幕第二场,91－98行;《莎士比亚全集》[三],页113)

福斯塔夫的语言不仅有莱利作品中的精美细腻,而且有后者对委婉语的恰当使用。他假装国王批评王子时所展示的委婉语像康格里

---

① 有关莎士比亚的散文在其风格发展过程中的意义,参见 G. H. W. Rylands,《词语与诗歌》(*Words and Poetry*, London, 1928),页144等。

夫的语言一样具有讽刺性,展现了当时语言风尚的装腔作势。不过散文体部分涉及社会大部分阶层,从两个法官的乡间八卦和台维的朴实,到桂嫂的狄更斯式漫谈闲语,它容纳了英国生活的很大一个部分。该剧的韵文和散文极具风格地展示了英联邦大部分阶层的生活图景。

"国家"的主题有了新的转向,不仅关乎命运,而且与英国的本质联系起来,这就是我所说的史诗主题,它逐渐表现出来。这种表现取决于两个条件:其一,该剧两部分是一个有机的整体;其二,我们从一开始就能够确信王子会成为一个好国王。上篇自身不能完整地表现英国的主题,而只在暗示或片断里表现它;[299]下篇里在葛罗斯特郡发生的事情太多,重心过于偏向英国乡下生活。然而如果把上下篇作为一部完整戏剧来看,英国的主题就会得到自然地发展,而且当亨利五世这位完美的国王登上王位时,一切臻至圆满。假如我们怀疑王子的决心,那就不会有欣赏英国平稳图景的宁静心境,我们会像《亨利六世》里那样因为内战而心绪不宁,亨利四世的困扰也会让我们不再关心林肯郡风笛的鸣奏或斯丹福市集上家畜的价钱。(《莎士比亚全集》[三],页112、277)

莎士比亚描绘整个英格兰图景的想法初始于《亨利六世》中篇,他在这部剧里涉及很多社会阶层。但是在一部关注持续崩裂的社会的戏剧里,描绘一幅连贯的图景是不可能的。《亨利四世》展示了一个稳定的社会,和莎士比亚其他戏剧都不同的是,它对生活场景的描画仿佛那是伊丽莎白时代。伊斯特溪泊酒馆和它的女主人,洛彻斯特旅店庭院里的两个脚夫,福斯塔夫口袋里发现的账单,从唐勃尔顿那儿订来为福斯塔夫做短外套和套裤要用的缎子,以及夏禄想象他曾在法学院度过的日子,都不是在描写过去的时代,而是纯正的伊丽莎白时代。但是对于如何阐释它们的意见并不统一。高度理性的论者认为它们不过是些生动的地方生活细节,目的是让这沉重的历史内容对于要求不同的观众更有吸引力。而包括我在内的另一部分人则认为莎士比亚有一颗聪明的机会主义头脑,并极具反思能力,因此是要让这些伊丽莎白时代的生活细节实现不止一种功能,他也有可能通过它们表达了对于祖国的感情。莎士比亚选择他笔下涉及整段历史中的这一个特殊节点来表达这一点,也是非常自然的。亨利五世不仅传统上就被誉为完美的国王。而且是得到英国人民真心拥戴的国王。除了那些特定的君主品质,他还具有平易近人的优点。英国的图景与典型的英国君主放在一起相得益彰。这一图景的细节证明,莎士比亚是有意将它们并置在一起。

首先,《亨利四世》上篇第一场戏表现了亨利四世与人民的疏离,特别是他要去远征的渴望,第二场戏表现了王子与伦敦低微阶层相处融洽的场景,很难否认这两场戏之间的鲜明对照。[300]就像在威尔逊的《伦敦的三位爵爷与三位夫人》里那样,观众很快就会认为现在伦敦是该剧的主题,同时会把王子与这个主题联系在一起。但是在这里莎士比亚也没有让伦敦取代一切,请注意下面这段对话:

福斯塔夫:他妈的,我简直像一只老雄猫或是一头给人硬拖走的熊一般闷闷不乐。
亲王:又像一头衰老的狮子,一张恋人的琴。
福斯塔夫:嗯,又像一支风笛的管子。
亲王:你说你的忧郁像不像一只野兔,或是一道旷野里的荒沟?(82-88行;《莎士比亚全集》[三],页112)

王子在这场戏结尾的独白许诺他将展示出所有君主应有的美德,保证我们把他视为英国生活的标准是合理而安全的。每当王子在肯特或伦敦屈尊参与某些事件,这个过程就会再次出现。因此我们是在王子继位成为国王之时——即使他那时完全没有屈尊的意味,认为他代表着英国的完整图景。

这一图景当中,有很多内容是王子没有参与其中的。前面已经说过霍茨波在其中的作用,这最有效地体现在他与葛兰道厄和摩提默在威尔士的场景里。这场戏的主要作用之一就是通过与威尔士的对比建立一种英格兰的感觉。此处不仅有霍茨波的英国式的直爽与葛兰道厄的威尔士式浪漫主义的对照,而且有潘西夫人女学生一样的单纯——"去,你这呆鹅!""静静地躺着,你这贼,听那位夫人唱威尔士歌吧。"(《莎士比亚全集》[三],页 167)——这极有英国特色,与葛兰道厄向摩提默解释摩提默夫人的抒情话语形成对照:

> 她叫你躺在软绵绵的茵荐上,把你温柔的头靠着她的膝。
> (第三幕第一场,14 – 15 行;同前)

英国的主题在上篇的余下部分里没有更大的发展,它被暂时搁置以备在下篇里得到充分的展开。

在这里莎士比亚引入了上篇前面部分的英国主题,在一场高度严肃的内战戏之后是一场细致精微的家庭生活戏。[301]历史上的政治行动让位于当前英国的生活图景。我指的是谋反者们在约克的商讨(第一幕第三场)和桂嫂请求逮捕福斯塔夫(第二幕第一场)。为了说明莎士比亚的转换技巧,下面的例子取自红衣主教在第一幕第三场的最后一次讲话,其中对伦敦的指涉既非常适于所表达的内容,也让我们对下一场戏变为伊斯特溪泊里的亲密家庭关系有所准备:

> 在这种覆雨翻云的时世,还有什么信义?那些在理查活着的时候但愿他死去的人们,现在却对他的坟墓迷恋起来;当他跟随着为众人所爱慕的波林勃洛克的背后,长吁短叹地经过繁华的伦敦的时候,你曾经把泥土丢掷在他的庄严的头上,现在你却在高呼,"大地啊!把那个国王还给我们,把这一个拿去吧!"啊,可咒诅的人们的思想!过去和未来都是好的,现在的一切却为他们所憎恶。(100 – 108 行;《莎士比亚全集》[三],页 242)

下一场戏,尤其是桂嫂回答了红衣主教的第一个问题,并否认了最后一行的情感。桂嫂的良善本心、稀里糊涂和她对细节的图像般清晰记忆中有种让人安心的力量。她对福斯塔夫说道:

> 在圣灵降临节后的星期三那天,你在我的房间里靠着煤炉,坐在那张圆桌子的一旁,曾经凭着一盏金边的酒杯向我起誓;那时候你因为当亲王的面前说他的父亲像一个在温莎卖唱的人,被他打破了头,我正在替你揩洗伤口,你就向我发誓,说要跟我结婚,叫我做你的夫人。(第二幕第一场;《莎士比亚全集》[三],页 246)

听到这里,我们会说现在有很强的信任感,我们很高兴能在此时得到宁静。我们把桂嫂看作是英国那些傻乎乎的善良女人中的典型。如同道格培里(Dogberry)和他的手下让我们相信《无事生非》里的悲剧因素不会是主流,桂嫂也让我们相信这两部戏剧的中心主题不是内战而是英国。

设于葛罗斯特郡的几场戏(第三幕第二场、第五幕第一场和第二场)标志着英国主题的完满结束。不过还有个如何阐释的问题。威尔逊认为这几场戏是"对乡下生活与习俗的精心的滑稽模仿,会让伦敦观众发出轻蔑的欢笑"(《福斯塔夫的命运》,页 111)。[302]假如他是对的,那么它们的目的就不会是描绘英国的史诗图景。我认为他的理解是错的,这一阐释扭曲了这几场戏的意图,使它们的意义变得贫乏,与莎士比亚对乡村的总体感情倾向也是矛盾的。夏禄和赛伦斯可能是荒诞不可理喻的人物,几个乡巴佬聚在一起等待征召可能是可怜兮兮的,但这些人不代表对英国乡村的讽刺,就像尼姆(Nym)和巴道夫(Bardolph)不是对伊丽莎白时期伦敦的嘲讽一样。自始至终莎士比亚都对乡村生活情有独钟。他把它视作正常的生活,那些更正式或是奇异的事件的进程都是以它为背景。这是莎士比亚告诉我们的:他在《爱的徒劳》漫长的装腔作势之后放入了春之歌和冬之歌;他在《驯悍记》里将彼特鲁乔乡村房舍的英国式简朴现实插入意大利式的错综复杂之中。在其戏剧生涯的最后,他用《冬天的故事》里身心健康的田园生活去拯救里昂提斯家族贫瘠而扭曲的妒恨之心。《亨利四世》里的葛罗斯特郡场景绝不是一种讽刺,它们完成了对英格兰的描绘,强调了莎士比亚想要突出的主题:英国的乡村生活。这正好也是哈尔王子成为亨利五世的时候。

莎士比亚对这一问题的处理十分精妙,很难把有关他的意图的蛛丝马迹列出一个清晰的条目。但值得注意的是他给我们的两个提示。其一,这些场景的主要人物夏禄法官却是一个好乡下人,尽管他有些可笑,还总是稀里糊涂地搞错事情。他让台维在田边空地上种赤小麦时知道自己在做什么,当他请福斯塔夫吃他"自己种的苹果"时(《莎士比亚全集》[三],页323),我们也不怀疑他的园艺技能。如果说他第一次出现时以为在克里门学院他们还在谈论"疯狂的夏禄"是滑稽可笑的,他在斯丹福市集询问两头公牛的价钱时就是真诚的。不过这个问题的上下文意义丰富,必须引在下面:

> 夏禄:耶稣!耶稣!我从前过的是多么疯狂的日子!多少的老朋友我亲眼看见他们一个个地死了啦!
> 赛伦斯:我们大家都要跟上去的,老哥。
> [303]夏禄:正是,一点不错;对得很,对得很。正像写诗篇的人说的,人生不免一死;大家都要死的。两头好公牛在斯丹福市集上可以卖多少钱?(第三幕第二场,36-43行;《莎士比亚全集》[三],页276-277)

夏禄那愚钝的单纯、对自己的陈腐说教和夸张结论毫无意识,有着极为精妙的喜剧效果。不过莎士比亚通过这个片段表达了他对生活的看法,同时也巩固了该剧上下篇的结构。莎士比亚实际把生活看作是一种荒唐但迷人的融合,在这场戏里是将士死去与繁忙集市买卖公牛的融合。为适应该剧的结构,夏禄说话的时候正是亨利四世知道自己临近死亡之后。正是在这一语境中他谈论到死亡的话

题,然后转向斯丹福市集,提醒我们市集依然繁盛。他告诉我们的也是后来哈代用一种更为直接的方式所表达的:

> 成堆的茅草中间,
> 升起无火的薄烟,
> 多少朝代湮灭,
> 这一情景不变。(哈代,《写在万国破碎时》,In Time of "The Breaking of Nations")

其二是台维。夏禄的家肯定因为福斯塔夫的到来而搅得天翻地覆。但台维可以应付一切。他在异常热情的乱哄哄的招待工作中坚持做好自己负责的每一处细节:吊桶上要换一节新的链子(《莎士比亚全集》[三],页316);他的朋友温科特村的威廉·维泽(尽管是个坏人)不能因为克里门·珀克斯的诉讼而蒙冤。台维兼为管理者和政治家,也许是以其卑微的方式作为亨利四世的类比,同时自然是象征着乡村生活的不可阻挡的活力运转。

我前面提到的这些创造英国图景的场景(其余偶尔的提及且不算),涵盖了英国生活从高到低的大部分阶层。最大的缺口是中间阶层。莎士比亚对商人阶层说的很少,而他是在这个阶层中成长起来的。也许正是这一缺口促使他接到指令再写福斯塔夫时,选择了中产阶级的背景。《温莎的风流娘们儿》没有任何史诗的因素,但是它的背景可能取自莎士比亚在《亨利四世》中的史诗意旨。不过这一缺口及其可能的结果并不重要。《亨利四世》里对英国的描绘已经足够多并具有足够自信,可以使这上下两篇充分表达出莎士比亚对自己祖国的情感。

[304]我用了史诗一词来描述《亨利四世》,但我不是说这一特点仅仅通过英格兰的地区色彩表现出来。正是那些情感强烈、悲剧性的、持久性的特质使得暂时性的和地方性的内容具有了史诗一样的庄重。没有阿喀琉斯的不朽性格,《伊利亚特》里单纯的生活不会具有史诗的高度。《亨利四世》里,如前所述,没有可与《伊利亚

特》媲美的悲剧性和伟大的事物,但是它有其他的内容达到类似的效果。首先,有一些经久不衰的类型人物,如集愚人、冒险家、"非正统的自我"于一身的福斯塔夫。其次,内战的主题、高端政治的可怕变迁与日常生活的无限循环极其坚韧的节奏,构成了鲜明的对照(如前面引用的哈代诗句所表现的):生与死的循环,不同的季节有不同的工作,人没有这些便不能生存。由此,《亨利四世》所具有的莎士比亚其余作品所没有的极大的丰富性,便获得了某种独特的统一性,这种统一既不同于也不逊于他的悲剧作品。

4.《亨利五世》

我前面推测过青年时代的莎士比亚被霍尔的编年史激发了想象力,因而将一整段英国历史写成戏剧,从爱德华三世的繁盛时期开始,经过一系列的灾难,到都铎王朝治下的国内和平时期。至此莎士比亚所写的这些历史剧(除了《约翰王》处于该时段之外)都完成了他创作历史剧的责任。而在最后三部戏剧中他超越了基本责任,在充分表达严格的历史主题的同时,还对中世纪和当代的英国做出了史诗般的描绘。不过这一超越并没有降低基本责任的影响。他成功刻画了传统意义上的恶人国王,还要描绘伟大的英雄国王。理查三世出现在《亨利六世》的中篇和下篇,展示了自己的性格。但这还不够。霍尔吸收了莫尔的理查三世传记,从一个特殊的侧重点记述了这位国王。莎士比亚通过一部以理查三世为主的戏剧完成了对于霍尔的责任,[305]这部戏剧里理查的暴政得到了公正的惩罚。霍尔依照弗吉尔建立的传统让亨利五世成为其编年史中第二个最突出的形象——国王美德的样板和典范,与理查这个集中了一切邪恶的暴政模板相平衡。假如莎士比亚要彻底完成他的任务,他就要给予亨利以理查的待遇,成为一部戏剧的主题。莎士比亚之所以会默认霍尔的先例有个人的原因:他已经完成了英国或者说"国家"的主题,在下一部历史剧中几乎是不得不需要一个鲜活具体的主人公作为主导了。

但是,莎士比亚还有要满足伊丽莎白时期观众期待的责任。在通过表现亨利青年时代的放荡而大受欢迎之后,他如果不展示亨利作为完美国王的传统角色,就会遭遇骂名。而这种传统的角色含有霍尔编年史里没有的内容,这就是他登上王位后的突然且奇迹般的转变,以及他作为最爽快热诚和平易近人的英国国王的地位。有关他的转变的传说已有长久的影响力。最早是编年史家沃尔辛厄姆(Thomas Walsingham)说亨利一登上王位就突然像变了一个人,①然后是《亨利五世的丰功伟绩》认为只有奇迹可以解释从一个废物到严肃君主的突变。他善于交往的传统形象可以在德克尔(Thomas Dekker)的《鞋匠的假日》(*Shoemaker's Holiday*)里国王对待赛门·艾尔时看到典型的表现。

这里有两个责任,都很难恰当地完成。莎士比亚在创造他的英格兰史诗时为自己设立了一个严格的标准。他的政治英雄为了适于他的标准,必须成为某种重大政治原则的象征。但他没有可以用以象征的原则。在伟大文学作品里最为成功的政治英雄是埃涅阿斯,因为维吉尔对罗马具有宗教和文明的传播使命持有坚定而有力的信念,这是赋予埃涅阿斯灵魂的动力。英格兰还没有到达维吉尔笔下罗马的境界。她保存了自身,达到了统一,"真实面对"了自己,但还不能有意识地代表某种广泛的政治理念。都铎王朝的成功靠的是个人的睿智,而不是遵循某种原则。他们的成功不能推广到国外,不具有普遍性。[306]因此,亨利五世最多可以代表伊丽莎白时期的政治原则,他只有负担过分的重要性时才可能失败。换句话说,莎士比亚为了他的英雄最终可能会选择"人"(homo)而不是"君主"(rex)。有意思的是弥尔顿舍弃政治英雄亚瑟而选择普遍英雄

---

① 这一观点来自 J. W. Cunliffe 关于亨利五世性格的文章,载《莎士比亚研究》(*Shakespeare Studies*, ed. Brander Matthews and A. H. Thorndike, New York, 1916)。

亚当的情况是一样的。还有一个困难是,莎士比亚在哈尔王子身上创造的这个精明老练、文雅至极但并非只有英国人才有的性格与弗吉尔笔下的非人样板英雄没有一点关系。

要以与他刚完成的戏剧相称的方式实现第二个责任也是不可能的。王子性格的总体意义是,他的转变并非突然,他一直在为即将到来的重任做着精心的准备。至于他的热诚和平易近人,王子很可能仅仅因为出现在伊斯特溪泊就足以让他的观众们倾心。但是他本质上的疏离与不断的反讽,和流行观念中那个简单直爽、有活力的人很不一样,后者的性格透明,只是因为其高贵的地位才不同于其他简单卑微的灵魂。假如让他在登上王位之后还保持一个讽刺家的样子就太过冒险了。

莎士比亚在处理这个棘手的问题时抛弃了他已经创造的人物,代之以一个虽然缺少连贯性但符合编年史家与大众传统观念要求的人物。因此难怪这部围绕王子完成的戏剧在品质上下降很多。

莎士比亚抛弃自己此前的创造并非容易的事。假如他不认为自己的才能会登上天堂并因此而奇迹般地完成一个不可能的任务,他就不会在该剧一开始就写道:

> 啊!光芒万丈的缪斯女神呀,你登上了无比辉煌的幻想的天堂。(《莎士比亚全集》[三],页343)

亨利第一次出现在第一幕第二场时以及后来的一两个场景中,莎士比亚的确竭力让他的主人公光芒四射,这种耀眼夺目的力量让我们感觉不到其中不一致的地方。主教和贵族敦促亨利到法国去创一番伟业时说得非常漂亮:

> [307]英明的皇上,保卫自己的权利,展开你那殷红的军旗;回顾一下你轰轰烈烈的祖先吧。威严的皇上,到你那曾祖父的陵墓跟前去吧,你从他那儿得来了继承的名分,就去祈求他的威灵再显一显神;再到你叔祖黑太子爱德华的坟前去吧,

他曾经在法兰西的土地上演了个惨剧——把法兰西大军打得落花流水;那当儿,他的威风凛凛的父王正高踞山头,含笑观望他的虎子在法兰西贵族的血泊里横冲直撞。(第一幕第二场,100—110行;《莎士比亚全集》[三],页351—352)

伊里将坎特伯雷的话进一步强调:

> 让这些长眠在地下的勇士重又出现在回忆中吧,你统率着雄师,把他们的英雄伟业重新来一遍吧。你本是他们的子嗣,你高坐在他们传下的王座上,那使他们名震四方的热血和胆量,正在你的脉管里奔流啊。我那英勇无比的君主正当年富力强,像五月的早晨,正该是轰轰烈烈地创一番事业的时光。(115—124行;《莎士比亚全集》[三],页352)

这段话不仅有着耀目的光彩,而且把亨利置于英国历史的宏大背景中,让我们忘了他此前性格中微妙的个人色彩。它还有更多的作用。它关联着《亨利四世》的一个段落,对五月的指涉暗示着索鲁斯伯雷战斗前对亨利及其同伴的描述:

> 像五月天一般精神抖擞。(《莎士比亚全集》[三],页185)

莎士比亚似乎在竭力通过创造哈尔王子与亨利五世之间不经意的联系,从而遮盖他们之间根本上的矛盾。不管怎样我们暂时只能接受这种慰藉。当爱克塞特公爵接着说道,

> 普天下兄弟之邦的国君,他们都在盼望着你愤然而起——就像那些奋起在前、跟你同一个血统的雄狮一样。(《莎士比亚全集》[三],页352)

我们感到更加欣慰,因为爱克塞特这里说到了亨利在上一部戏剧结尾做出的承诺,即他将接受在皇家的海洋中与其他君主并肩的恰当

位置,[308]他的轻浮将不会继续慵懒无聊地撞击着岸边的岩石,

> 现在它已经退归大海,和浩浩的巨浸合流,从此以后,它的动荡起伏,都要按着正大庄严的节奏。(《莎士比亚全集》[三],页322)

爱克塞特高贵地表达了政府的秩序如同音乐一般的常识,这又延迟了对亨利性格的疑问:

> 那甲胄之士正在海外冲锋陷阵,在国内,也自有那谋臣小心防守;原来是,那政府就像音乐一样,尽管有高音部、低音部、下低音部之分,各部混合起来,可就成为一片和谐,奏出了一串丰满而生动的旋律。(178－183行;《莎士比亚全集》[三],页354)

坎特伯雷大主教将国家比作蜂巢的精妙比喻也有此效果。但是真相不会被永远遮蔽,它在亨利对法国使臣讲到网球的时候就显露出来。这段话中沉重的讽刺和夸张,与《亨利四世》里王子的轻快反讽和超然的高贵风格相比差得很远。这不是同一个人在讲话。本剧后来试图将亨利提升至伟大层面的努力也不成功。他在南安普顿([译注]或译扫桑顿)训斥叛变的斯克鲁普勋爵时的话,是优美的诗歌,或许是该剧中最精美的部分,然而奇怪的是它在其语境中却缺乏效果。我们所了解的亨利对人性的判断很准确,也从不暴露自己的真心。当他说到斯克鲁普,

> 我的一切决策全掌握在你的手里,我的灵魂都让你一直看到了底,[你果真要的是钱,那真是只消略施小技,]就可以把我铸成一块块金币。(第二幕第二场,96－98行;《莎士比亚全集》[三],页369)

他的话说得非常华丽,可能会暂时让人倾倒,但最终会让人心

生疑惑。他与过去的自己、与当前这部剧里各处拼贴起来的性格所展示的自我,完全不一样。我们也不能说他是因为要严肃说教所以说了这段脱离本性的话——这些话的情感很强烈。我们难免会猜测(在莎士比亚所有历史剧的其他地方都没有这样),这位诗人由于在其戏剧的真正任务中受挫,便利用自己的经历,通过描述某人在某个时候让他——莎士比亚——失望来填补这中间的空隙。莎士比亚在阿金库尔战斗前的几场戏里再次试图挽救这部剧。[309]关于亨利与培茨和威廉斯的对话,约翰逊写道:"整个论述条理清晰,结论恰切。"这个评论是公正的,但是这段对话没有超越冷静的和理性的意义。它的冷淡如同勃鲁托斯(Brutus)面对凯撒的尸体所说的话,不同于前几部戏剧中散文体的温暖热诚。亨利接下来"要国王负责!"的独白是非常精彩的韵文,却在某种程度上不属于这部戏剧,它是对莎士比亚出于兴趣和热情长期思考的一个主题所做的态度超然的论说(《莎士比亚全集》[三],页419)。

最后,在本剧接近末尾时有一个奇特的对《亨利四世》的指涉,仿佛到这个时候莎士比亚已经输掉这个游戏,他还是渴望建立本剧与前一部杰作之间的连续性。这就是亨利在向凯瑟琳求爱的时候,讲到他全副武装跃上马的技术:

> 要是我能凭着跳背戏或者是凭着身穿盔甲跳上马背的功夫博得女人的欢心,那我准会一跳两跳,给自己跳来了一个老婆——这话如果是在吹牛,那就听凭处罚好了。(第五幕第二场,142-145行;《莎士比亚全集》[三],页455)

这里显然回顾了《亨利四世》上篇对哈尔王子跃登马背的生动描述(见本书[257]页)。但是这个片段截然不同。前文好比文艺复兴时期一幅精美的油画;后者带着一种粗鄙的陈腐双关语义,纯粹是一段迎合大众的话。尽管有这些建立联系的努力,在情节上也有连贯性,但《亨利五世》与《亨利四世》的上下篇其实是分离开来的,而《理查二世》则是与它们结为一体的。

不过，我并不需要指出这部戏剧的全部缺点，范多伦在《莎士比亚》一书中已经对此做了充分且精到的说明。我要指出的是莎士比亚是如何认真负责地完成他的双重任务，对编年史家和对他的普通观众。假如他的缪斯没能登上无比辉煌的天堂，但该剧至少努力偿还了月亮下面的亏欠。

首先，莎士比亚通过红衣主教之口将亨利突然转变的故事发生的时间推后了：

> 从来没看见谁一下子就变得这样胸有城府——这样彻底洗心革面，像经过滚滚的浪涛冲洗似的，不留下一点污迹。也从来没听到谁把九头蛇那样顽强的恶习，那么快，而且是一下子给根除了——像当今的皇上那样。（第一幕第一场，32－37行；《莎士比亚全集》[三]，页346）

[310]如果要认为莎士比亚此处设定红衣主教和波因斯一样误解了亨利的真实性格，就等于引入了一种本剧其余地方都没有的微妙处理手法。莎士比亚是在迎合编年史的流行传统，而背离了他自己在前面戏剧中的创造。编年史传统的另一种影响——亨利对其旧同伴的拒斥，在前面一部戏剧里得到了恰当的处理。不过莎士比亚小心地再次写到这一点，他让弗鲁爱林说道：

> 而亨利·蒙穆斯呢，因为他神志清醒，懂事明理，才跟那个穿着紧身衣、挺着大肚子的胖骑士一刀两断了。（第四幕第七场，48－51行；《莎士比亚全集》[三]，页435）

与这种拒斥同时进行的是亨利选择了重要的顾问并十分重视他们的意见。莎士比亚在这里偿还了所有欠债，但却是以他自己的才能为代价。他的哈尔王子曾经是一位特别独立自主的青年，从不会不经过最为细致的考量就接受别人的意见。在第一幕第二场有关对法战争的争论中，亨利成了另一个人。他几乎不插一言，更不要说做出辩论。他是一个被动的思考者，把这事情交给别人去想。当这

些人表明他们的意见之后,他不加评论就接受了,不过他开启行动的话是,

> 去把法国皇太子的使臣召唤进来。(第一幕第二场,221行;《莎士比亚全集》[三],页355)

智慧与行动优雅地结合起来的那个完美的宫廷之人变成了一个只会行动的人,他的思考由顾问们替他完成了。他后来与培茨和威廉斯争论时表达的平庸想法既与哈尔王子的聪明才智不相符,也与他和顾问的这场戏以及向凯瑟琳求爱的那场戏里的纯粹行动派个性不一致。编年史家(弗吉尔和霍尔)曾告诉我们亨利懂得通过历史先例增长智慧。莎士比亚让他笔下的亨利提及英国过去的历史:

> 你读历史就明白了,每逢我的曾祖父进兵法兰西,苏格兰的全部人马没有一次不是浩浩荡荡,像潮水涌向缺口一样乘虚而入。(46-49行;《莎士比亚全集》[三],页353)

[311]最后,编年史家在亨利的虔诚上着墨很多,莎士比亚也有意识地侧重了这一点。他的债是还了,但是代价不菲。我们只需把亨利对阿金库尔战斗中英军伤亡人数奇迹般之少的评论和他下令高唱"耶和华啊,荣耀不归于我们"的命令,与《理查三世》最后几场戏和《哈姆雷特》的某些部分相比,就能意识到前者的冰冷乏味。虔诚的老调假如生发于一个恰当的语境,就会成为极具力量的最高表达。但这样出现在一部没有张力的戏剧里,它们就只能让人感到沮丧。

其余要向编年史家偿还的债务与亨利的性格无关,而是关于历史的观念。在讨论它们之前,我要先说说莎士比亚为了满足他的观众把亨利塑造为一个热诚的、平易近人的国王。可能是因为有这种想法,他才会在前面提到的有关对法战争的论辩中压抑了亨利的智性力量。他通过亨利与其"乡邻"弗鲁爱林的亲近和他与威廉斯一起说的俏皮话实现了这个想法。不过,亨利是在向凯瑟琳求爱的时

候完全展现了他的率真和热诚。"我不明白,"约翰逊说,"莎士比亚为什么要让国王几乎具有和他前面讽刺过的潘西一样的性格。"约翰逊问得好,因为这个"可以像屠夫那样发狠"、面色粗糙的笨拙求爱者,与前一部戏剧里"世上最有礼貌的人"之间,有着天壤之别。

为了应和编年史家,莎士比亚在《亨利五世》里表现了内战的主题,不过表现的程度比他其余的历史剧要弱。他显然把这部剧作为一个精彩的间歇曲,祖先的诅咒暂时休止,显示出伊丽莎白黄金时代的某些特征。但是诅咒还没有被遗忘,因为亨利在阿金库尔战斗前祈祷理查二世的死不会在那时报应在他身上,他甚至在向凯瑟琳求爱时还想起了它:

> 嗳,该诅咒的是我那老头子,不知他怀着什么野心!他在撒下我这种子的时候,心里正盘算着一场内战;害得我生就一副凶相,相貌像铁石一样粗硬。(第五幕第二场,241-245行;《莎士比亚全集》[三],页459)

[312] 剑桥伯爵理查的叛国阴谋实际上重演了这一主题。

《亨利五世》在一个历史问题上是莎士比亚戏剧中独特的:它对威尔士的偏好隐晦地指涉了由斯宾塞和沃纳两位诗人表达并发展出的都铎王朝神话的另一面。(见本书[29-32]页)

> **弗鲁爱林**:任凭威伊河里有多少水,也不能冲洗陛下身子里的威尔士血液——我敢对您这么说,但愿上帝永远保佑威尔士血液,假使是天老爷乐意——他老人家万岁!
>
> **亨利王**:谢谢你,我的好乡邻。(第四幕第七场,48-51行;《莎士比亚全集》[三],页437)

我猜想莎士比亚没有像取笑法国皇太子那样嘲弄法国国王,是因为他是凯瑟琳的父亲,而凯瑟琳在亨利五世去世后嫁给了欧文·都铎,成为亨利七世的先辈。法国国王讲话总是非常庄重。

我说过《亨利五世》的结构缺少张力。有必要举出一两个例子来加以证实。在红衣主教讲述了蜜蜂的寓言之后,就没有什么其余历史剧中标志性的宇宙知识了。莎士比亚的头脑十分活跃的时候,会意识到宇宙的整个范围:所有事件都不是孤立的,而是在存在的不同层面上与其他事件同时发生。但这部戏剧各个部分的不同背景都是简单而有限的。连阿金库尔战斗都没有引发天上或是任何其他地方的对应关联。另一个松散结构的标志是韵文的凹凸不平。在丰富的修辞中间有很多平淡的段落。修辞部分给人留下了更深的印象。但例如第二幕第四场的开头(第一场表现法国宫廷的戏)在爱克塞特上场之前,韵文非常单调,退化为《亨利六世》上篇那些更粗糙的部分的风格,尽管爱克塞特增添了些许活力,韵文还是没精打采的。这部戏剧最后一场戏的韵文部分也没有什么力量。结构松散的第三个标志是戏剧场景的随意性。《亨利四世》的喜剧场景都以各种方式与严肃行动相关,而在《亨利五世》里它们基本只是为了丰富主调的孤立场景。毕斯托尔与女店主在伦敦的分别戏本身写得很好,但这只是一段插曲。不过,如果不提一下弗鲁爱林这个出彩的人物是不公平的。他是莎士比亚原创的最独特的一个人物。[313]假如本剧其他地方能够与之匹配,他本可以与福斯塔夫并驾齐驱(他的创造者本意可能也是如此)。

我还猜想,弗鲁爱林有助于我们了解莎士比亚在创作《亨利五世》时的心态。弗鲁爱林是一个全新的创造,与莎士比亚此前塑造的人物都不同(虽然许多年后他可能促成了布拉德沃丁男爵的诞生①);他表明莎士比亚希望做点新鲜的事情。每当新人物弗鲁爱林在舞台上的时候,莎士比亚的精神似乎就开始振奋,不再强逼自己编出聪明或修辞的语句。剧中还有其他地方暗示莎士比亚想要改变的愿望。亨利向凯瑟琳求爱的粗糙话语是一种奇特的夸张,甚至可以说有些疯癫,好似莎士比亚在写这个他开始讨厌的东西的时

---

① [译注]指司各特爵士(Sir Walter Scott)的历史小说《威弗利》(*Waverley*)中的人物 Baron Bradwardine。

候有一种反常的兴奋。亨利对斯克鲁普的谴责如前所述与整部剧的语调不符,不过它也和弗鲁爱林这个人物一样是非常新颖的。它是悲剧性的,预示着莎士比亚此后所关注的方向——

> 难道说,外国人的贿赂居然能勾引你做下一星星坏事,哪怕只为了好叫我身上的一个指头不好受?这叫人多么想不通啊,尽管这回事儿已经黑白分明,摆在我的面前,可我的眼睛却还是怎么也不愿意相信。(第二幕第二场,100 - 104 行;《莎士比亚全集》[三],页 369)

这就是悲剧主题之一:表象与现实之间难以置信的矛盾。特洛伊罗斯对克瑞西达有这样的感觉,哈姆雷特对他的母亲有这样的感觉,奥赛罗对苔丝狄蒙娜有这样的感觉。这与本书所要讨论的主要问题——政治、历史的结构、祖先的诅咒、英格兰的命运及其社会的秩序——没有关系。这是一个个人的而非公共的主题。

莎士比亚想要做些新鲜的尝试并不奇怪。他已经写完了关于英格兰的史诗,要说的话都已经说完。在这个过程中他塑造了相当复杂微妙的人物,把哈尔王子刻画成一个人,解决了一个矛盾,而在这个人物内心发生了真正的矛盾。难怪传统上总是知道自己想要什么并直接了当获取的亨利五世,与莎士比亚逐渐产生真正兴趣的内容是完全相反的。[314]也难怪莎士比亚将他下一个重要的公共人物勃鲁托斯刻画成了一个像哈尔王子一样内心矛盾的人,但与后者不同的是,勃鲁托斯被这种矛盾挣扎彻底肢解了。①

---

① 最后这几句话的意思与格兰维尔 - 巴克尔(Granville - Barker)在《莎士比亚的若干方面》(*Aspects of Shakespeare*, Oxford, 1933)中《从〈亨利五世〉到〈哈姆雷特〉》一文里表达的意思相近。读者们请参照这篇精彩文章。我与之不同的地方是,我认为哈尔王子是个具有更多深意的人物,而勃鲁托斯是对王子这个人物的发展,也是背离亨利五世的改变。

第五章 《麦克白》

莎士比亚在《亨利四世》里成功地塑造了王子这个真正的君主典型,但他并不是理想的在位国王。在《亨利五世》里那个本应该施行统治的完美国王,既没有意趣,也缺少一致性。他还要继续努力塑造这一形象。认为莎士比亚习惯性地贬低或是讽刺善于行动的成功者,把他与更有趣但往往不成功的思想者进行对照——福丁布拉斯与哈姆雷特、安东尼与勃鲁特斯、奥克泰维斯与安东尼——的想法是错误的。莎士比亚是个相当明智的人,他所生活的世界也非常艰险,因此不会低估公共性的美德和积极向上的精神。他尽管对思想者更感兴趣,但也从未忘记善于行动的人,一个例证就是《辛白林》里着墨不多的吉德律斯(Guiderius)。看上去他似乎是一定要把这个行动者、这个很有政治能力的人置于事物体系中的恰当位置。亨利五世的下一个版本,如格兰维尔-巴克尔指出的,是《哈姆雷特》里的福丁布拉斯。最终版本,及其包含的政治对生活的整体适应内涵,出现在《麦克白》里。这部戏剧是莎士比亚最后一部重要的悲剧,也是其历史剧的终曲。

《麦克白》虽是一部真正的悲剧,但它在国家这个主题上的处理方式与其他悲剧都不同。相比于《哈姆雷特》里的丹麦、《奥赛罗》里的威尼斯甚至是《科利奥兰纳斯》的罗马,"苏格兰"在《麦克白》中具有更为重要的作用。这一区别在前一句话中用引号把苏格兰(而不是其他国家)单独引起来,已经恰当地做出了表示。打败科利奥兰纳斯的是他的母亲,或许还有罗马的伦理道德,而将麦克白击垮的是整个国家。麦克白的个人悲剧,他的高尚理性与堕落的意志之间巨大的矛盾，他对抗凌驾一切的天意的徒劳，无序试图推翻自然的神圣秩序这一普遍的宇宙主题，这些都比实际的政治主题更为重要。然而这个主题是天意发挥作用的手段，也是让这部戏剧如此丰富的动因之一。因此，虽然《麦克白》首先是与其他三部重要悲剧联系在一起的，[316] 它还与《理查三世》紧密相关，在这部戏剧中国家也是经历了与可怕个人的斗争。

一旦与《理查三世》联系在一起，《麦克白》便触及了整个历史语境，而这正是本书的主题。该剧从霍林斯赫德的编年史获取的就不再仅仅是情节材料，它从一个方面来讲，完全可以被称作是最精美的一面"为官之鉴"。莎士比亚在麦克白的独白"要是干了以后就完了"中好像确实是暗示为官之鉴的类比。他说完愿意抛弃来生之后，又补充道：

> 可是在这种事情上，我们往往逃不过现世的裁判；我们树立下血的榜样，教会别人杀人，结果反而自己被人所杀；把毒药投入酒杯里的人，结果也会自己饮鸩而死，这就是一丝不爽的报应。（第一幕第七场，7–12 行；《莎士比亚全集》[五]，页210）

这里的报复原则是《为官之鉴》的重要主题。麦克白的观点与这部作品完全一致，与重视历史先例的同时代观点也非常相符。"事情"（cases）有可能指的是编年史或《为官之鉴》里记录的那些真实谋杀。

不过，本剧与《理查三世》可以类比的地方不止于此。我虽然不相信那些在莎士比亚戏剧里找到的刻意的同时代类比内容，但我相信伊丽莎白时期热衷于发现历史重复自身的例证这种倾向的价值。我认为莎士比亚的观众不会错过理查三世嫉恨地观察着逃亡中的里士满伯爵来到布列塔尼宫廷，与麦克白的密使暗中监视流亡中的马尔康在英国宫廷之间的类比。英格兰和苏格兰在各自暴君的统治下都经受了同样的恐怖。麦克德夫孩子们的遇害复制了伦敦塔里遇害的王子们。在这两处谋害事件发生之后,天意都立即开始实施干预。麦克白的属下在邓西嫩抛弃了他,正如理查的属下在波士委将他抛弃。新国王在戏剧末尾讲的话在语调上非常一致。由此可见,《麦克白》延续并涵盖了莎士比亚最严肃和最深入人心的政治主题:罪行的展开、对恶人的惩罚以及都铎王朝的建立。

[317]政治主题在英格兰的那场戏里达到顶峰,它也在那里为适应整个世界图景的观念做出了清晰的调整。这是一场关于秩序与稳定的戏,其效果来自于对麦克白的重大罪行和制造混乱的终极行动——谋害麦克德夫的家人——的表现以及穿插其中的对该罪行的报告。英格兰的宫廷是稳定的,与天上的稳定相呼应。英格兰国王实行他治愈"恶行"的神圣职责。最终的高潮是马尔康的话:

> 麦克白气数将绝,天诛将至。(第四幕第三场,237-239行;《莎士比亚全集》[五],页263)

马尔康和麦克德夫是上帝包含一切的秩序的工具,现在即将表现出它的力量。政治行动恰好是超越其上的某种力量为发挥作用而选择的途径。

也是在这场戏里,莎士比亚最终完成了他对优秀统治者的思考和塑造。马尔康对自身没有多大兴趣,但对他所代表的东西非常重视。他彻底效忠于国家的利益,严格控制自己的个人情感,在能够完全确信别人的正直之前对别人有着马基雅维利式的不信任感,他随时准备行动起来。他的身上集中统一了狮子、狐狸和鹈鹕的必要品质,尽管在狮子的部分比较温和。他实际上是个将所有个人喜好放在政治责任之后的理想统治者,但同时也失去了个人的魅力。他这种类型是令人敬佩和必需的,是莎士比亚塑造的真正高尚的国王最终的样子,他对这个形象思考了很久很久。马尔康作为一个配角在本剧里有恰当的位置,没有冒险做出让其创造者失望的事,这与亨利五世不同。或者,换句话说,他是一个工具,对其对象缺乏兴趣并没有妨碍那一伟大的力量将其充分利用。

在本书的论述中，我指出了莎士比亚与其同时代人的共同语境，特别是那些在纯粹的戏剧领域之外的事物。他的历史观与同时代的知识分子中间流行的观念一样；他在年轻时代和很多人一样非常喜欢《为官之鉴》；他也有创造一部史诗的想法。他在《麦克白》里将政治与宇宙观和其他主题结合在一起，[318]而两位同时代的作家已经这样做了，其方式也部分一致。的确，伊丽莎白时期的其他文学都不能与莎士比亚在《理查二世》和《亨利四世》里对英格兰的史诗般刻画相媲美，因为在这些戏剧里他有了新的创造，而且后无来者。但在《麦克白》里莎士比亚所做的，有一部分斯宾塞和锡德尼已经做过。政治在《仙后》里意义重大，在《牧羊人日历》里也很重要，但这两部作品里的政治都从属于宇宙的整体结构和个人的救赎。梅林对布丽托玛的预言没有阿道涅斯的花园和红十字骑士的忏悔更重要。同样，巴西利厄斯作为国王的缺陷和尤阿库斯的完美统治虽是《阿卡迪亚》的重要内容，却没有被囚禁的帕米拉和菲洛科丽所遭遇的痛苦更显要，也没有《爱星者与星星》的个人经历重要，没有《诗辩》里的哲学观念重要。《麦克白》不仅是一部伟大的悲剧，不仅将个体和宇宙与政治主题结合起来，而且通过表现如何将所有这些特点比例恰切地融合起来而代表了他那个时代。

结　论

[319]对于文艺复兴传统的英语文学中秩序与层级的原则,已经有过非常多的论述,因此应该没有人会质疑我的这一论断:如果要理解经常描绘混乱景象的莎士比亚的历史剧,就必须承认其背景中包含更广大的秩序原则。希望我已经通过实例做出了证明,莎士比亚从一开始到最后、在他所有的历史剧中始终对这一原则有着稳固的意识,并因为这种意识而与同时代那些更具哲学思维的作家们更为接近。

我对英语编年史并没有很深的研究,也没有像要编辑每一部剧那样仔细研究过莎士比亚历史剧的来源。这种细致的研究还需要更多的努力。博斯韦尔-斯通(Boswell-Stone)著名的《莎士比亚的霍林斯赫德》(*Shakespeare's Holinshed*)也需要更新。不过,我希望我解决了一个总体性的问题,即莎士比亚时代那些受过教育的人中流行的、有关从爱德华三世到亨利七世的英国历史进程的主要观念来自哪里;我还希望我表明了一两处确定无疑的和几个有可能的来源是莎士比亚获得这些观念以及他的总体历史哲学的出处。

我也没有把编年史剧都做过彻底的研究。针对这一主题还可以写一本新书。不过我已经尝试纠正关于它们的一两个看法,比如以为它们与西班牙无敌舰队有密切关系的看法和它们对莎士比亚的有限影响。实际上是莎士比亚提升了编年史剧的水平,而不是编年史剧深刻影响了莎士比亚。在具体说明几部戏剧的时候,我可能从某种新视角观察了这个剧种。不过如果说编年史剧对莎士比亚的历史剧确实影响不大,那么可以说道德剧对它们的影响更大。后者引发了莎士比亚历史剧的中心主题——被置于庄严而高度道德化语境中的英格兰或国家主题。

尽管我对莎士比亚早期作品的论述有些是猜想,我希望我至少促使人们能够更加严肃地对待他的最初几部戏剧。

[320]《亨利六世》的三个部分作为艺术作品一直遭到忽视,因为有对它们作者身份的错误质疑,而我的批评是全新的。它们实际上比人们通常认为的要优秀很多。我希望我的论述有助于将它们纳入受到普通读者重视和欣赏的莎士比亚戏剧之中。将《理查三世》独立于该四部曲的其他三部戏剧之外去欣赏,显然是没有用处的。认可莎士比亚第一个历史剧四部曲的恰当价值可以更真实地看清编年史家对他的影响。有一种新的观点认为应当更公平地看待霍尔对莎士比亚的影响,这与此前对霍林斯赫德的关注相反,我试着为这种新的观点提供更多论证。莎士比亚在这些早期戏剧中从这两位编年史家的作品里寻找素材,而霍尔为他提供了将这些素材组织起来的观念。

史诗的问题以及莎士比亚对当时的史诗概念所做的思考,导向对于莎士比亚历史剧整体系列的综合阐释。我有一度沿用一般看法没有把它们视为自足的戏剧,而是作为一种严肃形式的试验可以引向悲剧这个莎士比亚的真实目标。人们觉得莎士比亚年轻时耽于表现新鲜而激动的英格兰的自我实现,在某种意义上错误地以为政治主题是他的真正兴趣所在,认为他为此刻画了作为其高潮作品的完美国王亨利五世。然后,在这一终极时刻他意识到善于行动的人不是他真正的英雄,他想象中的英雄让自己失望了。经过这次教训,他转而刻画从根本上吸引他的那种人,那样的人关注的是个人的而非公共的主题,思考的领域是宇宙而非国家。莎士比亚在失望于他的政治英雄之后,在勃鲁特斯、哈姆雷特等其他伟大的悲剧英雄身上发现了真正的表达途径。

我现在认为上述思路整体上是错误的,尽管其中有些正确的元素。首先,莎士比亚将编年史剧变成一种独立的真正的戏剧类型,而不只是悲剧的附属品。他能做到这一点,主要是因为掌控了传统的道德剧形式可资利用的元素,从未让他笔下国王的个性僭越道德剧最基本的国家主题。在处理霍尔编年史素材的整个系列的戏剧里,他成功地表达了一种公认的、仍旧可以理解的历史观念体系。这一体系本质上是宗教的,[321]各种事件在公正的法则和上帝旨意的控制下发展变化,伊丽莎白时期的英国是得到认可的发展结果。这一体系的总体框架包括:一桩罪行扰乱了自然进程,经过长时间一系列的灾祸、痛苦和斗争,这种自然进程得以恢复。这的确很像莎士比亚悲剧的结构。不过它本质上是政治的,有着独立于悲剧之外存在的可能性。不过,在这种串联式的结构之外,莎士比亚在《理查二世》和《亨利四世》上下篇里用我称为史诗的方式表现了他头脑中的中世纪以及他那个时代的生活图景。这种表现非常成功,甚至比悲剧这种形式都要成功。这代表了莎士比亚无数重大成就之一,完美无暇。它是如此无懈可击以至于没有人觉得它应该成为或是会引向另一种可能,这一成就足以使莎士比亚成为世界上最伟大的诗人之一。不过,《亨利四世》还是引向了《亨利五世》,后者的主人公不再是国家,而是人。主人公一变,莎士比亚发明的形式就垮掉了,悲剧的问题便凸现出来。哈尔王子本来与悲剧没有任何关系,也没有让他的创造者失望。亨利五世承认了悲剧的问题,让他的创造者相当失望。因此历史剧是以一种无足轻重和例外的方式,在此类创作的尾声阶段,成为转向真正悲剧的过渡。莎士比亚在《麦克白》里将政治上的行动派很好地适应于悲剧世界的其他部分。

最后,我希望这本书让人们更加相信莎士比亚是受过教育的,在广阔的智慧和思考的力量上是可以媲美但丁和弥尔顿的诗人。斯马特说过,"莎士比亚心目中的观众与斯宾塞写《仙后》、伯德等人谱写他们的曲调所期待的是一样的观众"(《莎士比亚、真相与传统》,页155)。这一说法可能会过于限制莎士比亚的创作意图,不过就目前来说这一说法是对的,而且还没有在大范围内得到认可。

通过莎士比亚对待这些历史主题所保持的精思熟虑以及他大多数历史剧的精致架构,可以证明这一说法。

奇怪的是,正当人们认为弥尔顿是最特立独行和固执倔强的个体时,年轻的莎士比亚却被夺去了他的独立性,其作品也与其他戏剧家相混淆。自那以后,人们发现弥尔顿虽然独特但更是他那个时代的产物。尽管有严肃的异端观念,他还是接受了通行的世界图景,在政治和伦理思想方面他遵循了当时有影响的主流。如果不受他人创作论的影响去研究莎士比亚的早期戏剧,你会发现那种通常是诗人才具有的一种强烈的诗意个性:野心勃勃,对自己的艺术专心致志,在构思素材方面已经非常熟练精到。这种思想的双重特点是非常受欢迎的。像莎士比亚和弥尔顿这样的伟大诗人不会有无聊和平庸的时候。对于发现他们比想象中要正常得多的看法表示谴责的人,是期望他们都是怪胎。普遍的观点无疑会严正批驳这种期望,并为我们两位最伟大的诗人表现得(不是更私密而是)更加贴近常人和更有广泛的悟性而感到欣喜。

图书在版编目（CIP）数据

莎士比亚的历史剧 /（英）蒂利亚德(E.M.W.Tillyard)著；牟芳芳译. --2 版. --北京：华夏出版社有限公司, 2021.7
（西方传统：经典与解释）
ISBN 978-7-5222-0084-2

Ⅰ. ①莎… Ⅱ. ①蒂… ②牟… Ⅲ. ①莎士比亚 (Shakespeare, William 1564-1616) －历史剧－文学研究 Ⅳ. ① I561.073

中国版本图书馆CIP数据核字(2020)第256554号

莎士比亚的历史剧

作　　者	［英］蒂利亚德
译　　者	牟芳芳
责任编辑	马涛红
特约编辑	朱绿和
责任印制	刘　洋
出版发行	华夏出版社有限公司
经　　销	新华书店
印　　刷	北京汇林印务有限公司
装　　订	北京汇林印务有限公司
版　　次	2021 年 7 月北京第 2 版 2021 年 7 月北京第 1 次印刷
开　　本	880×1230　1/32
印　　张	11.75
字　　数	366 千字
定　　价	88.00 元

华夏出版社有限公司　地址：北京市东直门外香河园北里 4 号　邮编：100028
网址：www.hxph.com.cn　电话：(010)64663331(转)
若发现本版图书有印装质量问题，请与我社营销中心联系调换。

西方传统：经典与解释
Classici et Commentarii
HERMES
刘小枫◎主编

古今丛编

克尔凯郭尔　[美]江思图 著
货币哲学　[德]西美尔 著
孟德斯鸠的自由主义哲学　[美]潘戈 著
莫尔及其乌托邦　[德]考茨基 著
试论古今革命　[法]夏多布里昂 著
但丁：皈依的诗学　[美]弗里切罗 著
在西方的目光下　[英]康拉德 著
大学与博雅教育　董成龙 编
探究哲学与信仰　[美]郝岚 著
民主的本性　[法]马南 著
梅尔维尔的政治哲学　李小均 编/译
席勒美学的哲学背景　[美]维塞尔 著
果戈里与鬼　[俄]梅列日科夫斯基 著
自传性反思　[美]沃格林 著
黑格尔与普世秩序　[美]希克斯 等著
新的方式与制度　[美]曼斯菲尔德 著
科耶夫的新拉丁帝国　[法]科耶夫 等著
《利维坦》附录　[英]霍布斯 著
或此或彼（上、下）　[丹麦]基尔克果 著
海德格尔式的现代神学　刘小枫 选编
双重束缚　[法]基拉尔 著
古今之争中的核心问题　[德]迈尔 著
论永恒的智慧　[德]苏索 著
宗教经验种种　[美]詹姆斯 著
尼采反卢梭　[美]凯斯·安塞尔-皮尔逊 著
舍勒思想评述　[美]弗林斯 著
诗与哲学之争　[美]罗森 著
神圣与世俗　[罗]伊利亚德 著
但丁的圣约书　[美]霍金斯 著

古典学丛编

赫西俄德的宇宙　[美]珍妮·施特劳斯·克莱 著
论王政　[古罗马]金嘴狄翁 著
论希罗多德　[古罗马]卢里叶 著
探究希腊人的灵魂　[美]戴维斯 著
尤利安文选　马勇 编/译
论月面　[古罗马]普鲁塔克 著
雅典谐剧与逻各斯　[美]奥里根 著
菜园哲人伊壁鸠鲁　罗晓颖 选编
《劳作与时日》笺释　吴雅凌 撰
希腊古风时期的真理大师　[法]德蒂安 著
古罗马的教育　[英]葛怀恩 著
古典学与现代性　刘小枫 编
表演文化与雅典民主政制
　　[英]戈尔德希尔、奥斯本 编
西方古典文献学发凡　刘小枫 编
古典语文学常谈　[德]克拉夫特 著
古希腊文学常谈　[英]多佛 等著
撒路斯特与政治史学　刘小枫 编
希罗多德的王霸之辨　吴小锋 编/译
第二代智术师　[英]安德森 著
英雄诗系笺释　[古希腊]荷马 著
统治的热望　[美]福特 著
论埃及神学与哲学　[古希腊]普鲁塔克 著
凯撒的剑与笔　李世祥 编/译
伊壁鸠鲁主义的政治哲学
　　[意]詹姆斯·尼古拉斯 著
修昔底德笔下的人性　[美]欧文 著
修昔底德笔下的演说　[美]斯塔特 著
古希腊政治理论　[美]格雷纳 著
神谱笺释　吴雅凌 撰
赫西俄德：神话之艺
　　[法]居代·德拉孔波 编
赫拉克勒斯之盾笺释　罗逍然 译笺
《埃涅阿斯纪》章义　王承教 选编
维吉尔的帝国　[美]阿德勒 著
塔西佗的政治史学　曾维术 编

古希腊诗歌丛编
古希腊早期诉歌诗人 [英]鲍勒 著
诗歌与城邦 [美]费拉格、纳吉 主编
阿尔戈英雄纪（上、下）
[古希腊]阿波罗尼俄斯 著
俄耳甫斯教祷歌 吴雅凌 编译
俄耳甫斯教辑语 吴雅凌 编译

古希腊肃剧注疏集
希腊肃剧与政治哲学 [美]阿伦斯多夫 著

古希腊礼法研究
宙斯的正义 [英]劳埃德-琼斯 著
希腊人的正义观 [英]哈夫洛克 著

廊下派集
剑桥廊下派指南 [加]英伍德 编
廊下派的苏格拉底 程志敏 徐健 选编
廊下派的神和宇宙 [墨]里卡多·萨勒斯 编
廊下派的城邦观 [英]斯科菲尔德 著

希伯莱圣经历代注疏
希腊化世界中的犹太人 [英]威廉逊 著
第一亚当和第二亚当 [德]朋霍费尔 著

新约历代经解
属灵的寓意 [古罗马]俄里根 著

基督教与古典传统
保罗与马克安 [德]文森 著
加尔文与现代政治的基础 [美]汉考克 著
无执之道 [德]文森 著
恐惧与战栗 [丹麦]基尔克果 著
托尔斯泰与陀思妥耶夫斯基
[俄]梅列日科夫斯基 著
论宗教大法官的传说 [俄]罗赞诺夫 著
海德格尔与有限性思想（重订版）
刘小枫 选编
上帝国的信息 [德]拉加茨 著
基督教理论与现代 [德]特洛尔奇 著
亚历山大的克雷芒 [意]塞尔瓦托·利拉 著
中世纪的心灵之旅 [意]圣·波纳文图拉 著

德意志古典传统丛编
论荷尔德林 [德]沃尔夫冈·宾德尔 著
彭忒西勒亚 [德]克莱斯特 著
穆佐书简 [奥]里尔克 著
纪念苏格拉底——哈曼文选 刘新利 选编
夜颂中的革命和宗教 [德]诺瓦利斯 著
大革命与诗化小说 [德]诺瓦利斯 著
黑格尔的观念论 [美]皮平 著
浪漫派风格——施勒格尔批评文集 [德]施勒格尔 著

美国宪政与古典传统
美国1787年宪法讲疏 [美]阿纳斯塔普罗 著

启蒙研究丛编
浪漫的律令 [美]拜泽尔 著
现实与理性 [法]科维纲 著
论古人的智慧 [英]培根 著
托兰德与激进启蒙 刘小枫 编
图书馆里的古今之战 [英]斯威夫特 著

政治史学丛编
克服历史主义 [德]特洛尔奇 等著
胡克与英国保守主义 姚啸宇 编
古希腊传记的嬗变 [意]莫米利亚诺 著
伊丽莎白时代的世界图景 [英]蒂利亚德 著
西方古代的天下观 刘小枫 编
从普遍历史到历史主义 刘小枫 编
自然科学史与玫瑰 [法]雷比瑟 著

地缘政治学丛编
克劳塞维茨之谜 [英]赫伯格-罗特 著
太平洋地缘政治学 [德]卡尔·豪斯霍弗 著

荷马注疏集
不为人知的奥德修斯 [美]诺特维克 著
模仿荷马 [美]丹尼斯·麦克唐纳 著

品达注疏集
幽暗的诱惑 [美]汉密尔顿 著

欧里庇得斯集
自由与僭越 罗峰 编译

阿里斯托芬集
《阿卡奈人》笺释　[古希腊]阿里斯托芬 著

色诺芬注疏集
居鲁士的教育　[古希腊]色诺芬 著
色诺芬的《会饮》　[古希腊]色诺芬 著

柏拉图注疏集
挑战戈尔戈　李致远 选编
论柏拉图《高尔吉亚》的统一性　[美]斯托弗 著
立法与德性——柏拉图《法义》发微　林志猛 编
柏拉图的灵魂学　[加]罗宾逊 著
柏拉图书简　彭磊 译注
克力同章句　程志敏 郑兴凤 撰
哲学的奥德赛——《王制》引论　[美]郝兰 著
爱欲与启蒙的迷醉　[美]贝尔格 著
为哲学的写作技艺一辩　[美]伯格 著
柏拉图式的迷宫——《斐多》义疏　[美]伯格 著
哲学如何成为苏格拉底式的　[美]朗佩特 著
苏格拉底与希琵阿斯　王江涛 编译
理想国　[古希腊]柏拉图 著
谁来教育老师　刘小枫 编
立法者的神学　林志猛 编
柏拉图对话中的神　[法]薇依 著
厄庇诺米斯　[古希腊]柏拉图 著
智慧与幸福　程志敏 选编
论柏拉图对话　[德]施莱尔马赫 著
柏拉图《美诺》疏证　[美]克莱因 著
政治哲学的悖论　[美]郝岚 著
神话诗人柏拉图　张文涛 选编
阿尔喀比亚德　[古希腊]柏拉图 著
叙拉古的雅典异乡人　彭磊 选编
阿威罗伊论《王制》　[阿拉伯]阿威罗伊 著
《王制》要义　刘小枫 选编
柏拉图的《会饮》　[古希腊]柏拉图 等著
苏格拉底的申辩（修订版）　[古希腊]柏拉图 著
苏格拉底与政治共同体　[美]尼柯尔斯 著

政制与美德——柏拉图《法义》疏解　[美]潘戈 著
《法义》导读　[法]卡斯代尔·布舒奇 著
论真理的本质　[德]海德格尔 著
哲人的无知　[德]费勃 著
米诺斯　[古希腊]柏拉图 著
情敌　[古希腊]柏拉图 著

亚里士多德注疏集
《诗术》译笺与通绎　陈明珠 撰
亚里士多德《政治学》中的教诲　[美]潘戈 著
品格的技艺　[美]加佛 著
亚里士多德哲学的基本概念　[德]海德格尔 著
《政治学》疏证　[意]托马斯·阿奎那 著
尼各马可伦理学义疏　[美]伯格 著
哲学之诗　[美]戴维斯 著
对亚里士多德的现象学解释　[德]海德格尔 著
城邦与自然——亚里士多德与现代性　刘小枫 编
论诗术中篇义疏　[阿拉伯]阿威罗伊 著
哲学的政治　[美]戴维斯 著

普鲁塔克集
普鲁塔克的《对比列传》　[英]达夫 著
普鲁塔克的实践伦理学　[比利时]胡芙 著

阿尔法拉比集
政治制度与政治箴言　阿尔法拉比 著

马基雅维利集
君主及其战争技艺　娄林 选编

莎士比亚绎读
莎士比亚的政治智慧　[美]伯恩斯 著
脱节的时代　[匈]阿格尼斯·赫勒 著
莎士比亚的历史剧　[英]蒂利亚德 著
莎士比亚戏剧与政治哲学　彭磊 选编
莎士比亚的政治盛典　[美]阿鲁里斯/苏利文 编
丹麦王子与马基雅维利　罗峰 选编

洛克集
上帝、洛克与平等　[美]沃尔德伦 著

卢梭集

论哲学生活的幸福 [德]迈尔 著
致博蒙书 [法]卢梭 著
政治制度论 [法]卢梭 著
哲学的自传 [美]戴维斯 著
文学与道德杂篇 [法]卢梭 著
设计论证 [美]吉尔丁 著
卢梭的自然状态 [美]普拉特纳 等著
卢梭的榜样人生 [美]凯利 著

莱辛注疏集

汉堡剧评 [德]莱辛 著
关于悲剧的通信 [德]莱辛 著
《智者纳坦》（研究版） [德]莱辛 等著
启蒙运动的内在问题 [美]维塞尔 著
莱辛剧作七种 [德]莱辛 著
历史与启示——莱辛神学文选 [德]莱辛 著
论人类的教育 [德]莱辛 著

尼采注疏集

何为尼采的扎拉图斯特拉 [德]迈尔 著
尼采引论 [德]施特格迈尔 著
尼采与基督教 刘小枫 编
尼采眼中的苏格拉底 [美]丹豪瑟 著
尼采的使命 [美]朗佩特 著
尼采与现时代 [美]朗佩特 著
动物与超人之间的绳索 [德]A.彼珀 著

施特劳斯集

苏格拉底与阿里斯托芬
论僭政（重订本） [美]施特劳斯 [法]科耶夫 著
苏格拉底问题与现代性（增订本）
犹太哲人与启蒙（增订本）
霍布斯的宗教批判
斯宾诺莎的宗教批判
门德尔松与莱辛
哲学与律法——论迈蒙尼德及其先驱
迫害与写作艺术
柏拉图式政治哲学研究

论柏拉图的《会饮》
柏拉图《法义》的论辩与情节
什么是政治哲学
古典政治理性主义的重生（重订本）
回归古典政治哲学——施特劳斯通信集
＊＊＊
施特劳斯的持久重要性 [美]朗佩特 著
论源初遗忘 [美]维克利 著
政治哲学与启示宗教的挑战 [德]迈尔 著
阅读施特劳斯 [美]斯密什 著
施特劳斯与流亡政治学 [美]谢帕德 著
隐匿的对话 [德]迈尔 著
驯服欲望 [法]科耶夫 等著

施米特集

宪法专政 [美]罗斯托 著
施米特对自由主义的批判 [美]约翰·麦考米克 著

伯纳德特集

古典诗学之路（第二版） [美]伯格 编
弓与琴（重订本） [美]伯纳德特 著
神圣的罪业 [美]伯纳德特 著

布鲁姆集

巨人与侏儒（1960-1990）
人应该如何生活——柏拉图《王制》释义
爱的设计——卢梭与浪漫派
爱的戏剧——莎士比亚与自然
爱的阶梯——柏拉图的《会饮》
伊索克拉底的政治哲学

沃格林集

自传体反思录 [美]沃格林 著

大学素质教育读本

古典诗文绎读 西学卷·古代编（上、下）
古典诗文绎读 西学卷·现代编（上、下）

柏拉图读本（刘小枫 主编）

吕西斯 贺方婴 译
苏格拉底的申辩 程志敏 译

中国传统：经典与解释
Classici et Commentarii
经典与解释
刘小枫 陈少明 ◎ 主编

知圣篇 / 廖平 著
《孔丛子》训读及研究 / 雷欣翰 撰
论语说义 / [清]宋翔凤 撰
周易古经注解考辨 / 李炳海 著
图象几表 / [明]方以智 编
浮山文集 / [明]方以智 著
药地炮庄 / [明]方以智 著
药地炮庄笺释·总论篇 / [明]方以智 著
青原志略 / [明]方以智 编
冬灰录 / [明]方以智 著
冬炼三时传旧火 / 邢益海 编
《毛诗》郑王比义发微 / 史应勇 著
宋人经筵诗讲义四种 / [宋]张纲 等撰
道德真经取善集 / [金]李霖 编撰
道德真经藏室纂微篇 / [宋]陈景元 撰
道德真经四子古道集解 / [金]寇才质 撰
皇清经解提要 / [清]沈豫 撰
经学通论 / [清]皮锡瑞 著
松阳讲义 / [清]陆陇其 著
起凤书院答问 / [清]姚永朴 撰
周礼疑义辨证 / 陈衍 撰
《铎书》校注 / 孙尚扬 肖清和 等校注
韩愈志 / 钱基博 著
论语辑释 / 陈大齐 著
《庄子·天下篇》注疏四种 / 张丰乾 编
荀子的辩说 / 陈文洁 著
古学经子 / 王锦民 著
经学以自治 / 刘少虎 著
从公羊学论《春秋》的性质 / 阮芝生 撰

刘小枫集
城邦人的自由向往
民主与政治德性
昭告幽微
以美为鉴
古典学与古今之争 [增订本]
这一代人的怕和爱 [第三版]
沉重的肉身 [珍藏版]
圣灵降临的叙事 [增订本]
罪与欠
儒教与民族国家
拣尽寒枝
施特劳斯的路标
重启古典诗学
设计共和
现代人及其敌人
海德格尔与中国
共和与经纶
现代性与现代中国
现代性社会理论绪论
诗化哲学 [重订本]
拯救与逍遥 [修订本]
走向十字架上的真
西学断章

编修 [博雅读本]
凯若斯：古希腊语文读本 [全二册]
古希腊语文学述要
雅努斯：古典拉丁语文读本
古典拉丁语文学述要
危微精一：政治法学原理九讲
琴瑟友之：钢琴与古典乐色十讲

译著
普罗塔戈拉（详注本）
柏拉图四书

经典与解释辑刊

1 柏拉图的哲学戏剧
2 经典与解释的张力
3 康德与启蒙
4 荷尔德林的新神话
5 古典传统与自由教育
6 卢梭的苏格拉底主义
7 赫尔墨斯的计谋
8 苏格拉底问题
9 美德可教吗
10 马基雅维利的喜剧
11 回想托克维尔
12 阅读的德性
13 色诺芬的品味
14 政治哲学中的摩西
15 诗学解诂
16 柏拉图的真伪
17 修昔底德的春秋笔法
18 血气与政治
19 索福克勒斯与雅典启蒙
20 犹太教中的柏拉图门徒
21 莎士比亚笔下的王者
22 政治哲学中的莎士比亚
23 政治生活的限度与满足
24 雅典民主的谐剧
25 维柯与古今之争
26 霍布斯的修辞
27 埃斯库罗斯的神义论
28 施莱尔马赫的柏拉图
29 奥林匹亚的荣耀
30 笛卡尔的精灵
31 柏拉图与天人政治
32 海德格尔的政治时刻
33 荷马笔下的伦理
34 格劳秀斯与国际正义

35 西塞罗的苏格拉底
36 基尔克果的苏格拉底
37 《理想国》的内与外
38 诗艺与政治
39 律法与政治哲学
40 古今之间的但丁
41 拉伯雷与赫尔墨斯秘学
42 柏拉图与古典乐教
43 孟德斯鸠论政制衰败
44 博丹论主权
45 道伯与比较古典学
46 伊索寓言中的伦理
47 斯威夫特与启蒙
48 赫西俄德的世界
49 洛克的自然法辩难
50 斯宾格勒与西方的没落
51 地缘政治学的历史片段
52 施米特论战争与政治
53 普鲁塔克与罗马政治
54 罗马的建国叙述
55 亚历山大与西方的大一统
56 马西利乌斯的帝国
57 全球化在东亚的开端
58 弥尔顿与现代政治